BASTEI LÜBBE

JERRY COTTON

Diamanten satt

Winternacht – Todesnacht

Der Ripper von Manhattan

Drei Kriminalromane

BASTEI LÜBBE

BASTEI LÜBBE TASCHENBUCH
Band 31 953

1. Auflage: Oktober 2004

Lektorat: Rainer Delfs
Umschlaggestaltung: QuadroGrafik, Bensberg
Satz: Wildpanner, München
Druck und Verarbeitung:
AIT, Trondheim, Norwegen
Printed in Norway
ISBN 3-404-31953-2

Inhalt

Diamanten satt

Ich öffnete die Tür.

Ein Schwall warmer Luft, von Alkoholdunst und Zigarettenrauch geschwängert, schlug mir entgegen.

Das Stimmengewirr brach ab.

Die Gesichter der zehn, zwölf Männer wandten sich mir zu, als würden alle von nur einem Motor bewegt.

Ich erkannte: »Ben's Inn« war eine Kaschemme, die man besser nicht allein betrat.

Aber ich war allein.

Phil musste sich zusammen mit einem Dutzend Kollegen und einer Hundertschaft Cops um die Sicherheit eines Dritte-Welt-Tyrannen kümmern, der unbedingt eine große Friedensrede vor der UNO halten wollte.

Ich hätte umkehren können. Der Hinweis, der mich in »Ben's Inn« geführt hatte, taugte kaum mehr als ein Politikerversprechen im Wahlkampf.

Irgendwer hatte im Hauptquartier angerufen und mitgeteilt, wenn wir an Jay Glover interessiert wären, sollten wir in »Ben's Inn« auf weitere Nachrichten warten.

Kein Wort mehr, nicht mal die unvermeidliche Frage, wie viel wir für den Tipp springen lassen würden.

Ich schloss die Tür und ging zur Theke.

Acht der Typen gehörten zu einer weißen Streetgang. Sie waren alle wesentlich jünger als ihr Boss, der vermutlich die dreißig bereits überschritten hatte.

Ich legte so viel Theke wie möglich zwischen die Jungs und mich.

Der Wirt, ein glatzköpfiger Hüne mit platt geschlagener Boxernase, bewegte nur einmal den Kopf von links nach rechts und wies mit dem Daumen auf die Tür.

»Ich bin verabredet«, sagte ich.

»Hoffentlich mit 'ner Puppe!«, schrie ein Streetboy. »Dann kannst du zusehen, wie wir uns über sie hermachen.«

Der Schreier war ein pickliger, magerer Bursche, einer der Jüngsten der Gruppe und offensichtlich darauf aus, seinen Kumpanen zu zeigen, was für ein harter Junge er war.

»Hau ab, bevor es Ärger gibt!« Noch immer wies der Daumen des Wirtes auf die Tür.

»Bring mir eine Dose Orangensaft! Geschlossen!«

»Antworte, wenn ich mit dir rede!«, kreischte der Bursche, der mich anmachen wollte. Seine Stimme überschlug sich, als wäre er noch im Stimmbruch.

Er pumpte sich auf und kam auf mich zu.

Ich zog den 38er, legte ihn auf die Theke und sah den Häuptling der Truppe an, einen übergewichtigen Rothaarigen mit vorquellenden Säuferaugen und nackten Armen, die von den Händen bis zu den Schultern mit Tätowierungen übersät waren.

»Wenn er mich anfasst, schieße ich zuerst auf dich«, sagte ich. »Pfeif ihn zurück!«

Sekundenlang starrten wir uns in die Pupillen.

Der Anmacher stockte beim Anblick des Revolvers.

Über seine Pickelvisage flackerte Angst.

Er wusste, wenn er kniff, würde er in seiner Gang als Fußabtreter behandelt.

Er griff an.

Ich drehte mich um, stemmte den Rücken gegen die Theke, riss das rechte Knie hoch und fing ihn mit einem Fußtritt ab, der ihn bis an die gegenüberliegende Wand schleuderte, an der er zu Boden ging.

Im selben Augenblick hob ich den 38er und zielte auf den rothaarigen Boss.

Er schloss die tätowierten Finger um seine Bierdose, setzte sie an die Lippen. Es war so still in der Kneipe, dass das Gluckern des Bieres zu hören war. Er leerte die Büchse und schleuderte sie meinem Angreifer, der sich aufgerichtet hatte, zielgenau ins Gesicht.

»Komm her, du Armleuchter!«, grölte er. »Merkst du nicht, dass der Kerl eine Meile weit nach Bulle stinkt? Wie viel von seinem Verein, glaubst du, stehen draußen und warten auf einen Grund, reinzudonnern und uns fertig zu machen, he?« Er brüllte: »Noch 'n Bier, Ben!«

Ben hielt einen Telefonhörer am Ohr, sah mich an, brachte den Apparat und reichte mir den Hörer.

»Für dich!«

Ich übernahm.

Eine Stimme flüsterte: »Wer bist du?«

»Cotton! FBI!«

»Haus zweihundertvierzig! Zweite Etage. Die dritte Tür im rechten Flur!«

Es knackte in der Leitung. Er hatte aufgelegt.

Ben hielt die Büchse Orangensaft in der Hand.

»Gib sie dem Roten«, sagte ich. »Wird seiner Leber gut tun.«

Nummer 240 lag Bens Kaschemme schräg gegenüber.

Mit weißer Farbe war die Zahl auf die bröcklige Fassade gepinselt.

Ein Dodge Daytona, neu und frisch aus der Waschanlage, parkte vor dem türlosen Eingang. In dieser Slumstraße der Bronx nahm sich der Luxusschlitten so fremd aus wie ein Ufo vom Mars.

Ich betrat das Haus. Trotz seines ruinierten Zustands war es bewohnt. Ich hörte Stimmengewirr und TV-Geräusche. Außerdem roch es nach Essen.

Die hölzerne Treppe knarrte und krachte.

Zweite Etage, rechter Flur, dritte Tür, so lautete die Anweisung des geheimnisvollen Anrufers.

Ich zog den 38er.

Falls Glover sich tatsächlich hinter dieser Tür aufhielt, hätte Anklopfen eine Art Selbstmordversuch bedeutet. Auf die Gefahr hin, eine harmlose Familie beim Mittagessen zu erschrecken, trat ich wuchtig gegen das Schloss.

Die Tür sprang auf. Ich machte einen Satz nach vorn, brüllte: »FBI! Keine Bewegung!«

Keine Familie beim Mittagessen, sondern Jay Glover in einem Sessel rechts von der Tür, in Reichweite.

Mit einem zweiten Satz stand ich vor ihm, rammte ihm die Mündung des 38ers unters Kinn.

»Du bist dran, Jay, wenn du …«

Er bog den Kopf in den Nacken, drehte die Augen nach oben, dass fast nur noch das Weiße zu sehen war, bleckte die starken, gelben Zähne.

Ich griff unter seine Jacke, zog ihm die Kanone aus dem Schulterholster, legte sie auf den schmutzigen Fußboden, schob sie ein paar Yards weit weg und trat zwei Schritte zurück.

»Auf die Knie!«

Über Glovers Kinn zog sich eine Speichelspur. Die Wut verzerrte sein Gesicht, erstickte seine Stimme.

»Verdammter Bastard!«, röchelte er.

Ich wiederholte den Befehl.

»Auf die Knie!«

Schwer stemmte er sich aus dem Sessel, krachte auf die Knie.

»Runter! Gesicht nach unten!«

Er änderte seine Haltung nicht, verharrte auf den Knien. Ich trat hinter ihn, räumte den Sessel aus dem Weg und rammte Glover den Fuß zwischen die Schulterblätter.

Er fiel nach vorn.

Ich kniete mich auf ihn, zog seinen rechten Arm nach hinten, dann den linken und verpasste ihm Plastikhandschellen.

Plastikhandschellen sind eine feine Erfindung. Man schleppt nicht kiloweise Metall mit sich herum. Sie beulen die Taschen nicht aus, und man kann mit ihnen einen Gangster genauso sicher fesseln wie mit Stahl. Sie haben nur einen Nachteil. Man braucht beide Hände, um sie festzuzurren.

Ich schob den 38er ins Holster und fixierte Glovers Hände auf dem Rücken, und dabei dachte ich an die Morde, die er mit diesen Händen begangen hatte: den Mord an dem Bankwächter in Long Island, an die erdrosselte Luella Canetti, an Marco Sook, der selbst ein Gangster gewesen war, und so weiter.

Die Schlinge zeigte sich widerspenstig. Ich musste mit aller Kraft daran ziehen. Ich konzentrierte für einige Sekunden meine ganze Aufmerksamkeit darauf wie ein Rodeo-Reiter, der sein Kalb in Bestzeit fesseln will.

Als ich die Anwesenheit des Mannes in meinem Rücken spürte, als meine Instinkte mich warnten, war es zu spät.

Der Schlag traf präzise.

Ich empfand keinen Schmerz.

Das Licht in meinem Kopf ging einfach aus.

Eine riesige Ratte sauste über Burt Rascos Gummistiefel, stürzte sich ins braune Abwasser, schwamm mit der Strömung in die Finsternis jenseits des schmalen Lichtstreifens der Lampen.

Rascos Fluch hallte von den Kanalwänden wider, pflanzte sich als Echo fort.

»Halt die Schnauze!«, zischte Lash. »Man kann nie wissen, ob nicht eine Inspektionstruppe der Stadtverwaltung unterwegs ist.« Er lachte leise. »Zum Glück kommt es nicht oft vor. New York ist so pleite, dass es nur noch wenige Leute bezahlen kann, die sich um seine Eingeweide kümmern.«

Der Beton unter den Sohlen war glitschig wie Schmierseife. Das Abwasser rann als schmaler Bach in der Mitte des Kanals, wurde gespeist von zahllosen Zuflüssen aus Seitenkanälen und Röhren, die träge dahinsickerten oder unversehens als starker Schwall hervorbrachen.

Lash wusste, dass sich das gesamte System bei einem schweren Gewitter in Minutenschnelle bis zur Decke füllen konnte. Dann würde sich der schmale Bach des Hauptkanals in einen reißenden Strom verwandeln, vor dem man sich nur durch rechtzeitige Flucht retten konnte. Wann immer Lash in die Unterwelt hinabstieg, hörte er vorher den Wetterbericht und warf einen Blick zum Himmel.

Burt Rasco war zum ersten Mal in Manhattans Unterwelt, jenem riesigen Geflecht aus Kanälen, Schächten, Röhren, ausgemauert oder in den Felsgrund gesprengt. Er rutschte und stolperte Lash hinterher, der sich mit der Sicherheit des Mannes bewegte, der seinen Weg kannte.

Ein dumpfes Grollen kündigte sich an, steigerte sich zum Dröhnen, das die Wände zu erschüttern schien, und es ebbte ebenso schnell ab, wie es gekommen war.

»Was ist das?«, fragte Rasco.

»Ein Subway-Zug. Der Tunnel verläuft über unseren Köpfen«, antwortete Lash.

Er bog in einen Seitenkanal ein, dessen Wände so eng zusammenrückten, dass die Männer sie mit den Schultern berührten. Nach zehn Yards richtete Ron Lash den Lichtkegel seiner Stablampe auf einen Abzweig.

»Von hier an müssen wir kriechen.«

Rasco wich zurück.

»Ich geh da nicht rein! Ich bin keine Ratte.«

Lash schoss der Gedanke durch den Kopf, dass Burt Rasco genau das war: eine Ratte. Aber so einen Mann brauchte er für die Durchführung des Planes.

»Nur ein paar Yards. Danach können wir uns wieder aufrichten.«

Er ließ sich auf die Knie nieder, schob sich in die Abzweigung, die rund war wie eine Röhre. Fluchend folgte Rasco.

Beide Männer waren für den Trip in die Unterwelt gut ausgerüstet. Sie trugen Overalls, Gummistiefel, Handschuhe und Schutzhelme.

Nach wenigen Yards konnten sie sich wieder aufrichten. Der Kanal blieb jedoch schmal.

Ein anderes Hindernis erschwerte ihr Fortkommen. Ausgebrochene Steine bedeckten kniehoch den Boden.

Zwei Lichter tanzten vor ihnen in der Finsternis an der Röhrenwand.

Lash stieß einen leisen Pfiff aus. Die Lichter wandten sich ihm und Rasco zu. Sie saßen auf den Schutzhelmen von zwei Männern.

»Al Mannok und Lewis Turner«, nannte Lash die Namen. »Das ist Burt Rasco, den wir für den oberirdischen Teil unserer Aktion brauchen.«

Er leuchtete die Mauer ab, an der die Männer gearbeitet hatten. Diese Mauer verschloss den Gang an der Stirnseite.

»Ich denke, wir haben genug abgetragen«, entschied er. »Den Rest überlassen wir dem Sprengstoff, und die Bohrlöcher für die Ladungen produzieren wir in der Nacht vor dem Start.«

Er wandte sich an Rasco.

»Wer diese Mauer, ein bisschen Mörtel und eine Stofftapete wegpustet, steht im Tresorkeller der Diamond Trade Union of Manhattan.«

»Woher weißt du das?«, fragte Rasco aggressiv.

Ronald Lash lächelte. »Ich weiß es, weil mein Vater einen Safe in diesem Keller besaß.«

Rasco zuckte mit den Schultern.

»Dann bin ich der falsche Mann. Ich habe keine Ahnung, wie man einen Tresor knackt.«

»Niemand kann die Tresore der Diamond Union knacken«, sagte Lash, »obwohl sie nicht einmal einbetoniert sind. Drei große Panzerschränke stehen frei im Raum. Sie bergen die Safes der dreißig Diamantenhändler, die die Union bilden. Sie sind nicht nur aus schweißfestem Stahl, sondern derartig mit Elektronik gespickt, dass die Warnsignale loslegen, wenn ein Unbefugter sie nur ansieht.« Er wies auf die Mauer. »Wer dort ohne Scheckbuch einkaufen will, dem nutzen weder Sauerstofflanze noch Trennsäge. Er muss an dem Tag zur Stelle sein, an dem alle Tresore und alle Safes in den Tresoren offen stehen.«

Rasco verzog höhnisch das Gesicht.

»Und welcher Tag ist D-Day?«
»Der Tag der großen Auktion«, sagte Lash. »Übermorgen.«

Ich öffnete die Augen.

Der Kopfschmerz setzte ein mit der Wucht eines auf Volllast laufenden Motors. Ich hatte das Gefühl, ein Irrer mit Kettensäge wütete in meinen Gehirnwindungen.

Der schwarze Cop, dessen rundes Gesicht über mir hing wie ein dunkler Mond, fragte besorgt: »Wie geht's Ihnen, G-man?«

»Beschissen«, sagte ich und wunderte mich, dass ich sprechen konnte.

»Wir haben eine Ambulanz bestellt.«

»Helfen Sie mir auf die Füße!«, bat ich.

Er hievte mich hoch.

Die Welt drehte sich um mich mit der Geschwindigkeit eines außer Kontrolle geratenen Karussells. Mir wurde kotzübel.

Der Cop hielt mich auf Abstand aus Angst um seine Uniform.

Er bugsierte mich in den Sessel, in dem ich Jay Glover überrascht hatte.

Die Erinnerung an die Ereignisse vor dem Blackout kehrte zurück.

»Wer hat Sie gerufen?«, fragte ich den Cop.

»Dieser Junge.« Er wies auf einen etwa zehnjährigen Krauskopf von dunkler Hautfarbe, der zusammen mit einem Dutzend Hausbewohnern neugierig vom Flur aus die Ereignisse verfolgte.

»Woher wissen Sie, dass ich FBI-Agent bin?«

»Ich fand in Ihren Taschen den Ausweis, Sir.«

Er hielt mir einen Revolver hin.

»Ihre Waffe?«

Ich erkannte meinen 38er und schob ihn zurück ins Holster.

»Können Sie mir sagen, wer Sie niedergeschlagen hat? Ich muss einen Bericht schreiben.«

Ein zweiter City-Polizist drängte sich durch die Menge der Gaffer. Er war ein Weißer.

»Die Ambulanz ist unterwegs, G-man«, meldete er.

Ich betastete die Wunde an meinem Kopf. Blut verklebte mein Haar, und die Schwellung reagierte auf die Berührung empfindlich wie ein Schmetterlingsflügel.

»Ein Eisbeutel und ein Dutzend Kopfschmerztabletten werden genügen.«

Der schwarze Cop zückte sein Notizbuch. Ich sagte ihm, dass ich Jay Glover verhaftet hätte und von einem zweiten Gangster überrascht worden sei, über den ich keine Angaben machen könne, da ich ihn nicht gesehen hätte.

Der weiße Cop grinste.

»Das fanden wir neben dem umgestürzten Tisch.« Der Farbige zeigte mir ein Schmuckstück, ein Ohrgehänge, das aus einer großen Perle mit einem Kranz von Diamantsplittern bestand, vorausgesetzt, die Perle war nicht aus Wachs und die Diamanten aus Glas.

Was hatte sich auf dem Tisch befunden?

Ich zermarterte mein Gedächtnis, was zur Folge hatte, dass die Kettensäge in meinem Kopf auf höhere Touren schaltete.

Weiß gekleidete Männer der Ambulanz drängten mit einer Trage in den Raum.

Ich winkte ab.

»Mein Wagen steht in der Nähe.«

»Ich bringe Sie hin, G-man«, sagte der weiße Cop. »Wenn Sie es wünschen, fahre ich Sie in Ihr Hauptquartier. In Ihrem Zustand sind Sie eine Gefahr für den Verkehr.«

»Geben Sie mir den Ohrring«, bat ich den anderen Policeman.

Ich steckte das Schmuckstück in die Tasche und stemmte mich aus dem Sessel hoch.

Der weiße Cop begleitete mich zu meinem Wagen.

»Sind Sie sicher, dass es Jay Glover war, dem Sie begegneten, G-man?«, fragte er, und noch immer lag ein Abglanz des Grinsens auf seinem Gesicht. Auf seinem Namensschild stand: Officer T.B. Warshield.

»Zweifellos. Ich weiß, wie Glover aussieht.«

»Ich auch«, sagte Officer Warshield. »Ich war Cop auf Long Island, als er die Suffolk Savings Bank überfiel, den Wächter tötete und bei der Verfolgung zwei Kollegen von mir anschoss. Seitdem habe ich Glovers Laufbahn verfolgt. Er hat sechs Morde verübt, und ganz besonders hasst er Polizisten jeder Sorte, egal ob mit oder ohne Uniform.«

Wir erreichten den Wagen, einen blauen Chevy aus dem Fahrzeugpark des FBI.

»Geben Sie mir den Schlüssel.«

Ich fand ihn in der Jackentasche, gab ihn dem Officer.

Warshield öffnete die Wagentüren.

»Wenn es wirklich Glover war und Sie von einem seiner Freunde niedergeschlagen wurden, G-man«, sagte er, »dann kann ich mir nicht erklären, wieso Sie noch leben.«

Auf dem Rückweg fühlte sich Burt Rasco nicht weniger unbehaglich als zuvor. Unwillkürlich hielt er nach der riesigen Ratte Ausschau, die ihm kurz zuvor über die Stiefel gehuscht war.

Sie erreichten den Einstiegsschacht.

Lash stieg die in die Wand einbetonierten Stahlsprossen hoch, stemmte sich gegen den schweren Verschlussdeckel, schob ihn zur Seite. Er schwang sich ins Freie und gab Rasco ein Zeichen.

Rasco beeilte sich und war froh, aus Manhattans Unterwelt rauszukommen.

Der Schacht mündete in den Fundamenten eines Wolkenkratzer-Neubaus, dessen Finanzierung noch vor der ersten Etage geplatzt war. Stahlträger ragten wie Zahnstümpfe in den Himmel. Baumaschinen rosteten vor sich hin.

Lash schob den stählernen Deckel zurück in die Fassung. Über eine Leiter gelangten sie aus dem Fundamentkeller. Ein Bauzaun schützte das Gelände zur Straße hin vor neugierigen Blicken.

»Beeil dich!«, drängte Lash.

Sie gingen zu einem aufgebockten Bauwagen, der beim Abbruch der Arbeiten ebenso zurückgeblieben war wie anderes Gerät. Lash schloss auf und zog hinter Rasco die Tür zu.

In diesem Wagen hatten sie Overalls und Gummistiefel angelegt, die sie jetzt auszogen.

Rasco schnupperte an seinem Anzug.

»Meine Güte, ich stinke nach all der Jauche, durch die ich waten musste.«

»Unsinn! Dir steckt noch der Geruch in der Nase. Spül ihn mit einem Whisky weg.«

Er öffnete einen Werkzeugschrank, holte eine Flasche Whisky und zwei einfache Gläser heraus, füllte sie und reichte eines Rasco.

Der Whisky war lauwarm. Rasco trank und schüttelte sich.

»Wie hast du dieses Loch gefunden?«, fragte er.

»Ich habe lange danach gesucht«, antwortete Lash. »In New Yorks Kanalnetz reinzukommen ist nicht schwierig, aber ich brauchte einen Einstieg, den ich wochenlang unbemerkt benutzen konnte.«

»Taucht niemand auf dieser Baustelle auf?«

»Die Gesellschaft ist so pleite, dass sie keinen Wächter bezahlen kann. Zwei- oder dreimal sah ich Tramps herumschnüffeln. Einmal wurde der Wagen, in dem wir sitzen, aufgebrochen und die Overalls geklaut.« Er füllte die Gläser nach. »Auf gutes Gelingen!«

»Ich weiß noch nicht, ob ich mitmache.« Trotz des fehlenden Eises trank Rasco einen kräftigen Schluck. »Vorher will ich alle Einzelheiten wissen.«

»Amerikas Diamantenhandel konzentriert sich auf den

Abschnitt der Fortyseventh Street zwischen Fifth und Sixth Avenue. Die meisten Diamantenhändler, die dort ihre Geschäfte betreiben, haben sich zur Diamond Union zusammengeschlossen. Zweimal jährlich veranstaltet die Union eine Diamantenauktion im Tresorkeller. Zugelassen sind Juweliere und Händler aus aller Welt. An dem Tag liegen geschliffene und ungeschliffene Diamanten im Wert von mindestens hundert Millionen Dollar offen auf Tischen im Tresorraum. Jeder Händler breitet die Steine, die er verkaufen will, auf handgroßen, weißen Papierbogen aus, die nach einem bestimmten Schema zusammengefaltet werden können. Die Steine auf einem Bogen nennt man ein Lot, das nur insgesamt gekauft werden kann. Während des ganzes Tages gehen Juweliere und andere Käufer von Tisch zu Tisch, prüfen die Lots und geben schriftlich ihre Gebote ab. Am Ende des Tages werden die Gebote verglichen und das höchste erhält den Zuschlag.«

»Die Jungs, die die Juwelen kaufen wollen, müssen eine Menge Bargeld bei sich haben«, warf Rasco ein. »Der Gedanke reizt mich.«

»Kaum einen Dollar. Gezahlt wird mit bestätigten Schecks, die für uns nur den Wert von Altpapier hätten.«

»Und für geklaute Diamanten zahlen die Hehler nur einen Bruchteil des Wertes.«

»Ein Bruchteil von hundert Millionen wären immer noch zehn, fünfzehn Millionen Dollar. Außerdem sind viele Steine ungeschliffen und nach der Bearbeitung nicht mehr zu identifizieren. In Hongkong gibt es einen Markt für solche Steine, auf dem sechzig Prozent des normalen Preises gezahlt werden.«

Lash füllte die Gläser nach.

»Ich rechne mit dreißig Millionen Dollar. Wer so viel aus einer Bank mitnehmen will, muss sich mit einem großen Sack Papier abschleppen. Uns genügen zwei, drei kleine Leinensäcke.«

»Wie viele Personen halten sich im Tresor auf?«

Lash lachte.

»Es geht zu wie in einem orientalischen Basar. Hinter den Tischen stehen die Händler, und davor drängen sich Juweliere und andere Aufkäufer. Sie werden schubweise hereingelassen. Nach jeweils zwei Stunden darf die nächste Gruppe die Steine begutachten und Angebote abgeben.«

»Wenn du zehn Minuten zum Einsammeln brauchst, sind die Cops in der Hälfte der Zeit zur Stelle.«

»Die Händler der Fortyseventh verlassen sich nicht auf die Polizei. Sie sind eine geschlossene Gesellschaft, gehören alle derselben Religion an, sprechen eine besondere Sprache, regeln Meinungsverschiedenheiten untereinander ohne die Gerichte. Wenn sie in unserem Fall ausnahmsweise die Cops alarmieren sollten, in den Tresorraum kämen die Bullen nicht hinein.«

»Warum nicht?«

»Der Tresor und ein großer Vorraum liegen im zweiten Kellergeschoss. Ein früherer Lastenaufzug wurde zu einem Personenlift umgebaut. Eine Treppenverbindung zwischen den Geschossen existiert nicht. Während der Auktion und solange die Panzertür zum Tresor geöffnet ist, bleibt die Kabine des Lifts blockiert. Nur der Vorsitzende der Union kann die Blockierung aufheben. Er benutzt dazu eine Codekarte wie für die Schranke eines Parkhauses. Wenn uns die Cops beim Einsammeln stören wollen, müssten sie mannsgroße Löcher in die Decke bohren.«

»Wozu brauchst du mich und meine Jungs, wenn alles so einfach ist?«

»Es ist nicht einfach.« Lash schüttelte den Kopf. »Im Tresor halten sich vier bewaffnete Männer auf. Sie tragen MPis und Armeepistolen. Sie sind Söhne von Diamantenhändlern und wurden vom israelischen Geheimdienst Mossad ausgebildet. Sie sind hart, schnell und zuverlässig. Selbst der Präsident der USA hat keine besseren Leute.«

»Denkst du, ich und meine Jungs hätten Lust, uns mit solchen Terminator-Typen anzulegen?« Rasco lachte höhnisch. »Wir sind keine Selbstmörder. Danke für den Whisky. Good bye!«

Lash verzog die Lippen zu einem Lächeln der Verachtung.

»Von dir wird nicht verlangt, dass du deine Haut riskierst. Ich brauche dich für einen Job, für den du geeignet bist: einen Menschen unter Druck setzen, ihn schinden und nötigenfalls foltern, bis er zusammenbricht und tut, was ich fordere.«

»Das hört sich schon besser an. Was wird von mir verlangt, und was springt dabei für mich heraus?«

Lash blickte auf die Armbanduhr.

»Darüber reden wir am Abend. Jetzt musst du gehen. Mannok und Turner kommen gleich, und ich will nicht, dass sich zu viele Leute zur selben Zeit auf dem Gelände aufhalten.«

»Du findest mich ab sieben Uhr in Snooks Pool Billard Salon. Ich werde Sam Lucone und Fernando Torres mitbringen. Sie sind gute Leute.«

Sie verließen den Wagen, überquerten das Baugelände. Lash schob ein loses Brett im Zaun zur Seite, vergewisserte sich, dass kein Passant sie beachtete, und ließ Rasco zuerst durch die Öffnung schlüpfen.

Der unvollendete Wolkenkratzer war der erste Vorbote einer Spekulationswelle, die früher oder später diesen Teil der 44th Street erfassen und die hässlichen Mietshäuser und vergammelten, zweistöckigen Ex-Villen wegfegen würde, aber noch standen sie.

Lash trennte sich von Rasco, dessen Wagen jenseits der nächsten Kreuzung parkte. Er achtete sorgfältig darauf, dass der andere außer Sichtweite war. Dann überquerte er die Fahrbahn und sprang die wenigen Außenstufen zur Tür des schmalbrüstigen Zwei-Etagen-Hauses hinauf, das der Baustelle gegenüberlag.

Noch bevor er den Klingelknopf berührt hatte, öffnete eine schlanke, schwarzhaarige Frau.

»Hast du mich beobachtet?«, fragte Lash unwillig.

Sandra Boyce nickte.

»Wer war der Mann?«

»Ein Gangster«, antwortete Lash und stieg die Treppe zur zweiten Etage hinauf.

Sandra folgte ihm. »Er hatte ein hässliches Gesicht«, sagte sie.

»Ich will ihn nicht auf eine Schönheitskonkurrenz schicken.«

Im Wohnraum streifte Lash die Jacke ab. Er trug in einem Achselholster eine schwere Pistole, schnallte das Holster ab und legte die Waffe auf den Tisch.

»Wozu brauchst du ihn?«, beharrte Sandra. »Er ist heimtückisch.«

»Ja, er ist ein richtiger Scheißkerl«, sagte Lash lachend, »bestens geeignet für den vorgesehenen Job. Bring mir ein Glas Whisky! Vergiss nicht das Eis!«

Er setzte sich an das Fenster, durch das er auf das gegenüberliegende Baugelände blicken konnte. Als Sandra ihm das Glas brachte, hielt er sie fest und zog sie auf seine Knie.

»Noch achtundvierzig Stunden, Baby, und ich kippe dir Diamanten auf den Tisch wie Puffreis aus der Tüte.«

Sie kannte seine Pläne. Vor acht Monaten hatte er sie mitgenommen in Manhattans Unterwelt, hatte sie vor die Mauer geführt und ihr gesagt, was dahinter lag. Wie ein Besessener hatte er seitdem sein Ziel verfolgt und Sandra dafür eingespannt. Auf ihren Namen war dieses Haus gemietet worden. Tagelang hatte sie für Lash die stillgelegte Baustelle beobachtet.

»Du glaubst wirklich, es wird ohne Blutvergießen abgehen?«, fragte sie.

»Es muss ohne Blutvergießen abgehen, oder es geht gar nicht. Ich war selbst einmal Mitglied der Truppe, die die Auktion schützt. Ohne Tricks hat niemand gegen die Jungs eine Chance. Die Diamond Union lässt sich die Ausbildung ihrer Guards viel Geld kosten.«

Sandra nahm ihm das Glas aus der Hand, nippte am Whisky. »Manchmal glaube ich, dir ist mehr daran gelegen, der Union zu schaden, als an ihre Diamanten zu kommen.«

»Nein, Sandra. Ich bin kein Narr. Diamanten für mindestens vierzig, fünfzig Millionen Dollar sind wichtiger als Gefühle, doch ich gebe zu, dass ich die verdammten Krämerseelen der Fortyseventh hasse. Sie haben meine Familie ruiniert und meinen Vater in den Selbstmord getrieben.«

»Warum geschah das?«

Lash lachte böse.

»Das schwarze Schaf war ich. Es gibt eine Menge Leute, besonders unter den Touristen, die Diamanten nicht von geschliffenem Glas unterscheiden können. Aus diesem Grund hat die Vereinigung der Diamantenhändler der Fortyseventh strenge Regeln erlassen. Niemand darf betrogen werden. Nur faire Gewinnspannen sind erlaubt. Jeder Käufer erhält eine Garantie für die Echtheit und so weiter.«

Er zuckte verächtlich mit den Schultern.

»Ich brauchte Geld, verschaffte mir eine Hand voll Talmi und verkaufte ihn über die Ladentheke meines Vaters als echte Steine an irgendwelche Narren. Es kam heraus, und die Moralapostel in der Diamond Union brachen den Stab über meine ganze Familie.«

Durch das Fenster sah Lash, wie Al Mannok und Lewis Turner das Baugelände verließen. Er hatte die beiden Männer aus dem Angebot einer illegalen Söldnervermittlung ausgewählt. Sie waren Ex-Marines, die die Armee wegen schwerer Vergehen während des Panama-Einsatzes rausgeworfen hatte. Sie konnten mit Waffen und Sprengstoff umgehen, waren schweigsam, nur mäßig intelligent und fasziniert von der Aussicht auf Hunderttausende von Dollars.

»Werden sie dich nicht verdächtigen, wenn deine Aktion gelingt?«

»Das werden sie«, bestätige Lash. »Ich stehe auf ihrer schwarzen Liste. Für einige Zeit muss ich von der Bildfläche verschwinden. Ich werde nicht in dieses Haus zurückkehren.«

»Wohin wirst du gehen?«

Er küsste sie flüchtig.

»Es ist besser, wenn du es nicht weißt. Du musst damit rechnen, dass die Schnüffler bei dir auftauchen. Wenn sie herausfinden, wo wir in Manhattans Kanalnetz eingestiegen sind, werden sie alle Häuser abklappern und die Bewohner befragen. Stell dich darauf ein!«

Sie löste sich aus seinen Armen.

»Willst du mich abhängen, Ron?«, fragte sie leise.

Er zog sie zurück auf seine Knie.

»Sei nicht misstrauisch, Baby! Es ist einfach notwendig, dass ich untertauche, bis sich die Aufregung gelegt hat. Das kann zwei oder drei Wochen dauern. Dann werde ich New York mit den Steinen verlassen und sie im Libanon zu Geld machen. Ich habe erstklassige falsche Papiere.«

»Auch für mich?«

»Selbstverständlich!«, antwortete Lash lachend, und um Sandra nicht in die Augen sehen zu müssen, griff er in ihr Haar, bog ihren Kopf nach hinten und küsste sie.

Am Abend kam Phil in unser Office, ließ sich in einen Sessel fallen und schimpfte: »Sein Volk hungert, aber an seine Gönner in den USA verteilt der große Chief goldene Uhren. Man sollte …« Er stockte, fragte: »Was ist mit dir los?«

»Ich bekam einen Tipp, wo Jay Glover zu finden wäre.«

»Eine Seifenblase?«

»Nein, er war da, wo er sein sollte. Während ich damit

beschäftigt war, ihm Handschellen anzulegen, kam irgendwer und ...«

Phil schoss aus dem Sessel hoch, starrte mich an.

»... und legte mich flach«, beendete ich den Satz.

Wie der Cop, nur mit mehr Anteilnahme, fragte Phil: »Wieso lebst du noch?«

Ich wies auf die Computerauszüge auf dem Schreibtisch. »Das versuche ich herauszufinden. Ich denke, am besten könnte der Mann die Frage beantworten, der Jay Glover verpfiff. Ich habe mir vom großen Gehirn die Namen aller Männer und Frauen ausspucken lassen, die jemals zu Glover in Beziehung standen. Viele von ihnen haben Grund, Glover zu hassen. Er behandelt nicht nur seine Feinde schlecht, sondern auch seine Freunde.«

»Eifersucht wäre ein Motiv.« Phil setzte sich wieder. »Glover hat eine Menge Frauen ver- und missbraucht.«

»Der Anrufer war ein Mann! Hier ist die Aufzeichnung.« Ich drückte den Einschaltknopf des Abspielgeräts. Natürlich werden alle Anrufe im FBI-Hauptquartier automatisch aufgezeichnet. Ich hatte mir eine Kopie anfertigen lassen.

Aus dem Lautsprecher flüsterte die Männerstimme die drei Sätze, die ich schon zwanzig Mal abgehört hatte: »Ich weiß, wo ihr Jay Glover finden könnt. Schickt einen Mann in Ben's Inn, 180 East 137th Street, Bronx! Nächste Nachricht dort!«

»Er spricht Englisch mit einem Akzent«, stellte Phil fest.

»Gutes Gehör, alter Junge! Die Fachleute tippen auf Herkunft aus dem Vorderen Orient.«

»Was wirst du unternehmen?«

»Darüber denke ich morgen nach. Noch stottert mein Gehirn.«

»Ich muss mich drei Tage lang um den Golduhren-Chief kümmern«, knurrte Phil. »Verdammter Job!«

»Was wirst du machen, wenn er dir eine Golduhr anbietet?«

»Ich werde ihm die Körperstelle sehr genau beschreiben, in die er sie sich schieben soll«, antwortete Phil grimmig.

Abe Litzman war wütend auf seine Tochter, nicht nur in diesem Augenblick, da er die schmutzige und schlecht beleuchtete Treppe zu ihrer Wohnung hinaufkeuchte, sondern mehr oder weniger immer. Ihm passte weder ihr Kunststudium noch die Art ihres Lebens. Bei ihrem Auszug aus der elterlichen Wohnung hatte es einen Riesenkrach zwischen ihm und Rosaly gegeben. Für den strengen und gläubigen Abe war der Gedanke, dass Rosaly ohne elterliche Aufsicht mit verwegenen, morallosen Künstlern und Studenten verkehrte, reiner Horror.

Schwer atmend kam Litzman nach acht Treppenläufen vor der Tür von Rosalys Wohnung an. Beim Anblick der bunten Bemalung und der verschnörkelten Aufschrift »Rosaly Litzman« erlitt er einen neuen Wutanfall. Mit der nackten Faust hämmerte er auf den Gong, der an der Tür hing, schimpfte laut: »Nicht mal eine anständige Klingel hat sie! Sodom! Gomorrha!«

Die Tür wurde geöffnet.

Litzman sah sich seiner Tochter gegenüber, blickte in ihr blasses Gesicht, registrierte die schrille Kleidung und schnauzte sie an: »Weshalb rufst du mich mitten in der Nacht an? Was willst du von mir? Hat einer der Gannefs, mit denen du dich abgibst, deine letzten Cents mitgenommen?«

Von der Seite her schob sich eine Hand in Litzmans Blickfeld. Die Hand hielt einen massiven Revolver, dessen Mündung, während Litzman die Stimme versagte, den Kopf seiner Tochter berührte.

Eine Männerstimme sagte: »Komm rein, Abe! Du willst doch nicht, dass ich ihr den Kopf wegpuste, oder?«

Die Tür wurde weit aufgerissen. Zwei Männer stürzten sich auf Litzman, der dritte, der den Revolver an Rosalys Kopf hielt, zerrte sie zur Seite.

Zwar war Litzman ein kräftiger Mann und guter Kämpfer, und er trug eine Waffe, doch die Sorge um seine Tochter lähmte ihn.

Sie packten seine Arme, schleiften ihn in die Wohnung.

Ein Fußtritt warf die Tür ins Schloss. Litzman wurde die Jacke heruntergerissen und die Waffe aus dem Gürtelholster gezogen. Fausthiebe in Magen und Unterleib nahmen ihm die Luft. Er knickte in die Knie. Ihm wurde schwarz vor den Augen.

Sie schleiften ihn durch den Vorraum in Rosalys so genanntes Atelier, das ihr gleichzeitig als Wohnung diente. Dort ließen sie ihn los. Er fiel aufs Gesicht.

Er verlor nicht das Bewusstsein, hörte Rosalys lautes Schluchzen, ihre Rufe: »Daddy! Daddy!«

Eine Schuhspitze traf seine Rippen. Eine Stimme befahl: »Steh auf!«

Litzman stemmte den Oberkörper hoch. Als Erstes fiel sein Blick auf eines dieser Bilder, mit denen Rosaly Karriere als Malerin zu machen versuchte und die er abscheulich fand und hasste wegen der grellen Farben und der Nacktheit der dargestellten Personen.

Der Mann, der ihn mit dem Fuß angestoßen hatte, half ihm aufzustehen, schob ihm einen Stuhl hin.

Der Stuhl war gelb und rot lackiert. An allen Gegenständen im Atelier hatte Rosaly ihre Farbenlust ausgetobt. Litzman ließ sich auf den Stuhl sinken.

Er sah sich vier Männern gegenüber, deren Gesichter sich nicht voneinander unterschieden, weil sie identische Gummimasken trugen.

»Tut mir Leid, dass wir dich in Schwierigkeiten bringen, Abe.« Die Stimme des Mannes klang ruhig. Litzman sah, dass er Krokodillederschuhe trug. »Weder dir noch deiner Tochter krümmen wir ein Haar, vorausgesetzt, du sträubst dich nicht gegen einen kleinen Gefallen, den wir von dir verlangen.«

»Lasst die Finger von Rosaly, ihr Hundesöhne!«

»Das ist nicht der richtige Ton, Abe!« Der Mann mit den Krokodillederschuhen schnippte mit den Fingern und sagte über die Schulter: »Gib ihm einen Vorgeschmack von dem, was seine Tochter erwartet, wenn er den Helden spielt!«

Einer der Gangster trug eine Baseballkappe. Er packte mit beiden Fäusten Rosalys Bluse, zerriss sie und fetzte den Stoff von ihrem Körper.

Abe Litzman schloss die Augen, um die nackten Brüste seiner Tochter nicht sehen zu müssen.

»Du wirst noch ganz anderes ansehen müssen als ihre Titten«, sagte der Anführer. »Wie steht es mit dem kleinen Gefallen?«

»Was verlangt ihr?«

»Wir brauchen ein halbes Dutzend Maschinenpistolen, reichlich Munition und ein paar gute Pistolen. Ich weiß, dass du das Arsenal der Diamond Union verwaltest. Du hältst die Kugelspritzen in Ordnung und gibst sie an die Guards aus. Die Waffen liegen im besonders gesicherten Raum des Hauses Nummer 304. Von dir wollen wir wissen, wie wir in das Haus und in den Raum gelangen, ohne dass die Alarmanlage losgeht. Du verfügst über die Schlüssel und kennst den Code.«

»In dieser Stadt gibt es Waffen an jeder Straßenecke zu kaufen. Warum verfallt ihr auf das Arsenal der Union?« Litzman starrte den Mann so intensiv an, als könnte er durch das Gummi hindurch sein wahres Gesicht erkennen. »Wer bist du? Woher weißt du so genau Bescheid über ...?«

Ein schwerer Schlag traf sein Gesicht, aber viel schlimmer als der Schlag traf Litzman Rosalys Aufschrei, ihr Jammern, Weinen, Schluchzen. Gegen seinen Willen blickte er zu ihr hin. Sein Herzschlag drohte auszusetzen, als er sah, wie der Gangster mit der Baseballkappe brutal die Brüste seiner Tochter knetete, während ein anderer Rosalys Arme nach hinten bog und festhielt.

»Aufhören! O Gott, hört auf! Ja, ich sage euch den Code! Lasst mein Kind los! Bitte ...«

Wieder schnippte der Krokodilschuh-Mann mit den Fingern.

»Baseballkappe« stoppte die grausame Massage.

»Sei vernünftig, Abe!« Der Anführer legte ihm die Hand auf die Schulter. »Was macht es der Union aus, wenn sie Waffen im Wert von zweitausend Dollar verliert? Sie kann den Verlust leicht verschmerzen und jede Sorte Schießeisen für ihre Leute auf offiziellem Weg neu kaufen.«

In Litzmans Kopf jagten sich die Gedanken. Noch am Nachmittag hatte er im Depot die UZI-MPis und die Pistolen für die vier Guards, die für die morgige Auktion eingeteilt waren, überprüft, mit Munition versehen und in die Spinde der Männer gehängt. Wenn die Gangster das Depot ausraubten, konnte die Auktion nicht rechtzeitig beginnen, aber eine Gefahr für die Diamanten im Tresor der Union bestand nicht. Ohne bewaffnete Guards würden die vier Vorstände der Union den Tresorkeller nicht öffnen und die Auktion verschieben.

»Du denkst zu lange nach, Abe!« Der Anführer hob die Hand. »Beim nächsten Durchgang kommt Rosaly-Schätzchen nicht mit ein paar blauen Flecken davon.«

»Alle Schlüssel habe ich bei mir«, sagte Litzman hastig, »und der Code lautet …«

Den Tag nach dem Zusammenstoß mit Jay Glover hatte ich damit vertan, in den Kneipen und Kaschemmen herumzuhängen, die von Leuten bevorzugt wurden, die Glover kannten. Herausgekommen war dabei nichts.

Heute Morgen führte mich der erste Weg ins Nachrichtenzentrum des Hauptquartiers. Sie hatten Fotos von dem Ohrgehänge angefertigt und die Bilder an eine Menge Dienststellen der City und der State Police gefaxt mit der Bitte, falls über diesen Schmuck irgendwelche Erkenntnisse vorlägen, den FBI zu unterrichten.

Ich fragte nach Reaktionen.

Der Kollege im Nachrichtenzentrum tippte sich mit eindeutiger Geste an die Stirn.

»Komm in zwei Wochen wieder, Jerry!«

Ich fuhr in den Keller des Hauptquartiers, wo sich die Asservatenkammer befindet, in der Beweisstücke aufbewahrt werden, bis sie die Staatsanwaltschaft übernimmt.

»Gib mir den Klunker, den ich vorgestern ablieferte. Ich will wissen, ob er echt ist oder nur Talmi.«

»Füll die Formulare aus!«, sagte Mrs. Major, vor zwanzig Jahren eine der ersten FBI-Agentinnen im aktiven Einsatz und jetzt auf einem Pensionsposten.

Ich machte Kreuze bei zwei Dutzend Fragen, schrieb in die Spalte Begründung »Prüfung auf Echtheit« und unterzeichnete mit Namen und Dienstnummer.

Mrs. Major übergab mir dann den Ohrring in einer Plastiktüte.

Für alles, was mit Schmuck zusammenhängt, gibt es in New York eine Top-Adresse, besser und effektiver als Tiffany: Diamond Row, das Diamantenzentrum in der 47th Street.

Seit zwanzig Minuten warteten vier junge Männer vor Nummer 304, einem der wenigen Häuser auf diesem Abschnitt der 47th Street ohne vergittertes Schaufenster aus Panzerglas, in dem Diamanten ihr kaltes Feuer versprühten. In Nummer 304 war die Verwaltung der Diamond Trade Union untergebracht, einige Büros, Konferenzräume und die Waffenkammer der Selbstschutztruppe.

An diesem Morgen blieben die meisten Geschäfte geschlossen und sollten auch im Laufe des Tages nicht geöffnet werden. Trotzdem herrschte viel Betrieb in der Straße. Die Teilnehmer an der Auktion strebten dem letzten Haus vor der Kreuzung mit der Sixth Avenue zu, in dessen weitläufigem Untergeschoss sich die Tresorkeller der

Union befanden. Jeder Besucher musste im Eingang eine Detektorschleuse wie auf einem Flugplatz passieren. Niemand durfte eine Aktentasche mitbringen. Ausweise und Einladungskarten wurden streng kontrolliert.

Ariel Sharin, einer der wartenden Guards vor 304, wurde von einem Händler angerufen, den er in Antwerpen kennen gelernt hatte.

»Hallo, Ari, hat dein Dad in diesem Jahr bessere Qualitäten im Angebot als bei der letzten Auktion?«

»Nur wasserhelle Steine, Mr. Silver!«, rief Ariel zurück. Er war wie die anderen Guards Sohn eines Diamantenhändlers.

Neben ihm blickte Benny Loskew unruhig auf die Armbanduhr. »Wo bleibt Litzman? Die Auktion soll um neun Uhr eröffnet werden!«

»Ohne uns können sie nicht anfangen.« Sol Merchant setzte sich auf eine Treppenstufe.

»Müssen wir nicht Mr. Alech benachrichtigen?«, fragte Harry Naffa, der als Jüngster zum ersten Mal für den Schutz einer Auktion eingeteilt war.

Als wäre sein Stichwort gefallen, kam ein hagerer, in konservatives Schwarz gekleideter Mann aus dem Haus, Joseph Alech, auch er Diamantenhändler und in diesem Jahr gewählter Vorsitzender der Union.

»Wir bekamen einen Anruf von Litzman«, sagte er eilig. »Er hatte einen Autounfall und wurde verletzt. Ich werde das Depot mit dem Reserveschlüssel öffnen.«

Die Guards folgten ihm ins Haus.

Die Waffenkammer lag im Kellergeschoss, gesichert durch eine mit Elektronik gespickte Panzertür.

Joseph Alech tippte auf einer Tastatur die Ziffern des Codes, der die Alarmanlage außer Betrieb setzte, öffnete mit zwei Schlüsseln die Schlösser. Sharin half ihm, die schwere Tür zu bewegen. Automatisch schaltete sich das Licht ein.

An den Wänden des Kellerraums standen Spinde

aus massivem Stahl. Jeder Spind trug den Namen eines Guards.

»Beeilt euch!«, befahl Alech.

Wenn die Schutztruppe der Diamond Union in der Öffentlichkeit agierte, trugen ihre Mitglieder eine Art Uniform, bestehend aus Jeans, einem blauen Hemd und einer schwarzen Lederjacke mit einem Davidstern auf dem linken und dem Symbol der Union auf dem rechten Ärmel. Auf der Brustseite war eine Plastikhülle befestigt, die die Erlaubnis des Police Departement enthielt, in der Öffentlichkeit Waffen zu tragen.

Die vier jungen Männer wechselten von der Alltagskleidung in die Uniform. Für jeden hing in seinem Spind eine UZI-Maschinenpistole und ein Gürtel mit einer 45er Pistole.

»Ariel hat die meiste Erfahrung«, sagte Joseph Alech. »Richtet euch nach seinen Anweisungen!«

Sie verließen das Depot, dessen Stahltür vom Vorsitzenden wieder verschlossen wurde, und gingen als Gruppe über die 47th Street zum Auktionsgebäude. Als sie den Eingang passierten, jaulten wegen des vielen Eisens, das sie trugen, die Signale der Detektorschleuse. Die Guards, die dort ihren Dienst versahen, lachten.

Die große Liftkabine brachte sie hinunter ins zweite Kellergeschoss. Vor der Panzertür des Tresors warteten achtundzwanzig Mitglieder der Diamond Union, die sich mit ihren Diamanten an der Versteigerung beteiligten.

Die Öffnung des Tresors wurde in feierlichem Zeremoniell vollzogen. Joseph Alech und drei Vorstandsmitglieder öffneten mit vier verschiedenen Schlüsseln und je einem Code die Panzertür, die nach Lösung aller Sperren von Sharin und Loskew aufgezogen wurde.

Der Zugang zum Tresor lag frei. Alech schaltete die Beleuchtung ein.

Der Tresorraum war überraschend groß. Im Zentrum standen drei mächtige Panzerschränke, unangreifbar nicht nur durch ihre Wände aus Spezialstahl, sondern auch durch das Gespinst unsichtbarer Strahlen, die jede Annäherung, jede Berührung mit der Auslösung von Alarmsignalen beantworteten. Ein Computerprogramm steuerte die Sicherung. Nur durch die vier Codekarten der Vorstandsmitglieder konnte es ausgeschaltet werden.

Als die roten Lichter über den Panzerschränken erloschen, bezogen Ariel Sharin und Harry Naffa Posten neben dem Eingang. Loskew und Sol Merchant übernahmen je eine Seite des Raumes.

Noch einmal wiederholte sich die komplizierte Öffnungsprozedur bei den drei Panzerschränken.

Jeder Schrank barg zehn Stahlfächer, so genannte Safes. Auf den glatten Türen standen die Namen der Eigentümer.

Die Händler betraten den Tresor. Jeder besaß den Schlüssel zu seinem Fach. Sie öffneten die Safes, entnahmen kleine Papierpäckchen und gingen zu ihren vorbereiteten Plätzen an den mit blauem Samt bezogenen Tischen. Dort öffneten sie die kaum handgroßen Päckchen.

Im scharfen weißen Licht der Deckenstrahler sprühte das kalte Feuer der geschliffenen Diamanten, während die Rohsteine für einen Laien kaum von stumpfem Glas zu unterscheiden waren.

Bis alle ihre Schätze ausgebreitet hatten, vergingen zwanzig Minuten. Schließlich fragte Joseph Alech laut: »Sind alle bereit?«

Vielstimmiges Gemurmel antwortete ihm.

Er hob das tragbare Telefon an die Lippen.

»Die erste Gruppe kann kommen!«

In zwei Fahrten brachte die geräumige Liftkabine dreißig Juweliere und Aufkäufer. Alech begrüßte jeden mit Handschlag. Nach dem Letzten blockierte er den Lift durch das Umlegen eines Schalters, der die Stromzufuhr unterbrach. Gleichzeitig sperrte eine Sicherung den Schalter, der jetzt nur nach Einführung der Codekarte in die aktive Stellung zurückgelegt werden konnte.

Joseph Alech ging in den Tresor. Die Aufkäufer hatten sich an den Tischen verteilt, begannen mit Lupen die Diamanten zu prüfen oder kontrollierten Karatgewichte auf elektronischen Feinstwaagen.

Ariel Sharin unterdrückte ein Gähnen.

Die Luft im Tresor war miserabel, und sie würde in den vier Stunden, die er bis zur Mittagsunterbrechung aushalten musste, so dick und sauerstoffarm werden wie in einer drittklassigen Hafenkaschemme.

Insgeheim fand er den militärischen Anblick, den er und seine Freunde boten, überflüssig und irgendwie lächerlich.

Niemand hatte die leiseste Chance, ein Stück Stahl mitzubringen, nicht einmal eine Nagelfeile. Jeder Juwelier oder Händler, der von der Union zugelassen wurde, war auf Herz, Nieren und Bankkonto durchleuchtet worden.

Warum also präsentierten er und die anderen die Maschinenpistole, als gelte es, eine Horde Gangster einzuschüchtern?

Er lächelte.

Es gehörte zur Tradition, und auf nichts legten die Mitglieder der Diamond Union größeren Wert.

Tradition war für alle ein heiliger Begriff.

Die Wolkenkratzertürme des nahen Rockefeller Centers überragen die bescheidenen Bauten der 47th Street um ein Vielfaches. Die Geschäfte der Diamantenhändler wirken nicht protzig, im Gegenteil, sie ähneln eher Altwaren-Läden.

Ich fand die meisten Eingangstüren verschlossen und glaubte an einen religiösen Feiertag, aber dann fand ich einen geöffneten Laden.

Der Besitzer war ein alter, weißhaariger Mann, der ein besticktes Käppchen auf dem Hinterkopf trug. Sein Blick verriet Misstrauen. Anscheinend sah ich nicht aus wie jemand, der zehntausend Dollar investiert, um sich mit einem Diamanten bei einer Lady für die vergangene Nacht zu bedanken.

Ich legte das Ohrgehänge auf den stoffbezogenen Ladentisch.

»Heiße Ware kaufe ich grundsätzlich nicht«, sagte der Alte.

Also legte ich den FBI-Ausweis neben das Schmuckstück. Er nahm ihn, hielt ihn vor seine kurzsichtigen Augen und beschnüffelte ihn ausführlich, bevor er ihn zurückgab.

»Was wünschen Sie, G-man?«

»Können Sie mir den Wert des Schmuckstücks nennen?«

Er klemmte sich eine Lupe vor das Auge, betrachtete das Ohrgehänge viel kürzer als den FBI-Ausweis und warf mir eine Zahl an den Kopf: »Fünfzehntausend Dollar!«

»Sind Sie sicher?«

Er blitzte mich mit einem zornigen Blick an. Die Frage hatte ihn beleidigt.

»Die Brillanten sind feinste Qualität mit erstklassigem Schliff, und die Perle ist ungewöhnlich groß und absolut makellos. Falls ein zweiter Ohrring existiert, müssen beide Schmuckstücke mindestens fünfzigtausend Dollar gekostet haben.«

»Warum mehr als das Doppelte?«

»Weil zwei Perlen von identischer Qualität in dieser Größe sehr schwierig zu finden sind.«

»Glauben Sie, dass es ein zweites Stück gibt?«

»Wer kann das wissen?« Er zog die Schultern hoch und spreizte die Hände. »Der Mensch wurde geschaffen mit zwei Ohren. Früher schmückten die Frauen beide. Heute hängen sie sich einen halben Kronleuchter ans linke Ohr und nehmen für das rechte nur einen Tropfen Parfum.«

»Danke für die Auskunft, Sir.«

Ich steckte den Klunker in die Tasche und verließ den Laden. Die Auskunft hatte mich nachdenklich gemacht. In meinem Kopf kreiste die Frage: Welchen Zusammenhang gab es zwischen einem Fünfzehntausend-Dollar-Scheck und einem Bankräuber und Profikiller vom Schlage Jay Glovers?

Ariel Sharin warf einen Blick auf die Armbanduhr. Kaum eine Stunde war seit dem Beginn der Auktion vergangen. Er hätte gern eine Zigarette geraucht, aber Rauchen war streng verboten. Es gab kein vernünftiges Abzugssystem im Tresorkeller. Der Luftaustausch über den Liftschacht war bei geschlossener Schachttür gleich Null.

Die Aufkäufer und Händler schienen nichts von der Beeinträchtigung zu spüren.

Sie drängten sich an den Tischen, diskutierten mit den Verkäufern über die Qualität der einzelnen Steine, versuchten herauszufinden, welches Gebot erwartet wurde. Von Zeit zu Zeit schwoll das Stimmengewirr an, ebbte wieder ab.

Bei jeder Auktion wunderte sich Sharin, dass in dem Gedränge keine Steine vertauscht wurden oder abhanden kamen, aber dergleichen geschah nie. Die Mitglieder der Diamond Union kannten ihr Angebot an Diamanten bis zum kleinsten Splitter und überwachten die Prüfung mit Argusaugen.

Sharin wandte sich an Harry Naffa, der auf der anderen Seite der Tresoröffnung stand.

»Frag Benny Loskew, ob er abgelöst werden will. Im Tresor ist die Luft noch schlechter als an der Tür. Ich denke, wir sollten jede Stunde die Plätze …«

Das Krachen der Explosion zerfetzte den Satz. Wie der erste Windstoß eines ausbrechenden Taifuns fegte staub- und mörtelgeschwängerte Luft durch den Keller. Steinbrocken wurden weit in den Raum geschleudert, und Männer stürzten zu Boden.

Ariel Sharin reagierte mit gründlich antrainierter Schnelligkeit, sprang aus dem Tresor in den Vorraum. Im

Grau der Mörtelstaubwolken sah er das Loch in der Seitenwand, riss die UZI hoch, schrie: »Ich schieße!«

Eine Gestalt zwängte sich durch die Öffnung.

Sharin zog durch.

Der Rückstoß, auf den er sich instinktiv einstellte, blieb aus. Die MPi versagte.

Er ließ sich fallen, riss die Pistole aus dem Holster.

In der Schwärze der Öffnung flackerte Mündungsfeuer. Eine kurze Kugelserie riss Ariel Sharin von den Füßen und stürzte ihn in die große, ewige Finsternis.

Naffa, der Sharin in den Vorraum gefolgt war, sah sich drei Männern gegenüber. Im selben Augenblick kamen Loskew und Sol Merchant aus dem Tresor, rissen die MPis hoch und drückten auf die Abzüge.

Fassungsloses Entsetzen packte die Männer, als ihre Waffen stumm blieben, aber die Lähmung dauerte nur Sekundenbruchteile.

Naffa schwang die UZI zum Schlag hoch. Loskew und Merchant griffen nach den schweren Pistolen.

Der Abstand zwischen ihnen und den eingedrungenen Gangstern war zu gering, als dass den Guards eine Chance geblieben wäre. Die Kugelserie fing sie ab, fällte jeden von ihnen. Noch im Zusammenbrechen gelang es Loskew, auf den Abzug der Pistole zu drücken, die so wenig funktionierte wie die Maschinenpistolen.

Ein Gangster brüllte den Mann, der auf die Wachen gefeuert hatte, an: »Das war überflüssig, verdammt!«

»Macht mich nervös, wenn mit 'ner Kugelspritze auf mich gezielt wird«, fauchte der andere zurück. Ein vierter Mann zwängte sich durch das herausgesprengte Mauerloch.

Als vier maskierte Männer in den Tresor eindrangen, brach Panik aus. Juweliere und Aufkäufer, die sich irgendwohin in Sicherheit bringen wollten, stießen Tische um, fegten die ausgebreiteten Diamanten zu Boden. Aufschreiend versuchten Händler, ihren Besitz zu retten.

Schüsse dröhnten.

Ein Gangster feuerte aus einem Revolver gegen die Decke, brüllte: »Auf den Boden! Alle auf den Boden! Ich knalle jeden ab, der sich nicht hinlegt!«

Nur wenige gehorchten, und sie versuchten, wieder hochzukommen, als die anderen auf ihnen herumtrampelten.

Die Gangster erkannten, dass sie die Panik nicht stoppen konnten. Sie stürzten sich zwischen die Menschen, bahnten sich durch Schläge mit dem Revolverlauf ihren Weg zu den Diamantentischen, rafften so viel an sich, wie sie grapschen konnten.

Manche Händler wehrten sich, verteidigten ihren Besitz. Zweimal fielen Schüsse, zwei Unionsmitglieder brachen zusammen.

Hunderte von Diamanten verschwanden in den Leinensäckchen der Gangster.

Ich hatte die Erschütterung unter den Füßen gespürt. Zuerst dachte ich an ein Unglück in einem Subway-Schacht. Dann sah ich, dass vor einem Haus an der Kreuzung 47th Street und Sixth Avenue große Aufregung ausbrach. Zu Dutzenden kamen Menschen aus dem Haus gestürzt, andere rannten hinein.

Um nötigenfalls Hilfe zu leisten, setzte ich mich in Trab. Zwei stämmige Typen in schwarzen Lederjacken drängten die Menschenmenge, die rasch anschwoll, vom Eingang zurück, und sie hantierten dabei mit Maschinenpistolen.

Ich zückte den FBI-Ausweis, hielt ihn hoch, drängte mich durch die Menge, bis mich der MPi-Lauf stoppte und der Mann, der sie in den Fäusten hielt, mich anbellte: »Hau ab!«

Ich bellte zurück: »FBI!«

Er wurde unsicher, wusste nicht, wie er sich verhalten sollte. Ich drückte den MPi-Lauf zur Seite, sprang an ihm vorbei ins Haus.

Drinnen herrschte das blanke Chaos. Vierzig, fünfzig Männer liefen wie ein Volk aufgescheuchter Hühner herum, schrien sich an, redeten aufeinander ein.

Ich schnappte einen dicklichen Glatzkopf bei den Jackenaufschlägen und hielt ihm den Ausweis vor die Augen.

»Ich bin FBI-Agent! Was ist passiert? Kann ich helfen?«

»Explosion im Tresor!«, stammelte er. »Die Auktion! Man weiß nicht, ob ...«

Er streckte einen Arm aus und wies auf eine schmale Tür neben dem Liftschacht.

Ich riss die Tür auf. Eine Treppe führte hinunter in ein Untergeschoss, aus dem mir Stimmengewirr entgegenschlug. Ein Mann wiederholte wieder und wieder den Satz: »Joseph, hörst du mich?«

Vor dem Liftschacht drängten sich rund ein Dutzend Männer, darunter drei oder vier Bewaffnete in schwarzen Lederjacken, die offensichtlich die Uniform einer privaten Schutztruppe waren. Sie umringten einen mageren Weißhaarigen, der ein tragbares Telefon ans Ohr presste und den immer gleichen Satz in die Sprechmuschel schrie: »Joseph, hörst du mich?«

Plötzlich veränderten sich Gesichtsausdruck und Worte.

»Bist du das, Joseph? Was sagst du?« Er verstummte für eine Sekunde. Dann stammelte er: »Überfall? Gangster? Tote? Das ist nicht möglich!«

Er wechselte die Sprache, schrie auf die anderen ein, und sie schrien zurück.

Ich schob zwei, drei Leute aus dem Weg, bis ich dem Weißhaarigen gegenüberstand und sagte: »FBI! Geben Sie mir das Telefon!«

Er schien mich nicht zu hören. Ich nahm es ihm ab. Die zwei Bewaffneten, die sich auf mich stürzen wollten, stoppte ich mit der ID-Card.

Ich presste den Hörer ans Ohr, vernahm Flüstern in der fremden Sprache und als Hintergrundgeräusch Gebrüll auf

Englisch mit Satzfetzen wie: »… runter, ihr Bastarde! Keiner bewegt sich, oder …«

Ich sagte deutlich: »Sie sprechen mit dem FBI-Agenten Jerry Cotton! Was geschieht?«

Er flüsterte weiter, aber auf Englisch: »Ein Überfall! Sie erschossen unsere Guards. Sie rauben die Diamanten. Sie drohen jeden zu erschießen, der sich widersetzt!«

Wie zur Bestätigung seiner Worte krachten zwei Schüsse.

»Wie viele Gangster sind es?«

»Fünf Maskierte! Sie haben Maschinenpistolen und Revolver.«

»Können Sie sprechen, ohne sich in Gefahr zu bringen?«

»Ich liege auf der Erde. Bis jetzt hat niemand das Telefon bemerkt.«

»Okay! Berichten Sie weiter! Sagen Sie alles, was passiert!«

Ich drückte das Telefon einem jüngeren Mann als dem Weißhaarigen in die Hand.

»Halten Sie die Verbindung!«

Dann wandte ich mich an die Guards.

»Wo spielt sich das Drama ab?«

Ein Guard zeigte mit dem Daumen auf den Boden.

»Eine Etage tiefer? Okay, gehen wir runter! Zeigt mir den Weg!«

Der Weißhaarige schüttelte den Kopf.

»Der Lift ist blockiert. Eine andere Verbindung zum Tresor gibt es nicht.«

Fragen zu stellen hätte nur Zeit gekostet. Wenn der Lift der einzige Zugang war und nicht funktionierte, blieb nur der Weg durch den Schacht.

»Brecht die Schachttür auf!«

Sie waren fixe Jungs. Weiß der Teufel, woher sie innerhalb einer Minute Brechstangen und einen Wagenheber beschafften, aber sie kamen damit und griffen die Schachttür an. Sie war zweiflügelig. Sie trieben eine Brechstange zwischen die Flügel, stemmten sie auseinander, bis sie den Wagenheber dazwischenschieben konnten. Es war die gleiche Methode, mit der Einbrecher Ladengitter knacken.

Ich fragte den Mann am Telefon.

»Was sagt Joseph?«

»Sie sind noch da. Alle liegen jetzt auf dem Boden. Sie haben Ryman und Sigowsky niedergeschossen.«

Mit lautem Krachen brachen die Sicherungsbolzen der Schachttür weg. Die Flügel konnten aufgedrückt werden.

Ich blickte in den Schacht. Ungefähr zehn Fuß tiefer sah ich das Dach der Liftkabine. Der Umriss der Platte, die den Notausstieg verschloss, war gut zu erkennen.

Ich befahl zwei Guards: »Haltet mich fest!«

Sie packten meine Handgelenke. Ich schwang mich über den Schachtrand.

»Lasst los!«

Problemlos landete ich auf dem Kabinendach, abgesehen davon, dass die dicke Schmiere des Transportseils meinen Anzug versaute.

»Eine Brechstange!«

Der Guard reichte mir das Eisen. Neben ihm tauchte der Kopf des Mannes auf, dem ich das Telefon anvertraut hatte.

»He, G-man!«, rief er halblaut. »Joseph sagt, die Gangster hätten gemerkt, dass etwas im Gange ist. Sie beeilen sich, wollen weg.«

Mir schoss der Gedanke durch den Kopf, dass sie den Lift benutzen mussten, wenn es keinen anderen Zu- und Ausgang gab, und dass ich mich dann in einer verdammt ungemütlichen Lage befand.

Ich setzte das Brecheisen an. Der Verschluss der Klappe befand sich auf der Innenseite unter der Verkleidung, aber es war nur eine einfache Verriegelung, die sofort wegbrach.

Ich öffnete die Klappe, trat zwei-, dreimal gegen die Innenverkleidung, bis sie sich löste, und ließ mich in die Liftkabine gleiten.

Es war eine große Kabine von den Ausmaßen eines Lastenaufzugs.

Nacheinander turnten zwei Guards auf das Dach.

»Kommt nicht herein!«, warnte ich.

Ich befand mich auf einer Höhe mit den Gangstern, getrennt nur durch die Schachttür. Ich hörte Männerstimmen und das Geräusch hastiger Schritte.

Ein Mann, der sehr nahe stehen musste, rief: »Verdammt, hört auf! Wir müssen weg! Kommt!«

Ich zwängte die Schneide des Brecheisens in den Spalt zwischen den Flügeln. In der Kabine war es finster. Ich musste den Spalt ertasten.

Mit beiden Fäusten packte ich das obere Ende der Stange, drückte mit dem ganzen Körpergewicht dagegen.

Eine scharfe Linie zeichnete sich ab, als ich die Flügel um Fingerbreite auseinander drückte.

Eine Stimme brüllte: »Sie kommen!«

Ich ließ die Stange los, warf mich flach auf den Boden. Es geschah genau das, was ich erwartet hatte.

Eine Maschinenpistole hämmerte eine lange Serie.

Türen von Liftschächten bestehen nicht aus Panzerstahl, sondern aus ziemlich dünnem Blech, das Kugeln so mühelos durchschlagen wie Pappe. Einer der Guards hielt seine MPi durch den Notausstieg und erwiderte das Feuerwerk.

Zwanzig Sekunden lag ich flach auf dem Boden, Arme als Schutz vor dem Kopf. Kugeln jaulten durch die Kabine, als wäre ich in einen Schwarm Hornissen geraten – Hornissen aus Blei.

Dann war der Spuk vorbei. Durch die Löcher in den Türen fielen Lichtstrahlen und zeichneten bizarre Muster auf die gegenüberliegende Kabinenwand.

Der Guard sprang in die Kabine, die MPi schussbereit auf die Tür gerichtet.

Eine merkwürdige Stille herrschte.

Ich tastete nach der Brechstange.

Würden sie das Feuer beim zweiten Versuch, die Tür aufzustemmen, wieder eröffnen?

Die Stille zerbrach.

Jenseits der Tür Stimmen, Rufe, Geräusch vieler Schritte.

Von oben rief der Mann mit dem Telefon: »Joseph sagt, die Gangster sind geflüchtet!«

Ich wuchtete die Schneide des Brecheisens zwischen die Türflügel.

Plötzlich wurde es hell in der Kabine, nicht weil ich die Tür aufgestemmt hätte, sondern weil sich die Innenbeleuchtung einschaltete, soweit sie intakt geblieben war. Ein leises Surren setzte ein. Ruckend glitten die Flügel der Schachttür zur Seite, blieben zwar nach wenigen Sekunden hängen, aber die entstandene Öffnung war groß genug, um sich hindurchzuzwängen.

Ich sah mich einer Mauer von Menschen gegenüber. Jedem stand das Entsetzen ins Gesicht geschrieben. Der Mann, der das Telefon hielt, musste Joseph sein.

Ich schrie ihn an: »Wo sind sie?«

Er drehte sich halb um und wies auf ein gähnendes, mannsgroßes Loch in der rechten Wand.

Ich begriff schlagartig.

Alle waren einem höllischen Irrtum erlegen. Es gab einen zweiten Zugang außer dem Lift und seinem Schacht. Es gab dieses Loch, und ich ahnte, wohin es führte.

Ich schob die Leute zur Seite, ging auf das Loch zu.

Die Guards folgten mir.

Tief in der Schwärze zuckte der grelle Blitzschlag einer Explosion auf.

Ich schaffte es nicht mehr, mich hinzuwerfen.

Es war auch nicht notwendig.

Der Luftdruck blies mich um, als wäre ich eine schlecht aufgestellte Schaufensterpuppe.

Jay Glover lag in seinem Hotelzimmer auf dem Bett, die Arme unterm Kopf verschränkt, ein Glas mit Bourbon auf dem Nachttisch, und verfolgte den ausführlichen Bericht über den blutigen Diamantenraub in der 47th Street.

Mehr als vierundzwanzig Stunden waren seit den Ereignissen vergangen, und die Medien, besonders die Lokalstationen, lieferten immer neue Einzelheiten.

Das Hotel, in dem sich Glover aufhielt, war keine erbärmliche Absteige, sondern ein großes Haus an der Fourth Avenue. Unter den zweitausend ständig wechselnden Gästen fühlte er sich vor Entdeckung sicher. Er besaß einen vollständigen Satz erstklassiger Papiere auf den Namen James Powell, von der Versicherungskarte bis zum Reisepass.

»... die Gangster drangen durch einen Abflusskanal in das zweite Untergeschoss ein«, erklärte der Sprecher, während die Kamera düsteres, nasses Gemäuer der New Yorker Kanalisation zeigte. »Sie müssen wochenlang an der Abtragung der Mauer, die den Kanal verschloss, gearbeitet haben. Den letzten Rest sprengten sie weg, während die alljährliche Diamantenauktion im Gange war. Sie erschossen die Hauspolizisten Ariel Sharin und Ben Loskew und verletzten zwei weitere Guards und die Diamantenhändler Noah Ryman und Mark Sigowsky schwer. Bis zur Stunde ist unklar, aus welchem Grund die bewaffneten, gut ausgebildeten Guards das Feuer nicht erwiderten.«

Glover griff nach dem Whiskyglas, nahm einen großen Schluck.

»Die Beute an ungefassten und zum großen Teil ungeschliffenen Diamanten wird auf siebzig bis hundert Millionen Dollar geschätzt.« Die Zahlen betonte der Sprecher mit erhobener Stimme. »Es ist der größte Edelsteinraub weltweit seit der Plünderung der Schatzkammern indischer Maharadschas durch britische Soldaten während der Eroberung Indiens. Die Diamond

Union hat eine Belohnung von hunderttausend Dollar ausgesetzt.«

Mit der Fernbedienung löschte Glover den Ton, griff zum Telefon, wählte eine Nummer.

Der Teilnehmer meldete sich. Glover nannte nicht seinen Namen, sondern sagte: »Ich sehe eine Sendung über den Diamantenraub in der Fortyseventh. Die Belohnung beträgt hunderttausend Dollar. Das finde ich verdammt geizig bei geklauten Klunkern im Wert von hundert Millionen.«

Die Stimme des Mannes am anderen Ende der Leitung verriet Erregung und Ärger.

»Du sollst mich nicht anrufen. Die hunderttausend Dollar sind als Belohnung auf die Ergreifung der Mörder ausgesetzt. Für die Wiederbeschaffung der Beute bieten sie nichts.«

Glover pfiff die ersten fünf Töne von Sinatras »I did it my way«, bevor er feststellte: »Also hängt eine Versicherung drin. Bei einem Hundert-Millionen-Dollar-Schaden raufen sich die Bosse die Haare.«

»Mag sein«, antwortete der andere. »Ich werde mich nicht darum kümmern.«

»Das solltest du aber. Solche Chancen sind selten. Bei den üblichen zehn Prozent spart die Versicherung neunzig Millionen Dollar. Wenn einer käme und den Bossen erklärte, er könne die Steine für acht bis zehn Millionen wieder an Land ziehen, die Versicherungschefs würden vor ihm auf die Knie fallen und ihn als Retter anbeten.«

»Ich will nie wieder mit dir zu tun haben«, erhielt Glover als Antwort.

»Warum nicht?«

»Weil du ein Killer bist, weil ich deinetwegen um ein Haar in einen Mord verwickelt worden wäre und weil der FBI hinter dir her ist.«

»Ich weiß, wer mir den G-man auf den Hals gehetzt hat, und ich werde dem Bastard die entsprechende Quittung verpassen, aber das eilt nicht. Beim letzten Deal haben wir hundertzwanzigtausend Dollar kassiert, davon dreißigtausend für dich. Ein Vogeldreck gegen das, was in diesem Fall abzusahnen wäre.«

»Das ist zu groß und zu heiß für mich. Ich steige nicht ein!«

»Du wirst einsteigen. Du hast keine andere Wahl. Mich suchen die Schnüffler schon lange, dich noch nicht. Das lässt sich schnell ändern, Sportsfreund. Was würdest du davon halten, wenn ich beim FBI anriefe und sagte: Hallo, Leute! Hier spricht der Mann, der vor kurzem 'ne Begegnung mit einem eurer Jungs hatte und der dabei gar nicht gut aussah, bis sein Freund, ein gewisser …«

Der Aufschrei des anderen unterbrach ihn.

»Hör auf!«

»Ein Scherz.« Glover lachte. »Ich würde dich nie verpfeifen. Ich will dir nur ein wenig Feuer unterm Arsch machen. Sei kein Narr! Wir können zehn fette Millionen kassieren. Das ist 'ne Größenordnung, von der ich immer geträumt habe.«

»Du hast die Diamanten nicht.«

»Richtig!« Unbewusst nickte Glover. »Ich habe sie nicht, und ich weiß nicht mal, ob ich an sie rankomme, aber ich werde es versuchen. Und du versuchst, herauszufinden, ob die Versicherung, die dafür gerade stehen muss, bereit ist, ein bisschen Geld zu sparen, auch wenn es auf 'ne krumme Tour geschieht. Das nennt man Aufgabenteilung, oder?«

»Okay«, sagte der andere nach langem Schweigen.

»Okay!«, bestätigte Glover und hängte ein.

Seit dem Raub der Diamanten herrschte in den Abwasserkanälen von Midtown Manhattan kaum weniger Betrieb als auf den Straßen darüber. Überall trampelten und platschten Menschen durch die trübe Brühe, krochen in Röhren, leuchteten in jedes Loch. Scheinwerfer des

TV-Teams verwandelten die ewige Finsternis in grelle Helligkeit und machten damit die Ratten verrückt. Überall flackerten Blitzlichter der News-Jäger. Die City Police musste eine halbe Hundertschaft nach unten schicken, um die Medien-Hyänen auf Abstand zu halten.

Kein Wunder, dass der Verkehr in den Straßen noch häufiger zusammenbrach als gewöhnlich.

Ich war zum dritten Mal unten und sah mir die Sache von der anderen Seite an.

Die Gang, die das Ding gedreht hatte, musste über jede Menge Insider-Wissen verfügt haben – das war keine Frage. Stück für Stück hatten sie eine Mauer abgetragen, die einen halben Yard dick war. Sie hatten gewusst, dass der Tresor nur selten betreten wurde, niemals bei Nacht, sodass sie nicht fürchten mussten, gehört zu werden.

Die letzte Schicht, die nur noch aus zwei Steinlagen bestand, hatten sie am Tag der Auktion mit einer Sprengladung umgepustet, und alle Schätze der Diamond Union hatten vor ihnen gelegen. Besonders übel waren sie mit den Guards umgesprungen. Obwohl sie wussten, dass die armen Jungs nur taube Schießprügel in den Händen hielten, hatten sie auf sie geschossen, zwei getötet und zwei schwer verletzt.

Längst waren die UZIs und die Pistolen untersucht worden. An allen hatte ein Hundesohn, der verdammt viel von israelischen Waffen verstand, so geschickt herummanipuliert, dass UZIs und Pistolen versagten, ohne dass ihnen äußerlich etwas anzusehen gewesen wäre, ganz abgesehen davon, dass die Guards daran gewöhnt waren, vom Waffenverwalter der Diamond Union makellos funktionierendes Werkzeug zu bekommen. Der Mann galt als absolut zuverlässig.

Trotzdem richtete sich zwangsläufig zuerst der Verdacht gegen ihn, der Abe Litzman hieß, bis er in der Wohnung seiner Tochter gefunden wurde, von drei Kugeln in den Kopf getötet. Auch die Tochter war tot. Es gab keine

Zweifel, dass die Gangster Litzman mit der Drohung erpresst hatten, seine Tochter zu foltern, wenn er sich weigerte, Code und Schlüssel zur Waffenkammer herauszugeben.

Auch an die Sicherung ihres Rückzugs hatten sie gedacht. Mit einer zweiten Sprengladung, gezündet über ein Funksignal, hatten sie ein Stück des Kanals zum Einsturz gebracht.

Es war der Luftdruck dieser zweiten Explosion, der mich von den Füßen geblasen hatte.

So weit, so schlecht!

Sie hatten es geschafft. Noch stellten die Händler der Union ihre Verlustlisten zusammen, aber es stand schon fest, dass die Gangster eine Jahrhundert-Beute gemacht hatten. Diamanten im Wert von mindestens siebzig Millionen Dollar.

Die blutige Bilanz wog schwerer: vier kaltblütig ermordete Menschen, vier erbarmungslos niedergeschossene Leute, die nur zufällig dem Tod entgangen waren.

Ein Cop näherte sich und fragte: »Sind sie FBI-Agent Jerry Cotton, Sir?«

»Richtig.«

»Ihr Chef erwartet Sie im Hauptquartier.«

Durch einen Schacht verließ ich New Yorks Unterwelt, gab Gummistiefel und Schutzhelm ab und fuhr ins Hauptquartier.

Im Chefbüro stieß ich außer auf Mr. High auf Phil, dessen Bewachungsobjekt endlich in seinen Staat zurückgeflogen war, und Mr. Joseph Alech, den Präsidenten der Diamond Union.

Wir kannten uns. Er hatte das Telefon im Tresor bedient.

»Mr. Alech wünscht, dass Sie, Jerry, den Fall übernehmen. Er hat wichtige Informationen für uns«, erklärte Mr. High.

Alech räusperte sich.

»Wir glauben, dass ein gewisser Ronald Lash an dem

Verbrechen beteiligt ist. Bis vor drei Jahren war sein Vater, Gabriel Lash, Mitglied unserer Union. Wegen betrügerischer Machenschaften mussten wir ihn aus der Vereinigung ausschließen. Wenig später kam er bei einem Verkehrsunfall, der vielleicht ein getarnter Selbstmord war, ums Leben. Sein Sohn Ronald gehörte zeitweise zu unserer Schutztruppe. Er verfügt über das Insider-Wissen, wie es für die Durchführung des Überfalls unerlässlich war.«

Er legte eine schmale Aktenmappe auf den Tisch.

»Fotos von Ronald Lash und alle Informationen, die wir über ihn haben.«

»Wer wusste von dem zugemauerten Kanal?«, fragte Phil.

Alech machte eine hilflose Geste.

»Jeder, der einen Blick in die Baupläne des Hauses warf, konnte davon erfahren. Der Kanal ist eingezeichnet, aber er war schon vermauert, als die Union das Haus kaufte und den Tresor einrichtete. Niemand hat ihn als Sicherheitsrisiko angesehen, weil er nicht innerhalb des Tresors, sondern im Vorraum mündet. Außerdem war die Vermauerung einen halben Yard stark.«

»Eine solche Menge Diamanten kann nicht leicht an den Mann gebracht werden, Mr. Alech«, gab High zu bedenken. »Falls Ihr Verdacht zutrifft, wird Ronald Lash auch wissen, wo er die Diamanten zu Dollars machen kann.«

Alech zog ein zusammengefaltetes Papier aus der Jackentasche und übergab es unserem Chef.

»Die Diamond Union beobachtet sehr genau, wo gestohlene oder geschmuggelte Diamanten gehandelt werden. Wir wollen verhindern, dass durch gewissenlose Händler unsere Geschäfte untergraben werden. Sie finden in dieser Liste Namen von Personen, die gestohlene Edelsteine aufkaufen.«

»Von Hehlern?«

»Von Hehlern, die auf Schmuck spezialisiert sind«, bestätigte Joseph Alech. »Allerdings verfügt keiner über die Mittel, eine größere Menge unserer gestohlenen Steine zu kaufen. Bei ihnen könnten die Gangster nur einzelne Stücke loswerden. Um die ganze Beute zu Geld zu machen, müsste Lash sie nach Hongkong oder in den Libanon schaffen. Nur dort gibt es einen Markt für eine so große Menge.«

Phil hob eine Hand.

»Wären die Mitglieder der Union ruiniert, wenn die Diamanten nicht wieder auftauchten?«

»Den Verlust hätte eine Versicherungsgesellschaft zu tragen«, antwortete Alech. »Uns geht es in erster Linie darum, dass die Morde gesühnt werden. Aus diesem Grund haben wir einhunderttausend Dollar Belohnung ausgesetzt.«

Wenig später verabschiedete er sich.

Mr. High sah uns an.

»Ich übergebe Ihnen den Fall, Jerry und Phil! Konzentrieren Sie sich nicht allein darauf, diesen Ronald Lash zu finden. Mr. Alech kann sich irren, und der Mann hat vielleicht nichts mit dem Überfall zu tun.«

Er klopfte mit dem Kopfende des Kugelschreibers den Stakkatorhythmus, der ein sicheres Zeichen dafür war, dass er intensiv nachdachte.

»Eine Hundert-Millionen-Dollar-Beute lockt die Hyänen an«, sagte er nach einer Weile. »Kein Verbrecher gönnt dem anderen den großen Kuchen. Eine Menge Leute werden versuchen, ein Stück für sich herauszuschneiden.«

Ich weiß nicht, warum mir bei diesem Satz Jay Glover einfiel. Vermutlich wegen des Fünfzehntausend-Dollar-Ohrrings, der in seiner Nähe herumgelegen hatte, obwohl Glover niemals mit einem Juwelenraub oder Einbruch in ein Juweliergeschäft in Verbindung gebracht worden war. Abgesehen von zwei Banküberfällen am Beginn seiner Gangsterkarriere galt er als ein Killer, als ein Mann, der sich für Morde bezahlen ließ, aber nicht mit Ohrgehängen, mochten sie noch so wertvoll sein, sondern in Cash.

Es war Mittagszeit. Phil schlug vor, eine Pizza bei Mario zu essen, bevor wir uns an die Arbeit machten.

Das kurze Stück gingen wir zu Fuß.

Plötzlich blieb Phil stehen.

»Was ist?«, fragte ich. »Warum kommst du nicht?«

»Siehst du, worauf ich stehe?«

Ja, ich sah es. Er stand auf einem der runden, gusseisernen Kanaldeckel, mit denen Einstieg und Reparaturschächte verschlossen werden.

In Slapstickfilmen spielen sie eine große Rolle. Wo sie fehlen, fallen Komiker wie Chaplin oder seine Verfolger ins Loch.

»Mir fällt ein, dass der Versuch, über den blockierten Lift in den Tresor zu gelangen, der falsche Weg war«, sagte Phil. »Du hättest nur einen Deckel wie diesen vom nächsten Einstieg nehmen müssen, und du und die Guards hättet ihnen in den Rücken fallen können.«

Ich sah ihn erbittert an.

Phil ist mein Freund, aber in dieser Minute hätte ich ihm gern eins aufs Maul gegeben.

Oder finden Sie es freundschaftlich, dass er aussprach, was ich selbst längst wusste?

Unendlich langsam näherte Ron Lash seine Hand dem Revolvergriff.

Die Atmosphäre war so aufgeheizt, dass in der nächsten Sekunde alles passieren konnte.

Rasco saß auf der anderen Seite des Tisches. Seine Hände waren mit dem Glas der Whiskyflasche beschäftigt, aber Lucone und Torres, seine Leute, hielten kurzläufige Megashots in den Fingern.

»Du hast dich nicht an unsere Abmachungen gehalten«, sagte Lash erbittert. »Dein Job war, Abe Litzman und seine Tochter bis zum Ende der Aktion festzuhalten, nicht, sie zu töten. Nach meinem Plan wäre alles unblutig abgelaufen, und wir hätten nicht einen Diamanten weniger erbeutet.«

Lashs Finger berührten den Revolvergriff.

Er spürte, dass Fernando Torres, der einige Yards vom Tisch entfernt in einem Sessel saß, ihn nicht aus den Augen ließ. Rascos zweiter Gorilla, Sam Lucone, lehnte rechts an der Wand.

Lash dachte, dass er eine weite Schwenkbewegung machen musste, die zu viel Zeit in Anspruch nehmen würde.

»Ohne das Blutbad, das du angerichtet hast, hätte die Öffentlichkeit uns Beifall geklatscht und es den Diamanten-Schacherern gegönnt, von cleveren Jungs ausgetrickst worden zu sein. Jetzt gelten wir als brutale Killer!«, schrie er voll Hass.

Über Rascos Doggengesicht legte sich ein höhnisches Grinsen.

»Mir ist es scheißegal, ob mich die Bullen als 'ne Neuauflage von Robin Hood oder als Killer jagen. Wenn ich gefasst werde, schickt mich das Gericht so oder so auf den heißen Stuhl, weil noch eine alte Sache an mir klebt.«

Er leerte sein Glas, stellt es hart auf den Tisch. Das Grinsen verschwand.

»Was mir wirklich unter die Haut gegangen wäre, wenn ich mich von dir wie ein Anfänger hätte reinlegen lassen.«

»Was meinst du damit?«, fauchte Lash.

»Ich meine deinen wirklichen Plan.« Rascos kleine Augen unter den dichten schwarzen Brauen funkelten. »Ich und meine Jungs, drei ausgewachsene Kerle, sollen als Babysitter auf 'nen alten Mann und eine Schickse aufpassen, bis du die Diamanten abgeräumt hast und anrufst und uns sagst, es sei alles gelaufen und wir könnten uns von dem Alten und der Schickse verabschieden.«

Er griff nach der Flasche, füllte sein Glas und sagte: »Auf den Anruf hätten wir hundert Jahre gewartet.«

Lash überlegte, wie groß die Chance war, Rasco und

seine Gorillas auszuschalten, ohne selbst von Lucone oder Torres erschossen zu werden.

Die verdammte Schwenkbewegung!

Einem der drei würde Zeit genug für eine schnelle Reaktion bleiben.

Rasco stellte die Flasche zurück, hob sein Glas.

»Darum ließ ich nur Lucone zurück und kam zum Mitmachen. Ich denke, es war ganz nützlich.«

Er machte eine Handbewegung, als wolle er Lash zuprosten.

»Keine Feindschaft zwischen uns, Ron! Du und ich und die Jungs, wir haben den dicksten Diamantenfisch des Jahrhunderts an Land gezogen. Grund genug, die Champagnerkorken knallen zu lassen. Und jetzt werden wir teilen!«

»Teilen?« Lash fuhr vom Stuhl auf. »Ich habe dir gesagt, dass wir uns mindestens zwei Monate ruhig verhalten müssen, bevor wir die Steine zu Geld machen können.«

»Ich habe es nicht vergessen«, antwortete Rasco. »Warum sollst du allein auf unseren gemeinsamen Schatz aufpassen? Es hätte nur zur Folge, dass ich zwei Monate lang auf dich aufpassen müsste, und wenn ich irgendwann einen schwachen Augenblick hätte, wärst du blitzschnell verschwunden. Wir teilen. Dann weiß jeder, dass der andere die Hälfte hat, und unsere Zusammenarbeit bei der Verwertung bleibt gesichert.«

»In den USA können die Steine nicht verkauft werden!« Lashs Stimme überschlug sich. »Nur in Hongkong oder …«

Rasco fegte mit einer wütenden Handbewegung die Flasche vom Tisch. Sie knallte auf den Boden, ohne zu zerbrechen.

»Wir teilen!«, brüllte er.

Fernando Torres schob mit dem Daumen den Sicherungshebel zurück. Lucone stieß sich von der Wand ab.

Auch Lashs Leute, Al Mannok und Lewis Turner, die für ihn die Mauer abgebaut und den Überfall mitgemacht hatten, befanden sich im Zimmer. Sie saßen an einem kleinen Tisch hinter Lash. Ohne sich umzudrehen, konnte er sie nicht sehen.

Er hatte sie sorgfältig ausgesucht. Trotzdem wusste er nicht, was sie von der Situation hielten.

Al Mannok beseitigte jeden Zweifel.

Ohne die Stimme zu heben, sagte er: »Boss, ich denke, Mr. Rasco hat Recht. Wir sollten die Steine teilen, und jeder von uns sollte ein paar bekommen.«

Lash fuhr herum und brüllte ihn an: »Du Narr, was willst du damit anfangen? Willst du sie für eine Hand voll Dollar irgendeinem Hehler in den Rachen werfen?«

Mannok zuckte mit den Schultern.

»Wir haben so viele Kiesel eingesackt, dass es nicht darauf ankommt, ob wir für jeden einzelnen Stein den Höchstpreis erzielen.«

Rasco lachte.

»Wir alle sind fürs Teilen! Fünf zu eins! Es lebe die Demokratie!«

Als Lash sich ihm wieder zuwandte, sah er, dass Torres und Lucone ihre Plätze verlassen hatten und links und rechts von ihrem Boss standen, dicht genug beieinander, dass nur noch eine kleine Handbewegung statt eines Schwenks erforderlich gewesen wäre. Aber jetzt hielten Rascos Gorillas die Megashot-Kanonen schussbereit in den Händen und die Läufe waren auf Lash gerichtet.

Er suchte Rascos Blick und sagte finster: »Wenn du mich umlegen willst, handelst du dir eine Menge Probleme beim Verkauf der Diamanten ein.«

»Das weiß ich.« Das Grinsen kehrte auf Rascos Gesicht zurück. »Du wirst gebraucht, Ron. Öffne die Säcke, kipp die Kiesel aus! Wir teilen sie in zwei Hälften und schütteln uns die Hände.«

»Diamanten kannst du nicht aufteilen wie Reiskörner.

Jeder Stein hat seinen besonderen Wert, der nicht nur von der Größe abhängt, sondern …«

Rasco unterbrach ihn.

»Du strapazierst unsere Geduld, Ron. Halte keinen Vortrag, sondern kipp endlich die Säcke aus!«

Während des Überfalls hatten Lash, Mannok und Turner die Diamanten in drei Leinensäcke eingesammelt, von denen einer stärker gefüllt war als die beiden anderen.

Als Lash die Verschnürung löste, zitterten seine Hände.

Mannok und Turner kamen und drängten sich um den Tisch. Die Diamanten ergossen sich über die Tischplatte als ein kleiner Strom schimmernder und blitzender Kristalle.

»Was für ein Anblick!«, stieß Rasco hervor.

Lash leerte den zweiten und den dritten Beutel. Hügel bildeten sich, während andere, noch ungeschliffene Steine bis an den Rand des Tisches rollten.

»Und jetzt?«, fragte Lash, und die Wut erstickte ihm fast die Stimme. »Wie willst du teilen? Zählen? Wiegen?«

Rasco dachte einige Sekunden nach, bevor er seinen Leuten zunickte.

»Jeder von euch bekommt drei Steine, einen größeren und zwei kleine. Ihr dürft sie euch aussuchen!«

Mit ohnmächtigem Zorn musste Lash sehen, wie Lucone und Torres Steine wählten, die mindestens acht Karat oder darüber wogen. Sie nahmen nur geschliffene Diamanten. Die unbearbeiteten Steine, die für sie wie trübes Glas aussahen, beachteten sie nicht.

Al Mannok und Lewis Turner bedienten sich auf die gleiche Weise.

»Hast du eine Waage?«, fragte Rasco.

Die Wohnung, in der sie sich aufhielten, lag in einem Apartment-Haus der 69th Street. Lash hatte sie vor längerer Zeit gemietet, weil er wusste, dass die Polizei sehr bald herausfinden würde, wo sie in das Kanalsystem gelangt waren. Nach seinem Plan hätte er nach dem Überfall allein in dieser Wohnung gewartet, bis sich die Aufregung gelegt hätte und er an die Verwertung der Diamanten gehen konnte.

Aber Rasco und die anderen hatten sich nicht abhängen lassen.

Lash stand auf, öffnete einen Schrank und holte eine empfindliche Karatwaage heraus, die er vorsorglich gekauft hatte, weil er die Zeit, in der er sich ruhig verhalten musste, nutzen wollte, die Diamanten nach Größe, Qualität und Wert zu ordnen.

»Damit willst du wiegen?«, wunderte sich Rasco. »Wie lange soll das Teilen dauern?«

»Wir haben genug Zeit!«

»Du vielleicht, aber nicht ich!«

Rasco zog ein Messer aus der Tasche, ließ die Klinge aufschnappen.

»Wir machen es anders«, erklärte er.

Mit der Messerklinge schob er die Diamanten zu einem ungefähr gleichseitigen Quadrat zusammen.

»Gib mir einen Dollarschein!«, befahl er Torres.

Er glättete den Schein und legte ihn neben die ausgebreiteten Diamanten.

»Noch einen!«

Drei Scheine reichten aus, eine Seite des Quadrats abzudecken.

»Anderthalb Dollarlängen für jeden«, sagte Rasco lachend. Er nahm einen Dollarschein weg, faltete den zweiten in der Mitte zusammen und entschied: »Die Hälfte!«

Mit der Klinge zog er eine Furche durch das Quadrat ausgebreiteter Edelsteine.

»Ich lasse dir die Wahl! Willst du Norden oder Süden?«

Lash fiel ein, was er in der Schule gelernt hatte. Auf ähnliche Weise hatte 1494 Papst Alexander VI. im Vertrag von Tordesillas die neue Welt zwischen Spanien und Portugal geteilt – mit einem Strich über den Globus.

»Einverstanden?«, fragte Rasco.

Lash öffnete den Mund, wollte etwas sagen, aber Rascos Gesichtsausdruck ließ ihn resignieren.

Er nickte.

Vier Tage nach dem großen Diamantenraub begann das Interesse in den Medien abzuflauen, ob TV, Radio oder Zeitungen, die Berichte wurden spärlicher.

Jay Glover war jeden Abend unterwegs. Er wusste, in welchen Kaschemmen, Nachtclubs, illegalen Spielhöllen und heimlichen Bordellen die richtigen Leute zu treffen waren, Männer und einige Frauen, die alles erfuhren, was in New Yorks Unterwelt an Gerüchten, mehr oder weniger stimmenden Informationen oder Fakten kursierten.

Glover nutzte es aus, dass viele ihn fürchteten und ihm lieber einen Gefallen taten, als ihn sich zum Feind zu machen.

In dieser Nacht betrat er eine kleine Bar an der Lower Eastside. Vorne hieß der Schuppen »Buzz« und sah aus wie jede Allerweltskneipe zwischen East River und Hudson, aber hinter einer bewachten Tür führte eine Treppe zu einer luxuriös eingerichteten großen Wohnung, die einem der teuersten Callgirl-Ringe New Yorks als Heimstätte diente.

Alle Mädchen in Clara Accardis Mannschaft gehörten zur Spitzenklasse. Für Kunden, die aus bestimmten Gründen ein Mädchen nicht in der eigenen Wohnung oder im Hotel sehen wollten, hielt Clara vier prächtige Zimmer und einen kleinen Raum zum Anwärmen bereit.

Sie kam von ganz unten, hatte selbst auf der Straße gearbeitet, und sie war eine harte Geschäftsfrau, die jede Chance wahrnahm, das eigene Dollarkonto zu mästen.

Als Glover die Wohnung betrat, umarmte sie ihn und küsste ihn auf beide Wangen. Es gab eine alte Verbindung zwischen Clara Accardi und ihm. Vor drei Jahren, kurz nachdem Clara den Ring in Schwung gebracht hatte, waren zwei farbige Zuhälter aufgetaucht, die sich ins warme Nest setzen wollten. Sie hatte Glover um Hilfe gebeten und ihm dreitausend Dollar geboten. Mehr konnte sie zu jener Zeit nicht auftreiben. Glover hatte gelacht, das Geld genommen und »okay« gesagt. Danach waren die Zuhälter nie wieder aufgetaucht.

Er ließ sich von Clara mit einem Whisky versorgen.

»Warum rufst du nicht an?«, sagte sie vorwurfsvoll. »Bei mir sitzen die Mädchen nicht herum und warten auf Kunden, sondern ich treffe Verabredungen. Ich weiß nicht, ob ich kurzfristig deinen Typ auftreiben und herholen kann. Außerdem sind alle Zimmer belegt.«

Sie beugte sich zu Glover, flüsterte ihm ins Ohr: »Vier Jungs von der Wall Street. Jedes Mal, wenn ihnen ein Fischzug an der Börse gelungen ist, feiern sie und tauschen die Mädchen untereinander wie Aktien.«

»Ich bin nicht scharf auf Spaß mit 'ner Schickse!« Glover schlürfte den Whisky. »Wann hast du Wellish zuletzt gesehen?«

Unter dem Make-up veränderte sich Claras Gesichtsausdruck.

»Er war lange nicht hier«, antwortete sie ausweichend.

»Glaubst du, dass Wellish die Finger in dem großen Diamantenraub hat?«

»Unsinn, Jay! Er ist viel zu dick, um durch Kanalschächte zu kriechen.«

»Dass er nicht aktiv daran beteiligt war, weiß ich, aber er wäre der richtige Mann, die Beute zu verwerten.«

»In den Nachrichten ist die Rede von Steinen im Wert von hundert Millionen Dollar. Das ist für Wellish mehr als nur eine Nummer zu groß.«

»Einen Teil könnte er verkraften, oder? Tu mir einen Gefallen, Clara! Horch ihn ein wenig für mich aus!«

»Wie soll ich das machen, wenn er nicht kommt!«

»Ruf ihn an und sag ihm, du hättest ein neues Mädchen, das versessen auf dicke Burschen von über zweihundert Pfund sei!«

Er lachte. »Für jedes Pfund über zweihundert gäbe die Kleine ein Prozent Rabatt.«

Sofort fiel ihm auf, dass Clara Accardi nicht mitlachte.

»Was ist los?«, fragte er mit schnell erwachtem Misstrauen.

Sie wusste, dass es gefährlich war, Glover zu belügen.

»Vorgestern traf Barbara mit einem Mann zusammen, der vorher angerufen und sich eine rassige Rothaarige gewünscht hatte. Sie blieben fünf Stunden in Zimmer Nummer zwei. Der Mann nahm den vollen Service in Anspruch. Er und Barbara schafften fünf Flaschen Champagner. Als sie endlich Schluss machten, waren beide blau. Ich musste Buzz aus seiner Bar rufen, damit er den Mann abholte und in ein Taxi verfrachtete. Barbara brauchte vier Stunden, bis sie einigermaßen klar war. Sie erzählte, zwischen zwei Nummern hätte der Mann ihr in einer Pappschachtel nagelgroße Klunker gezeigt und gesagt, sobald er sie verscheuert hätte, würde er Barbara den besten Pelzmantel auf der Fifth Avenue kaufen.«

»Wie hieß der Mann?«

»Wir fragen niemanden, der cash zahlt. Er nannte sich Sam.«

»Wie schätzt du ihn ein?«

Clara Accardi verzog den geschminkten Mund zu einem spöttischen Lächeln.

»Ein Typ wie du, Jay! Nur nicht deine Klasse.«

»Was weißt du noch?«

»Barbara sagte, sie habe ihn ausgelacht und ihm erklärt, mit Glassplittern könne er ihr nicht imponieren. Lieber solle er noch eine Flasche Champagner bestellen.«

»Ist das alles?«

Sie wich seinem harten Blick aus.

»Wellish hat sich zwei- oder dreimal Barbara in seine Wohnung bestellt. Ich glaube, sie weiß, welche Geschäfte Wellish betreibt. Durchaus möglich, dass sie diesem Sam gesagt hat, er solle seine Steine Wellish anbieten. Dann würde sich schnell herausstellen, ob er ihr 'nen Pelzmantel davon kaufen könne.« Clara Accardi hob beide mit Ringen überladene Hände. »Das ist nur eine Vermutung, Jay!«

»Schaff das Mädchen her!«, befahl Glover.

»Das bringt nichts, Jay! Sie war betrunken und wird sich an Einzelheiten kaum erinnern.«

Glover beugte sich über den Tisch, schloss die Finger um Claras Arm und drückte so hart zu, dass sie einen leisen Schmerzenslaut ausstieß.

»Ich will mit ihr sprechen! Hol sie oder sag mir ihre Adresse!«

»Du tust mir weh! Sie ist hier – eines der Mädchen, das die Wall-Street-Jungs wählten. Ich kann sie nicht …«

»… nicht rausholen? Natürlich kannst du! Ruf an und sag dem Kerl, er soll für ein paar Minuten mit sich selber spielen! Oder willst du, dass ich nachsehe, in welchem Zimmer sie ist?«

Sie gehorchte, ging zum Telefon, sprach über die Hausleitung.

Sie kam zu Glover zurück und sagte: »Ein paar Minuten. Willst du noch einen Schluck?«

Das Mädchen, das nach wenigen Minuten die kleine Bar betrat, hatte schönes tizianrotes Kraushaar, blaue Augen und ein paar lustige Sommersprossen auf dem Nasenrücken.

»Weißt du, wobei du uns gestört hast, Clara?«, fragte sie lachend. »Billy war total sauer und schrie, das sei ihm in keinem Fünf-Dollar-Puff passiert.«

»Lass uns allein!« Glover stand auf, packte das Mädchen an den Schultern, drehte es zu sich herum.

Barbara stieß einen leisen Schrei aus.

»Au! Warum fassen Sie mich so grob an?«

»Beantworte meine Fragen!« Glover zwang sie, ihn anzusehen. »Wenn du lügst oder dich weigerst, richte ich dich so zu, dass Billy auf die Fortsetzung des Spielchens mit dir für alle Zeiten verzichtet. Hast du verstanden?«

Sie nickte stumm.

»Vorgestern warst du mit einem Mann zusammen, der sich Sam nannte und dir eine Schachtel mit Diamanten zeigte. Richtig?«

»Ja, Sir!«

»Wie viele Steine?«

»Drei, glaube ich.«

»Was weißt du noch über den Mann? Hausname? Adresse?«

»Nichts, Sir!«

»Wie sieht er aus?«

»Ungefähr so groß wie Sie, braunes, glattes Haar, große Nase, stark behaart auf der Brust.«

Glover grinste.

»Ich glaube nicht, dass ich ihn so vollständig zu sehen bekomme wie du. Er hat dir vorgesäuselt, wenn er die Diamanten verkauft habe, würde er dir einen Pelzmantel schenken?«

»Viele Männer machen Versprechungen, die nichts wert sind.«

»Clara sagt, du wärst ziemlich betrunken gewesen. Streng dein Gedächtnis an, Schätzchen! Hast du dem Mann gesagt, Wilbur Wellish sei eine gute Adresse für den Verkauf von Diamanten.«

»Ja«, antwortete sie. »Ja, das sagte ich, weil …«

Glover ließ sie los.

»Danke, Schätzchen!«

Er gab ihr einen sanften Schlag aufs Hinterteil.

»Beeil dich! Billy wartet und beißt vor Verzweiflung ins Kopfkissen!«

Sie hastete aus dem Raum.

Glover ging zum Telefon, drückte den Knopf für die Amtsleitung und wählte. Geduldig wartete er Minuten, bis sich der Teilnehmer meldete. Ohne seinen Namen zu nennen, fragte er: »Was sagt die Versicherung? Sind die Bosse interessiert?«

»Verdammt, du vergisst, dass vier Morde begangen wurden! Niemand will sich die Finger an einem Deal mit Killern verbrennen!«, schrie Glovers Gesprächspartner.

»Erzähl keine Märchen! Wer mit acht oder zehn Millionen davonkommen kann, statt die zehnfache Summe auf den Tisch blättern zu müssen, riskiert ein paar Brandblasen. Mach ihnen klar, dass sie nicht mit den Killern dealen müssen, sondern mit Leuten, die jetzt die Diamanten besitzen! Ich wette, sie werden keine Fragen stellen, auf welche Weise die Steine den Besitzer gewechselt haben.«

»Du redest, als hättest du sie schon!«, sagte der andere erbittert.

»Nein, aber ich bin vermutlich ein Stück näher herangekommen. Mach deine Arbeit, Sportsfreund, und hol die Angebote ein!«

Glover legte auf. Er bediente sich aus der Whiskyflasche.

Wieder Wellish, dachte er. Gut, dass ich ihn bis jetzt geschont habe. Das Geschäft mit Gary Spicer habe ich ihm versaut. Jetzt verderbe ich ihm ein anderes, ein viel größeres Geschäft, aber er wird keine Chance haben, mich zum zweiten Mal an die Schnüffler zu verpfeifen.

Clara Accardi kam in die Bar zurück.

»Alles in Ordnung, Jay?«, fragte sie vorsichtig.

»In Ordnung«, antwortete er, »solange du vergisst, dass ich hier war.«

»Verlass dich darauf!«

Sie begleitete Glover zur Tür. Er küsste sie flüchtig.

»Schick Barbara-Schätzchen und dem frustrierten Billy eine Flasche Champagner auf meine Rechnung!«, sagte er.

Das Telefon läutete.

Sandra Boyce stürzte zum Apparat, hob den Hörer ans Ohr.

»Hi, Baby!«, sagte der Anrufer. »Alles okay?«

Es war Lashs erster Anruf in den fünf Tagen seit jenem

Morgen, an dem er und vier Männer das Baugelände verlassen hatten und hastig in zwei Autos gestiegen waren.

»Ron, wo bist du?«

»Ich werde es dir nicht sagen.«

»Ich sah, dass sich der Gangster in dein Auto drängte. Er hielt eine Waffe in der Hand und …«

»Es ist alles okay.« Lashs Stimme klang eisig.

»Nichts ist okay!«, schrie Sandra. »Du sagtest, es würde ohne Blutvergießen abgehen, stattdessen habt ihr …«

»Sei still!«, unterbrach Lash. »Es lief nicht so, wie es geplant war. Ich kann nichts dafür.«

»Wann sehe ich dich, Ron?«

»Verlier nicht die Geduld! Zwei, drei Wochen müssen wir noch warten.«

»Wirst du mich mitnehmen, wenn du New York verlässt?«

»Selbstverständlich!«

Er trennte die Verbindung.

Langsam legte Sandra den Telefonhörer zurück, ging ans Fenster, blickte auf das Baugelände.

Seit sie wusste, dass Lash und die anderen im Tresor der Diamond Union ein Blutbad angerichtet hatten, fühlte sie nur noch blankes Entsetzen darüber, dass sie in dieses Verbrechen verwickelt war. Sie wusste nicht, was sie tun sollte, zermarterte sich nächtelang den Kopf, schwankte zwischen der Liebe zu Ronald Lash und der Abscheu vor seinen Taten.

Unten auf der 44th Street tauchte ein Streifenwagen der City Police in Sandras Blickfeld auf.

Das Fahrzeug stoppte vor dem Bauzaun. Ein Cop stieg aus, ging am Zaun entlang, trat vor die einzelnen Bretter. Als er das lose Brett fand, schob er es zur Seite und zwängte seine massige Gestalt durch die Öffnung.

Sandra sah, wie er sich auf dem Gelände bewegte, sich bückte und einen Gegenstand aufhob. Sie konnte nicht erkennen, was es war.

Der Cop kam zum Zaun zurück, rief seinen Kollegen, der seinerseits ausstieg und sich das Fundstück zeigen ließ.

Dann ging er zum Streifenwagen, beugte sich hinein und nahm den Hörer der Sprechfunkanlage.

Der Chef unserer Nachrichtenzentrale rief mich an: »Wir wissen, wem das Ohrgehänge abhanden gekommen ist. Die Lady heißt Mrs. May Ethelridge, 26 Mulberry Lane, Garden City. Der Fall wird von der Polizei in Hempstead bearbeitet.«

Die Orte, die er nannte, liegen auf Long Island.

»Danke! Gib mir das Aktenzeichen! Ich rufe die Kollegen in Hempstead an und sage ihnen, Mrs. Ethelridge bekäme ihr Schmuckstück zurück, sobald wir es nicht mehr brauchen!«

Ich schrieb die Buchstaben und Ziffernkombination mit und den Namen des bearbeitenden Beamten, Detective Sergeant Hall McCabe.

Alles ist relativ. Vor fünf Tagen war das Fünfzehntausend-Dollar-Ohrjuwel noch eine große Sache, verglichen mit Hundert-Millionen-Dollar-Diamanten rutschte Mrs. Ethelridges Zaumzeug dicht an die Talmi-Grenze ab. Trotzdem griff ich zum Telefon, und nicht nur, weil es der Routine entsprach. Wenn man ausgeknockt wurde wie ich, möchte man wenigstens herausfinden, mit wem man im Ring stand.

Ich erreichte Detective Sergeant McCabe. Er machte aus seiner Überraschung keinen Hehl.

»Ich wunderte mich über die Anfrage des FBI«, sagte er. »Haben Sie Gary Spicer verhaftet?«

»Wer ist Gary Spicer?«

»Der Mann, der den Tresor in der Ethelridge-Villa knackte. Er hinterließ deutliche Fingerabdrücke. Spicer ist Spezialist für kleine Tresore in Privathäusern, wurde viermal wegen solcher Taten verurteilt. Er arbeitet sehr sorgfältig, baldowert die Gelegenheit gründlich aus und wartet einen Abend ab, an dem die Hausbewohner an einer Party teilnehmen oder im Theater sitzen. Dann dringt er ins Haus ein, lässt die Rollläden herunter und macht sich an die Arbeit. Selten braucht er mehr als zwei Stunden. Gewöhnlich fällt ihm Schmuck in die Hände. Mrs. Ethelridges Schätze dürften seine größte Beute gewesen sein.«

»Wie viel?«

»Über eine Million Dollar! Sie ist eine alte Lady, die vier Mal verheiratet war und jeden Ehemann vor der Trauung ins Juweliergeschäft schleppte.«

»Sie kann das Ohrgehänge noch nicht zurückbekommen. Wir brauchen den Schmuck als Beweisstück in einer anderen Sache.«

»Es wird ihr nichts ausmachen«, sagte der Sergeant. »Sie schwimmt im Glück, dass sie alles andere zurückbekam, inklusive ihrer vier Hochzeitsdiademe.«

»Spicer gab seine Beute zurück?«

McCabe zögerte mit der Antwort.

»Die Versicherung setzte eine Belohnung für die Wiederbeschaffung aus. Eines Tages wurden wir angerufen und erhielten die Mitteilung, es sei gelungen, Mrs. Ethelridge zu ihrem Besitz zu verhelfen.«

»Soll das heißen, dass die Versicherung den Schmuck zurückkaufte?«

»Das wäre Hehlerei, G-man, aber es ist nicht verboten, eine Belohnung auszusetzen. Wenn man nachfasst, behaupten die Versicherungsleute, sie hätten nicht mehr gezahlt als die ausgesetzte Belohnung, und sie wären niemals mit dem Täter in Kontakt gewesen. Das Gegenteil lässt sich nicht nachweisen.«

»Mit solchen Methoden behindern sie die Aufklärungsarbeit der Polizei!«, empörte ich mich.

Der Sergeant stieß einen deutlich vernehmbaren Seufzer aus.

»Unsere Aufklärungsstatistik bei Einbrüchen sieht nicht berauschend aus. Die Chance, dass die Eigentümer ihren gestohlenen Besitz wiedersehen, liegt dicht bei Null. Also ergreifen die Opfer oder ihre Versicherung die Initiative, besonders wenn es sich um wertvolle Objekte, Bilder oder Schmuck, handelt. Sie bieten eine Belohnung, nicht für die Aufklärung der Tat, sondern für die Rückgabe der Beute. Gelingt der Deal, müssen sie einen kleineren Verlust verschmerzen. Ob der Täter gefasst wird oder nicht, ist ihnen egal. Sie kaufen sich auf jeden Fall eine neue Alarmanlage.«

»Bei welcher Gesellschaft waren Mrs. Ethelridges Schätze versichert?«

»Eastern Insurance.«

Der Name ließ mich aufhorchen. Ich hatte ihn in den Unterlagen der Diamond Union gelesen. Auch Diamond Trade Unions Supertresor mit allem Inhalt war bei der Eastern Insurance versichert. Die Gesellschaft hatte damit ein 100-Millionen-Dollar-Problem am Bein. Wenn sie schon bei Mrs. Ethelridges Zierrat vor einem Deal an der Polizei vorbei nicht zurückschreckten, um wie viel größer musste die Versuchung für die verantwortlichen Manager sein, einen hundert Mal höheren Verlust zu minimieren? Ich beschloss, mir Eastern Insurance näher anzusehen.

»Noch eine Frage, Sergeant! Arbeitet dieser Gary Spicer mit einem Team?«

»Er gilt als Einzelgänger.«

»Schicken Sie mir sein Foto. Hat er ein besonderes Kennzeichen, an dem er leicht zu identifizieren ist?«

»Ihm fehlen die letzten zwei Finger der linken Hand, seit ihm bei einem Tresor die Trennsäge abrutschte.«

»Danke, Sergeant!«

Ich legte auf, versank in Nachdenken.

War ich von diesem Gary Spicer überrascht worden, als ich Jay Glover die Handschlingen festgezurrt hatte?

Welche Verbindung bestand zwischen einem spezialisierten Geldschrankknacker, der einen Tresor auf Long Island ausgeräumt hatte, und dem brutalen Profikiller Jay Glover?

Oder hatte nur irgendein Zufall das Ohrgehänge in das Haus gespült, in dem ich mit Jay Glover zusammengeprallt war?

Das Telefon läutete. Ich hob ab.

Am Apparat meldete sich Lieutenant Arthur Mulligan von der City Police.

»Anscheinend haben wir das Einstiegloch entdeckt, G-man«, sagte er. »Wenn Sie es sich ansehen wollen, kommen Sie in die West 44th Street.«

»Mache ich!«, antwortete ich und warf den Hörer in die Gabel.

Der Jaguar brauchte nur ein paar Minuten.

In der 44th stieß ich auf eine beachtliche Ansammlung von Cops, Angestellten der Stadtverwaltung, Ingenieuren und natürlich Journalisten. Sie umlagerten ein Baugelände, das die Cops abgesperrt hatten.

Lieutenant Mulligan zeigte mir das leere Magazin einer MPi, das seine Leute als Erstes gefunden hatten.

»Sehen Sie sich an, was noch alles hier rumliegt«, sagte er und wies auf verschiedene Gegenstände, die für den Polizeifotografen mit Nummernschildern gekennzeichnet worden waren. Ich sah Overalls, Schutzhelme, Gummimasken, Handschuhe.

Der Lieutenant führte mich zu einem Bauwagen, dessen Tür offen stand.

»Das war ihr Hauptquartier. Hier verwahrten sie ihr Werkzeug, zum Beispiel die Lampen und sogar eine Flasche Whisky zum Aufwärmen.«

»Und der Einstieg?«

»Kommen Sie mit, G-man!«

Die Leute, die den Bau begonnen hatten, waren nicht weit damit gekommen, bevor ihnen die Dollars ausgingen. Eigentlich hatten sie kaum mehr zustande gebracht als eine riesige, ausbetonierte Grube. Auf dem Grund dieser Grube drängten sich Cops und Männer der New Yorker Stadtverwaltung um eine runde Schachtöffnung, von der sie den Stahldeckel entfernt hatten. Der Lieutenant und ich traten an den Rand, nachdem wir über Leitern bis auf die Baugrube hinabgestiegen waren.

Irgendwer sagte: »Der Chef der Abwasserbehörde und zwei seiner Ingenieure sind unten. Falls Sie runtergehen wollen, sollten Sie eine Ausrüstung anlegen.«

»Ich will mich nur kurz umsehen«, antwortete ich, fasste die oberste der einbetonierten Sprossen und turnte abwärts in die Dunkelheit.

Es roch modrig. Nach vier Yards mündete der Schacht in einen ausgemauerten Kanal. Schon beim ersten Schritt rammte ich mit dem Kopf die Decke.

Einige Yards voraus tastete ein Lichtstrahl durch die Finsternis. Ich rief den Mann an: »Wer sind Sie?«

»Charles Cowe von der Kanalkontrolle«, antwortete er und kam zu mir. Er trug Gummistiefel, einen wasserfesten Overall und einen Schutzhelm, auf dem die Lampe befestigt war.

»Wenn Sie weitergehen, werden Sie sich nasse Füße bis zu den Knien holen«, sagte er. »Der Hauptkanal führt viel Wasser.«

»Kann man von hier aus das Loch im Tresorkeller der Diamond Union erreichen?«

»Selbstverständlich«, antwortete er. »Mein Chef ist schon dorthin unterwegs.«

Ich verzichtete darauf, mich selbst zu überzeugen, und stieg zurück ans Tageslicht.

»Sieht so aus, als wären sie tatsächlich von hier gestartet«, sagte ich zu Mulligan. »Bitte, schicken Sie uns Kopien der Untersuchungsergebnisse. Ich denke, wir sollten die Bewohner der nächsten Häuser nach ihren Beobachtungen befragen.«

»Das machen wir, G-man.«

Die Ringe, Ketten und Armbänder, die Wilbur Wellish in seinem Geschäft an der Grenze zu Harlem anbot, waren billiger Kram, aber außer schwarzen Arbeiterinnen, puerto-ricanischen Teenagern und mexikanischen Haushaltshilfen belieferte Wellish eine andere Kundschaft mit Ware, die er nicht in dem vergitterten Schaufenster seines primitiven Ladens auslegte.

Schwarze Zuhälter auf der Suche nach erbsengroßen Brillanten und goldenen Uhren wurden bei ihm fündig. Kokaingroßhändler ließen sich von Wellish mit kostbarem Schmuck für die jeweilige Favoritin beliefern. Manager undurchsichtiger Exportfirmen sahen sich bei ihm nach Objekten um, die sich mit kleinem Aufwand und großem Gewinn für den Schmuggel in den Vorderen Orient und nach Arabien eigneten.

Anders ausgedrückt: Wilbur Wellish dealte und hehlte Schmuck, Uhren und Edelsteine.

An diesem Abend schickte er seine Verkäufer, einen jungen Farbigen und eine Mexikanerin, eine halbe Stunde vor Ladenschluss nach Hause.

Er traf bestimmte Vorbereitungen, unter anderem überprüfte er die Schrotflinte, die griffbereit unter der Ladentheke in einer Halterung hing, legte ein Holster mit einem Revolver an und sah nach, ob im Hinterzimmer die beiden versteckten Mini-MPis in Ordnung waren. Auf das Versteck in der Armlehne des Sessels, in dem er zu sitzen pflegte, war Wellish besonders stolz.

Als die Ladentür geöffnet wurde, genügte ein Blick auf die große Gestalt des Mannes, und Wellish wusste, dass er sich in höchster Lebensgefahr befand.

Er ließ sich auf die Knie fallen, damit die Theke ihm Deckung gab, und riss die Schrotflinte aus der Halterung. Trotz seiner satten zweihundert Pfund war er nicht langsam. Hätte der Mann von der Tür aus geschossen, wäre Wellish eine gute Chance geblieben.

Aber der Mann schoss nicht. In drei Sätzen durchquerte

er den Laden, übersprang die Theke und rammte Wellish beide Füße vor die Brust.

Wellish stürzte nach hinten, krachte gegen einen Schrank, dessen Tür zersplitterte. Die Schrotflinte in den Händen nutzte ihm gar nichts, denn der Angreifer ließ sich auf ihn fallen, stieß ihm ein Knie in den fetten Bauch und umschloss seinen Hals mit so hartem Griff, dass Wellish die Luft knapp wurde.

Wellish gab die Schrotflinte auf, packte die Handgelenke des anderen, versuchte, dessen Griff aufzubrechen.

Die Falle schnappte zu.

Blitzschnell ergriff Wellishs Gegner die Schrotflinte, schnellte sich zur Seite weg und setzte dem Hehler die Mündung der eigenen Waffe an die Rippen.

»Schluss der Vorstellung! Oder ich lege dich um!«, drohte er.

Wellish rang nach Luft, schaffte ein paar gestotterte Worte: »Schieß nicht, Glover!«

Jay Glover stand auf, ohne die Berührung von Waffe und Körper zu unterbrechen.

»Wir sind uns nie begegnet, aber ich höre, dass du weißt, wer ich bin.«

Erst jetzt trat er zwei Schritte zurück und sagte: »Du liegst da wie ein Schwein, das aufs Abstechen wartet. Steh auf! Arme an den Kopf!«

Wellish raffte sich auf. Panische Angst erfüllte ihn bis in die Haarspitzen, blockierte sein Gehirn. Er war unfähig, über einen Ausweg nachzudenken.

Glover tastete ihn ab und fand den Revolver.

»Schließ den Laden ab!«, befahl er. »Lass die Gitter runter!«

Der Hehler schleppte sich zum Eingang und betätigte den Schalter für das elektrische Rollgitter.

»Wir gehen nach hinten!« Glover zeigte die Richtung mit dem Gewehrlauf. »Ich will mit dir reden!«

Die Mini-MPi in der Sessellehne fiel Wellish ein. Ein

wenig Hoffnung keimte in ihm auf und brachte seinen Denkapparat wieder in Schwung.

»Ich weiß nicht, was du von mir willst«, sagte er, während er vor der Mündung der Schrotflinte ins Hinterzimmer wankte und den Sessel ansteuerte. »Ist das ein Raubüberfall?«

Er wollte sich in den Sessel fallen lassen. Glover blaffte ihn an: »Bleib stehen!«

Er ging um Wellish herum, setzte ihm die Waffe in Höhe der Nieren hart aufs Rückgrat.

»Raubüberfall?«, wiederholte er höhnisch. »Das ist eine Abrechnung, Wilbur! Du hast mich an die Schnüffler verpfiffen und gleich an die oberste Etage, an den FBI!«

»Nein, habe ich nicht!«, keuchte Wellish und spürte, wie seine Knie nachgaben.

»Ich weiß, dass du es warst. Gary Spicer verhandelte mit dir über den Verkauf der Klunker, die er aus 'nem Tresor irgendwo auf Long Island herausgeholt hatte. Dann stieß ich auf Gary und nahm ihm die Beute ab. Das wäre dir gleichgültig gewesen, wenn ich an dich verkauft hätte, aber ich fand einen anderen Abnehmer. Darüber warst du so wütend, dass du mir das Geschäft unter allen Umständen vermasseln wolltest, nicht nur mir, sondern auch der Konkurrenz.«

Glover stieß den Stahl des Flintenlaufs gegen Wellishs Rückenwirbel, und Wellish heulte vor Schmerz.

»Es ging schief«, fauchte Glover, »allerdings nur um ein Haar.«

Er kam um Wellish herum. Statt zwischen den Nieren spürte der Hehler den harten Stahl im Fett seines Bauches.

»Bring mich nicht um!«, japste er. »Die Sache …«

Glover lachte. »… ist Schnee von gestern, denkst du? Okay, das denke ich auch, wenn wir uns über eine Zusammenarbeit einigen können. Willst du?«

»Natürlich«, versicherte Wellish.

»In New York suchen Diamanten im Wert von hundert

Millionen Dollar Abnehmer. Ich weiß, dass ein Mann namens Sam die gleiche Vorliebe für Rothaarige hat wie du und einige ungefasste Diamanten anbietet. Erste Frage: Hat Sam Kontakt zu dir aufgenommen?«

In jeder anderen Situation, bei jedem anderen Frager hätte Wellish gelogen. Hier wagte er es nicht.

Er nickte.

»Zweite Frage: Taugen Sams Steine etwas?«

»Sie sind erstklassig«, stieß Wellish hervor. »Dreißig Karat Spitzenqualität.«

»Sind es Steine aus dem Überfall auf die Union-Auktion?«

»Das weiß ich nicht, aber es wäre möglich.«

»Bist du mit ihm handelseinig geworden?«

Wieder spürte Wellish das Bedürfnis, zu leugnen und zu lügen.

Unter Glovers bohrendem Blick brach seine Willenskraft zusammen.

»Noch nicht«, flüsterte er. »Ich erwarte ihn.«

»Wann?«

Nahezu unverständlich leise antwortete Wellish: »Heute! In einer Viertelstunde.«

Glover stieß einen langen Pfiff aus.

»Dann scheine ich genau den richtigen Augenblick erwischt zu haben. Kennst du den vollständigen Namen?«

»Sam Lucone.«

Jay Glover ließ die Schrotflinte sinken, schlug Wellish mit der linken Hand auf die Schulter.

»Von dieser Sekunde an sind wir Partner, Wilbur. Wenn Sam aufkreuzt, werden wir uns nicht damit begnügen, ihm seine Steinchen abzuhandeln. Ich werde ihn in die Mangel nehmen, bis er uns ein Liedchen singt, wo all die Diamanten zu holen sind, der ganze Hundert-Millionen-Dollar-Schatz, Diamanten satt.«

Glovers Augen funkelten.

Erneut sauste seine Hand auf Wellishs feiste Schulter nieder.

»Einverstanden?«

Wellish brachte eine Art Lächeln zustande und ein Kopfnicken dazu.

»Setz dich!« Glover stieß ihn in den Sessel, in dessen Armlehne die Mini-MPi verborgen war, zog sich selbst einen Stuhl heran und fragte: »Kommt er durch den Laden? Müssen wir das Gitter wieder hochziehen?«

»Nein, er wird an der hinteren Tür läuten«, antwortete der Hehler. »Wir haben ein Signal vereinbart, zweimal kurz, zweimal lang.«

»Wo ist der Hintereingang?«

»Dort«, sagte Wellish, streckte den Arm aus, und Glover wandte den Kopf und wollte sich umdrehen.

Wellish drückte auf den Knopf, der die Klappe in der Armlehne aufspringen ließ. Die kleine MPi lag griffbereit in der ausgesparten Öffnung. Er tauchte seine Hand hinein, bekam die Waffe zu fassen, riss sie hoch.

Eine Mini-MPi lässt sich einhändig bedienen, und eigentlich war die Ausgangsposition für Wellish nicht schlecht.

Vielleicht hatte er zu wenig geübt, oder er war zu aufgeregt. Jedenfalls war er nicht schnell genug.

Das Letzte, was Wilbur Wellish von dieser Welt wahrnahm, war das Mündungsfeuer der Schrotflinte.

Was die Schrote auf diese kurze Entfernung anrichteten, war so schrecklich, dass selbst Jay Glover die Augen zukniff.

Er wich bis zur Wand zurück, stand länger als eine Minute mit geschlossenen Augen da.

Allmählich gewann er seine Kaltblütigkeit zurück, wartete, ob der Schuss irgendwen alarmiert hatte.

Nichts rührte sich. Wellish lebte allein in dem schmalen, alten Haus, und New York ist keine Stadt, in der ein einzelner Schuss Aufsehen erregt.

Der Hundesohn wollte mich reinlegen, dachte Glover. Er hat es nicht besser verdient.

Er sah sich nach etwas um, mit dem er den Körper verbergen konnte, fand eine Decke, die er über Wellishs Leichnam ausbreitete. Dann löschte er das Licht bis auf eine Tischlampe. Die Minuten verstrichen.

Glover begann zu glauben, Wellish hätte ihn belogen.

Der Mann würde nicht kommen.

Die Klingel schlug an. Zweimal kurz, zweimal lang.

Glover verließ das Zimmer, ging durch einen schmalen Flur zur vergitterten, vielfach verriegelten Hintertür.

Er zog die Riegel zurück, öffnete.

Vor ihm stand ein Mann, die rechte Hand im Jackenausschnitt.

»Ich bin mit Wilbur Wellish verabredet.«

»Sam Lucone?«, fragte Glover.

Der Mann nickte.

Glover ließ ihn eintreten, verriegelte die Tür.

»Wilbur wartet«, sagte er.

Der Generaldirektor der Eastern Insurance hieß schlicht Miller, Lewis B. Miller, aber ihn sprechen zu wollen erwies sich als mindestens so schwierig, wie vom Präsidenten der USA in der Air Force One, der Präsidentenmaschine, mitgenommen zu werden.

Eine Leibgarde schirmte Lewis B. Miller ab.

Was für eine Leibgarde! Vier Sekretärinnen, frisch wie der Morgentau, gekleidet wie Starmodels, schöner als Hollywoods Spitzenaufgebot und von eisiger Freundlichkeit.

Der Anblick des FBI-Ausweises beeindruckte sie nicht. Sie schlugen vor, ich solle einen Termin beantragen. Sobald Mr. Millers Terminkalender eine Lücke aufweise, würde ich benachrichtigt.

Ich griff zur Gewalt, marschierte an vier Schreibtischen vorbei auf die Edelholztür los, öffnete sie und sah mich dem Versicherungsboss gegenüber, der in ungefähr einer halben Meile Abstand von der Tür hinter einem riesigen Schreibtisch saß.

Wortlos drückte Miller einen Knopf. Alarmklingeln schrillten.

»FBI!«, rief ich und hielt den Ausweis hoch.

Seitentüren wurden aufgerissen. Zwei bullige Bodyguards, bei weitem nicht so hübsch wie die Sekretärinnen, stürmten ins Büro.

»Ihnen droht eine Anklage wegen Beihilfe zum Mord, Miller«, sagte ich. »Wenn Ihre Jungs mich hinauswerfen, komme ich mit einem Haftbefehl zurück.«

Seine Handbewegung stoppte die Männer. Misstrauisch krächzte er: »Sind Sie wirklich FBI-Agent?«

Ich marschierte zum Schreibtisch und hielt ihm den Ausweis unter die Nase, die die Form eines Geierschnabels hatte.

Von einer Sekunde zur anderen verwandelte sich Miller in einen Ausbund von Freundlichkeit.

Er stand auf, schüttelte mir die Hand, lobte den FBI: »Ihre Firma leistet gute Arbeit, G-man. Die Nation kann stolz auf Ihre Leute sein. Setzen Sie sich! Wollen Sie einen Drink?« Er lachte. »O nein, keinen Drink, ich weiß!«

Die Bodyguards verschwanden durch die Seitentüren, die sie lautlos hinter sich schlossen.

Lewis B. Miller war ein schwerer, dicker Mann, auf dessen feisten Schultern ein knochiger Geierkopf saß, der so wenig zu seinem Körper passte, als wäre er versehentlich aufgeschraubt worden.

»Ihre Drohung war ein Scherz, G-man? Ein Bluff?«

»Das wird sich herausstellen, sobald Sie meine Fragen beantwortet haben.«

Ich zog die Plastiktüte mit Mrs. Ethelridges Ohrring aus der Tasche und warf sie auf den Schreibtisch.

»Damit wäre der geraubte Schmuck wieder komplett«, sagte ich. »Eastern Insurance spart fünfzehntausend Dollar.«

»Haben Sie den Täter gefasst?«, fragte Miller ungerührt.

»Ich verhaftete einen Mann, der vermutlich im Besitz von Mrs. Ethelridges Klunkern war. Ich leistete nicht so gute Arbeit, wie Sie von FBI-Agenten erwarten, Mr. Miller, sondern ließ mich von einem zweiten Mann überraschen, der mich hinterrücks niederschlug. Diesen Vorgang könnte ein Richter als Mordversuch ansehen.«

»Was soll Eastern Insurance damit zu tun haben?«

»Mrs. Ethelridge erhielt ihren Schmuck durch Vermittlung der Versicherungsgesellschaft zurück, ausgenommen dieser Ohrring auf Ihrem Schreibtisch, der neben meinem schmerzenden Schädel gefunden wurde. So betrachtet wäre Ihre Firma auch an dem Mordversuch beteiligt.«

Er verfiel nicht in Panik. Er war ein cleverer Bursche. Man bringt es nicht zum Boss einer Versicherungsgesellschaft, wenn man eine Niete ist.

Miller lehnte sich bequem in seinem Sessel zurück, grinste wie ein satter Geier.

»Aus dieser Konstruktion würden unsere Anwälte vor Gericht Kleinholz machen, G-man.«

»Mrs. Ethelridge bekam ihr Eigentum zurück. Die Versicherung sparte eine runde Million Dollar. Wie viel haben Sie für die Rückgabe gezahlt?«

»Eastern Insurance verhandelt nicht mit Einbrechern, Räubern und sonstigen Gesetzesbrechern. Das wäre Hehlerei. Allerdings setzen wir manchmal eine Belohnung für die Wiederbeschaffung aus. Das ist legal, solange die Belohnung nicht den Tätern ausgezahlt wird. Wir halten uns an das Gesetz.«

»Und zahlen an Mittelsmänner?«

»Wir zögen es vor, an die Polizei zu zahlen, wenn sie tüchtig genug wäre.« Er breitete die Arme aus. »Leider sind die Erfolge gering.«

»Wer kassierte die Belohnung für die Wiederbeschaffung der Ethelridge-Juwelen?«

»Ich glaube nicht, dass ich verpflichtet bin, diese Frage

zu beantworten. Auf jeden Fall möchte ich darüber vorher mit unseren Rechtsanwälten beraten. Rufen Sie mich morgen an!«

Er stand auf als Zeichen, dass er die Unterredung für beendet hielt.

Ich blieb sitzen, nahm gemächlich den Ohrring vom Tisch und steckte ihn in die Tasche.

»Die hundert Millionen Dollar, mit denen Ihre Versicherung beim großen Diamantenraub in der 47th Street drinhängt, reißen ein größeres Loch in die Bilanz als Mrs. Ethelridges Hochzeitsschätze. Welche Belohnung setzte Eastern Insurance in diesem Fall aus?«

Seine Augenlider flatterten kurz, ein winziges Zeichen von Unruhe.

»Darüber wurde bisher kein Beschluss gefasst.«

»Schade!« Jetzt stand auch ich auf. »Ich hätte gern gewusst, was sich verdienen lässt, wenn man für eine Versicherung arbeitet statt für Uncle Sam.«

Er stieß ein lautes Gelächter aus.

»Bringen Sie mir Ihre Entlassungsurkunde, G-man, und ich werde Ihnen die Frage beantworten! Vorher könnte jede Zahl als Bestechungsversuch ausgelegt werden.«

Wie schon gesagt, eine Niete war Lewis B. Miller nicht.

Die Sekretärinnen-Garde im Vorzimmer würdigte mich keines Blickes. Der Lift brachte mich vierzig Etagen aus den Höhen der Direktionsetage auf Straßenniveau. Im Jaguar flackerte das Ruflicht der Sprechanlage. Ich meldete mich bei der Zentrale.

»Phil wünscht deinen Anruf unter Nummer …«

Ich notiere die Ziffern, stoppte an einer Telefonzelle, wählte die Nummer.

Ein Mann meldete sich, ohne seinen Namen zu nennen.

»Cotton, FBI! Gib mir Phil Decker!«

Ich hörte, wie der Mann rief: »Für Sie, G-man!«

Phil übernahm, sagte: »Komm zur West 98th Street, Block 304!«

»Ist es dringend?«

»Wie man's nimmt! Die Leute, die du sehen wirst, sind tot.«

West 98th Street, das ist fast schon Harlem.

Es bot sich das übliche Bild, wenn die Mordkommission einen Einsatz hat: Neugierige jenseits des Trassierbands, Cops, die den Verkehr aufrecht hielten, Polizeifahrzeuge auf den Bürgersteigen usw.

Ein Laden war Zentrum des Geschehens. In seinen Schaufenstern, die massiv vergittert waren, lagen Ringe, Ketten, Kreuze, Uhren und anderer Schmuck der untersten Preisklasse.

Im Laden traten sich Polizisten und Beamte der Mordkommission auf die Zehen. Phil kam aus einem Hinterzimmer. Er winkte mir.

Ich betrat das Hinterzimmer. Unter Plastikplanen zeichneten sich die Körper von zwei Menschen ab. Einer lag in einem großen, abgewetzten Ledersessel, der andere auf dem Boden. Die Wand hinter dem Sessel war blutbespritzt. Eingetrocknete Blutflecken auf dem Boden hatten die Leute der Mordkommission mit Kreidestrichen umrandet.

Phil wies auf den Toten im Sessel.

»Wilbur Wellish. Sein Name steht auf der Liste der Schmuck- und Edelsteinhehler, die uns die Diamond Union übergab. Seine Angestellten fanden ihn, als sie am Morgen zum Dienst kamen. Sie vermuten, dass er gestern Abend einen Besucher erwartete, denn er schickte sie eine halbe Stunde früher nach Hause. Er wurde aus nächster Nähe mit seinem eigenen Schrotgewehr erschossen.«

»Ein Raubüberfall?«

Phil schüttelte den Kopf.

»So einfach liegt die Sache nicht.« Er wandte sich dem Körper zu, der auf der Erde lag, schlug die Plastikdecke zurück, sodass Kopf und Oberkörper frei wurden.

»Dieser Mann wurde gefoltert«, sagte er.

Die Spuren der grausamen Behandlung waren deutlich zu sehen.

»Wer ist er?«

»Seine Identität konnte noch nicht ermittelt werden. Der Mörder räumte alle Taschen aus.«

»Was geht uns der Fall an, abgesehen davon, dass Wellish eine Hehleradresse für geklaute Edelsteine war? Auf der Union-Liste stehen mehr als vierzig Namen.«

»Der Fall geht ganz besonders dich an, Jerry«, antwortete Phil, zog mich am Ärmel zu einem Schreibtisch, der mit Papieren übersät war und auf dem ein Telefon mit einem Anrufbeantworter stand. Phil drückte zwei Knöpfe, die das Band und den Lautsprecher einschalteten.

Eine Männerstimme sagte: »Hier ist der automatische Anrufbeantworter der Firma Wilbur Wellish, feine Schmuckwaren en gros et en detail. Mein Büro und mein Geschäft sind zurzeit geschlossen. Hinterlassen Sie Ihre Nachricht! Ich rufe zurück.«

Das übliche Pfeifsignal ertönte.

Phil stoppte das Band.

»Die Stimme schon einmal gehört, Jerry?«

Ja, ich hatte sie gehört, zwar flüsternd und um Verstellung bemüht, aber unverkennbar mit ihrem fremden Akzent. Ich konnte die drei Sätze auswendig, die diese Stimme gesprochen und die das Tonband in der FBI-Zentrale aufgezeichnet hatte: »Ich weiß, wo ihr Jay Glover finden könnt. Schickt einen Mann in Ben's Inn, 180 East 137th Street, Bronx! Nächste Nachricht dort!«

»Er war also der Mann, der Glover an uns verpfiff«, stellte ich fest. »Aus welchem Grund?«

»Darauf gibt es nur eine Antwort. Wilbur Wellish dealte mit gestohlenen Juwelen, und Jay Glover verdarb ihm ein Geschäft, auf welche Weise auch immer.«

In seltenen Augenblicken schalten sich im Kopf eines mäßig bezahlten Schnüfflers, der bis zu dieser Sekunde ratlos herumtappte wie in dichtem Nebel, alle

Scheinwerfer ein, und der Ablauf rätselhafter Ereignisse liegt so klar, als wäre es nur eine Rechenaufgabe aus der ersten Schulklasse. Das geschah mit mir, und ich wusste Bescheid.

»Wellish wollte die Juwelen übernehmen, die ein gewisser Gary Spicer aus einem Tresor in der Garden City schweißte. Glover nahm Spicer die Beute ab, und ich fürchte, dass er dabei radikal vorging und den Tresorknacker umlegte. Wellish entging das Geschäft, weil Glover an einen anderen verkaufte.«

»An wen?«

»An eine feine, börsennotierte Versicherungsgesellschaft, genauer gesagt, an irgendeinen beauftragten Zwischenhändler. Komm mit! Wir werden Lewis B. Miller zwingen, uns den Mann zu nennen, der für Eastern Insurance die schmutzige Arbeit leistet, damit die Bilanz schön bleibt und der Gewinn fett.«

Jay Glover saß in seinem Hotelzimmer auf dem Bettrand.

Nachdenklich betrachtete er die drei glitzernden Kristalle auf der Fläche seiner linken Hand. Zwei waren klar und farblos wie reines Eis, der dritte, es war der größte, versprühte sein Feuer aus kaltem Blau.

Glover schob die Steine mit dem Zeigefinger hin und her. Er spürte die Schärfe und Härte der Kanten des präzisen Schliffes.

Welchen Wert hatten diese drei Steine? Vierzigtausend Dollar die weißen, zweihunderttausend Dollar der blaue Diamant?

Er schloss die Faust um die Diamanten.

Wie hoch der Wert auch sein mochte, er, Jay Glover, wusste, wo das Hundertfache zu holen war. Er gab sich nicht mit drei Diamanten zufrieden, wenn er einige Tausend erbeuten konnte.

Er kannte das Risiko, aber er kannte auch alle

Einzelheiten, die er wissen musste, wenn er erfolgreich sein wollte.

Es war schwierig gewesen, in der vergangenen Nacht Wilbur Wellishs Besucher zum Reden zu bringen. Zuerst hatte Sam Lucone versucht, Glover lauter Lügen aufzutischen, am Ende, als die Schmerzen, die Glover ihm zufügte, ihn an den Rand des Wahnsinns trieben, hatte er angeboten, mit Glover zusammenzuarbeiten, aber zu diesem Zeitpunkt hätte sich Lucone nicht mal allein auf den eigenen Füßen halten können.

Glover griff zum Telefon, wählte eine Anschlussnummer. Während er darauf wartete, dass sich der Teilnehmer meldete, öffnete er die Faust und hielt die Hand ins Licht.

Die Diamanten versprühten kaltes Feuer.

Am anderen Ende der Leitung wurde der Hörer abgehoben.

»Hallo, Sportsfreund!«, sagte Glover. »Rate, was ich in der Hand halte!«

Die Antwort bestand aus einem Fluch.

Glover lachte. »Du kämst nie darauf.« Er machte eine kleine, feierliche Pause. »Die Diamanten aus der 47th Street!«

»Unsinn!«, schrie der andere. »Du lügst!«

»Nein, ich übertreibe etwas. Was ich in der Hand halte, sind nur drei von einigen Tausend Steinen, die in der 47th die Besitzer wechselten. Ich weiß, wer sie jetzt hat. Noch heute werde ich sie mir holen.«

»Ich glaube kein Wort!«

Glovers Laune schlug um.

»Was du glaubst, Sportsfreund, ist mir scheißegal, solange du spurst. Wie viel bietet die Versicherung?«

»Niemand will sich die Finger verbrennen. Die Sache ist heikel. Zu viel Blut, zu viele Tote!«

»Wenn den Jungs, die im Tresor der Diamond Union herumgeballert und ehrenwerte Leute umgelegt haben, die

Beute abgejagt wird, gibt es nichts als Beifall aus allen Ecken und von allen Medien. Ein paar Millionen Dollar als Belohnung empfindet die Öffentlichkeit als gerecht.«

»Und wie viele Tote wird es kosten?«

»Niemand vergießt Tränen, wenn Gangster von Gangstern umgelegt werden. Die Leute sehen darin nur ein abgekürztes Verfahren. Den meisten dauert es ohnehin zu lange, bis endlich für einen verurteilten Jungen der elektrische Stuhl angewärmt wird.«

»Jay, ich steige aus! Ruf mich nicht mehr an!«

Glover senkte die Stimme. Leise und drohend sagte er: »Hast du jemals erfahren, ob der Schnüffler deinen Hieb verdaut hat oder ob du ihm den Schädel eingeschlagen hast? So oder so, sie rechnen es dir als Mordversuch an. Unter zwanzig Jahren kommst du nicht davon. Pass auf, wie es laufen wird! Ich hole mir die Diamanten. Dann verpfeife ich dich, und während du vor dem Richter zappelst, bestimmt die Versicherung einen anderen Vermittler, der mit mir über die Rückgabe der Steine gegen einen Koffer voll grüner Scheine verhandelt. Der neue Mann kassiert zwei Millionen Dollar Provision, und du kassierst zwanzig Jahre Knast! Wie gefällt dir das Drehbuch?«

Glovers Gesprächspartner schwieg lange. Es war Glover, der nach zwei Minuten sagte: »Ich merke, du hast begriffen. Besorg mir einen guten gebrauchten Wagen! Um neun Uhr abends bringst du ihn rüber nach South Brooklyn, parkst ihn in der Sullivan Street und machst dich aus dem Staub!«

»Jay, ich werde mich nicht aktiv beteiligen.«

»Wie nennst du es, wenn du einen G-man niederschlägst? Ist das in deinen Augen keine aktive Beteiligung? Keine Sorge, Sportsfreund! Ich erwarte nicht, dass du die eigene Haut riskierst. Ich brauche einen zweiten Wagen, falls mein eigener ausfällt. Damit muss ich rechnen. Der Mann, der die Diamanten hat, ist ein harter Junge.« Glover lachte. »Ich kenne ihn. Vor zehn Jahren wollten wir uns zusammen eine Bank vornehmen, aber die Sache zerschlug sich. Freiwillig wird er die Steine nicht rausrücken, egal wie groß die Kanone ist, die ich ihm unter die Nase halte. Für ihn brauche ich eine besondere Methode.«

Er legte auf, betrachtete das Telefon, als wäre es der Mann, mit dem er gesprochen hatte, und murmelte: »Du entwickelst dich zum Risiko, Sportsfreund!«

Er füllte Whisky in ein Glas, nippte daran und dachte intensiv über den Plan nach, den er in der Nacht ausgebrütet hatte, als er das Haus beobachtete, dessen Adresse Sam Lucone am Ende seiner langen Qual geflüstert hatte.

Zum zweiten Mal innerhalb von drei Stunden betrat ich die Büroflucht von Eastern Insurance, diesmal in Begleitung von Phil.

Die Leibgarde der Sekretärinnen verzichtete auf den Versuch, uns zu stoppen. Sie begnügten sich damit, den Boss mit dem Aufschrei ins Mikrofon der Sprechanlage zu alarmieren: »Sir, der G-man ist wieder da!«

Lewis B. Miller war nicht allein in seinem Büro vom Ausmaß einer Tennishalle. Er präsidierte der Konferenz eines knappen Dutzend Direktoren.

»Was wollen Sie schon wieder?«, krächzte er.

»Den Namen des Mannes, der für Sie die Ethelridge-Juwelen zurückgeholt hat!«

»Darüber beraten wir gerade! Wir sind noch nicht schlüssig, ob wir verpflichtet sind, den Namen …«

Ich unterbrach ihn.

»Wir entdeckten zwei weitere Morde. Jeder in diesem Raum, der den Namen kennt und ihn verschweigt, muss mit einer Anklage wegen Vertuschung rechnen.«

Der Satz schlug ein wie eine Bombe. Nie zuvor sah ich so viele, so hochbezahlte Leute, die einander so dumm und ratlos anblickten. Nach einer Schreckensminute stand ein dicklicher Kahlkopf auf, schlich zu Lewis B. Miller am

Kopfende des Konferenztischs und flüsterte heftig auf den Präsidenten ein.

Je länger der Mann flüsterte, desto stärker verzog Miller das Gesicht, als kaue er an einem Brocken, der immer schlechter schmeckte. Schließlich nickte er.

Der dicke Kahlkopf richtete sich auf, kam zu uns und stellte sich vor: »Anwalt Leonard Goldstein. Ich berate Mr. Miller in Rechtsfragen. Die Zusammenarbeit mit Vermittlern verstößt weder gegen Bundesgesetze noch gegen die Rechtsprechung von …«

»Wie heißt der Mann?«

Er biss sich auf die Unterlippe.

»Clyde Jenkin. Er ist Privatdetektiv. Falls er sich ungesetzlich verhalten hat, kann Eastern Insurance nicht …«

»Die Adresse!«

»33 Division Street, Downtown.«

»Danke! Warnen Sie ihn nicht vor uns!«

»Natürlich nicht«, beteuerte Anwalt Goldstein.

Wir wandten uns zur Tür. Auf halbem Weg stoppte Phil, kehrte um und stieß dem Anwalt den Zeigefinger vor die Brust.

»Dieser Clyde Jenkin hat die Ethelridge-Diamanten zurückgeholt, Wert ungefähr eine Million Dollar! Haben Sie Jenkin auf die geraubten Schätze der 47th Street angesetzt? Wenn diese Steine verschwunden bleiben, muss Ihre Gesellschaft hundert Millionen Dollar ausspucken.«

Tiefes Schweigen herrschte im Office.

»Haben Sie?«, bohrte Phil.

»Ja, aber …«, flüsterte der Anwalt.

Ron Lash hatte die Karatwaage sorgfältig justiert.

Jeden Diamanten wog er einzeln, notierte das Gewicht in einer Liste, klemmte die Lupe ins Auge, begutachtete Schliff, Feuer und Reinheit, schrieb die Werte in die entsprechende Spalte und als Letztes den Preis, den der Stein bei einem normalen Verkauf voraussichtlich erbracht hätte.

Unter der Anleitung seines Vaters hatte er den Umgang mit Edelsteinen von Grund auf gelernt, und trotzdem war das, was er tat, sinnloser Zeitvertreib. Mit den Gedanken war er nicht bei der Sache.

Noch immer brodelten in ihm Zorn und Wut darüber, dass Rasco ihn reingelegt hatte, und der Zorn richtete sich in erster Linie gegen ihn selbst. Er, Lash, ein Stratege, ein schlauer Kopf, war von einem primitiven Gangster und Totschläger überspielt worden. Statt den Handlanger mit ein paar tausend Dollar abzuspeisen, hatte er die Hälfte der Beute an ihn verloren. Während er seinen Teil der Diamanten wog, beurteilte, abschätzte und in die Liste eintrug, dachte er pausenlos darüber nach, wie er die Scharte auswetzen und Rasco die Steine wieder abnehmen konnte.

Er wusste, dass sich nichts ohne Gewalt erreichen ließ. Er musste Rasco töten, vermutlich auch Lucone und Fernando Torres, aber es war schwierig, an die Männer heranzukommen.

Lash stand auf und ging zum Fenster.

Warum verlasse ich nicht New York?, dachte er. Meine falschen Papiere sind erstklassig. Ich kann die Diamanten so gründlich im Gepäck verbergen, dass keine Kontrolle sie findet. Alle Vorkehrungen sind getroffen. In Hongkong werde ich mindestens dreißig Millionen Dollar erlösen. Warum, zum Teufel, haue ich nicht einfach ab und lass diesen Hundesohn auf den Steinen sitzen, bis er von den Schnüfflern geschnappt wird?

»Es sind meine Diamanten!«, sagte er laut. »Sie gehören mir!«

Division Street ist eine Seitenstraße der Bowery.

Am Eingang von Nummer 33 hing ein schmales Schild:

»Clyde Jenkin, Privatdetektiv. Lizenz des Staates New York.«

Auf Läuten reagierte lange niemand, bis eine junge Schwarze den Kopf aus einem Fenster der zweiten Etage schob und rief: »Clyde hat das Haus vor einer halben Stunde verlassen! Wenn Sie ihm etwas ausrichten wollen, können Sie es mir sagen!«

»Danke! Wir kommen später noch mal!«

Ich parkte den Jaguar so, dass wir Nummer 33 im Auge behalten konnten.

Nach gut einer Stunde stoppte ein Ford Taurus vor dem Haus. Ein schwarzhaariger, mittelgroßer Mann stieg aus, sprang die wenigen Stufen zum Eingang hoch.

Wir fingen ihn ab, als er die Tür hinter sich schließen wollte.

»Clyde Jenkin?«

Er nickte.

»FBI! Wir müssen Ihnen einige Fragen stellen.«

Er riss die Augen auf, machte eine heftige Bewegung, als wolle er die Tür zuschmettern, besann sich jedoch im letzten Augenblick.

»Kommen Sie herein«, sagte er tonlos.

Sein Büro machte einen ordentlichen, aufgeräumten Eindruck. Im Regal standen Aktenordner und Gesetzesbücher. Fax-Gerät und PC-Anlage waren in Reichweite auf einem Seitentisch aufgebaut.

Er bot uns Stühle vor seinem Schreibtisch an und setzte sich selbst.

»Besitzen Sie eine Waffe?«, fragte ich.

»Ja – und die Erlaubnis, sie zu tragen.«

»Legen Sie sie auf den Tisch!«

Er presste die Lippen aufeinander, zog seinen 38er Colt Agent aus dem Schulterholster und legte ihn auf die Tischplatte.

»Womit haben Sie zugeschlagen? Mit dem Lauf oder mit dem Griff?«

Seine Augenlider flatterten.

»Ich verstehe nicht«, murmelte er.

Ich lächelte.

»Clyde, Sie haben mir eins über den Schädel gegeben! Ich bin nicht nachtragend, allerdings hat der Mann, den Sie befreiten, inzwischen mindestens zwei Morde begangen, und Ihre einzige Chance, den Richter milde zu stimmen, liegt darin, uns zu helfen, ihn wieder einzufangen.«

Auf Jenkins Stirn standen dicke Schweißtropfen. Er starrte auf den eigenen Revolver und nagte an der Unterlippe.

»Als ich wieder zu mir kam, Clyde«, fuhr ich fort, »wunderten sich alle Polizisten, mein Freund Phil und ich mich selbst, dass ich noch lebte, denn Jay Glover hätte mich zweifellos getötet, wenn er nicht daran gehindert worden wäre. Sie haben mich zwar niedergeschlagen, aber Sie haben einen Mord verhindert. Packen Sie aus, Clyde, oder die Morde, die Jay Glover in Zukunft verübt, gehen auf Ihr Konto.«

»Ich wusste nicht, dass Sie Polizist waren«, flüsterte er. »Glover lag auf dem Boden. Ich hielt den Mann, der sich über ihn beugte, für einen anderen Gangster, für jemanden …«

Er stockte, und ich ergänzte: »… der Glover die Ethelridge-Juwelen abjagen wollte. Richtig?«

Der Privatdetektiv nickte.

»Sie schalteten mich aus und befreiten Glover. Und dann?«

»Glover sagte: Knall ihn ab. Er ist ein Schnüffler.«

»Warum tat er es nicht selbst?«

»Er konnte es nicht. Ich hatte seine Waffe aufgehoben. Er verlangte sie, aber ich gab sie ihm nicht zurück, weil ich nicht wollte, dass …«

»… vor Ihren Augen ein Mord begangen wurde. Herzlichen Dank, Clyde. Später händigte Glover Ihnen die Ethelridge-Juwelen aus, ausgenommen einen Ohrring, der offenbar aus einer Tasche gefallen und zurückgeblieben war.«

»Glover hatte den Schmuck in einer normalen Einkaufstüte mitgebracht«, sagte Jenkin leise. »Als der Tisch umstürzte, fiel sie auf den Boden.«

»Im Augenblick sind Einzelheiten nicht wichtig, Clyde. Später werden Sie uns erzählen müssen, auf welche Weise Sie Ihre Deals mit Räubern und Einbrechern in Schwung bringen. Vermutlich wird einiges davon dem Staatsanwalt nicht gefallen. Haben Sie noch Kontakt zu Jay Glover?«

»Er hat mich zwei- oder dreimal angerufen.«

Phil und ich wechselten einen Blick, und Phil übernahm das Verhör.

»Bei dem Überfall auf die Auktion der Diamond Union wurden Diamanten für rund hundert Millionen Dollar geklaut. Für diese Summe muss die Eastern Insurance geradestehen, falls die Steine verschwunden bleiben. Ist Jay Glover nicht scharf auf ein zweites, ein viel größeres Geschäft mit der Versicherungsgesellschaft?«

Jenkin hauchte ein kaum vernehmbares Ja.

»Kommen Sie mit den Einzelheiten rüber!«

»Er verlangte, ich solle mit Eastern über die Höhe der Belohnung für die Wiederbeschaffung sprechen.«

»Weiter!«

»Vor ungefähr drei Stunden rief er an. Er behauptete, er besitze drei Steine aus dem Raub und wisse, wer alle anderen habe. Noch heute würde er sie holen.«

»Wo ist Glover?«

»Ich weiß es nicht, G-man! Beim letzten Anruf forderte er einen Wagen. Ich versuchte, mich zu weigern, aber …«

Phil schnitt ihm das Wort ab.

»Geschenkt! Sie besorgten den Taurus. Was soll damit geschehen?«

»Er will, dass ich ihn um neun Uhr abends nach South Brooklyn bringe, ihn in der Sullivan Street parke und verschwinde.«

»Sullivan Street?«, wiederholte Phil. »Eine feine Gegend, aber ein Taxi für die Rückfahrt werden Sie dort kaum finden.«

An den Wänden des winzigen Ladens hingen ein halbes Hundert Uhren, deren unruhiges Ticken sich zu einem Dauergeräusch von nervtötender Monotonie summierte. Es waren altmodische mechanische Uhren, deren Ungenauigkeit nie reguliert wurde. Willkürlich ertönten Stundenschläge oder fuhren Holzkuckucks aus ihrem Gehäuse.

Jay Glover, der unter dem Geschepper der Türklingel den Laden betrat, wartete geduldig, bis der Besitzer aus dem Hinterzimmer auftauchte.

»Hi, Serge«, begrüßte er ihn.

Serge Palow schob die dicke Brille in die Stirn, beäugte Glover angestrengt. Seit ihm vor einem Jahrzehnt ein Zünder in den Händen explodiert war und Partikel die Netzhaut seiner Augen durchlöchert hatten, sah er extrem schlecht.

»Glover?«, vergewisserte er sich.

»Richtig!«

Glover klappte die Trennschranke hoch, kam auf die andere Seite der Theke und legte Palow freundschaftlich den Arm um die schmächtige Schulter.

»Wie gehen die Geschäfte, Serge?«

Palow hob die Schultern in einer Geste der Resignation. »Tote Hose!«, antwortete er. »Niemand verlangt Handwerksarbeit. Es ist zu viel industriell produziertes Material auf dem Markt. Seit die Rote Armee ihre Bestände in alle Winde verscherbelt, kannst du Feuerwerkskörper an jeder Straßenecke kaufen. Glaub mir, Jay! Es ist nur noch eine Frage der Zeit, bis die ersten Atomsprengsätze im Handel auftauchen.«

»Ich bin ein treuer Kunde.« Glover lachte. »Du hast mich gut bedient. Also komme ich zurück.«

Palow rückte die Brille wieder vor die Augen.

»Du hast mich schlecht bezahlt«, sagte er säuerlich, »und einmal überhaupt nicht.«

»Wir hatten ein Erfolgshonorar vereinbart, Serge, aber die Sache ging schief, genauer gesagt, sie fand nicht statt. Die Bullen waren hinter mir her, und ich konnte deine feine Konstruktion nur noch in den Hudson werfen.«

»Drei Wochen hatte ich daran gearbeitet«, knurrte Palow.

Die Ereignisse, über die beide Männer sprachen, lagen Jahre zurück. Einmal hatte Glover einen Killerauftrag mit Hilfe einer Sprengladung aus Palows Produktion ausgeführt. Beim zweiten Mal sollte mit Hilfe eines Zeitzünders und hundert Gramm TNT der Kassenraum einer Bank geknackt werden. Diese Aktion war daran gescheitert, dass Glovers Gesicht, das längst auf Fahndungslisten prangte, einem Polizisten aufgefallen war.

»Diesmal werde ich dich sehr gut bezahlen, sogar im Voraus.«

Er zog ein Papier aus der Brusttasche, entfaltete es, nahm einen Diamanten und hielt ihn dicht vor Palows dicke Brille.

»Was hältst du davon?«

Palow schob wieder die Brille hoch und starrte den Edelstein lange an. Schließlich fragte er: »Aus der 47th Street?«

Glover antwortete nicht, ergriff Palows linke Hand, drehte sie mit der Fläche nach oben und ließ den Diamanten hineinfallen. Palow schloss die schmutzigen Finger um den Stein.

»Bei dem Raub war eine Menge Sprengstoff im Spiel«, sagte er. »Daran siehst du, dass sich das Zeug so leicht beschaffen lässt wie Puffreis. Was brauchst du, Jay?«

»Eine Ladung, die nicht explodiert, wenn sie aufschlägt, aber fünf Sekunden später zuverlässig eine Haustür zerlegt.«

Palow kicherte. »Kein Problem. Komm mit!«

Er führte Glover ins Hinterzimmer, öffnete eine schmale

Tür. Über eine leiterartige, steile Treppe gelangten sie in den Keller. Palow betätigte einen Lichtschalter.

Über einer Werkbank strahlte extrem helles Licht auf.

»Es dauert eine halbe Stunde«, sagte Palow. »Setz dich irgendwo hin.«

»Kann ich rauchen?«

Wieder kicherte Palow. »Besser nicht! Manchmal bastle ich den Kindern aus der Nachbarschaft Knallpatronen für ihre Spielzeugwaffen. Kann sein, dass ich dabei ein bisschen Schwarzpulver verstreut habe.«

Ein Gefühl von Unbehagen beschlich Jay Glover. Unwillkürlich bewegte er sich vorsichtiger.

Eine halbe Stunde später verließ er Palows Uhrenladen mit einem Paket von der Größe einer Zigarrenkiste, das er auf dem Rücksitz seines Wagens verstaute.

Ihm blieben sechs Stunden. Er hasste es, zu lange über eine Aktion nachzudenken, und überlegte, wie er die Zeit überbrücken könnte.

Beim richtigen Einfall grinste er, fuhr zur Lower Eastside, parkte sein Fahrzeug, einen Thunderbird Turbo, gekauft vom Erlös der Ethelridge-Juwelen, in einem Parkhaus. Palows Paket nahm er mit.

Er betrat »Buzz«, passierte die bewachte Tür und ging hinauf in Clara Accardis Wohnung.

Vielleicht jagte sein Auftauchen Clara einen Schrecken ein, aber sie ließ sich nichts anmerken, umarmte und küsste ihn.

»Besorg mir ein Mädchen«, verlangte er.

Sie hatte die Termine im Kopf und wusste, welches Callgirl nicht verplant war.

»Ich kann Siona, Patty, Barbara oder Jolly anrufen. Willst du ihre Fotos sehen?«

»Hieß die Rothaarige nicht Barbara? Ich meine das Mädchen, das Wellish sich manchmal bestellte?«

»Richtig! Ihretwegen stehst du bei mir noch mit einer Flasche Champagner in der Kreide, Jay.«

»Sie will ich! Ruf sie an! Bring mir eine Flasche Champagner für die Wartezeit.«

Als die rothaarige Barbara zwanzig Minuten später die kleine Bar in Claras Wohnung betrat, stand Glover auf und hielt ihr sein Glas hin.

»Trink!«

Sie leerte das Glas.

»Erinnerst du dich an mich?«

»Ja, Sir!«

»Nenn mich Jay!« Er wandte sich an Clara. »Welches Zimmer?«

»Nummer drei.«

Er hielt die Flasche gegen das Licht, sah, dass sie nur noch halb voll war.

»Bring Nachschub, Clara!«

Glover legte einen Arm um Barbaras Taille. Routiniert schmiegte sie sich an ihn.

Alle Zimmer in Clara Accardis Luxustreff waren üppig eingerichtet. Im Zentrum stand das große Wasserbett.

Barbara schaltete die HiFi-Anlage ein, fragte kokett: »Soll ich dir meinen speziellen Strip vorführen?«

»Leg los, Baby!«

»Nur für einen Hunderter extra!«

Glover lachte, zog ein Päckchen Fünfzig-Dollar-Noten aus der Jackentasche und legte es neben die Sektflasche.

Barbara begann, sich im weichen Rhythmus der Musik zu bewegen. Sie streifte die Jacke des Kleides ab, löste die ersten Knöpfe der Bluse. Als Clara den Champagner brachte, unterbrach sie die Show nicht, und Clara zog sich lächelnd zurück.

Glover öffnete die Flasche, füllte die Gläser.

»Komm her!«, befahl er. Seine Stimme klang heiser.

Sie kam, und während sie sich auf ihn zubewegte, ließ sie den Rock von den Hüften gleiten.

Der Mann griff nach ihr. Sie bog sich in seinen Armen weit zurück.

»Ich will trinken.«

Ohne sie loszulassen, setzte er ihr ein Glas an die Lippen. Sie schluckte und schlürfte, aber der größte Teil des Champagners floss vorbei.

Glover ließ das Glas fallen, hob Barbara auf und trug sie zum Wasserbett.

Ron Lash legte die kugelsichere Weste an und schnallte sie sorgfältig fest.

Statt des Achselholsters, das er sonst trug, wählte er einen Combatgürtel.

Er holte aus dem Kleiderschrank einen Holzbehälter, der mit hebräischen Buchstaben beschriftet war. Er hatte ihn mitgenommen, als er die Waffen im Arsenal der Diamond Union unbrauchbar gemacht hatte. Der Kasten enthielt zwei übliche Handgranaten und vier so genannte Blendgranaten.

Während der Ausbildung durch den israelischen Geheimdienst Mossad hatte Lash die Wirkung von Blendgranaten kennen gelernt. Sie dienten der Ausschaltung von Terroristen. Bei voller Wirkung konnten sie eine große Gruppe Gegner gleichzeitig blenden und damit für viele Minuten kampfunfähig machen.

Lash befestigte zwei Blend- und die beiden normalen Handgranaten am Combatgürtel und steckte die Schutzbrille ein, die er bei einer Anwendung unbedingt brauchen würde.

Die Leinensäcke mit den Diamanten verwahrte er in einem kleinen Barschrank. Er hatte die Rohsteine von den geschliffenen Diamanten getrennt, jeden Einzelnen gewogen und die Qualität bestimmt.

Lash überlegte, ob er seine Schätze in der Wohnung zurücklassen sollte.

»O nein«, sagte er laut und grinste das eigene Spiegelbild an. »Stell dir vor, während du deinen Arsch riskierst, um die andere Hälfte zurückzuholen, knackt ein Junkie auf der Suche nach ein paar Dollars die Wohnung und findet die Steine.«

Vorsichtig packte er die Leinensäcke in eine Aktentasche. Ihm fiel ein, dass er die falschen Papiere, die sich in so vorzüglicher Qualität kaum noch einmal beschaffen ließen, besser auch in Sicherheit bringen sollte.

Er blätterte in dem deutschen Pass, der auf den Namen Robert Lingmann lautete und dessen Bild einen blonden Mann mit einer Hornbrille zeigte. Mit Ausnahme der Haarfarbe stimmte die Beschreibung mit Lashs Aussehen überein, und bei der Haarfarbe ließ sich leicht nachhelfen. Außer dem Pass enthielt die Brieftasche Kreditkarten, einen deutschen Führerschein und sogar das Foto einer Frau mit zwei Kindern. Auf der Rückseite stand in Deutsch die Widmung: In Liebe für unseren Vati, Lisa, Hans und Paulinchen.

Lash legte die Brieftasche zu den Leinensäcken, wog die Aktentasche in der Hand. Schwer war sie nicht, aber er hatte nur die Wahl, sie mitzunehmen oder im Auto zu verstecken. Beides schmeckte ihm nicht.

Eine dritte Möglichkeit fiel ihm ein.

In New York existierten zahlreiche private Sicherheitsfirmen, die Safes in bewachten Tresorkellern anboten.

Er suchte die Telefonnummer einer Firma heraus und rief an.

»Haben Sie einen freien Safe?«, fragte er.

»Welche Größe, Sir?«

»Für eine normale Aktentasche.«

»Ist vorhanden, Sir! Der Mietpreis beträgt zwanzig Dollar am Tag. Wenn Sie für längere Zeit mieten, gewähren wir Rabatt.«

»Ich komme vorbei«, sagte Lash.

Er drückte den Kontakt nieder, gab ihn frei und wählte die Telefonnummer von Sandra Boyce.

Es dauerte lange, bis sie sich meldete.

»Okay, Baby?«

»Oh, Ron!«, flüsterte Sandra. »Die Polizei hat die Baustelle gefunden. Sie schickte mehrere Detectives in die Häuser und ließ die Leute befragen, ob sie etwas beobachtet hätten.«

»War jemand bei dir?«

»Ja, ein junger Polizist. Ich sagte ihm, ich hätte nichts bemerkt, weil ich tagsüber nicht zuhause wäre. Er gab sich damit zufrieden.«

»Wird die Baustelle noch bewacht?«

»Manchmal fährt ein Streifenwagen langsam vorbei, aber auf dem Gelände hält sich niemand auf.«

»Verlier nicht die Nerven, Sandra!«

»Warum lässt du mich nicht zu dir kommen, Ron?«

»Es geht nicht – noch nicht!«

Lash legte auf. Es beunruhigte ihn wenig, dass die Schnüffler sein Startloch entdeckt hatten. Er war überzeugt, längst auf der Fahndungsliste zu stehen. Die Mitglieder der Diamond Union vergaßen niemanden, der ihnen irgendwann einmal geschadet hatte.

Um die Weste und den Combatgürtel zu verdecken, zog er einen Trenchcoat an.

In dem Haus gab es eine Tiefgarage. Der Lift brachte Lash nach unten. Er bestieg seinen Wagen, einen blauen Nissan Skyline, öffnete mit der Codekarte das Rolltor und fuhr langsam durch Manhattans dichten Abendverkehr zur East 72nd Street, in der sich das Gebäude der Sicherheitsfirma befand.

»24 Stunden dienstbereit«, stand als Leuchtschrift über der Toreinfahrt.

Eine Stahlschranke stoppte ihn. Ein bewaffneter Wächter fragte nach seinen Wünschen, ließ ihn passieren, als er sagte, er wolle ein Tresorfach mieten.

Der Innenhof bot zahlreiche Parkplätze.

Lash nahm die Aktentasche und betrat das Büro.

Ein Mädchen fragte nach seinen Wünschen.

»Geben Sie mir einen Safe für vierundzwanzig Stunden.«

Er füllte ein Formular aus.

»Wollen Sie ein Codewort vereinbaren, Sir?«

»Guter Gedanke!« Er überlegte einen Augenblick. »Wie gefällt Ihnen ›Edelstein‹?«

»Wir akzeptieren alle Codewörter, sofern sie nicht obszön sind«, antwortete sie streng, tippte auf der Tastatur des Computers und reichte Lash einen Stahlschlüssel. »Ihr Fach hat die Nummer 433.«

Ein bewaffneter Mann begleitete Lash zum Lift, fuhr mit ihm in den Tresorkeller. Auf sein Signal wurde das Stahlgitter vor den Tresorfächern geöffnet.

»Gehen Sie hinein, Sir!«

Der Mann blieb zurück. Lash öffnete Fach 433, schob die Aktentasche hinein und schloss die zolldicke, stählerne Klappe. Er drehte den Schlüssel zwei Mal und ließ sich von dem Wächter nach oben bringen. Den Schlüssel behielt er in der Hand.

Erst im Wagen barg er ihn sorgfältig in einer Reißverschlusstasche der Schutzweste.

Der Verkehr war noch dichter geworden.

Lash steuerte Brooklyn Bridge an. Es machte ihm nichts aus, dass er nur im Schritttempo vorwärts kam.

Für seine Aktion in South Brooklyn gab es keinen Zeitplan.

Jay Glover stand unter der Dusche, ließ warmes Wasser auf seinen Körper prasseln. Obwohl er mindestens den Inhalt einer Flasche Champagner getrunken hatte, von allem anderen ganz zu schweigen, fühlte er sich erstklassig.

Die rothaarige Barbara kam ins Badezimmer, das mit seinen Spiegeln, Whirlpool und anderen Raffinessen an den Raum anschloss, in dem Glover und das Mädchen die letzten vier Stunden verbracht hatten.

»Genau das, was auch ich brauche!«, rief sie, streifte den Bademantel ab und kam zu Glover unter die Dusche. Sie schmiegte sich an ihn, leckte das Wasser von seiner Brust, umarmte ihn, fuhr mit den Nägeln sanft über die Muskeln seines Rückens.

»Mach mich nicht wieder an!«, sagte Glover lachend. »Ich habe keine Zeit mehr für eine neue Runde.«

Sie ließ sich nicht stoppen, und Glover spürte, dass sie Erfolg haben würde.

Er tastete nach dem Hahn fürs Kaltwasser, drehte ihn mit einem Ruck weit auf und legte einen Hebel um, der das Wasser durch eine Batterie Körperdüsen lenkte.

Eiskalte, scharf gebündelte, harte Strahlen hämmerten auf Mann und Mädchen ein. Barbara kreischte, floh aus der Dusche, beschimpfte Glover aus sicherem Abstand: »Du, elender, gemeiner Hundesohn, verdammter Bastard ...«

»Das Wasser zischte, als es auf deine Haut traf!«, schrie Glover. »Ich glaube, du bist das heißeste Mädchen von New York!«

Nach fünf Minuten schloss er den Hahn und verließ die Dusche. Barbara hüllte ihn in Handtücher, begann, ihn abzureiben.

»Versuch's nicht wieder!«, warnte er.

Er ging in das Zimmer und zog sich an. Barbara streifte den Mantel über, steckte zwei Zigaretten an und schob eine Glover zwischen die Lippen.

»Zufrieden mit mir?«, erkundigte sie sich lächelnd.

»Du bist erstklassig.«

»Du auch«, antwortete sie.

»Ich wette, das sagst du jedem Kerl, der dir zweihundert Extra-Dollar auf den Nachttisch legt.«

»Schon möglich, aber bei dir stimmt's.«

Er lachte. »Du gefällst mir, Baby! Ich hätte nicht wenig Lust, dich in meinen Wagen zu verfrachten und mit dir nach Süden zu fahren.«

»Okay! Wann starten wir?«

Glover zog seine Jacke an.

»Zuerst muss ich meine Geschäfte in New York abwickeln. Vielleicht in zwei Wochen!«

»Versprochen?« Sie hielt ihm die Hand hin.

Er schlug ein. »Versprochen!«

Von den drei Diamanten, die er Sam Lucone abgenommen hatte, trug er noch zwei in der Brusttasche, einen weißen und einen größeren Diamanten, dessen Feuer aus kaltem Blau sprühte. In einem plötzlichen Einfall fingerte er den weißen Stein aus dem Papier, hielt ihn dem Mädchen zwischen Daumen und Zeigefinger hin.

»Nimm ihn als Pfand, dass ich mein Wort halte!«

Erschrocken blickte sie auf den Kristall.

»Ist das einer von den Steinen, die dieser andere Mann mir gezeigt hat?«

»Nein, das war nur geschliffenes Glas. Der Bursche war ein Betrüger.«

Er nahm Barbaras Hand, drehte sie, ließ den Diamanten hineinfallen.

»In Mexiko lasse ich dir einen feinen Ring daraus machen. Verwahr ihn gut und zeige ihn niemandem!«

Sie nickte und schloss die Finger um den Stein.

»Gibt es keine Dankbarkeitsküsschen für den lieben Jay?«, fragte Glover.

Sie umarmte und küsste ihn. Sie war routiniert genug, nicht zu zeigen, dass sie sich vor ihm fürchtete.

Glover nahm Serge Palows Sprengstoffpaket und verließ den Raum.

Zu Clara Accardi, die ihn zur Tür begleitete, sagte er: »Sieh dich nach Ersatz für Barbie-Schätzchen um, Clara! In zwei, drei Wochen werde ich sie auf einen Trip in den Süden mitnehmen.«

Im Parkhaus klappte er in seinem Wagen ein Polster hoch. Darunter lagen eine Schrotflinte mit abgesägtem Lauf und eine Schachtel Patronen. Er packte seine Taschen mit Patronen voll. Die Waffe legte er auf den

Beifahrersitz und verdeckte sie mit einer ausgebreiteten Zeitung.

Aus dem Handschuhfach nahm er einen kurzläufigen Colt, die Waffe, die ihm der G-man abgenommen und die Clyde Jenkin ihm widerwillig und zu spät zurückgegeben hatte. Er schob den schwerkalibrigen Revolver in den Gürtel.

Er steuerte den Thunderbird aus dem Parkhaus.

Als er in dichten Verkehr geriet, verflog seine gute Laune. Er hatte sich vorgenommen, zu einer bestimmten Zeit in South Brooklyn zu sein. Falls er in einen Stau geriet, bestand die Gefahr, dass er zu spät kam.

Für die Aktion in South Brooklyn kam der Jaguar als zu auffällig nicht infrage. Phil und ich wählten aus dem Wagenpark des FBI einen 85er Chevrolet, außen verbeult, angerostet und in sechs unterschiedlichen Farben bepinselt, innen perfekt in Ordnung und um dreißig Stundenmeilen schneller gemacht. Das Handschuhfach verbarg die Funksprechanlage.

Kurz vor der Abfahrt rief ich Clyde Jenkin an.

»Alles in Ordnung, Clyde?«

»Ich bin startklar, G-man!«

»Verhalten Sie sich, als wären wir uns nie begegnet! Stellen Sie den Taurus in der Sullivan Street ab, lassen Sie den Schlüssel stecken und gehen Sie zur Kreuzung Ferris Street! Dort wird ein Taxi auftauchen und auf Ihr Winken anhalten. Am Steuer sitzt ein FBI-Agent, der Sie ins Hauptquartier bringen wird.«

Wir hatten die Cops informiert, dass der FBI plante, in der Sullivan Street einen gefährlichen Gangster zu fassen und dass es dabei voraussichtlich zu einem Feuerwerk kommen würde. Die City Police sollte zwar einige Streifenwagen für eventuelle Unterstützung bereitstellen, im Übrigen aber dafür sorgen, dass Cops sich weiträumig aus dem Gebiet um die Sullivan Street raushielten.

Phil und ich erreichten die Sullivan Street wenige Minuten nach acht Uhr abends. Im Laufe des Nachmittags hatte sich der Himmel bezogen. Es regnete seit Stunden.

Die Dunkelheit brach herein. Funktionierende Laternen gab es in der Straße schon lange nicht mehr, aber richtig finster wird es in New York kaum, solange die Lichter- und Reklameflut von Manhattan ihren Widerschein wie eine phosphoreszierende Kuppel über weite Bereiche der Stadt stülpt.

In der Sullivan Street waren nur noch drei oder vier Häuser bewohnt. Von allen anderen standen bestenfalls die Außenmauern. Im Innern häuften sich Schutt und Unrat zu Hügeln, durchzogen von geheimnisvollen Trampelpfaden, von denen niemand wusste, wie sie entstanden waren und wohin sie führten. Ausgeschlachtete, teilweise ausgebrannte Autowracks säumten die Straße wie Skelette von verdursteten Tieren eine Wüstenpiste.

Phil steuerte unseren Chevrolet, stoppte ihn auf der linken Seite und löschte die Lichter.

Ich rutschte auf meinem Sitz tiefer. Phil folgte meinem Beispiel. Wir kurbelten die Seitenfenster nach unten.

Die Luft war voller Geräusche. Hinter den wenigen hellen Fenstern dröhnten die Lautsprecher der TV-Apparate. Eine Frauenstimme keifte schrill und ohne Unterlass, als käme sie von einem Endlosband. In kurzen Abständen lachten Männer, die in irgendeinem Hausflur standen.

In vierzig Minuten durchfuhren nur zweimal Autos die Sullivan Street. Ihre Fahrer hatten es eilig, als fürchteten sie, beschossen zu werden.

Nur ein halbes Dutzend Leute beobachtete ich, die die Fahrbahn überquerten oder sich an den Fassaden entlangbewegten.

Zehn Minuten vor neun Uhr blieb ein Mann auf der anderen Straßenseite stehen, blickte minutenlang in unsere Richtung, dann setzte er sich in Bewegung, kreuzte die Fahrbahn und steuerte unseren Chevy an. Er schwankte beim Gehen und blickte in kurzen Abständen nach links und rechts.

»Wir kriegen Besuch«, flüsterte ich.

Phil hatte den Chevy so geparkt, dass er mit dem Taurus, wenn Jenkin ihn auf der anderen Straßenseite abstellte, in derselben Fahrtrichtung stand. Daher tauchte der Mann an meinem Fenster auf. Er merkte nicht, dass das Fenster heruntergedreht war, tastete nach dem Türgriff und beugte sich vor.

Sein Atem traf mich.

Gütiger Himmel! Er stank wie ein Misthaufen, dem man mit Fuselresten aus einer illegalen Schnapsfabrikation zu desinfizieren versucht hatte.

Ich richtete mich kurz auf, fauchte: »Bruder, diese Adresse ist garantiert falsch.«

Er prallte zurück, als hätte ihn ein Faustschlag getroffen, wendete wie ein Schiff mit schwerem Maschinenschaden und setzte sich in Galopp. Sekunden später verschwand er im Schlagschatten einer Hausruine.

»Nur ein Penner!« Ich ließ mich in die alte Haltung zurücksinken.

Wenige Minuten nach dem Zwischenfall erhellten Autoscheinwerfer die Straße. Langsam kam der Wagen näher, passierte uns. Ich erkannte den Taurus.

»Pünktlich auf die Sekunde!«

Dreißig Yards weiter fuhr Jenkin das Fahrzeug an den Straßenrand. Scheinwerfer und Rücklichter erloschen. Als Jenkin die Tür öffnete, schaltete sich die Innenbeleuchtung ein. Ich sah den Privatdetektiv aussteigen, aber ich sah nicht, woher der Mann kam, der wie aus dem Boden gewachsen vor Jenkin auftauchte und ihm einen Gegenstand so hart in die Magengrube stieß, dass sich Jenkin krümmte. Gleichzeitig fiel die Wagentür ins Schloss, und die Innenbeleuchtung des Taurus erlosch.

Der Mann zerrte Jenkin auf die andere Wagenseite. Damit verschwanden beide aus unserem Blickfeld.

»Bleib im Wagen, falls er einen Schlitten in der Nähe hat!«, sagte ich halblaut, stieß die Tür auf, glitt aus dem Chevy, überquerte die Fahrbahn und duckte mich in die Deckung einer ausgebrannten Karosserie.

Der Bürgersteig auf der anderen Straßenseite war menschenleer. An fünf oder sechs Autowracks vorbei lief ich zu Jenkins Taurus.

Niemand war zu sehen!

Unverändert dröhnten die TV-Lautsprecher. Nur die Frau hatte ihr schrilles Gekeife eingestellt.

Ich löste das Walkie-Talkie vom Gürtel, drückte den Rufknopf.

»Phil?«

Er antwortete sofort: »Ich höre!«

»Sie sind verschwunden. Er muss Jenkin in eine Hausruine getrieben haben. Ich gehe hinein.«

»Soll ich kommen?«

»Noch nicht! Bleib auf Empfang!«

Ich befestigte das Walkie-Talkie am Gürtel, behielt den Knopfempfänger im Ohr.

Jenkin hatte den Ford Taurus vor der Fassadenfront aneinander stoßender Hausruinen geparkt. Direkt gegenüber gähnte das schwarze Loch einer türlosen Eingangsöffnung.

Ich ging hinein.

Alle Zwischendecken waren eingestürzt. Ich stolperte über Trümmer, rannte gegen irgendwelches Gerümpel, rutschte aus. Einmal gab etwas unter meinen Füßen nach, und ich sank bis zu den Oberschenkeln ein.

Im Knopfempfänger hörte ich Phils besorgte Frage: »Okay, Jerry?«

Mühsam arbeitete ich mich aus dem Dreck, stolperte weiter.

Eine Taschenlampe hing neben dem Walkie-Talkie an meinem Gürtel. Ich wagte es nicht, sie zu benutzen. Die Geräusche, die ich verursachte, gingen unter im Gebrüll der Lautsprecher, aber ein Lichtstrahl wäre sofort bemerkt worden.

Von der Rückwand der Ruine gelangte ich durch eine Fensteröffnung in einen kleinen, rechteckigen Hof, in den Licht aus Fenstern des gegenüberliegenden Hauses fiel, das bewohnt war.

Trümmer und Gerümpel auch hier, der Boden glitschig von Abfällen.

Ich fand eine Tür, stieß sie auf.

An der Wand brannte eine trübe Lampe. Dicke, warme Luft, geschwängert von Küchendünsten und vielerlei Gestank, schlug mir entgegen.

Auf den Stufen der Treppe zu den oberen Etagen saß eine Gruppe Männer. Sie würfelten.

»Habt ihr zwei Männer gesehen?«

Sie hoben nicht mal die Köpfe. Sie zu einer Antwort zu zwingen hätte Zeit gekostet, und jede Antwort wäre eine Lüge gewesen.

Ich rannte durch den Flur. Die Tür zur Straßenseite stand offen.

Ich wusste, es war die Wolcot Street, kaum besser als die Sullivan Street, aus der ich kam.

Der Wagen schoss an mir vorbei. Noch war die Geschwindigkeit begrenzt. Ich erkannte die flache Silhouette eines Sportwagens. Die Scheinwerfer waren nicht eingeschaltet.

Ich zerrte das Walkie-Talkie vom Gürtel, schrie: »Komm, Phil! Wolcot Street!«

Ich rannte auf die Fahrbahn, spurtete dem Wagen hinterher, natürlich ohne jede Chance, aber ich sah, dass er an der Kreuzung nach links einbog.

Reifen kreischten, als Phil den Chevy um die Kurve riss, auf die Bremse trat, mit der Geschwindigkeit runterging, die Tür aufstieß.

Ich sprang, fiel auf den Sitz, rief: »Nächste Kreuzung lin …!«

Das Krachen der Explosion zerriss das letzte Wort.
Phil trampelte aufs Gas.
Der Chevy schoss nach vorn.
Dann ein neues Krachen in schneller Folge und eine Serie von Schüssen.
Die Kreuzung!
Phil kurbelte am Steuerrad.
Der Chevy brach aus, schlitterte quer.
Mit einem Kick aufs Gaspedal gab ihm Phil Power, gewann die Kontrolle zurück.
Die Straße lag vor uns, übersät von Glaskrümeln. Massenhaft hatte die Explosion die Fenster geparkter Autos herausgeblasen.
Hundert Yards voraus rollte der unbeleuchtete Sportwagen so langsam, als wäre ihm das Benzin ausgegangen.
»Das ist er!«, schrie ich. »Häng dich dran!«
Im selben Augenblick sah ich die Flammen, die aus den Fenstern eines Hauses auf der rechten Straßenseite züngelten.
»Lass mich raus!«, brüllte ich, stieß die Tür auf und sprang.
Ich knallte auf den nassen Asphalt, überrollte mich, kam hoch und zog den 38er.
Von dem Haus, in dem es brannte, trennten mich zwanzig Schritte. Es war ein kleines, vergammeltes Fertighaus mit einem winzigen Vorgarten. Die Explosion hatte den ganzen Eingangsbereich weggerissen. Noch hielt sich das ausgebrochene Feuer in Grenzen.
Hinter mir knallten zwei Autos aufeinander. Phil schien den Gangsterwagen gerammt zu haben. Ich nahm mir nicht die Zeit, mich danach umzusehen. Ich konzentrierte meine Aufmerksamkeit auf das Haus, und ich tat verdammt gut daran.
Der Mann tauchte im Qualm auf, der aus dem Hauseingang quoll. Die züngelnden Flammen warfen genug Helligkeit auf seine Gestalt: Jay Glover.

Ich rief ihn an: »Hände hoch! Ich schieße!«

Ich wusste genau, was geschehen würde, und schnellte mich in die Deckung eines geparkten Autos.

Dreimal krachte es in schneller Folge.

Schrot prasselte wie Hagelschlag ins Blech, durchschlug es, als wäre es Papier.

Ich ließ mich fallen, kroch zum Heck des Wagens.

Vier neue Schüsse!

Glover hatte eine Repetierflinte für Schrot, für mich in dieser Lage gefährlicher als eine MPi.

Er riskierte den Ausbruch!

Mit einer neuen Serie blies er meine Deckung mit Schrot voll. Dann rannte er.

Ich sah ihn. Im Liegen stützte ich die rechte Hand am Gelenk ab, zielte auf seine Beine, zog viermal durch.

Ich traf.

Aus vollem Lauf stürzte er aufs Pflaster und überschlug sich. Die Schrotflinte hielt er fest.

Das Mündungsfeuer zuckte.

Ich presste mich eng gegen die Räder.

Diesmal durchknallte keine Schrotkugel die Karosserie. Die Ladung ging in den Himmel.

Glover kam auf die Füße, bewegte sich rückwärts, die Schrotflinte im Anschlag. Das linke Bein schleifte er nach.

Er war ein erledigter Mann.

Vorsichtig richtete ich mich auf, rief: »Gib auf, Glover!«

Ich dachte, er würde wieder schießen.

Etwas völlig anderes geschah, und ich kann es nur ungenügend beschreiben.

Es war, als schlüge ein lautloser Blitz ein, aber ich weiß nicht, ob ein natürlicher Blitz so grausam grell sein kann. Dieses grelle Licht traf die Augen mit der Wucht eines Geschosses, das im Sehnerv explodierte.

Ich schrie, presste den Arm vor die Augen und warf mich herum.

Alles zu spät.

Ein Wahnsinnsschmerz durchzuckte mein Nervensystem, als erhielte ich einen Stromschlag, aber ich verlor nicht das Bewusstsein.

In Sekundenschnelle war alles vorbei.

Alles.

Ich riss die Augen auf.

Die Schwärze war abgrundtief.

Ich sah nichts.

Als der Lichtblitz ihn traf, stürzte Jay Glover aufschreiend zu Boden und verlor das Gewehr. Er kroch weiter wie ein Tier, ohne Orientierung, ohne Gefühl für die Richtung. Fäuste packten ihn.

Glover schlug um sich. Ein krachender Faustschlag traf sein Kinn. Er sackte zusammen, wurde aufgefangen, in irgendetwas hineingestoßen. Er fiel aufs Gesicht, verlor für kurze Zeit das Bewusstsein.

Nach wenigen Minuten kam er zu sich. Er öffnete die Augen, riss sie weit auf, ohne dass die Schwärze sich veränderte.

»Bin ich blind?«, flüsterte er keuchend.

Er tastete um sich, fühlt eine gepolsterte Sitzbank, mit der anderen Hand eine Rückenlehne und begriff, dass er im Fond eines Autos lag.

Das Motorgeräusch wurde ihm bewusst. Allmählich machte sich der Schmerz im angeschossenen Bein bemerkbar, je mehr der Schmerz in seinen Augen abklang.

»Wo bin ich?«, fragte er laut.

»Bleib, wo du bist, bis ich anhalte!«, sagte eine Männerstimme.

»Ich kann nichts sehen!«

»Das gibt sich! Wo sind die Diamanten? Hast du sie?«

Glover schob die Hand unter den Körper.

Ja, da waren sie, beide Leinensäcke, gefüllt mit harten, scharfkantigen Steinen.

»Die Diamanten?«, wiederholte der Mann. »Antworte!«

Kein Polizist, dachte Glover. Ein Cop hätte mich gefilzt, hätte sich Zeit gelassen, wäre nicht vom Tatort geflohen. Er ahnte, wer der Mann war.

Ich habe noch den Colt, dachte er. Er nutzt nichts, wenn ich nicht sehen kann.

Er strengte sich an, versuchte, die Augen noch weiter zu öffnen.

War da ein Schimmer von Helligkeit, der kam und ging?

»Wer hat dich zu Rasco geschickt?« Die Stimme des Mannes verriet Wut. »Woher wusstest du, dass er dabei war? Kanntest du ihn?«

Die Helligkeit kam und ging, zeichnete sich immer deutlicher ab.

Glover erkannte, dass es sich um den Wechsel von Dunkel und Licht handelte, wenn der Wagen Straßenlaternen passierte.

»Die Bullen werden eine Großfahndung starten. Vielleicht sperren sie Brücken und Tunnels, und wir kommen nicht rüber nach Manhattan.«

Minuten später wurde der Wagen gestoppt.

Der Mann verließ das Steuer und öffnete die hintere Tür.

Glover konnte erkennen, dass sich die Innenbeleuchtung einschaltete. Er war glücklich darüber.

»Danke, dass du mich rausgeholt hast«, sagte er und wollte sich umdrehen.

»Bleib liegen!«, befahl der andere scharf. Der kalte Stahl einer Mündung an Glovers Schädel verlieh dem Befehl Nachdruck.

Glover wurde abgetastet. Der Mann fand den Colt, aber nicht die beiden Säcke mit den Diamanten. Glover hatte sie unter sein Hemd geschoben.

»Komm raus!«

Mühsam kroch Glover aus dem Auto. Ein quälendes, buntes Geflimmer hatte vor seinen Augen eingesetzt, aber manchmal erkannte er Umrisse.

»Setz dich vorne hin!«

Glover gehorchte, schleppte sich auf den Beifahrersitz. Der Mann stieg ein und zog die Tür ins Schloss.

»Die Diamanten!«, sagte er und stieß Glover die Mündung seines eigenen Revolvers unters Kinn. »Wo sind sie?«

»Ich konnte sie nicht rausholen«, log Glover. »Die Bullen kamen zu schnell. He, Mann, ich weiß, wer du bist. Du bist Ron Lash, der die Sache gefingert hat.«

Der Druck des Revolvers zwang Glovers Kopf in den Nacken.

»Du Hurensohn hast mich um meine Steine gebracht.«

Lashs Faust bohrte sich wie eine Ramme in Glovers Magen, streifte dabei einen der Leinensäcke.

»Was ist das?«, schrie Lash.

Er riss Glovers Jacke auf, zerfetzte sein Hemd, schlug die Finger um einen Leinensack, knetete ihn, spürte durch den Stoff hindurch die Steine.

Er brach in Gelächter aus, mehr noch, er schüttelte sich vor Lachen.

»Du verdammter, dreckiger Lügner!«

Wehrlos musste Glover hinnehmen, dass er auch den zweiten Teil der Diamanten verlor.

Noch atemlos vom Gelächter sagte Lash: »Ich kann's nicht fassen. Du hast die Klunker für mich rausgeholt, und jetzt habe ich sie.«

Er nahm den Revolver von Glovers Kinn, schob ihn in den Gürtel und startete den Motor.

In Jay Glover kochten Wut und Hass und der wilde, wahnsinnige Wunsch, den anderen umzubringen.

Noch immer konnte er nicht sehen, aber er spürte, dass das Geflimmer nachließ, sich die Konturen deutlicher abzeichneten.

»Jerry?«

Phils Stimme! Ich spürte seine Nähe, aber ich sah ihn nicht.

»Ich kann nicht sehen«, sagte ich. »Das verdammte Licht hat meine Augen außer Gefecht gesetzt.«

»Er benutzte eine Blendgranate«, erklärte Phil. »Auch ich habe Sehstörungen, aber ich bekam nicht die volle Wirkung ab, weil ich weiter weg war als du.«

»Glover! Das kann nicht sein. Ich schoss ihn an.«

»Nicht Glover! Ein anderer Mann mischte sich ein, vielleicht mehrere Männer. Ich sah ein Auto, das sich in Bewegung setzte. Dann explodierte die Blendgranate. Der Lichtblitz machte auch mich vorübergehend blind, aber nicht so lange. Siehst du gar nichts, Jerry?«

Ein heller Kreis zeichnete sich in der Finsternis ab.

»Eine gelbliche Scheibe.«

»Das ist die Taschenlampe. Ich leuchte dich an.«

Phil verhalf mir zur Sitzhaltung, lehnte mich gegen die durchsiebte Autokarosserie.

Der Regen pladderte auf uns ein. Ich fühlte mich erbärmlich, und die Angst um meine Augen schnürte mir die Luft ab. Ich hörte Stimmen, Geschrei, das Geräusch hastiger Schritte.

»Wer war in dem Wagen?«

»Clyde Jenkin. Ich rammte ihn. Er brach sich einen Arm.«

»Hat er uns reingelegt?«

»Er behauptet, Glover habe ihn zum Mitkommen gezwungen.«

»Was geschah in dem Haus?«

»Ich weiß nicht, Jerry! Ich kann nicht hineingehen. Das Feuer ist heftiger geworden.«

Mir wurde bewusst, dass die Finsternis vor meinen Augen in Bewegung geraten war. Wellen unterschiedlicher Dunkelheit lösten sich ab, und manchmal flackerten graue Zungen auf.

Sirenengeheul näherte sich.

»Die Cops!«, sagte Phil.

Nur die Geräusche verrieten mir, was geschah.

Dicht vor uns stoppte der Streifenwagen, wurden die Türen aufgestoßen, stampften Stiefel übers Pflaster.

»Wer seid ihr?«, fragte eine raue Stimme.

»FBI-Agenten Cotton und Decker«, antwortete Phil.

»Okay, G-man! Gehen Sie zur Seite! Die Jungs von der Feuerwehr brauchen viel Platz.«

Phil stützte mich.

»Was ist mit ihm?«, fragte der Cop mit der rauen Stimme. »Angeschossen?«

Phil verneinte, fasste meinen Arm und dirigierte mich einige Dutzend Yards straßenabwärts.

Mit schrillenden Alarmklingeln näherten sich die Fahrzeuge der Feuerwehr.

Als ich den Kopf hob, nahm ich zum ersten Mal ein kurzes Aufzucken von rotem und blauem Licht wahr.

Wenn Glover den Kopf drehte, konnte er Lashs Umrisse sehen und seine Bewegungen verschwommen wahrnehmen.

Lash fuhr langsam. Von Zeit zu Zeit schüttelte er den Kopf, und manchmal verfiel er zwischen seinen Fragen in Gelächter.

»Woher wusstest du, dass Burt Rasco eine Hälfte der Diamanten besaß?«

»Lange Geschichte«, antwortete Glover. »Über ein Mädchen geriet ich an Wilbur Wellish und …«

»Wellish kenne ich«, unterbrach Lash. »Weiter!«

»Bei ihm wollte Sam Lucone seine Steine zu Geld machen. Ich fing ihn ab, setzte ihm die Daumenschrauben an, bis er auspackte und mir sagte, wo Rasco hauste und wo er die Diamanten verwahrte.«

»Wo?«

»Er schlief darauf. Sie lagen unter der Matratze seines Bettes.«

»Lucone wusste auch, wo ich wohnte.«

»Ja, er hat mir erzählt, wo und wie die Diamanten geteilt wurden. War nicht in deinem Sinne, oder?«

Lash drehte den Kopf.

Glover stellte fest, dass er Augen und Mund des anderen in der hellen Fläche des Gesichts sehen konnte.

»Hättest du auch mir einen Besuch abgestattet?«

»Wahrscheinlich hätte ich es versucht«, bestätigte Glover. »Bei Rasco lag die Sache einfacher.«

»Das dachte ich auch.« Ein neuer Lachanfall schüttelte Ron Lash. »Ich wollte das Gleiche wie du, lag auf der Lauer und wartete auf den günstigen Augenblick. Ich fiel aus allen Wolken, als du angebraust kamst, den Eingang aufsprengtest und hineingingst. Wer fuhr den Wagen?«

»Clyde Jenkin, ein Privatdetektiv. Er arbeitet für Versicherungen, versucht, gestohlene oder geraubte Sachen wiederzubeschaffen, damit die Versicherung billiger davonkommt. Ein Geschäft haben wir erfolgreich abgewickelt.«

»Du wolltest die Diamanten zurückgeben?«

»Wie hätte ich sie anders zu Geld machen können? Die Versicherung hätte ein paar Millionen Dollar ausgespuckt. Das hätte mir genügt.«

»Weiß der Privatdetektiv, dass ich die Sache organisiert habe?«

»Jenkin weiß nichts. Ich zwang ihn, den Wagen zu fahren.«

»Die Schnüffler werden ihn ausquetschen und …«

Glover zuckte mit den Schultern.

»Sie wissen längst Bescheid. Sie wären nicht so prompt zur Stelle gewesen, wenn Jenkin mich nicht verpfiffen hätte.«

Die Straße, die sie durchfuhren, war gut beleuchtet.

Er hat blaue Augen, dachte Glover. Was ist das für ein Ding auf seiner Stirn? Sieht aus wie eine Brille. Verdammt, es ist eine Brille von der Sorte, wie Schweißer sie tragen. Damit schützte er seine Augen vor dem Blendblitz.

Verdammter Scheißkerl! Hauptsache, ich kann bald wieder normal sehen.

»Was geschah im Haus?«, fragte Lash.

»Rasco und seine Leute saßen im größten Zimmer. Ich glaube, sie spielten gerade eine Runde Poker. Genau weiß ich es nicht. Die Explosion hatte sie von den Stühlen geblasen.«

»Wie viele Männer waren es?«

»Vier. Zwei davon waren mal deine Leute. Lucone sagte mir, sie hätten die Seiten gewechselt. Für mich machte das keinen Unterschied.«

»Du hast sie erschossen?«

»Ich weiß nicht, ob sie tot sind. Ich hielt ein paar Mal mit der Schrotflinte drauf. Dann zerrte ich die Matratze von Rascos Bett, stopfte mir die Diamantensäcke unters Hemd und haute ab. Die Bude brannte. Zum Kotzen, dass dieser G-man-Bastard mich abfing.«

»Du kennst ihn?«

»Ich erkannte seine Stimme. Mit ihm hatte ich schon einmal einen Zusammenstoß.«

Glover konnte sehen, dass Lash breit grinste.

»Du hattest keine Chance. Ich hätte es dir auf jeden Fall besorgt.«

Der Strom der Fahrzeuge, in dem sie mitschwammen, verdichtete sich, wurde langsamer.

»Könnte sein, dass die Cops eine Kontrolle aufgebaut haben«, sagte Glover.

Lash drängte nach rechts, fuhr in die nächste Querstraße, umkreiste den Block und wechselte die Richtung.

Hundert Yards weiter rangierte ein Truck, blockierte die Fahrbahn und zwang Lash zum Halten.

Glover beugte sich nach vorne und murmelte: »Ich muss bald etwas für meine Verletzung tun. Ich blute wie ein angestochenes Schwein!«

Er schnellte hoch, rammte Lash beide Fäuste unters Kinn. Lashs Kopf knallte gegen das Fenster. Glover schlug ihm die Hände um den Hals und versuchte, Lashs Kehlkopf zu brechen.

Lash kam nicht an die Pistole im Holster heran, denn Glover blockierte die Bewegung mit dem Unterarm. Entsetzliche Übelkeit drohte Lashs Bewusstsein wegzuschwemmen. Die Luftknappheit erzeugte Todesangst.

Nur zufällig berührte seine linke Hand den Revolver, den er Glover abgenommen und neben sich gelegt hatte.

Er krampfte die Finger um den Griff, hob die Hand, stieß sie vor und drückte auf den Abzug.

Glovers Körper bäumte sich auf. Die drei Kugeln, die Lash aus nächster Nähe abfeuerte, töteten ihn auf der Stelle. Schlaff fielen seine Hände herab. Der Kopf schlug auf das Armaturenbrett.

Lash zog seine Knie an, trat gegen Glovers Brust und drückte ihn zurück auf den Beifahrersitz.

Der Motor lief noch.

Der Fahrer des Trucks, der dabei war, sein Mammutgefährt rückwärts in eine Einfahrt zu bugsieren, hatte die Schüsse gehört. Er beugte sich aus dem Fenster und rief: »Was ist los, Mann?«

Lash gab Gas, wendete. Niemand versuchte ihn aufzuhalten.

Es war klar, dass er den Wagen schnellstens loswerden musste. Er entschied sich für einen aufgegebenen Pier an der Sedwyck Street, wo er im schlechtesten Fall auf einige Tramps stoßen konnte.

Er fuhr ruhig, um kein Aufsehen zu erregen.

Glovers Körper lag schlaff auf dem Beifahrersitz. Man hätte ihn für einen Betrunkenen oder Schlafenden halten können, doch Lash hörte das leise Tropfen von Blut.

Er erreichte den Pier, fuhr den Nissan in den Schlagschatten einer Lagerhausruine und stieg aus.

Sorgfältig stopfte er die Leinensäcke mit den Diamanten

in die Innentaschen seines weiten Mantels, drehte das Seitenfenster nach unten und stieg aus.

Er löste eine Handgranate vom Gürtel, riss den Zündring ab, warf sie in den Wagen und rannte.

Die Explosion krachte. Einen Sekundenbruchteil später explodierte der Benzintank.

Flammen hüllten das Fahrzeug und den toten Mann darin ein.

»Sie können hinein, G-man«, sagte der Chef der Feuerwehr-Crew. »Das Feuer ist aus.«

Ich nahm das nasse Tuch von den Augen.

Das Sehen funktionierte wieder. Zwar zuckten Lichtpunkte, wo immer ich hinblickte, als stünde ich in einem Sternschnuppengestöber, aber das waren letzte Reaktionen des überreizten Sehnervs.

»Zwei hat die Ambulanz abtransportiert. Der Arzt sagt, mindestens einer hätte noch eine Chance«, ergänzte der Feuerwehr-Chef.

Im Haus roch es nach Rauch. Überall standen Pfützen des Löschwassers.

Die Männer der Mordkommission waren an der Arbeit.

Standscheinwerfer tauchten den Raum, in dem sich das Drama abgespielt hatte, in weißes Licht, leuchteten ihn aus wie eine Bühne.

Zwischen umgestürzten und angesengten Möbeln lagen zwei Männer. Nur einer war vollständig bekleidet und trug eine Jacke, der andere lediglich Hemd und Hose.

»Sieht aus, als wären sie bei einer gemütlichen Pokerpartie überrascht worden«, sagte ein Mann der Mordkommission und hielt eine halb verbrannte Spielkarte hoch. »Wir fanden auch Gläser und eine Whiskyflasche.«

Die Schrotladungen aus Glovers Gewehr hatten schreckliche Wunden geschlagen.

»Konnten sie identifiziert werden?«, fragte Phil.

Detektive Lieutenant John Warren, der das Team der Mordkommission leitete, wies auf den Toten mit der Jacke.

»Ihn kennen wir. Er heißt Burt Rasco und steht auf der Fahndungsliste wegen eines Mordes in Queens. Außerdem fanden wir Führerscheine und Versicherungsausweise, ausgestellt auf die Namen Torres, Mannok und Turner. Zwei der Jungs, Mannok und Turner, waren früher in der Army. In ihren Brieftaschen steckten Entlassungspapiere.«

Warren umfasste mit einer Handbewegung die Szene. »Kennen Sie den Grund für das Massaker?«

»Der Mann, der es anrichtete, war hinter den Diamanten aus der 47th Street her.«

»Wollen Sie sagen, die Hundert-Millionen-Dollar-Beute hätte sich im Haus befunden?«

»Zweifellos! Vermutlich erfuhr es Glover von einem Mann, der Steine an den Hehler Wilbur Wellish verkaufen wollte.«

»Hat er sie gekriegt?«

»Das wissen wir nicht. Er war nur einige Minuten im Haus. Ihm blieb keine Zeit, lange herumzusuchen, und er machte keinen Versuch, Rasco oder einem anderen die Daumenschrauben anzulegen, deshalb knallte er sie ab. Ich glaube, er wusste genau, wo die Steine versteckt waren.«

»Und wer war der Mann, der Sie ausschaltete, G-man, und ihn rettete? Ein Komplize?«

Ich wechselte einen Blick mit Phil, jawohl, es ging wieder.

Phil schüttelte den Kopf.

»Sie sagten, Rasco würde wegen eines Mordes in Queens gesucht. Er kann nicht der Mann gewesen sein, der den Raub in der 47th Street organisierte und durchführte. Dieser Coup war das Werk eines intelligenten Kopfes, der über jede Menge Insiderwissen verfügte. Die Chefs der Diamond Union nannten uns einen Namen, ohne gleichzeitig Beweise liefern zu können, aber vermutlich liegen sie mit ihrer Annahme richtig. Warum er sich trotz seiner Intelligenz von einem primitiven Killer die Beute abnehmen ließ, wissen wir nicht.«

Warren wandte sich an seine Beamten.

»Alle mal herhören! Es ist möglich, dass in dieser Bruchbude mehr Diamanten herumliegen als in den Schaufenstern und Tresoren von Tiffany's. Ich will, dass ihr jedes Staubkorn genau prüft und keinen Fleck übersieht. Alles klar?«

Die Männer nickten. »Okay! Machen wir, Chef!«

»Und noch eins!«, dröhnte Warren. »Falls ihr einen glänzenden Kiesel findet, glaubt nicht, ihr könntet ihn in die Tasche oder sonst wohin stecken, um später eure Frau damit zu überraschen! Ich lasse euch filzen, ein Doktor mit Gummihandschuhen inklusive, der euch hinten reinguckt.«

Sandra Boyce kämpfte sich aus dem bleiernen Schlaf, verursacht von dem Mittel, das sie genommen hatte, als müsste sie sich aus großer Wassertiefe an die Oberfläche arbeiten. Als sie endlich wach wurde, ging ihr Atem keuchend, und ihr Herz hämmerte.

Das Telefon schrillte.

Sie wälzte sich aus dem Bett, taumelte zum Apparat und hob ab. Sie hörte Ron Lashs Stimme.

»Bist du allein, Sandra?«

»Selbstverständlich«, stammelte sie. »Warum rufst du an?«

»Ist Polizei in der Nähe? Wird die Straße überwacht?«

»Nein, ich glaube nicht. Ich habe dir schon am Nachmittag gesagt, dass manchmal ein Streifenwagen vorbeifährt, aber sonst ist alles wie immer.«

»Ich komme zu dir. Öffne die Tür, damit ich schnell ins Haus kann!«

»Ja, mache ich. Wann kommst du, Ron?«

»In ein paar Minuten. Ich telefoniere von einer Telefonzelle in der 39th.«

Sandra legte auf, hastete ins Badezimmer. Mit einigen Händen kalten Wassers ins Gesicht versuchte sie, die Wirkung des Schlafmittels zu mildern. Sie warf einen Mantel über, lief die Treppe hinunter, löste die Verriegelung der Eingangstür. Kaum hatte sie den Riegel zurückgezogen, wurde die Tür aufgedrückt, und Ron Lash schob sich durch die Öffnung.

»Hi, Darling!« Er fasste Sandra unters Kinn, küsste sie flüchtig.

Sein Gesicht war nass. Von seinem Trenchcoat tropfte das Wasser.

Während Sandra die Tür verschloss und sicherte, lief Lash die Treppe hinauf, schaltete sofort den Fernseher ein, wechselte die Programme, bis er auf die Nachrichten eines lokalen Senders stieß.

»Was ist geschehen, Ron?«

Er zog den nassen Mantel aus und verlangte ein Handtuch.

Als sie zurückkam, hatte er auch die kugelsichere Weste abgeschnallt. Sie reichte ihm das Handtuch. Er rieb Kopf und Gesicht trocken.

»Hast du einen Whisky?«

Sie holte Flasche und Glas.

Er trank einen Schluck, erlitt einen Hustenanfall, der minutenlang anhielt.

»Bist du krank, Ron?«

Er rang nach Atem.

»Ein verdammter Hurensohn wollte mich umbringen«, keuchte er und tastete seinen Hals ab.

Der Nachrichtensprecher auf dem Bildschirm sagte: »Und nun New Yorks allnächtliche Crime Show! Das Hauptereignis der heutigen Nacht ist eine umfangreiche Schießerei, kombiniert mit mehreren Explosionen in der Wolcot Street, South Brooklyn. Wir schalten direkt zu unserem Reporter Ed Quinn, der sich vor Ort befindet. Hallo, Ed Quinn!«

Das Bild wechselte, zeigte einen Mann mit Mikrofon und Kopfhörer auf einer regennassen Straße. Im Hintergrund flackerten Rot-Blau-Lichter von Einsatzfahrzeugen.

»Noch immer sind die Hintergründe des Massakers in einem Haus der Wolcot Street unklar«, berichtete der Reporter. »Alles spricht für eine Abrechnung unter verfeindeten Gangstern. Der oder die Angreifer sprengten den Hauseingang, drangen ein und schossen auf vier Personen, die sich im Haus aufhielten. Zwei Männer waren sofort tot, zwei weitere wurden mit schweren Verletzungen abtransportiert.«

Die Kamera schwenkte, zeigte eine rauchgeschwärzte, beschädigte Hausfassade.

»Die Polizei scheint von dem Anschlag gewusst zu haben, denn Minuten nach der Explosion kam es zu einem Schusswechsel. Trotzdem konnten die Täter entkommen. Über das Motiv herrscht, wie schon gesagt, Unklarheit, doch es gibt Gerüchte, das Verbrechen hätte einen Zusammenhang mit dem spektakulären und blutigen Überfall auf die Diamantenauktion in der 47th Street.«

Sandra schrie leise auf.

»Ron, warst du …?«

»Halt den Mund!«, befahl er. »Lass mich hören, was sie wissen!«

Er trank vorsichtig von dem Whisky, unterdrückte den Hustenreiz, konzentrierte sich auf den Bildschirm. Erst als zu einem anderen Verbrechensschauplatz umgeschaltet wurde, nahm Lash den Ton weg und wandte sich der Frau zu.

»Ich war es nicht, Sandra«, sagte er, »aber ich war dort, und ich fing den Killer ab, der Rasco und die anderen abgeknallt hatte. Siehst du, was auf dem Tisch liegt?«

Sie erblickte zwei Leinenbeutel, deren Stoff ursprünglich weiß gewesen sein mochte, jetzt aber große schwarze und rote Flecken aufwies.

»Sind das – die Steine?«

Lash löste die doppelte Verschnürung eines Beutels.

»Pass auf, Baby!«, flüsterte er.

Ein Strom glitzernder, Funken sprühender Steine ergoss sich auf die Tischplatte, Kristalle, so klar wie erstarrtes Wasser, andere trübe wie schmutziges Eis.

»Das ist nur die Hälfte, die Rasco mir abgepresst hat. Die andere Hälfte liegt in einem Tresorfach.« Lash stülpte den Beutel um. Ein Stein, der sich in der Naht verfangen hatte, fiel mit leisem Klirren zu den anderen. »Ich konnte nicht hinfahren und sie herausholen. Mein Wagen hatte Einschusslöcher und war voll Blut. Die Wächter hätten mich nicht wieder rausgelassen und die Bullen gerufen.«

Er fasste Sandras Arme, zog sie an sich.

»Du wirst sie holen, Baby!«

»Jetzt?«

»Nein, morgen! Du wirst hinfahren, das Stichwort nennen und die Aktentasche aus dem Tresor nehmen. Es ist die selbstverständlichste Sache der Welt. Wer sollte dich verdächtigen?«

»Und dann, Ron?«

»Sobald du den Tresor geleert hast, verändern wir mein Aussehen.« Er lächelte. »Kannst du mir die Haare färben? Jede Frau kann das, oder? Ich muss blond sein, damit ich meinem Passbild ähnele.« Er gab seiner Aussprache einen deutschen Akzent: »Gestatten Sie, ich bin Robert Lingmann aus Germany!«

»Und wer bin ich?«

Ihm fiel ein, dass er Sandra Boyce vorgelogen hatte, er besäße falsche Papiere auch für sie.

»Mrs. Lingmann, selbstverständlich«, antwortete er lachend.

»Wie willst du die Diamanten durch die Kontrolle bringen?«

»Wir betten sie in Kunststoff, der an der Luft erhärtet. Ich denke, wir werden drei, vier Tage daran arbeiten müssen. Wenn man es sorgfältig macht, erscheinen sie nicht auf dem Kontrollbildschirm.«

Er gab Sandra den Leinenbeutel.

»Sammle sie ein! Ich möchte duschen und dann einige Stunden schlafen.« Er wies auf den Fernsehapparat. »Achte darauf, was über die Wolcot Street gemeldet wird.«

Noch in der Nacht hatte ein Arzt Phil und mir Medizin in die Augen geträufelt.

Als ich am Morgen die Augen aufschlug, schien alles in Ordnung. Das änderte sich beim Blick in den Spiegel. Zwar sah ich störungsfrei, aber die Augen waren blutunterlaufen wie bei einem spanischen Stier.

Ich duschte, frühstückte, setzte eine dunkle Brille auf und fuhr ins Hauptquartier.

Mr. High bestellte Phil und mich in sein Office, erkundigte sich nach unserem Gesundheitszustand und ließ sich berichten. Er hörte schweigend zu. Als wir geendet hatten, ergriff er das Wort.

»Nach den Aussagen des Privatdetektivs Clyde Jenkin müssen wir als sicher annehmen, dass sich die Diamanten im Haus befanden und Glover sie an sich brachte. Inzwischen konnte der Mann identifiziert werden, der in Wilbur Wellishs Geschäft gefoltert wurde. Er hieß Sam Lucone und gehörte zur Bande von Burt Rasco. Damit schließt sich der Kreis.«

Er nahm eine Faxmitteilung vom Schreibtisch.

»Die nächtliche Fahndung der City Police blieb ergebnislos. Heute Morgen wurden die Sperren mit Beginn der Rushhour aufgehoben.«

Mr. High sah erst Phil, dann mich an. »Wer hat jetzt die Diamanten? Jay Glover oder …?«

»Auf keinen Fall Glover.«

»Warum nicht?«

»Weil er angeschossen war, als er gerettet wurde, sich wahrscheinlich nicht wehren konnte.«

»Ich verstehe.« Mr. High nickte. »Kein Hai schont den

verletzten Artgenossen. Bleibt die Frage: Wer ist der andere?«

Phil hob die Hand.

»Sir, wir haben niemanden gefunden, der den Diamantenraub in den Tresoren der Union organisieren konnte, außer diesem Ronald Lash, den die Chefs der Union für den Täter halten. Nur er besitzt das absolut erforderliche Wissen über die örtlichen Bedingungen und die Gepflogenheiten bei der Auktion, aber er hat auch gelernt, mit Waffen und Explosivladungen umzugehen. Jerry und ich wurden von einer Blendgranate außer Gefecht gesetzt. Das ist unter amerikanischen Gangstern eine ungewöhnliche Waffe, aber für einen Mann, der bei einer Antiterror-Truppe ausgebildet wurde, zählt sie zum Handwerkszeug.«

Über die Sprechanlage meldete sich Helen, die Sekretärin des Chefs.

»Sir, Lieutenant Warren von der City Police Mordkommission möchte Sie sprechen.«

»Stellen Sie das Gespräch durch.«

»Er ist persönlich hier.«

»Schicken Sie ihn herein.«

John Warren stürmte das Office.

Ich glaubte nicht, dass er ein Bett gesehen hatte.

Graue Bartstoppeln bedeckten seine Wangen. Der Schlips baumelte als nasser Strick vor der zerknautschten Jacke. In der linken Hand hielt er ein Bündel Plastiktüten.

»Hi, John!«, begrüßte er Mr. High, dann uns: »Hallo Leute!«

»Setz dich, John!« Der Chef wies auf einen Sessel.

Er und Lieutenant Warnen waren alte Freunde. Sie verband nicht nur derselbe Vornamen, sondern auch zahlreiche harte Erlebnisse aus ihren Anfangsjahren bei FBI und City Police.

Warren wehrte ab.

»Danke! Wenn ich mich hinsetze, schlafe ich sofort ein.

Ich will dir nur zeigen, dass meine Jungs nicht schlechter sind als deine Eliteschnüffler.«

Er warf die Plastiktüten auf den Schreibtisch.

»Wir haben lange danach suchen müssen und fanden sie erst, als wir ihre Kleider durchsuchten. Sie hatten die Absätze der Schuhe ausgehöhlt.«

Es waren drei Plastiktüten, und jede enthielt drei große Diamanten.

»Wir fanden sie bei Torres und den beiden Ex-Marines Mannok und Turner«, erläuterte der Lieutenant. »Bei Burt Rasco fanden wir nichts. Al Mannok starb an seinen Verletzungen. Ich rief den Arzt an. Er sagte, bei Lewis Turner könnte er zehn Minuten Verhör verantworten.« Er nickte uns zu. »Schick deine Leute hin, John! Ich lege mich schlafen.«

Mr. High stand auf und begleitete seinen alten Freund zur Tür. Er ging zurück zum Schreibtisch, hielt eine der Tüten hoch.

Zum ersten Mal sahen Phil und ich Diamanten aus dem Raub in der 47th Street. Mr. High leerte den Inhalt einer Tüte in seine linke Hand, einen Stein von der Größe einer Erbse und zwei kleinere.

»Kristallisierter Kohlenstoff«, sagte er. »Schön anzusehen, aber unbegreiflich, dass seinetwegen Morde begangen werden.«

Ohne besondere Sorgfalt, als handle es sich nur um ein paar getrocknete Erbsen, ließ er die Diamanten in den Plastikbeutel zurückfallen.

»Vernehmen Sie Lewis Turner!«, befahl er.

Wir verließen das Büro des Chefs. Im Jaguar fuhren wir zum Sinai-Hospital, in dem noch in der Nacht Turner die Schrotkugeln herausgeholt worden waren.

Das Personalarchiv der Army hatte dem FBI alle Daten der Ex-Marine-Infanteristen Albert Mannok und Lewis Turner gefaxt. Beide wurden als durchschnittliche Soldaten beurteilt mit einer Neigung zur Disziplinlosigkeit. Während ihrer aktiven Zeit war jeder mehrfach wegen

Trunkenheit und Beteiligung an Schlägereien zu Arrest und anderen Militärstrafen verknackt worden. Beim Panama-Einsatz hatten sie mit Plünderungen, Raub und einer versuchten Vergewaltigung den Bogen überspannt. Die Army hatte sie hinausgeworfen.

Der Arzt im Hospital ermahnte uns, vorsichtig mit Turner umzugehen. Die Schrote hatten nicht nur innere Organe verletzt, sondern auch Rippen, Knochen und einige Gelenke zertrümmert. Ein Krüppel würde er auf jeden Fall bleiben.

Turner war ein vierschrötiger Mittdreißiger, der nach wie vor das blonde Haar kurz geschoren im Marine-Look trug. Er hing an einem Tropf und schien aufgrund der Medikamente keine Schmerzen zu spüren.

Ich erklärte ihm, dass wir FBI-Agenten seien, und forderte ihn auf, unsere Fragen zu beantworten.

»Mache ich, G-man«, sagte er leise. »Ich habe niemanden umgebracht.«

»Welche Rolle hast du bei dem Überfall auf die Auktion gespielt?«

»Al und ich haben wochenlang die Mauer abgebaut. Lash hatte uns für den Job angeheuert. Er versprach, es würde ein unblutiger Überraschungsangriff werden.«

»Warum wurde es stattdessen ein Massaker?«

»Daran war Burt Rasco schuld. Lash benutzte ihn, um die Tochter des Waffenverwalters zu kidnappen. Der Alte wurde in die Wohnung gelockt. Mit der Drohung, seine Tochter zu foltern, presste Lash ihm die Schlüssel und den Code zur Waffenkammer ab, damit er die Ausrüstung der Guards unschädlich machen konnte.«

Er rang nach Luft und fuhr fort: »Rasco sollte den Alten und die Tochter festhalten, bis die Sache in der 47th gelaufen war. Das tat er nicht, sondern tauchte auf der Baustelle auf und verlangte mitzumachen. Hätte Lash sich geweigert, wäre alle Arbeit umsonst gewesen. Die Auktion findet nur zweimal im Jahr statt. Also stiegen Rasco und Torres mit uns ins Kanalsystem ein. Als wir die Mauer weggesprengt hatten, in den Tresor eindrangen und die Guards ihre Waffen benutzen wollten, eröffneten Rasco und Torres das Feuer, obwohl Lash versichert hatte, die MPis und Revolver der Guards würden nicht funktionieren.«

Die nächste Frage stellte Phil: »Du hast für Lash gearbeitet, aber angeschossen wurdest du in Rascos Gesellschaft. Erklär das!«

»Wir räumten ab und kamen glatt aus dem Kanalsystem raus. Vereinbart war, dass wir uns trennen sollten, aber Rasco hielt Ronald Lash seine Kanone unter die Nase und zwang ihn, in seinen Wagen einzusteigen. Er wollte verhindern, dass sich Lash mit der Beute aus dem Staub machte. Das erschien auch Al und mir vernünftig, und wir stimmten Rasco zu.«

»Wohin seid ihr gefahren? In die Wolcot Street?«

»Nein, G-man. Natürlich tobte Lash, aber am Ende musste er uns in seine Wohnung mitnehmen. Al und ich waren nie dort gewesen. Lash hatte immer dafür gesorgt, dass wir nicht erfuhren, wo er hauste. Jetzt blieb ihm keine Wahl. Sam Lucone kam dazu. Er war als Bewacher bei dem Alten und der Tochter geblieben und hatte dafür gesorgt, dass der Waffenverwalter am frühen Morgen bei der Union anrief und sagte, er könne wegen eines Autounfalls nicht kommen. Nach dem Anruf legte er beide um und verließ das Haus.«

»Was geschah in der Wohnung?«

»Rasco bestand darauf, dass die Diamanten in zwei Hälften geteilt wurden. Lash musste sich fügen. Er konnte auch nichts dagegen machen, dass jeder von uns drei Steine nahm. Rasco wollte es so. Danach schlugen Al und ich uns auf Rascos Seite, verließen mit ihm die Wohnung und blieben bei ihm in der Wolcot Street. Rasco befahl uns, unsere Diamanten nicht an einen Hehler zu verschleudern. Er wollte, dass wir im Haus blieben. Nur Sam Lucone hielt sich nicht daran und verschwand eines Tages.«

Der Arzt kam herein. »Genug, G-men. Mehr kann ich nicht verantworten.«

»Eine letzte Frage. Die Adresse von Lashs Wohnung?«

»Block 36 in der 69th Street. Wir fuhren in die Tiefgarage und mit dem Lift in die achtzehnte Etage. Die Apartmentnummer stand an der Tür. Ich glaube, es war 1824.«

Erschöpft schloss er die Augen.

Im Schritttempo glitt ein Streifenwagen vorbei.

Unwillkürlich trat Ron Lash einen Schritt vom Fenster zurück, obwohl es ausgeschlossen war, dass die Cops ihn sahen.

Sandra Boyce kam aus dem Schlafzimmer. Sie trug einen Regenmantel und eine große Schultertasche. Trotz Make-up sah sie schlecht, fast krank aus.

»Beruhige dich!« Lash legte einen Arm um ihre Schulter. »Wenn du nervös bist, nimm ein Mittel dagegen.«

»Habe ich schon«, antwortete sie leise.

»Die Firma, die die Tresore vermietet, liegt in der East 72th Street. Du könntest zu Fuß gehen, aber nimm ein Taxi für den Rückweg! Stell dir vor, ein Junkie reißt dir die Aktentasche aus der Hand!« Er lachte verkrampft. »Weißt du, ich brachte sie in den Tresor, weil mich die Zwangsvorstellung quälte, ein Einbrecher könnte meine Wohnung heimsuchen. Wäre ein verdammt schlechter Witz, wenn du sie durch einen Straßenraub verlieren würdest.«

»Ich werde ein Taxi nehmen, Ron«, versicherte Sandra.

»Die Firma heißt ›Manhattan Safety‹. Über der Einfahrt befindet sich eine Leuchtreklame mit der Aufschrift: 24 Stunden dienstbereit. Du musst eine Stahlschranke passieren.«

Er holte den Safeschlüssel aus der Tasche der kugelsicheren Weste und hielt ihn Sandra hin.

»Das ist er. Das Fach trägt die Nummer 433. Das vereinbarte Codewort lautet: Edelstein.«

»Edelstein«, wiederholte sie, nahm den Schlüssel und barg ihn in ihrer Schultertasche.

Lash küsste sie auf beide Wangen.

»Mach's gut, Baby!«

»Ich werde das Färbemittel für deine Haare mitbringen«, sagte sie.

»Gut! Kauf außerdem eine dunkle Hornbrille. Herr Robert Lingmann trägt eine solche Brille.« Er wiederholte den Scherz, mit deutschem Akzent zu sprechen.

Vom Fenster sah er Sandra nach, bis sie an der Kreuzung aus seinem Blickfeld verschwand.

Block 36 in der 69th Street hatte vier Eingänge, jeder von einem Wächter kontrolliert. Für Apartment 1824 war im Mietverzeichnis der Name Ray Gould angegeben.

»Wir führen keine Personenkontrollen durch, wenn die Miete im Voraus bezahlt wird«, erklärte der Manager der Verwaltungsgesellschaft.

Er fuhr mit uns zur achtzehnten Etage hoch. Dort öffnete er mit einem Zweitschlüssel die Tür zum Apartment 1824.

»Müssten Sie nicht einen Haussuchungsbefehl vorweisen?«, fragte er unsicher.

»In dieser Wohnung hielten sich Killer auf«, antwortete Phil.

Auf den ersten Blick wies die dreiräumige Wohnung keine Besonderheiten auf, bis Phil im Kleiderschrank einen Holzbehälter fand, der zwei reichlich faustgroße, grau lackierte Metallkörper enthielt, die wie Eierhandgranaten mit einem Abrissring versehen waren. Die Aufschriften in ungewöhnlichen Buchstaben konnten wir nicht lesen.

»Ich glaube, wenn ich diesen Ring abreiße, wird es hier verdammt hell werden«, sagte Phil mit fröhlichem Grinsen.

»Wir sind an der richtigen Adresse«, bestätigte ich. »Vermutlich hat es keinen Zweck, sich auf die Lauer zu legen.

Lash muss damit rechnen, dass einer der Männer, die die Wohnung kennen, Glovers Attacke überlebt hat. Die genaue Durchsuchung überlassen wir den Spezialisten.«

Das Telefon fasste ich mit dem Taschentuch an, um mögliche Fingerabdrücke nicht zu verwischen, tippte die Nummer des Hauptquartiers und ließ mir Steve Dillaggio geben.

Kaum vernahm er meine Stimme, sagte er: »Wir suchen dich und Phil. Eine Streife der City Police glaubt, Jay Glover gefunden zu haben.«

»Wo?«

»In South Brooklyn! Der alte Pier an der Sedwyck Street.«

»Wir fahren hin. Schick die Spurensicherung zu 36 East 69th. Im Apartment 1824 wohnte Ronald Lash.«

Sandra Boyce kaufte das Haarfärbemittel in einem Drugstore. Für die Brille ging sie in ein großes Kaufhaus. Sie wählte ein schwarzes Horngestell und ließ ungeschliffenes Glas einsetzen. Danach winkte sie einem Taxi, nannte dem Fahrer die Adresse der Sicherheitsfirma.

Die Fahrt dauerte nur wenige Minuten.

Vor dem Haus wollte der Driver sie aussteigen lassen. Sie klopfte gegen die Trennscheibe und sagte: »Bitte, fahren Sie hinein!«

Die Stahlschranke stoppte das Taxi. »Weit genug, Miss?«, erkundigte sich der Fahrer. »Macht acht Dollar!«

Der uniformierte Wächter trat an das Cab.

»Ich habe einen Safe bei Ihnen gemietet«, erklärte Sandra und bat den Taxichauffeur: »Warten Sie auf mich!«

»Du kannst im Hof parken«, sagte der Wächter. Per Knopfdruck öffnete er die Schranke.

Sandra stieg so hastig aus, dass sie stolperte.

Im Büro fragte ein uniformiertes Mädchen nach Sandras Wünschen.

»Ich möchte an meinen Safe!«

»Welche Nummer?«

Mit eisigem Entsetzen merkte Sandra, dass sie die Nummer vergessen hatte. Sie suchte in ihrer Handtasche nach dem Schlüssel, fand ihn und las erleichtert die eingestanzten Ziffern ab: »Vierhundertdreiunddreißig!«

Die Angestellte bediente die Tastatur eines Computerterminals, blickte kurz auf den Bildschirm, schob Sandra einen Notizblock und einen Kugelschreiber zu.

»Schreiben Sie bitte das Codewort auf.«

Sandra schrieb »Edelstein«. Ihre Finger zitterten. Sie gab den Block zurück.

Das Mädchen riss das beschriebene Blatt ab, warf es in den Schlitz eines Aktenvernichters.

»Die Mietzeit läuft um siebzehn Uhr ab. Wollen Sie verlängern?«

Sandra verneinte.

»Warten Sie einen Augenblick!«

Zwei Minuten später wurde sie von einem Wächter zum Lift begleitet, der sie in den Tresorkeller brachte. Mit einem Signal sorgte der Mann dafür, dass das Stahlgitter zurückglitt und die Tresorfächer freigab.

»Gehen Sie allein hinein, Miss! Wir dürfen die Kunden nicht zu den Safes begleiten.«

Sandra suchte, fand Fach Nummer 433 und öffnete es.

Lashs Aktentasche aus schwarzem Krokodilleder wog nicht schwer. Sie legte sie auf den stählernen Tisch, der zwischen den Panzerschränken stand und den Benutzern eine Abstellmöglichkeit bot, falls sie den Inhalt eines Faches sortieren wollten.

Sandra öffnete die Tasche und sah die Leinensäcke. Als sie sie berührte, fühlte sie die Härte der Steine. Im selben Augenblick entdeckte sie die Brieftasche.

Sie nahm sie, öffnete sie, fand einen rot eingebundenen Pass mit der Einprägung eines stilisierten Adlers und der Worte Bundesrepublik Deutschland.

Sie schlug ihn auf. Wie Lash gesagt hatte, lautete er auf den Namen Robert Lingmann und trug das Bild eines blonden Mannes mit Hornbrille.

Sandra durchsuchte die Brieftasche, fand Führerschein und Kreditkarten, aber keinen zweiten Pass für eine Frau. Stattdessen entdeckte sie ein Familienfoto. Sie konnte kein Deutsch, verstand die Widmung nicht, aber sie begriff schlagartig, dass Lash nie geplant hatte, sie mitzunehmen, mit ihr zusammen zu fliehen. Nicht nur, dass er für sie keinen Pass beschafft hatte, sie sah nicht aus wie die blonde Frau auf dem Foto, die Lash als Mrs. Lingmann ausgeben wollte.

Plötzlich fror sie, als hätte sie ein eisiger Windstoß getroffen.

Er hat mich für seine Zwecke missbraucht, dachte sie. Ich war ein Werkzeug. Jedes Wort von ihm über Liebe war gelogen.

Der Wächter räusperte sich.

Sandra schreckte auf, warf Brieftasche, Pass, das Foto in die Aktentasche und schloss sie.

»Bringen Sie den Schlüssel mit, Miss!«, erinnerte der Wächter.

Das Gitter vor der Tresorfläche wurde geschlossen. Die Liftkabine brachte sie zurück in den Büroraum.

Sandra gab den Schlüssel ab.

»Danke«, sagte das uniformierte Mädchen.

Sandra rührte sich nicht von der Stelle, starrte vor sich hin.

»Haben Sie noch einen Wunsch, Miss?«

Mit einem Ruck hob Sandra den Kopf.

»Kann ich telefonieren?«, fragte sie.

»Links an der Wand hängt ein Telefon. Gespräche im Stadtbereich sind für unsere Kunden kostenlos.«

Mit seltsam steifen Bewegungen ging Sandra zum Apparat, hob den Hörer ab. Sie tippte die Notrufziffer der City Police. Eine Männerstimme sagte: »Notrufzentrale! Ihr Anruf wird aufgezeichnet.«

»Ronald Lash hält sich im Haus Nummer 62, East 44th Street auf, der Baustelle gegenüber«, flüsterte Sandra tonlos.

»Wiederholen Sie!«

Sie hängte ein, verließ das Büro, ging zum Taxi und stieg ein.

»Wohin, Miss?«, fragte der Fahrer, und da Sandra nicht antwortete, wiederholte er lauter: »Wohin, zum Teufel?«

Sandra zuckte zusammen.

»Central Station, bitte«, flüsterte sie.

Sedwyck-Street-Pier, an dem vor zwanzig Jahren das letzte Schiff angelegt hatte, ist nur noch eine Schutthalde. Ich schonte den Jaguar und ließ ihn am Anfang des Kais zurück.

Polizisten des 76. Reviers und Detectives der Mordkommission kümmerten sich um ein Autowrack, das Brandspuren aufwies. Der Wagen ähnelte mehr einer explodierten Konservendose als einem Auto. Alle Fenster fehlten. Zwei Türen waren herausgerissen, die Motorhaube stand hoch.

Rechts neben dem Schrottauto zeichnete sich unter einer Plastikplane der Körper eines Menschen ab.

»Wenn Sie ihn sehen wollen, G-men, machen Sie sich auf einen schlimmen Anblick gefasst«, sagte der Leiter der Gruppe, Detective Sergeant Frank Donato, wie auf seinem Namensschild zu lesen war. »Nicht nur, dass ihm drei Kugeln aus nächster Nähe verpasst wurden, er bekam auch die volle Wirkung einer Handgranate mit, die im Wagen explodierte. Wir fanden Splitter.«

»Legen Sie den Kopf frei!«

Ein Cop schlug die Plane zurück.

Ich werde nicht beschreiben, wie Jay Glover aussah.

Es genügt, wenn ich sage, dass man ihn so eben noch erkennen konnte.

Sergeant Donato lieferte Erklärungen: »Die Explosion riss die Tür heraus und schleuderte den Körper ins Freie. Der Wagen fing Feuer, aber gestern Nacht regnete es stark, und so brannte das Auto nicht vollständig aus.«

»Haben Sie die Taschen des Toten durchsucht?«

»Ja, Sir. Hier ist alles, was er bei sich trug.«

Die üblichen Plastikbeutel, fertig zum Abtransport in einen Karton.

»Das trug er in der Brusttasche, eingewickelt in Papier«, sagte Sergeant Donato. »Glauben Sie, dass es ein wertvoller Stein ist?«

Er fischte einen großen, geschliffenen Diamanten von bläulicher Tönung aus dem Beutel und hielt ihn zwischen Daumen und Zeigefinger.

»Ein Diamant aus dem Überfall auf die Auktion in der 47th Street«, antwortete Phil lakonisch. »Für Ihr Jahresgehalt würden Sie ihn nicht kaufen können, Sergeant.«

»Was soll ich damit machen?«, fragte der Detective erschrocken.

»Passen Sie gut auf ihn auf!«

Wir gingen zurück zum Jaguar und stiegen ein.

»Und jetzt?«, fragte Phil.

Ich startete, schleuste den Jaguar in den laufenden Verkehr für die Rückfahrt nach Manhattan.

»Nur noch Ronald Lash ist auf freiem Fuß«, antwortete ich. »Er hat sein Ziel erreicht, besitzt allein alle geraubten Steine mit Ausnahme der zehn Diamanten, die wir bei seinen Helfern fanden. Wenn er es schafft, die Staaten zu verlassen, wird Eastern Insurance hundert Millionen Dollar hinblättern müssen.«

»Das würde mir keine schlaflosen Nächte bereiten«, knurrte Phil, »aber ein schweres Verbrechen und der Mord an Glover blieben ungesühnt.«

Wir erreichten die Brooklyn Bridge.

Das Ruflicht flackerte. Phil drückte den Empfangsknopf.

Steve Dillaggios Stimme hallte im Lautsprecher: »Die

City Police informierte uns über einen Anruf. Eine Frau sagte: Ronald Lash hält sich im Haus Nummer 62, East 44th Street auf, der Baustelle gegenüber. Die Cops schickten einen Streifenwagen hin. Erst danach stellten sie fest, dass der FBI an Ronald Lash interessiert ist und …«

Ich trat den Gashebel durch.

Phil knallte das Rotlicht aufs Dach, schaltete die Sirene ein und schrie in die Sprechmuschel.

»Pfeif die Cops zurück, Steve! Ohne uns dürfen sie nichts unternehmen!«

Lash sah den Streifenwagen, der im Schritttempo durch die 44th Street rollte, noch langsamer wurde und stehen blieb.

Ein Cop stieg aus.

Kein Zweifel, dass er zum Haus herüberblickte.

Lash zuckte vom Fenster zurück, blieb in Sichtdeckung der Mauer. Erst nach Minuten wagte er einen vorsichtigen Blick durchs Fenster.

Der Cop war wieder eingestiegen, aber der Streifenwagen fuhr nicht weiter.

Hastig legte Lash die kugelsichere Weste an, schnallte den Combatgürtel um, an dem außer der Armeepistole die Stablampe, zwei Reservemagazine, eine Blend- und eine Handgranate hingen.

Er zog den Trenchcoat an, der vom nächtlichen Regen noch nicht trocken war, schob die Leinenbeutel mit den Diamanten in die Innentaschen und schloss die Reißverschlüsse.

Er lief die Treppe hinunter. Vor der Haustür zögerte er. Nichts bewies, dass die Cops hinter ihm her waren. Vielleicht hatten sie nur für eine Zigarettenpause gestoppt. Trotzdem wollte Lash nicht im Haus bleiben, in dem er sich fühlte wie ein von Hunden gestelltes Wild. Er zog die Baseballkappe tiefer in die Stirn, öffnete die Tür, betrat die Straße und wandte sich scharf nach links, weg vom Streifenwagen.

Der Ruf traf ihn nach vier Schritten.

»He, Mister! Bleiben Sie stehen!«

Lashs Hoffnungen zerplatzten.

Er ging weiter, öffnete im Gehen den Trenchcoat.

»Sie sollen stehen bleiben! Sie da im grauen Mantel, Sie sind gemeint!«

Lash zog die Pistole, entsicherte sie, behielt die Hand unterm Mantel, stoppte und drehte sich langsam um.

Der Cop hatte die Mitte der Fahrbahn erreicht. Seine rechte Hand lag am Revolvergriff.

»Ich?«, fragte Lash.

»Ja, genau Sie!«

Aus zehn Yards Abstand schoss Lash dreimal auf den Polizisten. Der Mann brach zusammen.

Lash warf sich herum und rannte.

Schreie gellten.

Die 44th Street war belebt. Menschen erstarrten vor Schreck oder versuchten zu flüchten, dem Mann mit der Waffe in der Hand auszuweichen.

Lash rannte ein Kind um, feuerte auf einen Mann, von dem er glaubte, er wolle ihm den Weg abschneiden.

Als er das flackernde Rotlicht jenseits der Kreuzung sah, stoppte er jäh, verharrte für eine Sekunde ratlos.

Dann stürzte er sich auf ein schmales, farbiges Mädchen, das sich fünf Schritte von ihm in eine Türnische drückte.

Lash zerrte sie aus der Nische, umschlang ihre Taille mit dem linken Arm. Sie war so leicht, dass er sie mühelos anheben konnte.

»Ich schieße, schieße!«, schrie er und schleppte das Mädchen als lebenden Schutzschild über die Fahrbahn auf die andere Straßenseite.

Der zweite Cop war aus dem Auto gesprungen, hatte zu Lashs Verfolgung angesetzt.

Lash feuerte. Der Polizist ging hinter einem Fahrzeug in Deckung, ohne zurückzuschießen.

Mit seinem Opfer erreichte Lash den Bauzaun, schob die

losen Bretter zur Seite, zerrte das Mädchen mit sich durch die Öffnung.

Ohne Sirenengeheul schoss der Jaguar auf die Kreuzung Third Avenue und 44th Street zu.

Die Ampel stand auf Rot.

Die Schüsse peitschten so laut, dass der Lärm des Straßenverkehrs sie nicht verschlucken konnte.

Ich ließ den Jaguar nach links driften, gab Gas.

Noch ein Schuss!

Phil rief zwei Worte, die ich nicht verstand. Ich konzentrierte mich darauf, uns heil über die Kreuzung zu bringen.

Blockierende Reifen kreischten. Haarscharf wischten wir an der mächtigen Stoßstange eines Trucks vorbei und erreichten das andere Ufer.

Zwei Wagen standen quer, blockierten die Fahrbahn.

Ich jagte den Jaguar auf den Gehweg, brachte ihn vor einer Gruppe schreiender Menschen zum Stehen.

Wir stießen die Tür auf, sprangen hinaus.

Mitten auf der Fahrbahn lag ein Polizeibeamter. Unter seinem Körper sickerte Blut hervor, vermischte sich mit dem Regenwasser auf dem Asphalt. Ein zweiter Cop kniete neben ihm, hatte vorsichtig den Kopf des Kollegen angehoben.

»FBI!«, sagte ich.

Dem Cop lief das Wasser über die Wangen. Oder waren es Tränen?

»Er schoss auf Jim und …«

»Wo ist er?«

»Dort!« Er zeigte auf den Bauzaun. »Hat eine Geisel genommen.«

»Geben Sie mir Ihre Lampe!«

Er löste sie vom Gürtel, reichte sie mir. Phil nahm die Lampe des verletzten Beamten.

Die Türen des Streifenwagens standen offen.

Aus dem Lautsprecher quäkte die Stimme aus der Zentrale: »224! Melden! 224 …«

Ich nahm das Mikro, sagte: »Cotton! FBI! Einer eurer Leute wurde angeschossen!«

»Wissen wir! Ambulanz und Unterstützung sind auf dem Weg!«

»Alarmiert die Kontrolltrupps der Abwasserbehörde! Könnte sein, dass wir sie brauchen!«

Ich zog den Wagenschlüssel ab und warf ihn Phil zu.

Er öffnete den Kofferraum.

Zur Ausrüstung einer Streifenwagenbesatzung gehören Schrotflinten für den Fall der Auseinandersetzung mit einer Überzahl. Wir nahmen jeder eine.

Sirenengeheul schwängerte die Luft. Die Cops kamen.

Ich schob die losen Bretter zur Seite, schlüpfte durch die Öffnung. Phil folgte.

Der Regen hatte den ohnedies weichen Boden in Matsch verwandelt, der sich zäh um die Schuhe legte. Jeder Schritt verursachte ein schmatzendes Geräusch.

Wir passierten ein Krangerüst.

Zehn Yards weiter, dicht am Rand der Baugrube, lag eine Gestalt im Matsch.

Phil erreichte sie zuerst, kniete nieder, hob den Kopf an.

Das dunkle Gesicht des Mädchens war dreckverklebt. Aufgerissene Augen starrten uns an, der Mund stand offen, der Atem ging heftig und stoßweise.

»Bist du okay?«, fragte Phil. Eine Antwort erhielt er nicht.

Die ersten Cops kamen angeprescht.

»Kümmert euch um sie!«

Ein Cop übernahm Phils Platz.

Ich erwähnte schon, dass von dem einen geplanten Wolkenkratzer nur das Fundament stand. Die Firma war Pleite gegangen.

Die Leiter, über die Lash nach unten gelangt war, lag auf dem Boden. Er hatte sie umgerissen.

Das nutzte ihm wenig. Aus den Seitenwänden ragte eine Menge Moniereisen, das sich als Stütze benutzen ließ.

Ich befestigte die Stablampe am Gürtel, gab Phil die Schrotflinte und turnte abwärts. Es war nicht schwierig und ging schnell.

Phil warf mir die Gewehre zu und machte sich ebenfalls an den Abstieg. Die letzten Yards sprang er.

Wir rannten zum Kanaleinstieg.

Der Stahldeckel war abgehoben, zur Seite geschoben. Ich setzte den Fuß auf die oberste Sprosse.

Phil hielt mich fest.

»Wenn er im Kanal auf dich lauert, hast du keine Chance.«

»So wie ich es mache, hat er keine«, antwortete ich.

Der Einstiegsschacht führte etwa zwölf Fuß senkrecht nach unten.

Ungefähr eine Körperlänge kletterte ich abwärts, was schwierig war, weil ich nur eine Hand benutzen konnte. Dann ließ ich mich fallen und versuchte, mich umzudrehen und gleichzeitig die Schrotflinte in Hüftanschlag zu bringen.

Ich kam unten an. Das Wasser spritzte. Ich zog durch. Das Mündungsfeuer erhellte wie ein Blitzschlag den Seitenkanal. Die Schrote prasselten, und die enge Schachtröhre verstärkte den Abschussknall zum Kanonendonner.

Von oben rief Phil: »Okay?«

»Okay!«

Ich drückte auf den Knopf der Lampe. Der Lichtstrahl geisterte durch den Kanal, der knapp körperbreit und niedrig war.

Ich duckte mich, schlich vorwärts, den Finger am Abzug der Schrotflinte.

Wasser rauschte, wurde stärker, je mehr ich mich der Mündung des Kanals näherte.

Ich erreichte die Mündung in den größeren Sammelkanal. Trübbraunes Wasser floss mit hoher Geschwindigkeit. In beiden Richtungen erfasste der Scheinwerfer der Stablampe nicht das Ende.

Phil berührte meine Schulter.

»Das wird schwierig«, sagte er. »Hier unten kennt sich Lash aus.«

»Sein Vorsprung kann nicht groß sein. Du nach links, ich nach rechts!«

Das Wasser reichte mir bis zu den Knien. Der Regen hatte die Flut in Manhattans Kanälen anschwellen lassen.

Ich watete mit der Strömung.

Auf beiden Seiten mündeten Röhren und Schächte, aus denen Wasser in den Sammler floss. Die meisten waren zu eng und zu niedrig für einen Menschen.

Nach etwa fünfzig Yards erfasste der Scheinwerfer meiner Lampe einbetonierte Leitersprossen in der Wand, die zu einem Durchstieg in der Decke führten.

Ich verschluckte einen Fluch.

War Lash im Kanal geblieben? Oder hatte er die Leiter benutzt, wohin immer sie führen mochte?

Ich entschloss mich für den Kanal, watete weiter.

Die Strömung wurde stärker, zerrte an meinen Beinen. Mir grauste bei der Vorstellung, was alles ich zu schlucken bekäme, wenn ich ausrutschte.

Das Rauschen veränderte sich zum Brausen.

Beunruhigt blieb ich stehen, ließ den Lichtstrahl spielen und blickte in einen Höllenschlund.

Zwanzig Yards weiter verengte sich der Kanal zur Röhre, in die sich das Wasser schäumend hineinpresste.

Ich kehrte um und zwar verdammt schnell, und ich war heilfroh, als ich die Finger um die unterste Sprosse der Stahlleiter zur Deckenöffnung schlagen konnte. Die Stablampe hängte ich an den Gürtel, aber die Schrotflinten der Cops haben keine Riemen. Wie beim Abstieg konnte ich nur eine Hand benutzen. Das funktioniert, wenn man die nächsthöhere Sprosse schnell genug erreicht, bevor man runterfällt.

Die Deckenöffnung war nur knapp schulterbreit. Ich zwängte mich hindurch und erlebte eine Überraschung. Ich stand in einem Subway-Tunnel.

Unter dem Dröhnen eines nahenden Zuges vibrierte der Boden. Ich presste mich gegen die Wand.

Ein Stoß komprimierter Luft traf mich. Dann donnerte der Zug vorbei. Das Licht in den Waggons tauchte den Tunnel für eine Viertelminute in Helligkeit, die mit dem Zug an den Wänden entlanglief, bis sie hinter einer Biegung verschwand.

Lashs Vorsprung war größer geworden, und wieder war die Richtung seiner Flucht ungewiss, aber ich wollte nicht aufgeben.

Ein Gegenzug brauste heran und vorbei.

Ich lief in Fahrtrichtung der Züge auf meiner Seite. Der Raum zwischen Wand und Gleis war knapp.

Als ich den Scheitelpunkt der Tunnelkurve erreichte, sah ich in hundert Yards Entfernung gleich einer erleuchteten Höhle eine Station.

Auf dem Bahnsteig drängten sich einige Dutzend Menschen, die auf den nächsten Zug warteten, aber niemand hielt sich am spärlich erhellten Tunnelende auf.

Ich fürchtete, eine Panik zu verursachen, wenn ich mit einer Schrotflinte unterm Arm auftauchte. Seit einigen Fällen von Amoklauf sitzt die Angst tief in den Leuten. Also legte ich die Waffe auf den Boden, bevor ich mich auf die Plattform schwang.

Mein Ziel war das Büro der Transportgesellschaft, wo ich ein Telefon finden würde. Ich drängte mich durch die Menge, die sich am Rand des Bahnsteigs konzentrierte.

Der Mann wandte mir den Rücken zu.

Er trug eine Baseballkappe und dazu einen grauen Trenchcoat.

Ich hatte Ronald Lash nie gesehen, und ich wusste nicht, wie er bekleidet war. Mir fiel auf, wie nass der Trenchcoat war. Okay, es regnete draußen. Auch die Kleider der anderen waren feucht, aber sein Mantel war bis zu den Knien von Nässe durchtränkt und dunkel verfärbt.

Mit einem Dröhnen, das rasch stärker wurde, kündigte sich der Zug an und fuhr in die Station ein. Druckluft fauchte. Die Wagenschlange kam zum Stehen. Die Türen öffneten sich.

Einige Leute stiegen aus. Die Wartenden ballten sich vor den Türen, schoben sich in die Waggons der U-Bahn.

Der Mann ließ sich abdrängen. Es sollte so aussehen, als gelänge ihm der Einstieg nicht. In Wahrheit blieb er absichtlich zurück.

Ich zog den 38er, rief ihn an: »FBI! Hände hoch, Lash!«

Zehn Schritte trennten uns.

Er wandte den Kopf.

Ich sah, dass er eine seltsame Brille aus Metall trug, in die schwarz verglaste Schlitze eingelassen waren.

Seine Hände fuhren aus dem Trenchcoat. Ein dunkler Gegenstand flog durch die Luft, schlug dicht vor mir auf.

Wenn ich jemals panische Angst gefühlt habe, dann in dieser Sekunde. Ich wusste, der grelle Blitz würde aufzucken, mich blenden bis zur Wehrlosigkeit und dann für viele Minuten zu einem hilflosen Blinden machen.

Die Reflexe funktionierten.

Nein, ich schoss nicht. Ich machte zwei Schritte nach vorn und versetzte dem runden Metallding einen Tritt, der es über den Rand des Bahnsteigs schleuderte.

Dann zog ich durch.

Alles geschah gleichzeitig.

Die Blendgranate explodierte unter dem Subway-Zug. Die Waggons wirkten wie der Deckel auf einer Büchse. Zwar zuckte der Lichtblitz aus dem Spalt zwischen Bahnsteigkante und Zug hoch, und es war noch eine gehörige Menge greller Helligkeit, aber nicht genug, um mich zum zweiten Mal außer Gefecht zu setzen.

Und Lash?

In fester Überzeugung, dass sein Trick funktionieren

würde, mochte er eine Sekunde gezögert haben, obwohl er eine schwere Pistole in der linken Hand hielt.

Ich hatte nicht auf Kopf oder Körper gezielt, sondern auf die Beine.

Er fiel um, als hätte ihm eine unsichtbare Hand die Füße unterm Körper weggerissen. Später stellte sich heraus, dass eine Kugel sein rechtes Knie zertrümmert hatte.

Blitzschnell war ich bei ihm, stampfte den Absatz auf die Hand, die noch die Pistole hielt. Die Finger sprangen auf.

Einem Beamten der Transportpolizei, die für die Sicherheit in New Yorks großen Bahnhöfen zuständig ist, fiel die junge, schwarzhaarige Frau auf, die seit mehr als einer Stunde auf einer Bank saß und die Aktentasche auf ihren Knien fest umklammerte.

Schließlich trat er auf sie zu, legte die Hand an die Mütze und fragte: »Kann ich Ihnen helfen?«

Sie sah ihn an, schien wenig überrascht und hielt ihm die Aktentasche hin.

»Ich käme doch nicht durch«, flüsterte sie.

Zögernd ergriff der Polizist den Griff.

»Was ist in der Tasche, Miss?«

»Die Diamanten aus der 47th Street«, antwortete Sandra Boyce. »Nein, nur ein Teil davon.«

Zwei Wochen später fand die feierliche Rückgabe der Diamanten an die Mitglieder der Diamond Trade Union im großen Empfangsraum der Union statt, zwei Etagen über dem Tresorkeller.

Der Vorstand der Union und die achtundzwanzig Händler, die an der Auktion teilgenommen hatten und denen die Diamanten gehörten, trugen das feierliche Schwarz, das ihre Religion ihnen vorschrieb.

Mr. High, der Chef der New York City Police, der

Oberbürgermeister von New York und auch Phil und ich waren eingeladen, aber die Rückgabe erfolgte durch den Gouverneur des Staates New York persönlich, denn es standen Wahlen vor der Tür, und Mr. Gouverneur erwartete sicherlich, die Diamantenkrösusse würden sich für die Rückgabe mit einer saftigen Spende für seinen Wahlkampffond revanchieren.

Er hielt eine Rede, in der er die eigenen Verdienste um die Schlagkraft der Polizei betonte. Dann übergab er dem Präsidenten der Union, Mr. Alech, die vier Leinensäcke.

Im Gegenzug überreichte Alech dem Gouverneur einen Scheck über hunderttausend Dollar, die die Diamond Union als Belohnung für die Aufklärung der Morde an ihren Guards ausgesetzt hatte.

Der Gouverneur steckte den Scheck in die Tasche, und ich denke, dass er dort blieb, im übertragenen Sinne.

Es gab eine Runde Champagner.

Phil flüsterte mir zu: »Wie wollen sie herausfinden, welche Steine wem gehören? Die Kiesel sind mächtig durcheinander geraten. Glaubst du, jeder kennt seine Diamanten so gut wie die eigenen Kinder?«

»Keine Ahnung«, antwortete ich. »Falls sie darüber in Streit geraten, ist es kein Fall für den FBI.«

ENDE

Winternacht – Todesnacht

Der Mann stand in seinen einsamen vier Wänden, seinem Zufluchtsort.

Er blickte hinaus auf das Meer. Er nannte es »das Meer«, obwohl es eine Bucht des Atlantiks war. Aber die Bucht war so riesig, dass er das andere Ufer nicht sehen konnte. An einem Tag wie diesem sowieso nicht. Der Himmel hatte sich mit einer schwarzgrauen Wolkendecke verhüllt. Das Wasser war vom gleichen Schwarzgrau wie die Wolken. Beides ging ineinander über. Eine klare Trennlinie, wie sie der Horizont sonst bildete, existierte längst nicht mehr.

Ein Unwetter zog herauf.

Es sollte schlimmer werden als alles, was Long Island in diesem Jahrhundert erlebt hatte. Aber das musste nichts heißen. Die Zeitungs- und Fernseh-Leute machten gern auf Panik. Weil das die Auflage hochtrieb. Und die Einschaltquoten.

Das Kaminfeuer prasselte. Die Wandlampen flackerten. Schon jetzt hatte Con Edison, die New-Yorker Stromversorgungs-Gesellschaft, Probleme mit der Stromversorgung. Wie sollte es da erst werden, wenn das Unwetter richtig losging? Nicht auszudenken. Doch der Mann hatte vorgesorgt. Er fühlte sich so sicher wie in einer Burg. Er hatte alles da. Feuerholz, Benzin für das Notstromaggregat, Lebensmittelvorräte und Getränke für vier Personen, Zigaretten, Videokassetten, Bücher. Alles war für vier Wochen bemessen.

So lange würde die Sache zwar niemals dauern. Aber es war gut, auch bei den Vorsorgemaßnahmen genügend Reserven einzukalkulieren.

Der Mann griff zum Telefon. Es war ein schnurloses Gerät. Nachdem er eine gespeicherte Nummer ausgelöst hatte, spazierte er auf und ab, den Hörer am Ohr, an den Fenstern entlang. Nach dem zweiten Rufzeichen wurde abgenommen.

»Wie weit seid ihr?«, fragte der Mann.

»Hör mal, wir sollen doch wohl nicht bei diesem Scheißwetter …«

»Je schlechter das Wetter, desto besser. Komm mir nicht mit dämlichen Ausreden. Also noch mal: Wie weit seid ihr?«

»Fertig.« Die Antwort klang gepresst.

»Na also.« Der Mann hob den linken Arm mit der Rolex. »Dann fahrt ihr in genau fünf Minuten los. Wie besprochen. Ihr werdet dann rechtzeitig vor Feierabend dort sein. Noch Fragen?«

»Nein«, knurrte der andere. »Wir kennen deinen gottverdammten Plan auswendig.«

»Blas dich nicht auf. Ich bezahle euch gut – besser als für jeden anderen Plan, den ihr in eurem Leben durchgezogen habt.« Er drückte auf die Aus-Taste und legte das Telefon weg. Draußen trieben Schneeflocken vorbei. Nur wenige große Flocken waren es, flauschig wie zerrupfte Watte. Wasser und Wolken ließen sich nun endgültig nicht mehr auseinander halten.

»Du bist verrückt!«, sagte Phil. »Das schaffen wir nie! Wir hätten den Jeep nehmen sollen, von der Fahrbereitschaft. Die Linienbusse fahren auch schon nicht mehr.«

»Ein Jaguar ist kein Linienbus«, antwortete ich. Nach der reinen Logik stimmte das zwar, aber ein Argument war es trotzdem nicht. Ich wusste es. Ich wusste, dass Phil Recht hatte. Aber manchmal will man sich und der Welt irgendwas beweisen.

Vielleicht ging es mir einfach nur so wie Millionen anderer New Yorker.

Wir wollten nicht wahrhaben, was die Wetterfrösche androhten.

An diesem Spätnachmittag im März sollte die Katastrophe über New York hereinbrechen. Phil, der geborene Pessimist und Experte für Klimaanlagen und Wetterlagen, glaubte den Nachrichtensprechern natürlich jedes Wort. Die Vorboten der angekündigten Katastrophe tobten sich schon seit den Vormittagsstunden in unserer Stadt aus. Und an der ganzen Ostküste, von Florida bis Maine: Regen, Eisregen, Schnee.

Um fünf Uhr nachmittags hatte unser Chef den Laden dichtgemacht. Alles, was nicht zur Nachtbereitschaft gehörte, marschierte ab nach Hause. John D. High achtete darauf, dass seine Anweisung eingehalten wurde. Und er ließ das FBI-Distriktgebäude winterfest machen – ein paar Tage vor Frühlingsanfang. Das musste man sich mal vorstellen! Im Hof der Fahrbereitschaft standen jetzt schwere Klamotten auf Rädern. Spezialfahrzeuge fürs Schieben und Räumen. Die Einsatzfähigkeit des FBI musste gewährleistet bleiben. Auch das Chaos musste man in den Griff kriegen.

Und wir schlidderten über den neuen Fahrbahnbelag der Eighth Avenue: Eis und darüber Schnee. Der Eispanzer überzog ganz Manhattan, nur an senkrechten Wänden war er weniger stark. Es hätte also nichts genutzt, in eine andere Straße auszuweichen.

Das Chaos war allgegenwärtig.

Meinten Phil und seine Pessimistenkollegen in den Nachrichtensendungen.

»So schlimm ist es doch gar nicht!«, freute ich mich indessen, während ich den Jaguar bei schlappen zehn Meilen pro Stunde in der Spur hielt. Die Eighth Avenue war herrlich leer für einen Spätnachmittag. Nur ein paar Taxis krauchten durch die Gegend, wenige Lieferwagen und noch weniger Privatlimousinen. Busse fuhren in der Tat nicht mehr.

»Na, dann wart mal ab«, knurrte Phil. Er blickte auf seine Armbanduhr. »Ist dir klar, dass wir schon eine halbe Stunde unterwegs sind? Selbst im dicksten Verkehr sind wir hier sonst in zehn bis zwanzig Minuten.« Er spähte nach draußen und las das Schild der Querstraße ab, über die wir gerade zuckelten. »Neununddreißig West.«

»Gut, dass wir die Schneeschicht auf dem Eis haben«, entgegnete ich mit ungebrochenem Optimismus. »Das gibt uns wenigstens ein bisschen Bodenhaftung.«

Phil antwortete nicht. Irgendwas am Armaturenbrett fesselte ihn.

Ich musste mich auf die Straße konzentrieren. Das Chevy-Taxi vor mir rutschte mit dem Hintern in Richtung Bordsteinkante. Verzweifelt versuchte der Fahrer, seinen Schlitten wieder zur Spurtreue zu zwingen. Er schaffte es nicht. Der gelbe Chevy sah aus wie ein Frosch, der in eine Plastikschüssel gefallen war und vergeblich den steilen Rand hochzuzappeln versuchte.

Sehr langsam und sehr vorsichtig zog ich an dem schräg stehenden Taxi vorbei. Jetzt hatte ich einen silbergrauen Lexus vor mir. Dreißig Yards. Der schwere Luxuswagen schien sicher wie ein Brett zu liegen. Entfernungen waren ohnehin einerlei. Jeder Bremsversuch machte ein Auto zum Rodelschlitten. Bremswege wurden endlos.

Der Lexus fuhr etwa das gleiche Tempo wie ich.

»Das darf nicht wahr sein!«, stieß Phil hervor, ohne den Blick vom Armaturenbrett zu wenden. »Um Gottes willen!«

»Ich hab's geahnt«, sagte ich grinsend. »Jetzt ist auch noch die Heizung ausgefallen, was?«

Mein Freund und Kollege war viel zu fassungslos, um sich auf den Arm nehmen zu lassen.

»Die Außentemperatur!«, rief er. »Das begreifst du nicht!«

»Müsste ich es begreifen?« Ich passte auf, dass sich mein Abstand zu dem Lexus nicht verringerte.

»Ein Temperatursturz, Jerry!«

»Den hatten wir doch erst. Von null auf zehn Grad minus. Der Wolkenbruch bei null Grad hat uns letzten Endes den Eispanzer beschert. Und dann kam der Schnee.«

»So schlecht ist mein Erinnerungsvermögen nicht«, knurrte Phil. »Weißt du, was für einen Temperatursturz wir jetzt haben?«

»Ich bin sicher, ich werde es gleich erfahren.«

Irrtum.

Bevor Phil auch nur eine Silbe herausbekam, passierte es.

Etwas brüllte in die Straßenschlucht herab.

Es brüllte und fauchte und zischte – unsichtbar, hoch über uns.

Und auf einmal war es da.

Den Jaguar traf es mit Urgewalt.

Als wäre ein Saurier von den Hochhäusern gehüpft und mit dem Hintern auf meinem edlen roten Renner gelandet.

Das Gewicht schien den Jaguar platt zu drücken. Ein unsichtbares Gewicht jedoch. Aus dem anfänglichen Hieb wurde eine Tonnenlast. Sie ließ nicht locker, rüttelte aber nur wenig an dem flachen Wagen. Der Hauptteil der Gewalt wirkte aus der Senkrechten.

Mir kam es vor, als knirschte das Eis unter den Rädern, als würden die Reifen in die starke Eisschicht hineingepresst werden. Und die 265 Pferdestärken unter der langen Jaguarhaube wurden zu Spielzeugpferden degradiert. Ich kam mir vor wie von einem Geleeblock gebremst.

Dass dieser Gewaltausbruch der Natur eine ganz normale Sturmbö war, musste einem erst mal klar werden.

Ganz normal? Hm.

Ich kuppelte aus, weil sowieso nichts zu machen war.

Der Lexus vor uns begann zu schwänzeln, von Böen gepackt. Durch die getönte Heckscheibe konnte ich nicht erkennen, wie viele Personen in dem Wagen saßen.

»Sieh dir das an!«, brüllte Phil. Er spähte schräg nach oben, durch die Windschutzscheibe.

Diesmal ließ ich mich von seiner Panikstimmung überzeugen, wenn auch nicht anstecken. Das Stück Himmel, das der Blick aus der Straßenschlucht erkennen ließ, hatte seine Farbe dramatisch verändert.

Schwarz.

Der beginnende Sturm hieb Wolkenfetzen aus dem

Schwarz, peitschte sie auf uns herab. Die Fetzen färbten sich grau, sobald sie sich lösten. Dann zerfaserten sie unter der Macht des Luftdrucks.

Und von einer Sekunde zur anderen setzte der Schneefall ein. Doch mit der anheimelnden Szene aus einem Weihnachts-Video hatte dies nichts gemein: keine sanft schwebenden Flocken, keine weiße Winterlandschaft und kein Glöckchenklingeln von dem Schlitten, den Rudolf zog, das berühmte rotnasige Rentier.

Nein. Es war der blanke Horror, der hier über die Eighth Avenue hereinbrach.

Die Pessimisten behielten Recht. Was sich mit unheilvollem Donnern über den Straßen Manhattans aufbaute, sah schon jetzt nach der schlimmsten vorstellbaren Naturkatastrophe aus.

»Dreißig Grad minus!«, schrie Phil.

Ich starrte ihn an, starrte das Armaturenbrett an. Es stimmte. Phil hatte Recht gehabt mit seiner Fassungslosigkeit. Nach dem ersten Temperatursturz von null auf zehn Grad minus war der zweite gekommen. In schätzungsweise einer Viertelstunde war die Quecksilbersäule noch mal um zwanzig Grad gesackt. Schlagartig wurde mir klar, was das bedeutete. Katastrophe war gar kein Ausdruck. Denn die Acht-Millionen-Stadt war nicht darauf vorbereitet. Der Zusammenbruch war vorprogrammiert.

New York hatte harte Winter erlebt. Auch dreißig, ja, vierzig Grad minus waren vorgekommen. Aber wenn bei solchen Temperaturen Schneemassen herabstürzten, und wenn zu allem Überfluss noch ein Orkan auf die weißen Massen einhieb, dann war das Grauen komplett.

Ein Blizzard.

Über weitem, unbebautem Land konnte sich so ein Winter-Hurrikan austoben. Was er aber in New York anrichten würde, war unvorstellbar. Okay, die Stadt war auf Felsen gebaut, mit Stahl und Beton. Das war etwas ganz anderes als Florida mit seinen Holzhäusern, die bei jedem Wirbelsturm wie Streichholzschachteln zerschmettert wurden.

Aber die Menschen am Hudson River hatten schon in Vorfrühlingsfreude geschwelgt.

Kaum einer hatte die Katastrophen-Ankündigungen für bare Münze genommen. Ich war das beste Beispiel. Und jetzt, auf einmal, kamen wir uns vor wie in Alaska.

Eine weißgraue Wand senkte sich vom Himmel herab. Am Ende der Straße schien sie stillzustehen.

Still – und von eisig kaltem Gewirbel angefüllt.

Aber es schien nur so.

Die Wand aus Schnee musste den Columbus Circle längst hinter sich gelassen haben, raste von Norden nach Süden, war jetzt irgendwo in Höhe der 50er Straßen. Es konnte nur noch Sekunden dauern, bis wir von der geballten Ladung erwischt wurden.

Vorn flackerten die Bremsleuchten des Lexus auf, erloschen aber gleich wieder. Der Wagen blieb in der Spur, dank ABS und ASR.

Vorsichtig versuchte ich, Gas zu geben. Wenn wir die nächste Querstraße erreichten, waren wir vielleicht etwas geschützt. Ich ahnte nicht, was für ein Trugschluss das war. Doch woher sollte ich auch wissen, dass der Blizzard kreuz und quer durch die Straßen Manhattans wütete? Dass es außerhalb der Häuser keinen Winkel gab, in dem man wirklich sicher war!

Plötzlich sah ich den Lexus nicht mehr.

»Jerry!«, brüllte Phil.

Aber das half mir auch nicht.

Der Jaguar hob ab.

Die lange Schnauze stieg empor wie der Bug eines Rennboots beim Start. Schnee knarrte unter Motorblock und Bodenblech, wurde zusammengepresst. Es war genug von der weißen Pracht vorhanden, um den Jaguar yardhoch anzuheben.

Und im nächsten Moment saßen wir fest.

Festgepappt, von Donnergetöse umhüllt. Tonnenweise krachte neuer Schnee auf uns herab. Was der Sturm wie Federgewirbel vor sich hertrieb, waren ungeheure Massen. Sobald diese Massen zu Boden geschleudert wurden und sich verdichteten, kam ihre Schwere voll zur Geltung. Wenn uns auch nur ein Teil davon traf, würden wir es dieser Tatsache verdanken, dass wir nicht mitsamt Jaguar durch die Luft geschleudert wurden.

Das Donnern und Toben ließ etwas nach, als wollte der Sturm Luft holen. Die Sicht verbesserte sich ein wenig. Ich konnte am Kamm der Schneewehe entlangspähen, die genau auf die Beifahrerseite des Jaguar zulief.

Und auf einmal erblickte ich den Lexus wieder.

Nur das Heck. Der Rest der Limousine steckte in zehn Fuß hohem Schnee.

Mabel Young nahm ihren Notebook-Computer aus der Docking-Station. Sie packte das Gerät in die wetterfeste Tragetasche. Dann verstaute sie die Plan-Unterlagen für das Nissequogue-Projekt in ihrem Aktenkoffer. Eine Wohnanlage mit Blick auf den Long Island Sound. Mabel war die verantwortliche Architektin für dieses Projekt. Die Firma JENNISON & PARTNERS hatte in der Ausschreibung die Nase vorn gehabt. Es war Mabels persönlicher Erfolg. Sie arbeitete fast täglich auch zuhause daran, abends, manchmal bis Mitternacht.

An diesem Tag hatte sie besonderen Grund, die Arbeit mit nach Hause zu nehmen.

Ein Blick aus dem Fenster genügte.

Da draußen braute sich was zusammen. Faustgroße Schneeflocken klebten sich an die Fensterscheiben und schmolzen nur langsam. Der schlagende Beweis für die hervorragende Isolierwirkung des Dreifachglases. Aber der Schnee war irgendwie nicht normal.

Jemand öffnete die schalldichte Tür des behaglich

eingerichteten Büros, in dem Mabel allein schaltete und waltete – wie alle leitenden Angestellten der Firma.

Willard Johnson steckte den Kopf herein. »Bist du immer noch hier?«

»Wie du siehst, packe ich gerade ein.«

»Na, Gott sei Dank. Wir haben beschlossen, den Laden für heute dichtzumachen. In Manhattan soll schon der Teufel los sein – wettermäßig. Wenn sich die Sturmfront ausdehnt, kriegen wir den Schlamassel von Connecticut her, über den Sound rüber.«

Johnson sah die schlanke, dunkelhaarige Kollegin mit besorgter Miene an. Mabel trug ein elegantes anthrazitfarbenes Kostüm und dazu einen beigefarbenen Rollkragenpulli. Sie war eine schöne Frau. Sie brauchte sich nur mal an der Wall Street blicken zu lassen, dann würden all die Karriereweiber dort vor Neid erblassen. Mit ihren dreißig Jahren sah Mabel überdies aus wie fünfundzwanzig. Sie war die Traumfrau schlechthin.

Mabel lächelte dankbar. Sie spürte deutlich, dass Willard Johnsons Motiv, sich um sie zu kümmern, mehr als nur Besorgnis war. Willard war vierzig und unverheiratet. Durchaus denkbar, dass er unter Torschlusspanik litt. Als leitender Tiefbau-Ingenieur gehörte auch er zum Management der Architektenfirma. Beruflich war er voll ausgefüllt. Dass seine Psyche aber unter Mangelerscheinungen litt, zeigte seine Zigarettensucht. Willard konnte es selten länger als eine halbe Stunde ohne Glimmstängel aushalten. Und sein leichtes Übergewicht hatte möglicherweise auch mit den besagten Mangelerscheinungen zu tun.

»Danke für deine Fürsorge«, sagte Mabel. »Ich fahre jetzt gleich los.«

»Du weißt, ich habe einen ausgeprägten Mutterinstinkt«, zwinkerte Willard. »Wenn du willst ...«

»Nein.«

»Ich hab doch noch gar nicht gesagt, was ...«

»Willard, bitte! Wenn ich allein nach Hause fahren

möchte, ist das nicht gegen dich persönlich gerichtet. Ich habe einfach das Bedürfnis, allein zu sein.«

»Du bist zu viel allein.«

Mabel schmunzelte. »Sollte mir die Decke auf den Kopf fallen, rufe ich dich an. Dann treffen wir uns in einer Bar und ertränken gemeinsam unsere Probleme.«

»Abgemacht?«, strahlte Willard.

»Abgemacht.« Mabel seufzte erleichtert, als er die Tür von draußen zuzog.

Sie stand auf und vergewisserte sich, dass sie alles eingepackt hatte, was sie brauchte. Sie hängte ihre Handtasche um und nahm den Aktenkoffer und das Notebook. Sie schaltete das Licht aus und trat auf den Korridor hinaus.

Die ehemalige Villa war in einen privaten und einen geschäftlichen Trakt aufgeteilt. Das Haupthaus, dreigeschossig und im Tudor-Stil gebaut, sah aus wie eine mittelalterliche englische Fachwerk-Burg. Hier hatten Harold und Catherine Jennison ihr privates Reich. Der zweigeschossige Anbau hatte früher als Wohntrakt für das Hauspersonal gedient. Nach einer aufwändigen Renovierung und Neugestaltung hatte Harold dort die Büros untergebracht. Als international erfolgreicher Architekt hatte er es sich leisten können, sein Büro von Manhattan nach Long Island zu verlegen.

Die Kunden liefen ihm nach. Und die meisten fanden Long Island für einen Star-Architekten sogar angemessener als das vom Smog verpestete Manhattan. Eben jene Kunden gehörten – wie Harold B. Jennison selbst auch – zu den zwei Prozent der amerikanischen Bürger, die als superreich einzustufen waren. Der ursprüngliche Eigentümer der Villa war der Börsenmakler Argyll McMahon gewesen. Harold hatte sofort zugegriffen, als er vor sechs Jahren von McMahons Plänen gehört hatte, in das Land seiner Vorfahren zurückzukehren, nach Schottland.

Die Villa stand in einer idyllischen Hügellandschaft bei Glen Cove, in jenem Teil von Long Islands Nordküste, der

»Gold Coast« genannt wird. Bei guter Sicht konnte man über die Hügel hinweg den Long Island Sound sehen, manchmal sogar die Küstenlinie von Connecticut. Harolds Angestellte hatten sich sehr bald nach der Umsiedlung von Manhattan Wohnungen in der Nähe ihres neuen Arbeitsplatzes gesucht.

Durch die offenen Bürotüren sah Mabel, dass sich die Angestellten auf den vorzeitigen Feierabend vorbereiteten. Computer-Terminals wurden abgeschaltet. Unterschriftsmappen wurden noch schnell den Vorgesetzten gebracht. In der Postabteilung rafften sie die Briefe und Papprollen zusammen, die unbedingt noch an diesem Tag verschickt werden mussten.

Mabel ging durch den Verbindungskorridor im Erdgeschoss. Im Haupthaus befanden sich die Salons, in denen Harold seine Kunden empfing. Außerdem das Kaminzimmer und die beiden privaten Arbeitszimmer. Eines gehörte Catherine. Sie verwaltete dort die Termine und sonstigen Angelegenheiten, die unter die Rubrik »gesellschaftliche Verpflichtungen« fielen, außerdem alle organisatorischen Dinge, die mit Haus und Grundstück zu tun hatten. Einschließlich der Dienstpläne für das Personal. Catherine nannte sich stolz Privatsekretärin ihres Mannes.

Die Tür zu ihrem Arbeitszimmer stand offen.

Mabel machte nur einen Schritt durch den Türrahmen.

»Ich fahre nach Hause«, sagte sie. »Wo steckt Harold inzwischen? Noch in Mailand? Oder schon in Berlin?«

»In Berlin«, antwortete Catherine. Ihr langes blondes Haar schimmerte in der Schreibtischbeleuchtung. Sie trug einen schwarzen Seidenanzug mit flammend roten chinesischen Ornamenten. Sie tippte ein Wort zu Ende, speicherte den Text ab und blickte erst dann von ihrem Computer auf. »Warum?«

»Falls er eine Frage zum Nissequogue-Projekt hat, kann er mich zuhause anrufen.«

»Ich glaube nicht, dass er das tun wird«, entgegnete

Catherine spitz. »Die Architekten-Wettbewerbe in Europa dürften ja wohl eine Ecke wichtiger sein als eine Provinz-Wohnanlage in Long Island, New York.«

»Vielleicht solltest du es Harold überlassen, das zu entscheiden.«

Catherines Blick war unverhohlen feindselig. Sie wusste nicht, dass die Aggressivität sie so alt aussehen ließ, wie sie war – fünfundvierzig. Nur wenn sie freundlich war und lächelte, wirkte sie jünger.

»Habe ich gesagt, dass ich ihn in seinen Entscheidungen beeinflusse?« Die Frau des Star-Architekten gab sich herablassend. Dabei wusste sie nur zu gut, dass sie es sich nicht leisten konnte, Mabel Young zu sehr herauszufordern. Denn Mabel wusste einiges über sie – mehr, als Harold ahnte.

Die junge Architektin lächelte kühl. Sie hatte Catherine gegenüber die stärkere Position, und Catherine war sich darüber im Klaren. Sie, Mabel, hatte kein Verhältnis mit Harold. Sie hatte auch niemals eines mit ihm gehabt. Sie hatte ein paar Mal die Seelentrösterin für ihn gespielt, war mit ihm essen gegangen und hatte ihm zugehört, wie er sich Zentnerlasten von der Seele redete. Sie war mit ihm durch Bars gezogen, und sie hatten sich prächtig unterhalten. Aber sie hatte nie mit ihm geschlafen. Harold war ein Gentleman. Er hatte ihre Zurückhaltung respektiert. Mabel schätzte ihn sehr, doch es widersprach ihrem Prinzip, sich mit einem zwanzig Jahre älteren Mann einzulassen.

Umso mehr hätte sich Catherine eben dies gewünscht. Ein Seitensprung Harolds, noch dazu mit seiner begabtesten Architektin, hätte Catherines Gewissen entlastet.

Enttäuscht musste sie feststellen, dass ihre Überheblichkeit an Mabel abprallte.

»Sei so gut und richte ihm aus, dass er mich anrufen kann.« Die mit Aktenkoffer und Computer beladene junge Frau wandte sich zum Gehen. »Harold würde es nicht mögen, wenn du unsere berufliche Zusammenarbeit störst. Und vor allem: Wenn du es tust, würde er es von mir erfahren. Über kurz oder lang.«

Mabel sah noch, wie sich Catherines Gesicht vor Wut verzerrte.

Als sie auf den Vorplatz hinaustrat, bereute Mabel es, ihren Mantel im Wagen gelassen zu haben. Es war eisig kalt geworden. Am Morgen hatte sie den Weg vom Auto zum Bürotrakt im Kostüm zurücklegen können, ohne auch nur eine Gänsehaut zu kriegen. Der Wind pfiff durch die noch kahlen Äste der Platanen.

Mabel begann zu laufen. Zum Glück waren die Absätze ihrer Schuhe nicht übermäßig hoch. Sie kam gut voran. Das Granitpflaster des Vorplatzes war rau und griffig. Der Eisregen, von dem die Nachrichten aus New York City berichteten, hatte Long Island noch nicht erreicht. Schneeflocken tupften kalt und kitzelnd auf Mabels Gesichtshaut. Sie lief in die Zufahrt, die den Villenvorplatz mit dem Parkplatz für die Angestellten verband. Ihre Schuhe klapperten. Der Wind heulte, und sie wurde von einer Bö in den Rücken getroffen, die sie fast umwarf. Im letzten Moment fing sie ihr Gleichgewicht.

Ihr roter Porsche 911 parkte am Rand der Grünfläche, die sich zur Straße hin erstreckte. Immergrünes Gebüsch schirmte den Parkplatz weitgehend vor Blicken von außerhalb des Grundstücks ab. Zwischen Delbert Bellamys Dodge Intrepid und Robert Morgans Buick Park Avenue wirkte Mabels Zweisitzer geradezu zierlich.

Zähneklappernd verstaute sie ihre Sachen auf dem Beifahrersitz.

Dann lief sie um den Wagen herum, warf sich hinter das Lenkrad und ließ den Motor an. Sie sehnte sich nach ihrem Bungalow in Glen Cove. Sie würde ein Kaminfeuer in Gang setzen, sich mit einem Whiskypunsch davor setzen und in die Flammen blicken, während sich draußen das Winterwetter austobte.

Schnatternd legte sie den Rückwärtsgang ein. Der Motor würde rasch warm werden, dann konnte sie die Heizung einschalten. Sie gab Gas, ließ die Kupplung kommen. Der bärenstarke Vierzylinder brummte verhalten. Und der Wagen rollte vorwärts.

Mabel erschrak. Eilends kuppelte sie wieder aus. Sie griff nach dem Knüppel, um ihren Schaltfehler zu beheben. Doch verdutzt stellte sie fest, dass sie den richtigen Gang eingelegt hatte. Rückwärts. Und das Auskuppeln bewirkte das Gegenteil von dem, was es eigentlich sollte.

Der Porsche rollte nur noch schneller vorwärts.

Auf die Büsche zu.

Mabel schrie unwillkürlich auf. Zweige mit stacheligen Blättern prasselten auf die Karosserie, kratzten über den Lack. Mabel stemmte sich auf das Bremspedal. Es nutzte nichts. Trotz der Kälte brach ihr der Schweiß aus. Sie ließ die Kupplung erneut kommen, gab Vollgas. Der Motor brüllte. Die Hinterräder gruben sich in den weichen Boden, pflügten Furchen. Doch es änderte nichts. Wie von Geisterhand bewegt, rollte der Roadster auf die Rasenfläche hinaus. Alles Bocken nutzte ihm nichts. Die Kraft, die ihn zog, war stärker. Mabel versuchte, das Lenkrad herumzureißen. Gleichzeitig hieb sie den zweiten Gang hinein. Und Vollgas.

Der Wagen scherte nur ein Stück nach rechts aus.

Dann wurde er in die ursprüngliche Richtung zurückgerissen.

Mabel sah die nächste Buschgruppe auf sich zurasen. Und in diesem Moment begriff sie, dass sie besser daran getan hätte, sich gleich ins Freie zu werfen.

»Ja, bist du denn …?« Phil blieb im Hals stecken, was er an mir schon wieder nicht begreifen konnte.

Denn ich hatte es fertig gebracht, die Jaguar-Türen gegen Sturm und Schnee zu stemmen. Ich löste die Heckklappen-

Verriegelung. Vorsichtig manövrierte ich mich ins Freie. »Versuch, die Zentrale zu erreichen!«, brüllte ich noch.

Dann war der Sturm der stärkere Brüller. Er riss mir die Tür aus der Hand und knallte sie zu. Geistesgegenwärtig warf ich mich flach hin. Dreißig Grad Kälte empfingen mich. In dem kurzen Moment des Hinwerfens peitschte mir der Schnee ins Gesicht.

Schneelasten schichteten sich augenblicklich auf meinem Rücken auf. Trotz meiner gefütterten Wetterjacke kam ich mir vor, als hätte man mich in T-Shirt und Bermudas in der Arktis ausgesetzt.

Ich begann rückwärts zu kriechen. Denn mit bloßen Händen konnte ich für die Leute in dem Lexus kaum etwas tun. Der Sturm brüllte und tobte über mir, wartete nur darauf, dass ich ihm einen Angriffspunkt bot. Dann würde er mich durch die Luft schleudern und mich an der nächsten Beton- oder Backsteinwand zerschmettern – zur Freude aller noch nicht verurteilten New Yorker Mobster. Wenn sie denn das Wahnsinnswetter heil überstanden.

Dreißig Grad minus hüllten mich mit Geheul und Getöse ein. Auf meinem Weg zum Kofferraum hatte ich das Gefühl, dass mir jeden Moment die Finger abfrieren würden. Die Ohren sowieso. Und vielleicht wurde ich komplett schockgefrostet, bevor ich das Wagenheck erreichte. Das Einzige, was dagegen half, war Bewegung. Sagte ich mir. Also schüttelte ich unablässig den Schnee ab und kam mir dabei vor wie eine Schnecke mit Gleichgewichtsstörungen.

In kurzen Abständen riskierte ich vorsichtige Blicke. Das Rot des Jaguars sah ich nur milchig-blass. Mehr als zwei, drei Yards Sichtweite ließ ein Blizzard sowieso nicht zu. Trotz des Lärms waren krachende und scheppernde Geräusche zu hören. Ich vermutete, dass der Sturm alles losriss, was nicht niet- und nagelfest war. Menschen, die sich jetzt nicht in sicheren vier Wänden aufhielten, mussten mit dem Schlimmsten rechnen.

Endlich sah ich die Radkappe des linken Hinterrads. Dann die Heckstoßstange. Als ich nach dem Stoßstangenhorn griff, spürte ich es kaum. Meine Finger waren gefühllos. Trotzdem gelang es mir, mich in den Windschatten des Wagens zu ziehen. Ich stieß die Klappe nach oben. Mit beiden Händen erfasste ich die Ladekante, zog mich halb hoch und langte in den Kofferraum. Eine Bö fauchte herab. Im letzten Moment bog ich den Kopf zurück. Dafür knallte mir die Klappe auf den Oberarm. Es war, als würde mir der ganze Arm abgetrennt.

Der Schmerz durchglühte mich bis in die Brust. Ich presste die Zähne zusammen und beglückwünschte mich, dass die Klappenkante mir nicht den Schädel gespalten hatte. Die Vorstellung half, den Schmerz zu unterdrücken. Mit der linken Hand schob ich den Kofferraumdeckel wieder hoch, gegen den Luftdruck. Ich hielt ihn in dieser Position, musste alle Kraft dafür aufwenden, während die Böen herabbretterten. Nach einer Sekunde, die mir endlos vorkam, erwischte ich den Klappspaten.

Auch Phil quälte sich aus dem roten Flitzer.

Ich sah ihn in dem kurzen Moment, bevor ich mit dem Spaten abtauchte. Über mir knallte der Sturm den Kofferraum zu. Ich fragte mich, ob wir überhaupt eine Chance hatten, den Lexus zu erreichen. Phil hatte nichts als seine bloßen Hände, und ich wollte mit meinem lächerlichen Hilfsmittel yardhohe Schneemassen wegschaufeln. Das war ungefähr so, als versuchte man, mit einem Strohhalm den Wasserstand des Hudson River abzusenken. Meine einzige Hoffnung war, dass der Sturm den Schnee noch nicht zu sehr verdichtet hatte.

Ich kroch zurück in die Eiseskälte, kaum geschützt neben dem Jaguar. Das weißgraue Gewirbel kam mir noch undurchdringlicher vor. Die Sichtverhältnisse wurden immer miserabler. Der Autoverkehr in New York musste total zusammengebrochen sein. Das Einzige, was jetzt vermutlich noch lief, war die U-Bahn.

Ich traf Phil im Eisgrau der arktischen Kälte.

Er war auf einmal neben mir, als ich den Jaguar hinter mir gelassen hatte. Phil schob etwas vor sich her. Er hielt es krampfhaft fest. Es war ein Stück Blech. Er selbst sah aus wie Roald Amundsen kurz vor Schluss der Südpol-Expedition. Graue Eiskristalle aus Atemluft und Schnee hatten Phils Haar und seine Augenbrauen in gezuckerte Borsten verwandelt. In jeder New Yorker Nobel-Disco hätte er den Preis für die bestgestylte Frisur gekriegt.

Mir fiel ein, dass ich genauso preiswürdig aussehen musste.

Phil versuchte, mir etwas mitzuteilen. Aber im Toben des Sturmes kriegte ich nur Wortbrocken mit wie »Zentrale« und »verständigt«. Den Rest musste ich mir denken. Ob sie uns Hilfe schicken konnten, war die Frage aller Fragen.

Plötzlich hatten wir den Lexus vor der Nase.

Wir stießen wirklich fast mit dem Kopf dagegen.

Denn mittlerweile waren nur noch die Stoßstange und die Rückleuchten zu erkennen.

Der Windschatten war nicht der Rede wert. Auf dem Kofferraum der Limousine hatte sich eine regelrechte Gaube gebildet. Schnee pfiff in peitschenden Fahnen auf uns herab. Die Gesichtshaut brannte und schmerzte.

Ich zeigte auf die Fahrerseite des Lexus.

Doch ich überzeugte mich nicht mehr, ob Phil es mitgekriegt hatte.

Denn im selben Atemzug sah ich die Bewegung.

Es war fast nichts. Weniger als eine halbe Fingerbreite jedenfalls.

Um diesen winzigen Spalt hob sich die Kofferraumklappe.

Und senkte sich sofort wieder.

Phil hatte es ebenfalls bemerkt. Wir verständigten uns mit einem Blick. Das war in dem tosenden Gewirbel immerhin noch möglich.

Halb im Windschatten des Fahrzeughecks richteten wir

uns auf, soweit es ging. Phil hielt sein Werkzeug mit beiden Händen. Es war der Stahlblechdeckel einer Zeitungsverkaufsbox. NEW YORK NEWSDAY war darauf zu lesen. Der Sturm musste das Ding losgerissen und meinem Freund vor die Füße geschleudert haben. Wir stemmten uns schräg gegen den Druck der Böen. Ich spürte, welche mordsmäßige Gewalt dahinter steckte. Dieser Blizzard hieb alles kurz und klein, was nicht niet- und nagelfest war.

Wir schaufelten wie wild.

Die Schneegaube bildete sich unaufhörlich neu. Aber dann, als der Sturm einen Moment Luft holte, legten wir Tempo zu. Steckten unsere Werkzeuge in das pappige Weiß unter uns, ergriffen die Unterkante des Kofferraumdeckels gleichzeitig.

Und stemmten ihn hoch.

Wir brauchten alle Kraft dafür.

Zwei Gesichter, bleich vor Todesangst und Panik sahen uns an.

Eine Frau und ein kleiner Junge.

Die Frau hatte das einzig Mögliche getan, hatte die Kofferraumverriegelung von innen gelöst und die Hälfte der Rücksitzlehne heruntergeklappt. Die wenigen Minuten, die Mutter und Sohn gebraucht hatten, um nach hinten zu kriechen, hatten ihnen den einzigen Weg in die Freiheit ebenfalls versperrt.

In ihren weit aufgerissenen Augen stand das pure Entsetzen. Quälend lange Minuten hatten sie das Gefühl durchlebt, eingeschlossen zu sein, elend ersticken zu müssen. Und wie hatten sie hoffen können, gefunden zu werden? Unter den Schneemassen war die Limousine im Handumdrehen verschwunden gewesen. Und wer hätte nach den beiden suchen sollen? Die wenigen New Yorker, die bei Ausbruch des Schneesturms noch auf der Straße gewesen waren, waren vollauf damit beschäftigt, sich um sich selbst zu kümmern.

Wir konnten die Kofferraumklappe nicht loslassen, nicht mal mit einer Hand. Der Druck war enorm. Überdies bewirkten die dreißig Grad minus längst, dass mir meine Hände und Arme wie abgestorben vorkamen.

»Klettern Sie raus!«, schrie ich, um den Sturm zu übertönen. »Und sofort runter auf den Boden!«

Die Frau starrte mich an. Nur noch für den Bruchteil einer Sekunde las ich jene Abwesenheit in ihren Augen, die von einem Schock herrührt. Dann begriff sie. Sie nahm ihren kleinen Jungen fest in den Arm und schob sich mit ihm durch die Öffnung, die wir für sie freihielten.

Der Junge schrie, als er mit seiner Mutter in den Schnee fiel. Ich hörte seine dünne Stimme durch das Gebrüll des Blizzards. Obwohl das Kind dick eingepackt war, bewirkte die Kälte einen neuen, schlimmen Schock. Die Frau, dunkelhaarig und etwa Anfang dreißig, war von neuer Zuversicht erfüllt. Ich sah es ihr an. Sie blieb unten, weil sie wusste, dass es das einzig Richtige war. Sie presste den Jungen an sich. Ihre Innenpelzjacke wärmte ihn ein wenig.

Phil und ich ließen die Kofferraumhaube los. Sie knallte zu, noch während wir uns fallen ließen. Wir nahmen die Frau und das Kind in die Mitte. Zu viert krochen wir durch die Schneehölle auf den Jaguar zu. Mein roter Flitzer war noch immer zu sehen.

Wie wir später erfahren sollten, war der Lexus in eine Schneewehe gefahren, die sich hinter einem parkenden Truck aufgebaut hatte. Der Jaguar war nur an den Rand dieser Wehe geraten, und das hatte schon gereicht, um ihn schachmatt zu setzen.

Wir erreichten meinen Wagen, und in einer Pause zwischen zwei Böen schafften wir es sogar, die Tür an der Beifahrerseite zu öffnen. Zuerst ließen wir die Geretteten hinein. Dann beeilten wir uns, ihnen zu folgen. Die Heizungswärme war längst verflogen. Es gelang mir, den Motor zu starten. Im Leerlauf würde er sehr lange brauchen, um überhaupt warm zu werden. Aber es war immerhin eine kleine Hoffnung, für den Fall, dass wir Stunden ausharren mussten. Wir legten die Sitzlehnen um und kauerten uns eng aneinander. Phil schaltete das Funkgerät ein und zog das Mikro mit zu uns herüber.

Der kleine Junge schluchzte und bibberte. Seine Mutter konnte kaum sprechen, so stark schlugen ihre Zähne aufeinander. Aber sie brachte die Worte hervor, die ihr in diesem Augenblick so unendlich wichtig waren. »Ich danke Ihnen. Sie haben uns das Leben gerettet!«

Ich lächelte, sah sie nur stumm an. In ihren Augen las ich, dass sie verstand, was ich mit meinem Blick sagen wollte. Wir waren beileibe noch nicht in Sicherheit.

Als Phil Funkkontakt mit der Zentrale bekam, waren wir allerdings einen Schritt weiter.

Noch einmal rutschte der Porsche über freie Fläche. Der winterblasse Rasen war hier inzwischen mit einer dünnen Schicht Schnee überzogen.

Deshalb konnte Mabel Young das Drahtseil erkennen.

Jemand hatte es an ihrem Wagen festgemacht, an dem vorderen Abschlepphaken. Es war straff gespannt, und es endete in einer Buschgruppe, die das Grundstück von der vorbeiführenden Straße trennte.

Mabel spürte, dass ihre Gedanken und ihre Muskeln wie gelähmt waren. Sie war nicht in der Lage, etwas zu tun. Sie hasste sich dafür. Warum, zum Teufel, stieß sie nicht die Tür auf und warf sich hinaus? Du wirst dir das Genick brechen, bei dem Tempo, sagte ihre innere Stimme, und damit hatte sie wahrscheinlich auch Recht.

Mabel hielt noch immer das Lenkrad fest. Dass sie damit die Geradeausfahrt des Wagens begünstigte, war ihr nicht bewusst.

Der Porsche wurde schneller, raste auf das Buschwerk zu, das sich wie eine dunkle Wand erhob. Mabel streckte abwehrend die Hände aus. Das Lenkrad fing an zu rotieren.

Es krachte, als sich der Roadster in das Geflecht von Ästen, Zweigen und immergrünem Blattwerk bohrte. Splitternd und berstend schrammten die härteren Teile des Holzes über das Karosserieblech.

Mabel schrie gellend.

Sie wurde nach vorn geschleudert. Der Gurt hielt sie. Sie sank zurück, gegen die Sitzlehne, und ihr Schrei brach ab.

Auf einer Lichtung der gut zehn Yards breiten Buschzone kam der Wagen zum Stehen. Mabels Augen weiteten sich. Sie sah es jetzt: Nichts von dem, was mit ihr geschah, war ein Zufall. Sie war keineswegs das Opfer einer Verwechslung.

Das Drahtseil führte durch die wenigen Büsche, die sie noch von der Straße trennten. Dort parkte ein großes gelbes Fahrzeug. Ein Truck. Zu den Heckaufbauten gehörten ein kleiner Kran und eine Leiter.

Und eine Seilwinde.

Mabel konnte die Schrift auf der Tür des Fahrerhauses lesen.

Vor dem Truck, der hauptsächlich für die Gas- und Wasserversorgung eingesetzt wurde, stand ein geschlossener Kastenwagen. Dunkelbraun.

Gestalten brachen durch das Gebüsch, von der Straße her.

Fünf Männer.

Mabel riss den Mund auf, um zu schreien.

Aber sie brachte keinen Laut hervor.

Die Kerle sahen aus wie Soldaten.

Nein, eher wie Anti-Terror-Kämpfer einer Spezialeinheit.

Kampfanzüge. Geschwärzte Gesichter. Olivgrüne Helme.

Damit waren sie zwischen Ilex und Lorbeersträuchern tatsächlich bestens getarnt. Und sie hatten stummelläufige Maschinenpistolen umgehängt.

Fünf Maschinenpistolen gegen eine einzige Frau?

Mabels Herz hämmerte. Sie ahnte, dass es eine Wahrheit

gab, die sie sich noch nicht vorstellen konnte. Es war mehr, als dieser teuflisch gut geplante Überfall vermuten ließ.

Beide Türen wurden gleichzeitig aufgerissen.

Keiner der Kerle gab auch nur einen Laut von sich. Bevor Mabel ihre Angst hinausschreien konnte, zuckte eine harte Männerhand zu ihr in den Wagen, stopfte ihr einen Knebel in den Mund. Die Architektin versuchte noch, sich zu wehren, indem sie den Arm des Mannes ergriff, um ihn wegzustoßen. Doch ebenso gut hätte sie versuchen können, einen Laternenpfahl zu verbiegen.

Weitere Hände waren zur Stelle, packten sie, zogen sie ins Freie. In Sekundenschnelle pappten sie ihr einen Klebestreifen über den Mund, zusätzlich zu dem Knebel. Ebenso schnell wurden ihr die Hände auf den Rücken gefesselt.

Mabel hatte der bulligen Kraft ihrer Bezwinger nichts entgegenzusetzen. Einer hielt ihren Kopf von hinten fest. Ein anderer, mit einem höhnischen Grinsen im geschwärzten Gesicht, drückte ihr einen genau abgemessenen Klebestreifen auf die Augen. Auf beiden Seiten reichte das stark haftende Gewebeband nur bis zu den Schläfen.

Sehr rücksichtsvoll, dachte Mabel bitter. Damit sie mir keine Haare ausreißen, wenn sie den Streifen abziehen.

Sie wurde weggeschleift. Sie spürte die Schneeflocken im Gesicht. Der Wind hatte etwas zugenommen.

Die Kälte ging unter die Haut. Mabel zitterte am ganzen Körper. Aber es war auch die Angst, die das bewirkte.

Ihre Entführer warteten einen Moment. Auf der Straße fuhr ein Auto vorbei. Dann, als das Motorgeräusch nicht mehr zu hören war, verfrachteten die Kerle sie in einen geschlossenen Laderaum. Vermutlich war es der dunkelbraune Kastenwagen.

Mabel rechnete nicht damit, dass der Wagen sofort losfahren würde.

Und sie hatte sich nicht getäuscht.

Ein dumpfes Wummern mischte sich ins Toben des Blizzards. Der Boden unter uns begann zu vibrieren. Es war, als würde der Schnee durch das Vibrieren verdichtet werden und der Jaguar immer tiefer sacken.

Neben uns, in der Straßenmitte, schob sich ein dunkler Riesenkasten heran.

Das Wummern wurde ohrenbetäubend. Der Sturm war nicht mehr zu hören, nur noch zu sehen – am Wirbeln und Peitschen des Schnees.

»Dann mal los!«, rief Phil erfreut.

Wir brauchten uns nicht mal auf eigene Faust nach drüben vorzuarbeiten.

Die Silhouetten zweier Männer lösten sich aus dem eckigen dunklen Hintergrund. Soldaten. Sie trugen dick gefütterte Kampfjacken und Pelzmützen. Sie zogen ein Seil mit sich. Einer bedeutete mir mit Handbewegungen, die Tür zu öffnen, damit sie das Seil am Holm festmachen konnten.

Noch einmal mussten wir in die Kälte hinaus.

Doch es war nur ein Moment. Nichts, verglichen mit dem, was wir hinter uns hatten.

Der Räum- und Bergungspanzer stammte von einer Pionier-Einheit der US Army, die im benachbarten New Jersey stationiert war. Das mächtige Kettenfahrzeug hatte einen Mannschaftstransportraum. Die Luke befand sich im Heck. Wir krochen hinein.

Unbeschreibliche Wärme empfing uns.

Und zwei weitere Leute, die uns mit großen Augen ansahen.

Der eine war Obdachloser. Sein Haar- und Bartgestrüpp war verfilzt, das Faltenmeer seines Gesichts blutig. Die oberen seiner drei bis fünf Mäntel waren zerrissen. Er musste schwer gestürzt sein, vom Sturm zu Boden geschleudert, gegen eine Wand oder gegen stählerne Kanten einer Autokarosserie.

Der zweite Gerettete war das krasse Gegenteil. Elegant

vom Pelzkragen seines Mantels bis zu den schwarz glänzenden Schuhen. Doch auch er hatte Blut im Gesicht, und sein weißes Hemd, die Krawatte und der Anzug waren blutverschmiert. Der Weg aus einem der Bürogebäude Manhattans bis zu seiner wartenden Limousine musste ihm zum Verhängnis geworden sein.

In den Augen der beiden ungleichen Männer war noch die Angst zu lesen, die sie durchgestanden hatten. Es war etwas, das sie verband. Sie unterhielten sich weiter miteinander, nachdem sie uns begrüßt hatten. Sie mussten sich gegenseitig ins Ohr sprechen. Denn das Dröhnen des Panzermotors machte jedes normale Gespräch unmöglich.

Einer der Soldaten kam mit uns herein, schloss die Luke und gab über Bordfunk durch, dass wir abfahrbereit seien. Wir verteilten uns auf die freien Plätze. Die Sitze waren hart, nur mit Leder »gepolstert«. Die Frau schloss ihren Sohn in die Arme.

Phil und ich saßen den beiden anderen Geretteten gegenüber. Wir knöpften die Jacken auf. Das Gefühl kehrte in die fast erfrorenen Finger zurück. Der Panzermotor begann zu donnern. Der kleine Junge hielt sich die Ohren zu. Der Stadt-Hobo und der Geschäftsmann unterbrachen ihr Gespräch. Der Soldat übergab mir die Kopfhörer der Bordfunk-Anlage. Der Kommandant teilte mir mit, dass wir auf direktem Weg zum FBI-Distriktgebäude zurückfahren würden. Dieser Panzer sei für die Dauer des Katastropheneinsatzes dort stationiert.

Phil und ich kannten den Einsatzplan. Aus allen Standorten der Army waren schwere Fahrzeuge und schweres Gerät auf die wichtigsten Punkte verteilt worden – sowohl in den Städten als auch in den ländlichen Bereichen. Niemand konnte genau vorhersagen, wie schwer die einzelnen Gebiete der Ostküste von Sturm, Schnee und Kälte getroffen werden würden. Deshalb war an allen entscheidenden Stellen Vorsorge getroffen worden. Was lebenswichtig war, musste in jedem Fall aufrechterhalten werden – die öffentliche Ordnung ebenso wie die Versorgung der Bevölkerung mit dem Notwendigsten, von Elektrizität und Wasser bis zum Grundbedarf an Lebensmitteln.

Während das Gefühl in meinen Körper zurückkehrte, spürte ich auch den Schmerz im rechten Oberarm wieder. Ich war beinahe froh darüber, denn es bewies, dass noch alle Sinne funktionierten. Und mehr als ein gewaltiger Bluterguss konnte es kaum sein.

Willard Johnson und Barton Addys liefen als Erste auf den Parkplatz hinaus. Delbert Bellamy folgte den beiden mit ein paar Schritten Abstand. Als die drei Männer bereits die erste Reihe der parkenden Limousinen erreichten, trat auch Robert Morgan unter dem Eingangsportal des Bürotrakts hervor.

Er kam gerade rechtzeitig, um zu sehen, wie seine drei Kollegen aus der Geschäftsleitung stutzten. Sie versammelten sich an der Stelle, an der normalerweise Mabel Youngs Porsche 911 parkte.

Morgan sah sofort, dass etwas passiert sein musste. Als die drei Männer drüben losliefen, auf die Grünfläche hinaus, setzte auch er sich in Bewegung. Und er hatte keine Mühe, sie einzuholen. Robert Morgan war ein schlanker, großer Schwarzer, den ein Fremder eher für ein Mitglied der Harlem Globetrotters gehalten hätte als für den Chefbuchhalter von JENNISON & PARTNERS.

Im Vorbeilaufen warf Morgan seine Aktentasche auf die Motorhaube seines Mercedes 300 SE. Er schloss zu seinen Kollegen auf, als diese gerade die erste Buschreihe hinter sich gebracht hatten.

Der Schneefall war stärker geworden.

Die Spurfurchen, die von Mabels Parkplatz wegführten, waren trotzdem noch deutlich zu erkennen.

»Was ist in sie gefahren?«, rief der Chefbuchhalter.

»Sie wollte wohl eine Abkürzung nehmen«, antwortete Delbert Bellamy. Er drehte sich im Laufen kurz um. »Bestimmt wartet sie an der Straße, um sich totzulachen, wenn wir aufkreuzen.«

Bellamy war Ingenieur für Gebäude-Elektronik. Und Golfkriegs-Veteran. Ein bullig gebauter Mann von dreißig Jahren. Das Haar trug er noch immer im militärischen kurzen Crew Cut.

»Solche komischen Späße hat sie noch nie mit uns getrieben«, wandte Barton Addys ein. Der schlanke, dunkelhaarige Mann mit dem Oberlippenbart war Architekt, einer von Harold B. Jennisons Stellvertretern.

»Sie will unbedingt allein sein«, ließ sich Willard Johnson vernehmen, als sie die nächste Buschgruppe durchquerten. »Vielleicht wollte sie deshalb so schnell wie möglich weg von uns.«

»Weg von dir!«, korrigierte Addys. »Wir sind schließlich alle in festen Händen!«

Johnson verzog das Gesicht in dem Bewusstsein, ein Eigentor geschossen zu haben.

Die vier Männer in ihren eleganten Anzügen und Mänteln verlangsamten ihre Schritte vor der Schneise, die der Porsche ins Buschwerk geschlagen hatte.

Und im nächsten Moment sahen sie den roten Sportwagen vor sich. Der Porsche machte einen reichlich lädierten Eindruck.

Willard Johnson lief als Erster auf den Wagen zu. Er beugte sich zum Fenster an der Fahrerseite hinunter und spähte hinein. Sofort richtete er sich wieder auf.

»Hier ist sie nicht!«, rief er mit verdutztem Kopfschütteln. Die anderen traten auf ihn zu.

»Da sind jede Menge Fußspuren«, stellte Bellamy militärisch knapp fest.

»Und was hat das Ding zu bedeuten?«, fragte Morgan. Er zeigte auf den gelben Truck der County-Verwaltung, der an der Straße parkte.

Die anderen hatten das große Fahrzeug bis jetzt nur flüchtig beachtet. Und als sie nun richtig darauf aufmerksam wurden, als sie das Drahtseil und die Seilwinde bemerkten – war es zu spät.

Eine eisige Stimme erscholl hinter ihnen.

»Zerbrecht euch nicht den Kopf, Leute, ist sowieso überflüssig!«

Die Manager der Architektenfirma wirbelten herum. Fünf Stummel-Läufe von Maschinenpistolen glotzten sie an.

Olivgrün gekleidete Männer mit geschwärzten Gesichtern hielten die Waffen im Anschlag. Die Männer hatten im Gebüsch beiderseits der vom Porsche geschlagenen Schneise gelauert.

Stimmengewirr erfüllte die FBI-Kantine. Alle Tische waren besetzt. Die meisten Kollegen hatten es nicht bis nach Hause geschafft. Der Duft von frisch aufgebrühtem Kaffee breitete sich aus. Die Angestellten hinter dem Tresen bereiteten Sandwichs, Toasts und Hamburger vor.

Es war gemütlich warm.

Draußen tobte noch immer der Schneesturm. Durch die Fenster vermochten wir die Nachbargebäude nicht mehr zu sehen.

Phil und ich nahmen die Frau und den Jungen mit an unseren Tisch. Der Kleine sah sich staunend um. Er konnte es nicht fassen, von so vielen richtigen, echten G-men umgeben zu sein. Es half ihm, die Todesängste zu vergessen, die er hatte durchstehen müssen.

Auch die beiden anderen Geretteten aus unserem Bergungspanzer waren da. Ein Sanitäter der Army hatte sie versorgt. Sie saßen bei unseren Kollegen Steve Dillaggio und Zeerookah am Nachbartisch. Der Stadt-Hobo und der Geschäftsmann hatten sich angefreundet, waren in ein Gespräch vertieft. Wir bekamen mit, dass der Obdachlose

Rechtsanwalt war. Ehescheidung und Verlust des Arbeitsplatzes hatten dazu geführt, dass er von heute auf morgen auf der Straße saß. Der Geschäftsmann wollte ihm eine Chance geben, durch einen Job in seinem Unternehmen.

Dies mitzuerleben war ergreifend. Eine Naturkatastrophe musste sich ereignen, damit die Menschen einander näher kamen. Wie viele menschliche Schicksale mochten sich an diesem Tag noch in eine andere Richtung wenden?

Fast alle Kolleginnen und Kollegen waren ins Distriktgebäude zurückgekehrt, hatten sich irgendwie durchgeschlagen. Uns hatte es in der Eighth Avenue am schlimmsten erwischt. Die anderen hatten ihren Wagen noch einigermaßen ordentlich abstellen können. Die meisten waren mit der U-Bahn zur Federal Plaza gefahren. Die zuständigen Kollegen in den Revieren der City Police verfügten inzwischen über eine Liste aller Privatwagen von FBI-Agenten und aller FBI-Dienstfahrzeuge, die draußen im Schnee standen.

John D. High, unser Chef, trat vor den Kantinen-Tresen und hob die Hand. Augenblicklich wurde es still. Mr. High war eine Respekt gebietende Erscheinung – mit silbergrauem Haar und von schlanker Statur. Er trug einen eleganten dunkelgrauen Anzug. Das Office hatte er gar nicht erst verlassen.

»Leider haben wir die Katastrophenwarnung zu spät erhalten«, erklärte Mr. High. »Deshalb konnte ich die bereitschaftsfreien Beamten unter Ihnen nicht rechtzeitig nach Hause schicken. Tut mir Leid, dass es diese Panne gegeben hat. Aber ich denke, wir werden den Ausnahmezustand gemeinsam gut überstehen, nachdem alle hier eingetroffen sind, die draußen nicht durchkamen.«

Wir klatschten Beifall. John D. High ist mehr als ein Chef für seine G-men. Er ist zugleich Berater und väterlicher Freund für jeden Einzelnen von uns. Jeder der New Yorker G-men ist überzeugt, dass es in keinem Bundesstaat der USA einen besseren Distriktchef gibt als John D. High.

Er fuhr fort: »Ich stehe in ständiger Verbindung mit dem Hauptquartier in Washington, mit der New Yorker Stadtverwaltung und mit den Polizeidienststellen der Stadt und des Staates New York. Die Katastrophenpläne der verschiedenen Behörden sind in Kraft getreten. Nach den neuesten Meldung wurde die Küstenregion bis hinauf zur kanadischen Grenze zum Katastrophengebiet erklärt.«

Für einen Moment setzte Gemurmel ein.

Die Informationen, die der Chef erhielt, waren natürlich aktueller als alles, was über Radio oder Fernsehen lief.

»Es gibt noch keinen Überblick über das Ausmaß der Katastrophe«, erklärte John D. High. »Wir erhalten aber die Meldungen der meteorologischen Dienste per Rundsendung. Unsere Aufgabe ist es, die Einsatzberichte von State Police und City Police zu checken – daraufhin, ob der FBI zuständig sein könnte. Ich denke, über die allgemeine Bedeutung polizeilicher Präsenz in Katastrophenfällen brauche ich an dieser Stelle nicht noch zu sprechen.«

Allgemeines Kopfschütteln war die Antwort.

Was der Chef meinte, war eine altbekannte Tatsache. Die Hyänen unter den Menschen nutzen Ausnahmezustände, um ihre Gier zu befriedigen. Im Klartext: Plünderungen waren zu befürchten. Aber auch Vergewaltigungen, Raubüberfälle, Einbrüche. Der Zusammenbruch der Ordnung – wenn auch nur vorübergehend – führte dazu, dass bestimmte Typen alle Hemmungen ablegten und zuschlugen, wo sie nur konnten.

Manche glaubten, in solchen Situationen den großen Schnitt machen zu können.

»Sieht nicht gut aus«, knurrte Paul O'Killian. Er saß am Lenkrad des Dodge Van. »Sieht verdammt nicht gut aus!«

Schwaden von Schnee fegten über die einsame Provinzstraße auf Long Island. Noch hatte es den Anschein, als ob der Wind mit dem Schnee spielte. Aber das würde sich bald ändern. Der Himmel war noch düsterer geworden. Irgendwann, sehr bald, würde sich der Wind zum Sturm auswachsen. Und dann würde er den Schnee zu seiner Waffe machen, würde damit auf das Land einschlagen und unter sich begraben, was er nur konnte.

Hal Shorten, der Beifahrer, hatte das Autoradio auf den Nachrichtensender eingestellt. Sowie neue Lageberichte da waren, wurde die Zwischenmusik unterbrochen. Daher wussten die beiden Männer, was in New York City lief. Die Stadt war praktisch lahm gelegt. Die Leute von Con Edison waren am stärksten gefordert. Wenn der Strom flächendeckend ausfiel, wurde die Katastrophe lebensgefährlich.

Der Blizzard weitete sich langsam von Nordwesten her aus, verbreiterte sich fächerförmig. Es war nur noch eine Frage der Zeit, wann er Long Island erreichen würde. Es konnte in einer halben Stunde geschehen, aber auch in zehn Minuten. Ein Blizzard war mindestens so tückisch wie ein Hurrikan. Er änderte seine Richtung, legte Tempo zu oder wurde langsamer, um erst danach wieder voll aufzudrehen – und das alles völlig unvorhersehbar. Die Wetterfrösche konnten dann nur noch über den Daumen peilen.

»Kümmere dich ums Fahren«, sagte Shorten. »Das Wetter kannst du mir überlassen.« Shorten sprach mit unverkennbarem Brooklyn-Akzent. Er hatte langes dunkles Haar und einen Spitzbart. Zusammen mit den buschigen Augenbrauen verlieh ihm dieser Kinnbewuchs etwas Diabolisches. Im Widerspruch zu seinem Namen war er sechs Fuß groß und muskelbepackt, durchtrainiert von den Haarwurzeln bis zu den Zehenspitzen.

»Ach!«, sagte O'Killian mit spöttischem Grinsen. »Wenn das so ist – dann knips mal eben die Frühlingssonne an!« Er nahm Gas weg. Die Automatik schaltete herunter.

O'Killian hatte bis vor drei Jahren noch in seiner

Heimatstadt Belfast gelebt. Er war einer der zuverlässigsten Killer der IRA gewesen, dann hatten ihn die Spezialisten der Royal Ulster Constabulary, der Polizeibehörde Nord-Irlands, aufs Korn genommen und gezielt Jagd auf ihn gemacht. Er hatte abhauen müssen, bei Nacht und Nebel mit einem Fischkutter, um dann an Bord eines liberianischen Frachters Richtung USA zu verschwinden. Die IRA und ihre freundlichen Gönner in den Staaten bezahlten so was. In den Dienstzimmern der RUC hing noch immer O'Killians Steckbrief. Das Foto zeigte ihn mit einem Vollbart. Hier, in den Staaten, lief er bartlos herum und ließ sich möglichst wenig blicken. Als illegaler Einwanderer musste man die Nacht zum Tag machen, und wenn man sich mal ins Freie wagte, durfte man nichts tun, was einem Streifen-Cop auffallen konnte.

O'Killian hatte schwarzes Haar und eng zusammenstehende, schwarze Augen. Er sah aus wie all die anderen eingebürgerten Iren. Nur den Mund durfte er nicht aufmachen. Sein Englisch war reinstes Belfast. Er arbeitete hart daran, sich eine amerikanische Aussprache anzugewöhnen. Aber das war verdammt schwer.

Aus den Augenwinkeln heraus sah er Shortens saures Gesicht. Deshalb setzte er noch eins drauf. »Ich denke, in New York gibt es nichts, was es nicht gibt! Und Mr. Großkotz kümmert sich mal kurz ums Wetter, wenn's zu schlimm wird! Na, und wo bleiben die Ergebnisse?«

»Verarschen kann ich mich selber!«, fauchte Shorten.

»Dich zu verarschen ist ja auch nicht schwer.«

»Noch so ein blöder Spruch, und …«

»Und was?«, schnitt O'Killian dem anderen das Wort ab. Die Stimme des Iren klang bissig, aggressiv.

»Nichts.« Shorten lehnte sich zurück. Missmutig, aus zusammengekniffenen Augen, starrte er in das Schneegestöber. Er wusste, wie gefährlich es war, sich mit dem Iren anzulegen. Und es war wirklich nicht der richtige Zeitpunkt dafür – mit der Fracht hinten im Laderaum.

Shorten hatte den Iren von Anfang an nicht leiden können, obwohl er ihn selbst angeheuert hatte. Typen wie O'Killian waren genau richtig für den Job. Aber eines Tages, hoffentlich bald, würde er, Hal Shorten, Gelegenheit haben, sich den Bastard vom Hals zu schaffen. Mit solchen Leuten wollte er auf keinen Fall länger zu tun haben als unbedingt nötig.

»Wenn du mich fragst, hat dieser Scheiß-Wind zugelegt«, sagte O'Killian versöhnlich. Er nahm noch mehr Gas weg, beugte sich über das Lenkrad. Die Tachonadel sackte auf die Zwanzig-Meilen-Marke ab. Der Motor brummte in tiefster Tonlage. Die Sichtweite betrug nur noch dreißig, bestenfalls vierzig Yards.

Es herrschte kaum noch Verkehr, nur alle paar Minuten schlich ein entgegenkommender Wagen vorbei. Wer auf Long Island lebte, konnte es sich leisten, zuhause zu bleiben, wann er wollte.

»Wir schaffen es«, sagte Shorten. »Wir müssen es schaffen!«

»Wie viele Meilen haben wir noch?«

Shorten überlegte. Sie waren von Glen Cove nach Syosset gefahren, nachdem sie den County-Truck in einer Sandgrube abgestellt hatten. Jetzt waren sie querbeet unterwegs, durch die Landschaft, nach Melville und Plainview. Von dort würden sie auf dem Long Island Expressway nach Nordosten fahren, bis zur Abzweigung Richtung Terryville.

»Fünfundzwanzig«, sagte Shorten.

»O Mann! Fünfundzwanzig Meilen! Da kommen wir locker auf anderthalb Stunden, bei diesem Zuckeltrab! Und in anderthalb Stunden kann hier längst der Teufel los sein – wettermäßig. Ob du dich nun drum kümmerst oder nicht!«

Der Spitzbärtige wollte zu einer scharfen Erwiderung ansetzen. Aber das Radio entband ihn davon. Die Musik wurde ausgeblendet. Shorten drehte die Lautstärke höher. Der Sprecher hörte sich ruhig und sachlich an, als ob er das

Abendprogramm der Broadway-Theater vorlas.

»... sind besonders im mittleren Manhattan Schneeverwehungen von mehr als zehn Fuß Höhe entstanden. Ein Todesopfer gab es an der Avenue of the Americas. Dort erschlug ein herabstürzendes Betonvordach einen vierzigjährigen Mann, der in dem Hauseingang Schutz gesucht hatte. Wie die Pressestelle der City Police weiter mitteilt, wurden vierzehn Menschen durch Gegenstände verletzt, die durch die Luft wirbelten. Zur aktuellen Wetterlage: Das Sturmzentrum schwenkt offenbar nach Nordosten. Für die Stadt New York bedeutet das jedoch keineswegs schon Entwarnung. Es werden weiterhin Windstärken zwischen elf und zwölf gemessen. Alle Einwohner werden dringend aufgefordert, die Häuser nicht zu verlassen. Stromausfälle gab es bis jetzt nur in geringem Umfang. In allen Fällen konnten die Techniker von Con Edison die ausgefallenen Bereiche umgehend wieder ans Netz schalten. Die Flutwellen im Küstenbereich haben bislang noch keine schwerwiegenderen Schäden verursacht. Es folgen jetzt die Notrufnummern der verschiedenen Hilfsdienste in New York ...«

Shorten drehte die Lautstärke wieder herunter. Er schnaufte, steckte sich eine Zigarette an.

»Nach Nordosten«, brummte O'Killian. »Das sind wir. Hast du das mitgekriegt?«

»Ich bin nicht taub«, knurrte Shorten zwischen zwei Zügen. Es störte ihn mächtig, dass sich dieser illegale Inselaffe hier als Besserwisser aufspielte.

»Na, dann wissen wir ja, was uns bevorsteht.« O'Killian grinste. »Hast du eine Hotel-Liste dabei? Dann such uns schon mal was Passendes für die Nacht raus. Die Lady und die Gents ...«, er deutete mit einer Kopfbewegung über die Schulter, nach hinten, »... wollen natürlich standesgemäß untergebracht werden. Denen kannst du nicht mit irgendeinem billigen Schuppen kom...« Der Ire verschluckte sich fast.

Denn etwas packte den Kastenwagen und schüttelte ihn durch.

Etwas wie eine Faust, die die Kraft hatte, das schwere Fahrzeug einfach von der Straße zu heben.

O'Killian umklammerte das Lenkrad.

Shorten hatten sich gegen das Handschuhfach gestemmt. Er wurde blass.

Die Bö ließ nach. Der Van schaukelte weniger. Aus dem Laderaum waren erschrockene Stimmen zu hören.

»Mann o Mann!«, schrie O'Killian, als er merkte, dass er den Wagen wieder unter Kontrolle hatte. »Weißt du, was das war?«

»Der Wind, der Wind, das himmlische Kind.« Shorten versuchte zu feixen, aber es gelang ihm nicht mal im Ansatz.

»Fang jetzt bloß nicht an …«

Die zweite Bö traf den Kastenwagen mit einem Schmetterschlag. Schreie gellten aus dem Heckaufbau. Der Wagen legte sich bedrohlich auf die rechte Seite. Die Adern an O'Killians Hals schwollen zu Strängen, als er gegenlenkte. Es half nichts. Erst als die Bö nachließ, verlor der Van seine Schrägneigung.

»Und nirgendwo ein Haus zu sehen!«, schrie O'Killian. Verzweifelt beugte er sich vor. Die Sichtweite war auf zehn Yards gesunken.

Shorten hatte sich ebenfalls vorgebeugt.

»Da!«, brüllte er unvermittelt. »Ran da!«

Der Ire sah es im selben Moment.

Ein Tankstellenschild, das der Sturm hin und her klatschte wie ein Boxer den Punchingball.

In der nächsten Sekunde waren die schneeumwirbelten Umrisse von flachen Gebäuden zu sehen. O'Killian ging auf Schritttempo herunter, um die Einfahrt zu suchen. Manchmal hatten Tankstellen eklige Betonsockel als Abgrenzung. Er fand die Einfahrt und zog den Dodge nach rechts.

Shorten langte nach dem Mobiltelefon. Er hatte es im Fußraum vor seinem Sitz verstaut. Er hob es auf seinen Schoß und schaltete das Radio aus.

Die Tankstellengebäude waren mittlerweile deutlicher zu erkennen. Sturm und Schnee umtosten das halb verglaste Kassenhäuschen. Der Rest der Buden sah solider aus.

»He!«, rief O'Killian unvermittelt. »Was haben wir denn da? Ob das wohl unsere Burg wird?«

Shorten spähte nach vorn. »Das ist die Waschhalle«, stellte er fest.

»Und sie ist leer, und das Tor steht offen. Fahren wir hinein, Sir?«

Shorten spürte, dass dieser Scheißtyp ihn kein bisschen ernst nahm. »Na klar, mach schon«, knurrte er. Innerlich kochte er. Den Hurensohn für den Job auszuwählen war seine größte Fehlentscheidung gewesen. Okay, der Junge hatte einen fantastischen Ruf. In der Szene wurde sein Name als Geheimtipp gehandelt. Killer aus Belfast hatten immer einen gewissen Bonus, wenn sie in die Staaten kamen. Da drüben jemanden umzulegen, so hieß es, war wesentlich schwieriger als hier. Weil sich ein Killer da drüben grundsätzlich direkt mit der Staatsgewalt anlegte.

Hier in New York veranstaltete man seine Privatkriege und kriegte es erst dann mit der Staatsgewalt zu tun – sprich: mit den Bullen. Das aber auch nur, wenn man nicht aufpasste.

O'Killian holte aus und lenkte den schaukelnden Van in die Waschhalle. Das Scheinwerferlicht strich über die Wandfliesen und erfasste die Waschbürsten ganz hinten. Der Kastenwagen schaukelte nicht mehr, als er den vollen Schutz der Halle hatte. O'Killian zog die Handbremse an, schaltete die Lichtanlage aus und drehte den Zündschlüssel herum.

Der Motor erstarb.

Doch es wurde nicht wesentlich leiser.

Ein dumpfes Dröhnen lag in der Luft wie ferner Donner. Der Betonboden unter dem Dodge Van schien zu vibrieren.

»Mach das Tor dicht«, ordnete Hal Shorten an. »Und sieh mal zu, ob wir hier Licht haben. Dann sag den anderen Jungs Bescheid. Die sollen erst mal hinten drinbleiben. Wenn sie das kapiert haben, siehst du nach, wie viele Leute vorn in der Tankstelle sind. Sag, dass wir hier vor dem Sturm untergekrochen sind.«

»Alles begriffen«, erwiderte O'Killian und grinste.

»Ach was!«, staunte Shorten. »Und da heißt es, alle Iren wären ein bisschen blöd!«

»Ja, die Republik-Iren. Bei denen stimmt das.« O'Killian gluckste. »Wir Ulstermen sind natürlich 'ne ganze Ecke cleverer.«

»Na, dann brauch ich mir ja keine Sorgen zu machen«, brummte Shorten. Er nahm den Hörer des Mobiltelefons ab.

O'Killian schwang sich hinaus und drückte die Tür zu. Shorten wählte die Nummer, die er auswendig gelernt hatte. Während er auf das Rufzeichen wartete, sperrte der Ire den Sturm aus. Gleich darauf flammten Leuchtstoffröhren auf und tauchten die Fliesenhalle in taghelles Licht. In den Rückspiegeln konnte Shorten erkennen, dass es ein Rolltor aus Stahlblechlamellen war, das O'Killian heruntergelassen hatte. Okay, das würde der Sturm so schnell nicht kaputtkriegen. Hier waren sie sicher wie in Abrahams Schoß.

Das Rufzeichen ertönte.

Sie konnte nicht mal mehr die Autos auf dem Parkplatz erkennen.

Catherine Jennison hatte sich nie in ihrem Leben so einsam gefühlt. Sie war allein. Sie musste Entscheidungen treffen. Entscheidungen, von denen Menschenleben abhingen. Die leitenden Angestellten waren nicht mehr da, und sie konnte Harold in Berlin nicht erreichen. Da war es sechs Stunden später als hier. Er hatte das Hotel verlassen, zu einem Abendessen mit Geschäftsfreunden. Okay, vielleicht war es eine Geschäftsfreundin. Und die geschäftliche Beziehung bestand darin, dass sie später am Abend die Beine für ihn breit machen würde.

Der letztere Gedanke bekümmerte Catherine am allerwenigsten.

Draußen war die reinste Schneehölle losgebrochen. Der Sturm tobte um Villa und Anbau. Dabei waren es nur Vorboten des eigentlichen Blizzards. Wenn es richtig losging, würden sie wahrscheinlich alle vor Angst verrückt werden.

Catherine fragte sich, was es mit Mabel Young und den vier Männern auf sich hatte. Sie selbst hatte nichts gesehen. Und die Angestellten hatten auch nicht richtig darauf geachtet. Sie hatten nur bemerkt, dass Johnson, Addys, Bellamy und Morgan auf die Grünfläche hinausgelaufen waren und ihre Wagen nicht angerührt hatten. Minuten später hatte sich das Wetter dramatisch verschlechtert.

Catherine hatte die Sturmwarnungen im Radio gehört.

Zum Glück waren noch alle Angestellten da. Catherine hatte per Rundruf veranlasst, dass niemand das Haus verließ. Alle waren vernünftig gewesen. Die meisten hatten ebenfalls Nachrichten gehört. Außerdem waren einige Telefongespräche mit Geschäftsfreunden in New York geführt worden. Wie es in der Stadt aussah, wusste daher jeder in der Firma JENNISON & PARTNERS.

Catherine nahm den Hörer des grünen Telefons ab und tippte die Zahlenkombination für einen erneuten Rundruf. Die sechsundzwanzig Mitarbeiter meldeten sich rasch nacheinander. Siebzehn Frauen, neun Männer. Catherine sagte: »Ich möchte, dass Sie alle Ihre Familien, Angehörigen oder engsten Freunde anrufen. Möglichst viele Personen sollen wissen, wo wir uns befinden. Es könnte passieren, dass wir von der Außenwelt abgeschnitten werden. Aber wir werden hier absolut sicher sein. Mr. McMahon hat damals für seine Familie und das Personal einen atomsicheren Luftschutzbunker bauen lassen. Der Bunker wird also auch einem Blizzard standhalten. Ich schlage vor, dass wir uns in fünf Minuten im Konferenzraum treffen. Wir haben keine Zeit zu verschwenden. Wir müssen Lebensmittelvorräte in den Keller schaffen. Was wir im Haus haben, dürfte für eine Woche reichen, wenn wir uns alle ein bisschen einschränken. Ich danke Ihnen für ihr Verständnis.«

In dem Zimmer herrschte bullige Wärme. Noch zog der Kamin einwandfrei, und es wurde kein Rauch in den Raum geblasen. Aber draußen war bereits der Teufel los. Wasser und Wolken waren nicht mehr zu sehen. Böen orgelten um das Blockhaus. Durch keines der Fenster reichte der Blick weiter als zehn, fünfzehn Yards. Er würde dem Sturm hier an der Küste stärker ausgesetzt sein als die Leute im Landesinneren. Aber das Haus war solide gebaut, und es hatte ein Betonfundament. Nicht zu vergleichen mit den Pfahlbauten, die es am Strand und in Strandnähe gab.

Das Telefon klingelte.

Der Mann blieb in seinem Sessel vor dem Kamin. Dass alles geklappt hatte, wusste er schon. Und dass es wegen des Wetters Probleme geben würde, war ihm auch klar. Er wartete, bis das Rufzeichen sechsmal ertönt war. Dann nahm er ab. »Ja?«

»Wir sitzen fest«, sagte die Stimme mit dem Brooklyn-Akzent. Shorten wusste, dass er bei Telefongesprächen keine Namen nennen durfte.

»Wo?«

»Zwischen Syosset und Melville. Aber mehr nach Melville hin.«

»Könnt ihr nicht weiter, oder wollt ihr nicht weiter?«

»Hör mal, so einen Quatsch brauche ich mir nicht anzuhören! Wir schneien hier langsam, aber sicher ein.«

»Sitzt ihr im Wagen? Auf freier Strecke?«

»Nein. Es ist 'ne Tankstelle. Total einsam. Wir sind hier geschützt. Die Inhaber sind nicht da. Die haben vor zehn Minuten aus Queens angerufen, kommen da auch nicht weg. Ihre Tochter sitzt ganz allein in der Bude hier. Das heißt – jetzt nicht mehr.«

»In Ordnung, warten wir ab, wie sich das Wetter entwickelt. Ich ändere den Plan ein bisschen ab. Du kannst sie von da aus anrufen.«

»Wen?«

»Sie!«

»Ist das dein Ernst?«

»Ich habe mir abgewöhnt, Sachen zu sagen, die ich nicht ernst meine.«

»Warum rufst du sie nicht selber an?«

»Die Antwort darauf kriegst du nicht. Das hab ich dir schon zigmal gesagt.«

»Okay, dann gehe ich davon aus, dass sie deine Stimme kennt.«

»Unsinn.« Der Mann dachte nicht daran, Shorten die Hintergründe zu erklären. Erstens war es viel komplizierter, als der Brooklyn-Gangster dachte. Und zweitens brauchte man ihn nicht mit der Nase auf die Tatsache zu stoßen, dass für den FBI heutzutage eine tontechnische Stimmenanalyse fast genauso leicht auszuwerten war wie ein Fingerabdruck. Shorten brauchte nicht zu wissen, dass er sich praktisch selbst ans Messer lieferte. Laut sagte der Mann: »Du würdest es nicht kapieren, mein Lieber. Also – kennst du deinen Text?«

»Wenn ich in der Schule so gut auswendig gelernt hätte, wäre ich heute ganz woanders.«

»Okay. Benutze das Funktelefon.«

»Logisch.«

»Halte mich auf dem Laufenden. Vor allem über das Wetter. Ich will euch so bald wie möglich hier haben.«

»Worauf du dich verlassen kannst«, knurrte Shorten.

»Du wirst nicht abkassieren und mich leer ausgehen lassen.«

»Von den anderen redest du gar nicht?«

»Über unwichtige Sachen rede ich nie.«

Das Telefon bremste Catherine Jennison auf dem Weg zur Tür ihres Arbeitszimmers. Ärgerlich machte sie kehrt. Das Rumoren des Sturmes draußen ging ihr immer mehr auf die Nerven. Es war wie eine Faust im Nacken. Jede Sekunde, die sie tatenlos verstreichen ließ, verstärkte dieses belastende Gefühl.

Sie kehrte zu ihrem Schreibtisch zurück. Es war das blaue Telefon. Ein Anruf von außerhalb des Hauses also.

Harold!, dachte sie spontan. Vielleicht hat er drüben was gehört. Von Kollegen, die mit zuhause telefoniert haben. Oder es laufen schon die ersten Nachrichten über das Unwetter an unserer Ostküste.

O ja, seinen Rat konnte sie jetzt verdammt gut brauchen. In dem Punkt machte sie sich nichts vor. Er war die stärkere Persönlichkeit. Was er anpackte, lief. Und zwar hundertprozentig.

»Hallo?«, rief sie erwartungsvoll.

»Hier auch.«

»Wie bitte?« Catherine sperrte den Mund auf.

»Wir sind Namensvettern«, antwortete der Mann. Er sprach wie jemand, der im Hafen von Brooklyn arbeitete. Manchmal gab es Fernsehserien, die im Brooklyn-Milieu spielten. Da sprachen sie alle so rabaukenhaft.

»Ich – ich verstehe nicht«, hörte Catherine sich stottern. Sie war wütend auf sich selbst, weil sie den Kerl nicht eiskalt abfahren ließ. Allerdings wusste sie ja noch nicht, was er wollte, wer er war. Möglich, dass es was mit dem Katastrophenwetter zu tun hatte. Ihre Entschlossenheit, die Situation in den Griff zu bekommen, paarte sich in dem Punkt mit weiblicher Neugier.

»Ich heiße auch Hallo«, sagte der Anrufer. Er lachte leise und glucksend. »Sind wir womöglich verwandt, Miss Hallo – oder Mrs. Hallo?«

Catherine musste sich zusammenreißen, um nicht zu explodieren.

»Ich habe keine Zeit für Scherze!«, fauchte sie. »Wer sind Sie, und was wollen Sie?« Ihr fiel das Aufzeichnungsgerät ein, das im Schreibtisch installiert war – für alle Telefonanschlüsse. Sie öffnete die Schublade lautlos und drückte die Aufnahmetaste.

»Ich will Ihr Geld«, antwortete der Anrufer. Seine Stimme hatte sich plötzlich verändert, klang jetzt hart und schneidend. »Sie sind doch Mrs. Jennison – oder? Mrs. Catherine Jennison, die hübsche kleine Blondine, die so scharf auf – hm – Seitensprünge ist …« Er lachte wieder.

Catherine lief rot an vor Wut. Diese Aufnahme würde nicht gerade geeignet sein, sie einem Cop vorzuspielen.

»Ich lege jetzt auf«, sagte sie zornig. »Ich denke nicht daran, mir so etwas …«

»Also sind Sie's«, schnitt ihr der andere das Wort ab. »Die scharfe Cathy. He, wie viele Kerle haben Sie schon vernascht, seit ihr Alter auf Europa-Tournee ist?«

Catherine stutzte. Der Kerl wusste mehr von ihr als irgendein x-beliebiger Außenstehender. Ihre Verblüffung überwog die Wut. »Ich veranstalte jeden Abend eine Party«, erklärte sie schnippisch. »Und dann lasse ich die Kerle vor meinem Schlafzimmer Schlange stehen. Pro Nacht kommen ungefähr sechs bis sieben an die Reihe.«

»Ah, super! In der Schlange möchte ich auch mal stehen.«

»Kein Problem. Sie brauchen bloß rüberzukommen.«

»Das könnte eher passieren, als Sie denken, Lady. Werden Sie bloß nicht großspurig! Hören Sie jetzt zu. Ich habe Ihre Leute. Und zwar: Mabel Young, Willard Johnson, Barton Addys, Delbert Bellamy und Robert Morgan.«

Catherine erbleichte.

»Was soll das heißen?«, hauchte sie. »Was heißt das – Sie haben sie?« Obwohl sie ahnte, was es bedeutete, konnte und wollte sie es nicht wahrhaben. Es war zu ungeheuerlich. Dabei ergab es einen Sinn. Es erklärte das rätselhafte Verschwinden der fünf leitenden Angestellten.

»Kommen Sie vom Mond?«, zischte der Anrufer. »Menschenskind, ich habe Ihre Leute entführt!«

»Sie ganz allein?«

»Ob ich Ihnen das wohl auf die Nase binden werde?«

»Also nicht allein.« Catherine fing an, sich mit der Situation vertraut zu machen. Sie war auf einmal nicht nur wegen der Naturkatastrophe gefordert, sondern auch wegen eines Angriffs auf JENNISON & PARTNERS. Und der betraf sie persönlich.

»Ob Sie's wissen oder nicht, macht keinen Unterschied. Ich sag Ihnen was, Ma'am. Sie denken schon mal drüber nach, wie Sie am schnellsten Bargeld lockermachen. Die genaue Summe erfahren Sie noch. Wir beide werden ab sofort nämlich öfter miteinander telefonieren. Gehen Sie davon aus, dass der Betrag siebenstellig sein wird. Mindestens!«

Es knackte in der Leitung.

Der Anrufer hatte einfach aufgelegt.

Catherines Knie wurden weich. Sie musste sich setzen, obwohl sie wusste, dass die Mitarbeiter im Konferenzraum auf sie warteten. Aber der Sturm, der sie noch vor drei Minuten so ungeheuer genervt hatte, war auf einmal zur Nebensache geworden.

Ihre Gedanken rotierten. Sie bekam keine Klarheit hinein. Mit einer mechanischen Handbewegung schaltete sie den Rekorder aus. Dann drückte sie noch einmal die Telefontaste, unter der sie die Nummer des Hotels in Berlin gespeichert hatte. Die Verbindung kam sofort zustande wie ein Ortsgespräch. Harold war nicht in seinem Zimmer. Natürlich nicht.

Catherine legte auf. Ihr Kopf wurde insofern klarer, als sie den entscheidenden Punkt erkannte: Sie trug nicht nur die Verantwortung für die Mitarbeiter hier im Haus – nein, sie stand auf einmal vor der Aufgabe, über Leben oder Tod von Menschen zu entscheiden. Höchstwahrscheinlich.

Sie dachte nicht daran, diese Entscheidung allein zu treffen.

Sie rief sich in Erinnerung, was sie über Kidnapping wusste.

Dann handelte sie.

»Die Spezialagenten Cotton, Decker, Dillaggio und Zeerookah bitte sofort zu Mr. High!«

Die Lautsprecherstimme übertönte die Gespräche in der Kantine. Es wurde auch nicht wesentlich leiser. Wir, die Betroffenen, hatten die Stimme allerdings sofort erkannt. Es war Helen, die Sekretärin des Chefs. Und sie hatte sich sehr ernst und sehr forsch angehört.

Während wir aufstanden und losmarschierten, wurde mir klar, dass Helen diesmal keine Kostprobe ihres außergewöhnlichen Könnens für uns parat haben würde. Ihre Durchsage hatte nach höchster Eile geklungen. Nach Alarm, sozusagen.

Als wir das Vorzimmer betraten, stand die Tür zu Mr. Highs Büro bereits offen. Helen sah uns mit einem um Verzeihung heischenden Lächeln an, das so viel bedeutete wie: Tut mir Leid, Jungs, aber Kaffee gibt's heute nicht. Dafür ist keine Zeit.

Es stimmte. Der Chef forderte uns nicht erst auf, Platz zu nehmen.

»Wir haben einen FBI-Fall«, sagte er mit ernster Miene. »Nichts, was wir von der City Police – das heißt, in diesem Fall wäre es die Nassau County Police – übernehmen lassen könnten. Die Sache geht vielmehr unmittelbar uns an. Kidnapping.«

Es verschlug uns die Sprache. Wir wechselten fassungslose Blicke. Mit allem hatten wir bei dem Katastrophenwetter gerechnet – von Vergewaltigungen bis zu Massen-Plünderungen. Aber Kidnapping?

Mr. High schilderte uns die Fakten mit knappen Sätzen.

Mrs. Catherine Jennison aus Glen Cove, Long Island, hatte vor zwei Minuten angerufen. Sie übertrug dem FBI die sofortigen Ermittlungen. Normalerweise schaltet sich der FBI erst nach Ablauf von vierundzwanzig Stunden in einen Entführungsfall ein. Eine Ausnahme von der Regel entsteht dann, wenn die Betroffenen unseren sofortigen Einsatz fordern.

»Jetzt nach Long Island!«, sagte ich. »Das wird ja eine Reise wie zur Postkutschenzeit!«

John D. High sah mich mit einem milden Lächeln an. »Wie sind Sie zum Distriktgebäude zurückgekommen, Jerry?«

»Mit einem Panzer.«

»Richtig. Und genau der bringt Sie nach Long Island.«

Ich nickte. In Gedanken war ich längst bei einer anderen Frage, der wichtigsten überhaupt: Hatten die Entführer das Unwetter einkalkuliert? Oder waren sie genauso davon überrascht worden wie wir?

Es gab keine Hoffnung. Einen Moment lang hatte Mabel Young es geglaubt, als der Wagen vom Sturm durchgeschüttelt worden war und die Gangster vor Angst geschrien hatten. Da hatte sie sich vorgestellt, wie es sein würde, wenn der Wagen verunglückte und die Entführer allesamt verletzt und bewusstlos waren.

Aber wie kam sie bloß darauf, dass sie als Entführte unversehrt bleiben würde?

Und ihre Leidensgefährten – würden die auch nichts abbekommen?

Vorerst waren sie allein. Aber das bedeutete nichts.

Denn der Laderaum war abgeschlossen worden. Das Schließgeräusch war nicht zu verwechseln gewesen.

Sie lagen auf Deckenstapeln, einigermaßen weich. Keiner konnte etwas sehen, keiner konnte etwas sagen. Sie konnten lediglich eng zusammenrücken, um sich gegenseitig zu wärmen. Sie konnten sich berühren. Tastend hatte Mabel herausgefunden, dass es vier Männer waren, die die Gangster kurz nach ihr hereingeschafft hatten. Einer war Willard Johnson. Sie hatte ihn an seinem Eau de Cologne erkannt. Herb, for men.

Dass sie den Sturm hörten und die Geräusche der Gangster, machte die Sache nur noch unheimlicher. Sie waren hilflos – so unendlich hilflos.

Nur um etwas zu tun, machte Mabel mit der Tasterei weiter. Sie gab dabei leise Laute von sich, um den Männern klar zu machen, dass sie sich vergewissern wollte.

Sie schienen sie zu verstehen. Das Tasten war mühselig mit den auf dem Rücken gefesselten Händen. Aber nach einem Moment merkte Mabel, dass ihre Leidensgefährten tatsächlich verstanden hatten, um was es ihr ging. Nacheinander schoben sie sich neben sie, ließen sich von ihren Fingern berühren. Mabel erkannte sie.

Barton Addys an seinem Oberlippenbart.

Delbert Bellamy an seinem Kurzhaarschnitt.

Robert Morgan an seinem Kraushaar.

Willard Johnson hatte keine so eindeutigen Merkmale, doch ihn hatte sie ja bereits identifiziert. Und alle vier Männer waren genau so gefesselt und geknebelt wie sie. Auch die gleichen Klebestreifen als Augenbinden hatte man ihnen verpasst.

Mabel streckte sich erschöpft. Sie rückten nun wieder eng zusammen. Es war still geworden, soweit man das beim Toben des Sturmes sagen konnte. Von den Gangstern war nichts mehr zu hören. Die Gedanken schienen in Mabels Kopf zu hallen.

Ein Gedanke kam von selbst, ohne dass sie ihn durch besondere Anstrengungen herbeigeführt hätte: Die gesamte Geschäftsleitung von JENNISON & PARTNERS befand sich hier in diesem kalten Laderaum. Harold Jennisons Firma war handlungsunfähig. Catherine war zwar zeichnungsberechtigt, aber fachlich hatte sie keinerlei Qualifikationen.

Ohne die fünf Entführten war die Firma ein Torso.

Ohne Kopf – ohne Gehirn.

»Was für ein hübsches Kind!«, rief O'Killian in seinem kehligen Belfast-Akzent.

Die drei anderen brummten zustimmend. Glitzernde Blicke hefteten sich auf die junge Frau. Sie lachte leise und geschmeichelt, ohne sich von der Kaffeemaschine umzudrehen. Sie hieß Brenda Lee Karsky, war Anfang zwanzig und hatte kurzes rotblondes Haar und einen Körper, dessen Anblick den Iren und seine Komplizen in wilde Tagträume stürzte.

Sie hatten sich im Aufenthaltsraum niedergelassen, gleich hinter dem Kassenraum der Tankstelle. Hier empfingen die Tankstellen-Inhaber ihre Kunden und Freunde, wenn es etwas zu besprechen gab. Den Sturm nahmen die Gangster kaum noch wahr. Das Girl beanspruchte jeden Winkel ihres Bewusstseins. Und die Kälte drang noch nicht durch die Wände. Noch funktionierten Strom und Heizung. Hier konnte man sich getrost einschneien lassen.

Gemeinsam mit Brenda Lee.

Und Spaß mit ihr haben.

Verdammt, sie sah so aus, als ob man mit ihr Spaß haben könnte. Wie sie dastand, an der Schmalseite des Raumes, und die Sandwichs zubereitete, machte sie exakt diesen Eindruck. Sie trug diese knallengen Stretch-Jeans, und ihre Schenkel und ihr Hintern waren das Prallste, was der Ire seit langem gesehen hatte. Eigentlich hatte er verflucht lange nichts in der Art gesehen. Und eine Menge Holz vor der Hütte hatte sie auch.

Ihr Pullover spannte sich mächtig – zurzeit leider über

der Arbeitsplatte, auf der sie hantierte. Aber eine Augenweide war sie von allen Seiten.

Es war ein richtiger Glücksfall, hier mit ihr allein zu sein. Den Schneesturm hatte der Himmel geschickt.

Hal Shorten war der Einzige, der sich nicht für die Kleine interessierte. Sein Mobiltelefon stand auf dem Tisch. Er war wieder in die Waschhalle spaziert, musste unbedingt nach dem Rechten sehen. Sollte er.

O'Killian erinnerte sich an ein Tankstellen-Girl, das er mal in Londonderry gekannt hatte. Das war noch vor der Selbstbedienungszeit gewesen. Himmel, hatte die Kleine einen Griff gehabt! Kein Wunder, bei der täglichen Zapfhahn-Bedienerei. Und mit Schraubenschüsseln und Wagenhebern hantieren – das gab Mumm. O'Killian liebte Frauen, bei denen gegenseitiges Zupacken garantiert war.

Die Männer hatten sich die Tarnfarbe aus dem Gesicht gewischt, schon als sie noch unterwegs gewesen waren. Die Gefangenen konnten sowieso nichts sehen, und Brenda Lee ahnte ja nicht, dass sie es mit Entführern zu tun hatte.

O'Killian hielt nicht viel von den Kerlen, mit denen er hier zusammen war. Gute Kumpel waren sie, okay. Aber in Belfast hätte keiner von denen auch nur eine Nacht überlebt. Dazu waren sie einfach nicht gerissen genug.

Joe Kelly war so ein düsterer, schnauzbärtiger Catchertyp wie aus dem Fernsehen. Ein richtiger Muskelprotz, aber mit dem Hirn eines kleinen Jungen. Als die Dinosaurier-Welle ausgebrochen war, hatte er sich voller Begeisterung einen Tyrannosaurus Rex auf den linken Oberarm tätowieren lassen.

Buck Wesley war schlank, eher drahtig. Ein rattenartiger Mensch. Er hatte schwarzes Strähnenhaar, das die Ohren mal verdeckte und mal nicht. Es hing ganz von der Windstärke ab, der er sich aussetzte.

Gordon Staff, mit schmutzigbraunem Haar im Igelschnitt, war nur mittelgroß, aber halb so breit wie lang. Dabei wirkte er kein bisschen fett, sondern ausgesprochen durchtrainiert. Wenn er sich bewegte, sah er federleicht aus.

Wenn O'Killian gezwungen gewesen wäre, sich mit einem von diesen drei Hurensöhnen in Belfast durchzuschlagen, dann hätte er sich noch am ehesten für Staff entschieden. Aber zum Glück würden sie nie in die Lage kommen. Denn für Paul O'Killian gab es kein Zurück nach Belfast. Er war darauf angewiesen, sich in den Staaten durchzuschlagen. Irgendwann, wenn er sich einen richtigen Namen gemacht hatte, würde ihm ein Top-Mobster eine Aufenthaltsgenehmigung verschaffen. Solche Leute hatten Mittel und Wege. Tolle Burschen waren das. Standen an der Spitze des organisierten Verbrechens, und kein Schwein konnte ihnen was anhaben.

Die Kaffeemaschine gurgelte und brodelte. Aromatischer Duft breitete sich aus. Hal Shorten verpasste was.

Brenda Lee war endlich mit den Sandwichs fertig und trug eine ganze Platte voll davon herüber.

»All right, Gents!«, rief sie. »Ich hoffe, ihr seid euch darüber im Klaren, dass der normale Tankstellenkunde so einen Service nicht kriegt!«

»Wir sind ja auch nicht normal!«, rief O'Killian lachend. Er saß ganz rechts außen.

Die anderen lachten mit.

Brenda Lee lächelte, als sie die Platte auf den Tisch stellte.

O'Killians Blick schraubte sich an ihren großen Brüsten fest, die sich so greifbar nahe unter dem Pullover abzeichneten. Er konnte sich nicht zurückhalten. Bevor sie sich aufrichtete, tätschelte er ihr den Hintern.

»Hast du gut gemacht, Baby«, grunzte er. »Besten Dank!«

Sie stand ruckartig senkrecht, kreiselte herum und hieb ihm auf die Finger. »Von Anfassen hab ich nichts gesagt!«

Seine Hand zuckte zurück – reflexartig. Er wollte es eigentlich nicht.

Kelly, Wesley und Staff grölten vor Begeisterung. Wesley klatschte sogar Beifall.

»Yeah, gib's ihm, Kleine!«, rief er. »Der braucht das. Kommt hier rüber von seiner Affeninsel und markiert den dicken Larry!«

Wieder grölten sie und hieben sich auf die Schenkel.

O'Killian starrte das Tankstellen-Girl an.

Sie grinste. Fühlte sich überlegen. »Außerdem solltest du erst mal 'nen Sprachkursus mitmachen. Ist ja richtig anstrengend, dir zuzuhören – und dich dann auch noch zu verstehen!«

Abermals hatte sie die Gröler auf ihrer Seite.

Die Augen des Iren wurden schmal wie Schlitze. Er sagte nichts. Er sah nur ihr Grinsen, wie es immer breiter wurde. Und aus seinen Augen sprach mörderischer Hass. Doch den konnte sie nicht lesen. Sie freute sich zu sehr über den Heiterkeitserfolg, den sie errungen hatte.

O'Killian sortierte, was in seinem Kopf sortiert werden musste. Brenda Lee war ein richtiges Tankstellen-Girl. Man musste sie hart rannehmen, um ihr gewisse Dinge klar zu machen.

Lieutenant Rupert Wogan, der Panzerkommandant, gab uns Kopfhörer mit Bordfunkeinrichtung. Damit konnten wir nicht nur an den Gesprächen der Crew teilnehmen, es war ebenfalls möglich, eine Verbindung mit der Funkzentrale des FBI-Distrikts zu schalten. Und nicht zuletzt waren unsere Ohren vor dem Motorendonner geschützt.

Zu viert saßen wir in dem warmen, flackernd beleuchteten Mannschaftstransportraum – Steve, Zeery, Phil und ich. Der Sturm war ausgesperrt. Wir kamen ungefähr so zügig voran wie eine Limousine bei dem üblichen zähflüssigen Verkehr auf den New Yorker Schnellstraßen. Keine Orkanbö und keine Schneewehe konnte unseren stählernen Boliden stoppen. Wir hatten Kisten und

Kleidersäcke dabei. Inhalt: Waffen, Geräte, winterfeste Klamotten.

Auf seinem Weg quer durch Manhattan und Queens hielt sich der Fahrer des stählernen Kolosses weitgehend in der Straßenmitte – um nichts zu zermalmen, was links und rechts in den Schneewehen steckte.

Die Außentemperatur in Queens, so teilte uns Lieutenant Wogan mit, betrug zweiunddreißig Grad minus. Die Windstärke sank nicht mehr unter zwölf. Die Radio- und Fernsehstationen sendeten jetzt fast pausenlos Katastrophenwarnungen und neue Lageberichte von der Wetterfront.

Dreimal musste der Panzer unterwegs stoppen.

Wir stiegen nicht aus, erhielten aber über Bordfunk die Erlaubnis, in passenden Momenten mal kurz die Luke zu öffnen und ins Freie zu blinzeln. Die über dreißig Grad minus kalte Luft verursachte Schmerzen beim Einatmen. Und jeweils zu zweit mussten wir die Luke festhalten, damit die tückischen Böen sie uns nicht aus den Händen rissen.

Das erste Mal hielt der Panzer in Maspeth, Queens. Der Sturm hatte einen geparkten Linienbus erfasst, diagonal auf eine Kreuzung gerollt und mit gewaltigen Schneemassen überhäuft. Wogan hätte das Hindernis platt walzen können. Aber er war ein einsichtiger Mann, der die Finanzprobleme der Stadt New York kannte. Deshalb erhielt er der Stadt einen immerhin noch reparierbaren Bus, indem er ihn mit dem Räumschild beiseite schob.

Den zweiten Kurzaufenthalt gab es in Newtown, Queens. Wir waren inzwischen bereits auf dem Long Island Expressway. Der Sturm hatte ein halbes Dutzend Platanen entwurzelt und sie auf der Fahrbahn aufgeschichtet. Es sah aus, als ob ein Riesen-Biber angefangen hätte, einen Damm gegen den alltäglichen Fahrzeugstrom zu bauen. Eine Planierraupe und ein Radlader waren auf dem Standstreifen abgestellt worden. Die Fahrer, so erfuhren wir über Funk, hatten aufgegeben. Bei dem Sturm war die Gefahr zu groß, dass sie während ihrer Räumversuche einen der Baumstämme auf den Kopf kriegten.

Unser Koloss schob die Stämme auseinander, sodass zwischen dem Rand des Berges und dem Mittelstreifen eine passierbare Bresche entstand.

Südlich von Douglaston, an der Grenze zwischen Queens und Nassau County, war ein Gebäude eingestürzt – ein alter Getreidespeicher, noch aus Backstein gemauert. Menschen waren zum Glück nicht zu Schaden gekommen. Nur hatte der Sturm das Gebäude in Zigtausend Einzelsteine zertrümmert und quer über die acht Fahrspuren geschichtet. Am äußersten rechten Rand war der Steinhügel nur fünf bis acht Fuß hoch. Unser Kommandant ließ den Stahlkoloss darüber hinwegklettern. In unserem fensterlosen Geviert kam es uns jetzt so vor, als würde der Mann im Turm des Tanks auch noch zu fliegen versuchen. Aber das täuschte natürlich, weil wir nichts sehen konnten.

Die weiteren Hindernisse bestanden nur noch aus Schneewehen. Der Panzer wühlte sich hindurch wie ein riesenhafter Maulwurf. Für die Gesamtstrecke von etwa dreißig Meilen brauchten wir fast zwei Stunden. Dann kam Wogans erlösende Mitteilung über Bordfunk: »Erreichen Glen Cove!«

Nebenan klingelte das Telefon. Im Büro.

»Das sind bestimmt noch mal meine Eltern«, sagte Brenda Lee Karsky. Sie hatte die Männer gerade mit Kaffee und Bechern versorgt.

O'Killian und die anderen stopften Sandwichs in sich hinein und spülten mit dem heißen schwarzen Lebenswecker nach. Keiner hatte was dagegen einzuwenden, dass das Girl hinüberging. Sie spielten sich letzten Endes nicht als Besatzer auf, hatten bislang durch keine Silbe verraten, dass der Dodge in der Waschhalle eine Fracht barg, von der niemand was wissen durfte.

O'Killian spähte zwischen Kellys und Wesleys Schultern hindurch, um Brenda Lee zu beobachten. Jede ihrer Bewegungen war eine Augenweide. Auch Staff linste nach dem Girl.

»Wir sollten sie uns vornehmen«, nuschelte der massige Mann zwischen zwei Bissen, indem er dem Iren zuzwinkerte. »Das können wir gerade noch schaffen, bevor Hal zurückkommt.«

Joe Kelly und Buck Wesley blickten auf, grinsten interessiert.

Nebenan endete das Telefonschrillen. Brenda Lee hatte abgenommen und meldete sich mit einem forschen »Hallo«.

O'Killian erwiderte Staffs Blick. Dem Iren war klar, was die Bemerkung des breiten Kerls bedeutete: Du kriegst sie nicht für dich allein, O'Killian. Schlag dir das aus dem Kopf. Entweder, wir haben alle unseren Spaß, oder gar keiner.

O'Killian nickte nachdenklich. Bedächtig schob er sich ein Sandwichviertel zwischen die Zähne, kaute kurz und schluckte hinunter. Er setzte den Kaffeebecher an, trank einen ausgiebigen Schluck und zündete sich dann genüsslich eine Zigarette an.

»Macht euch keine Sorgen«, sagte Brenda Lee im Büro. »Ich komme gut zurecht. Die Jungs, die hier vor dem Sturm untergekrochen sind, werden mich schon beschützen, falls das Wetter noch schlimmer wird. Also bleibt, wo ihr seid, und macht um Himmels willen keinen Schritt vor die Tür!«

O'Killian drückte seine Zigarette nach drei Zügen im Aschenbecher aus. »Okay«, zischte er. »Macht ihr alle mit?«

Die anderen nickten begeistert.

»Okay, bis später dann!«, war Brenda Lees Stimme zu hören. »Wir werden es schon überstehen. An den Sturm gewöhnt man sich sogar. Bye – und passt auf euch auf, Daddy!« Klappergeräusche von Hörer und Telefon folgten.

O'Killian stand auf, schob seinen Stuhl leise zurück. Die anderen folgten seinem Beispiel. Der Ire war als Erster in der offenen Tür.

Er prallte fast mit dem Girl zusammen.

Sie wich einen Schritt zurück, riss die Augen weit auf. In seinem hasserfüllten Gesicht konnte sie lesen, was Sache war. Sie begriff, dass sie einen Mann gedemütigt hatte, der es nicht verkraften konnte. Sie hatte in seinem Gehirn einen Schalter ausgelöst, der das Programm unter dem Titel »blindwütige Rache« startete.

All das begriff sie in dieser Sekunde. Sie hatte nicht gewusst, dass es so schlimm kommen würde. Sie hatte geglaubt, die Kerle durch Freundlichkeit im Zaum halten zu können. Es hatte ja auch so ausgesehen, als ob es klappen würde. Aber sie hatte den Fehler gemacht, dem Iren eins auf die Pfoten zu geben. Und dann hatte sie ihn auch noch wegen seiner Sprechweise beleidigt.

Hölle und Teufel.

Und die anderen tauchten hinter ihm auf, grinsend bis zu den Ohrläppchen.

»Also, wenn ihr irgendwas vorhaben solltet ...«, setzte sie an, »irgendwas, was euch später Leid tun ...«

O'Killian ließ sie nicht ausreden. Er holte aus und schlug zu, bevor sie ausweichen konnte. Sein Handrücken traf sie ins Gesicht. Die Wucht des Hiebes schleuderte sie rückwärts. Sie schrie auf, stürzte quer über die beiden stahlbeinigen Besucherstühle. Scheppernd gingen die beiden Möbelstücke mit ihr zu Boden.

Brenda Lee fegte die Stühle weg. Sie stieß sich mit den Beinen ab, erreichte die Wand und schob sich mit dem Rücken daran hoch. Sie griff nach dem Zylinderblock, den ihr Dad als Behälter für Kugelschreiber und Büroklammern benutzte. Das Zeug fiel heraus, ergoss sich über die Schreibtischplatte. Sie hob das schwere Stück Stahl hoch über den Kopf, als der Ire schon im Anmarsch war.

Er stoppte seine Schritte, schon in Höhe der jenseitigen

Schreibtisch-Schmalseite. Seine Augen verengten sich. Den anderen fiel das Grinsen aus dem Gesicht.

»Ich warne euch«, sagte Brenda Lee gepresst. Ihr Gesicht schmerzte höllisch. »Mindestens einem von euch zertrümmert dieser Klotz den Schädel!«

Beinahe andächtig hörten sie zu.

O'Killian neigte den Kopf zur Seite wie ein Wolf, der dem Blöken eines Lammes lauscht, das er gerade in die Enge getrieben hat.

»Bildet euch bloß nichts ein!«, schrie die Rotblonde. »Ihr Mistkerle seid mir von Anfang an komisch vorgekommen! Fünf Mann fahren in einem Dodge Van durch die Gegend, obwohl die Kiste nur zwei Sitzplätze hat! Und euer Spitzbart kontrolliert da draußen in der Waschhalle doch nicht bloß den Reifendruck!«

Der Ire stellte den Kopf ruckartig senkrecht. Seine Augen wurden rund, und er staunte auf eine spöttisch scheinheilige Art. »Wer hätte das gedacht! Unser Tankstellen-Baby ist nicht nur superscharf, jetzt wird sie uns auch noch zu schlau!«

»Das ist nicht die letzte Überraschung, die du erlebst!«, keuchte sie.

»Jungs«, sagte er, ohne sich umzudrehen. »Geht schon mal zur Seite. Wenn sie schmeißt, soll sie einen irischen Dickschädel erwischen und nicht eins von euren edlen amerikanischen Körperteilen.«

Im Glas eines Bilderrahmens, der die Urkunde eines Mineralöl-Großhandels enthielt, konnte O'Killian das undeutliche Spiegelbild seiner Komplizen sehen, wie sie sich beeilten, seine Anordnung auszuführen. Zu Brenda Lee sagte er mit falscher Besorgnis: »Hältst du's noch aus, Baby? Wie lange willst du denn das schwere Ding noch stemmen?«

»Das merkst du dann, wenn deine irische Birne explodiert!«

Brenda Lee biss sich auf die Unterlippe, kaum dass sie

die letzte Silber heraushatte. Ihr Selbstbewusstsein war eine Spur zu schnell zurückgekehrt. Die Schmerzen im Gesicht waren zu ertragen. Aber der verdammte Kerl hatte Recht, was den Zylinderblock betraf. Das Ding zu packen war eine schlechte Idee gewesen. Ihre Arme fingen schon an zu zittern, die Gelenke wurden weich. Es war wirklich nur eine Frage von Sekunden, dann musste sie das Ding sinken lassen. Und dann hatte er sie.

»He, Paul!«, rief Gordon Staff.

»Ja, was ist?« Der Ire machte nicht den Fehler, sich umzudrehen.

»Sollen wir sie ein bisschen ablenken?«

»Du meinst, sie lässt sich ablenken?« O'Killian wandte den Blick keinen Moment von ihrem Gesicht. Kein Zucken ihrer Mundwinkel und kein Aufblitzen ihrer Augen würde ihm entgehen.

»Ich denke schon«, antwortete Staff. »Sieh mal, hier!«

O'Killian sah, wie Brenda Lees Blick reflexartig zur Seite wanderte. Er sah das Erschrecken in ihren Augen, als sie begriff, was ihr blühte. Eilig huschte ihr Blick zurück in seine Richtung. Doch O'Killian betrachtete schmunzelnd das Spiegelbild in dem Glas des Bilderrahmens.

Staff hatte seine Beretta herausgeholt. In der linken Hand hatte er einen klobigen Schalldämpfer, den er betont umständlich auf die Laufmündung der Automatik schraubte.

»Was willst du machen?«, fragte O'Killian scheinbar ahnungslos. »Ihr das Ding aus der Hand schießen?«

»Ich weiß nicht, ob da ein Schuss reicht, Paul. Wenn ich da hinter den Schreibtisch gehe, habe ich den richtigen Winkel und …«

»Ihr Bastarde!«, schrie Brenda Lee.

Und schleuderte den Stahlblock – mit dem bisschen Kraft, das in ihren Armen geblieben war. Es war ein schlapper Wurf.

O'Killian wich beinahe mühelos aus. Noch während der Stahl zu Boden polterte, schnellte er vor und versetzte ihr einen Fausthieb. Sie schrie auf. Aber als er heran war, reagierte sie unvermutet grob. Ihr Knie zuckte hoch und traf seine empfindlichste Stelle. Es war ein Zufallstreffer, doch die Wirkung war der reinste Triumph für Brenda Lee.

O'Killian klappte zusammen, brüllte wie ein Stier und krümmte sich. Er wankte zurück. Als seine Komplizen an ihm vorbeisprangen, war sein Gebrüll bereits zu einem Wimmern geworden.

Brenda Lee hatte keine Chance. Aus dem Sprung heraus holte Staff nur kurz mit der Pistole aus. Der Hieb ließ glühenden Schmerz in ihr explodieren, lähmte sie sekundenlang. Die Zeitspanne reichte den Kerlen. Sie packten die junge Frau, warfen sie auf den Schreibtisch, rissen und schnitten ihr die Kleidung vom Leib. Sie konnte sich nicht mehr wehren.

Joe Kelly lief in den Verkaufsraum und kam mit einem Abschleppseil zurück.

»Wo steckt Hal?«, ächzte O'Killian. Er hatte sich auf einen Stuhl sinken lassen und kämpfte gegen den Schmerz an.

»Hat sich in den Sturm rausgewagt«, antwortete Kelly. »Hab ihn gerade draußen auf dem Hof gesehen. Sieht sich wohl ein bisschen um.«

O'Killian brummte beruhigt und beobachtete, wie sie der halb Bewusstlosen die Hand- und Fußgelenke festbanden. Er würde sich Zeit lassen, ob Hal Shorten nun reinkam oder nicht. Wenn er, Paul O'Killian, sich das Girl vorknöpfte, musste sie voll da sein. Sonst würde es ihm keinen Spaß machen. Das wusste er aus Erfahrung.

Der Sturm hatte nur geringfügig nachgelassen, als wir das Grundstück der Architektenfirma erreichten. Wahrscheinlich war es lediglich eine Atempause. Der Himmel sah nach wie vor düster und Unheil verkündend aus.

Über Funk hatte Mr. High uns mit Einzelheiten versorgt.

So wussten wir, dass ein roter Porsche 911 im Gebüsch am Straßenrand eine vermutlich entscheidende Rolle spielte. Lieutenant Wogan veranlasste den Panzerfahrer, einen möglichst großen Bogen um die entsprechende Stelle zu schlagen. Wogan teilte uns per Bordfunk mit, dass da nur noch verdammt wenig roter Lack im Schnee zu sehen sei.

Er ließ den Panzer zwanzig Yards weiter anhalten, noch auf der Straße.

Wir knöpften unsere pelzgefütterten Jacken zu und überzeugten uns, dass die Klappen der Pelzmützen unter dem Kinn fest genug zusammengebunden waren. Unsere Stiefel waren ebenfalls gefüttert, die Hosen aus mehrschichtigem Stoff. Walkie-Talkies und Dienstwaffen waren frostsicher verstaut. In diesem Aufzug hätten wir in Alaska auf Bärenjagd gehen können. Aber vermutlich war es in Alaska zurzeit wärmer als in New York.

Wir stiegen aus. Lieutenant Wogan hatte vor, die Wartezeit zu nutzen, um seinen Sprit-Nachschub zu organisieren.

Die Kälte empfing uns mit eisiger Wucht. Der Sturm war abgeflaut, okay, aber die Windstärke lag noch mindestens bei neun bis zehn. Verbunden mit dreißig Grad minus.

Ich stemmte mich gegen den beißend kalten Luftstrom und machte mich auf den direkten Weg zur Jennison-Villa. Auf dem freien Gelände der Zufahrt waren die Schneewehen hüft- bis brusthoch.

Phil, Steve und Zeerookah nahmen sich die verschneite Umgebung des Porsche vor. Dort waren sie durch das Gebüsch etwas vor dem Wind geschützt. Ich hörte noch, wie Phil unserem indianischen Kollegen mit dem Handschuh auf die bepelzte Schulter klopfte.

»Gut, dass wir dich dabeihaben, Rothaut!«, ulkte mein Freund. »Nun kannst du mal zeigen, was für gute Fährtenleser ihr seid.«

»Vorausgesetzt, die Bleichgesichter zertrampeln nicht alles«, konterte Zeery prompt.

»Paragraf Nummer sowieso der FBI-Dienstvorschrift«,

erklärte Steve mit erhobener Stimme. »Diskriminierungen von ethnischen Gruppen sind in dienstlichen Gesprächen zu unterlassen.«

»Die Rothaut entschuldigt sich«, sagte Zeery. »Ich will auch nie wieder Bleichgesichter diskriminieren.«

Ich hörte die Kollegen lachen.

Dann sah ich die blonde Frau im Eingang der Villa. Sie hatte die Tür geöffnet. Da sie sich im Windschatten befand, war das problemlos möglich. Sie winkte mir zu. Ich änderte meinen Kurs, da ich ursprünglich den Bürotrakt ins Auge gefasst hatte.

Dass die Frau Catherine Jennison war, brauchte ich mir nicht erst zusammenzureimen. In ihrem schwarzen Seidenanzug mit den glutroten chinesischen Ornamenten sah sie verführerisch aus.

Ich stellte mich vor und zeigte ihr meinen Dienstausweis. Sie warf nur einen flüchtigen Blick darauf, forderte mich mit einer Handbewegung auf, rasch hereinzukommen.

»Mein Mann wird gleich aus Berlin anrufen«, teilte sie mir mit. »Ich habe ihn endlich erreicht.«

Ich nahm die Pelzmütze, zog die Jacke aus und hängte beides auf einen Garderobenständer in der Halle. Ich folgte der Dame des Hauses in ihr Arbeitszimmer. Ich staunte, dass sie überhaupt ein Büro hatte. Auf den ersten Blick hätte ich sie für eine verwöhnte Diva gehalten, die den ganzen Tag über nichts anderes zu tun hatte, als ihre Schönheit zu pflegen. Aber im Zeitalter der Frauenbefreiungs-Organisationen macht der Drang nach emanzipatorischer Selbstverwirklichung offenbar auch vor jenem Typ Frau nicht halt, der die Erfüllung seines Daseins mangels besseren Wissens sonst in einem Leben als Salonpüppchen gesehen hätte.

Immerhin: Catherine Jennison half ihrem Mann. Andere an ihrer Stelle hätten sich eine Nobel-Boutique an der Fifth Avenue zugelegt, um den Selbstverwirklichungs-Traum wahr werden zu lassen.

»Nehmen Sie doch Platz«, schlug Catherine vor. Sie wies auf eine ledergepolsterte Sesselgruppe. Vor einem der Sessel lag ein flacher Stapel Schnellhefter. »Ich habe Ihnen alles heraussuchen lassen, was von den Entführten vorhanden ist.«

»Danke«, sagte ich und setzte mich. »So gut werden wir nicht immer unterstützt.«

»Für uns ist das lebensnotwendig«, erwiderte die blonde Lady lächelnd. Sie nahm ein schnurloses Telefon vom Schreibtisch und setzte sich mir gegenüber. »Sie können jeden Einzelnen nehmen: Willard Johnson, Robert Morgan, Delbert Bellamy oder Barton Addys. Diese Männer sind einfach unersetzlich. Unser Laden läuft nicht mehr, wenn auch nur einer von ihnen fehlt. Aber alle gleichzeitig – das ist eine Katastrophe! Ich weiß zum Beispiel nicht, wie wir bestimmte Terminarbeiten abliefern sollen, die morgen fällig sind!«

»Nehmen Sie die Schneekatastrophe als Begründung.«

»Gut. Das reicht vielleicht bis übermorgen. Aber dann werden uns die Kunden die Hölle heiß machen. Wir sind ein angesehenes Unternehmen mit dem denkbar besten Ruf.«

»Ein Unternehmen, das nur verständnislose Kunden hat?«

»Der Wettbewerb ist hart, Mr. Cotton. Auch unsere Kunden stehen unter Sachzwängen. Wenn wir nicht in der Lage sind, ihre Aufträge termingerecht auszuführen, sehen sie sich eben nach einem Architektenbüro um, das dazu in der Lage ist.«

Ich blätterte. »Was sagt Ihr Mann dazu?« Die Mappen enthielten Fotos, Lebensläufe, Auflistungen von Diplomen und besonderen Qualifikationen.

»Jemand will uns schaden.«

Ich blickte auf. »Das liegt nahe. Wenn wir den Jemand haben, haben wir den Entführer.«

»Das klingt einfach.«

»Ist es aber nicht.« Ich lächelte, um das Schroffe an meiner Erwiderung abzumildern. Ich lehnte mich zurück. »Als Sie beim FBI-Distrikt anriefen, sprachen Sie von fünf Entführten.«

»Das ist richtig. Aber Mabel – Miss Young – gehört nicht zu dem unersetzlichen Personenkreis.«

»Ach so.« Ich beugte mich wieder vor und blätterte weiter. Dadurch konnte ich meine Verblüffung am besten verbergen. Ein gehässiger Zug in Catherines Gesicht und das plötzlich Spitze ihrer Stimme ging mir regelrecht unter die Haut. »Dann ist das Motiv nicht schlüssig«, murmelte ich, ohne den Kopf zu heben. »Der oder die Entführer hätten sich die Mühe sparen können, Miss Young zu kidnappen.«

Einen Moment lang glaubte ich, Mrs. Jennison aus der Reserve gelockt zu haben. Doch sie war schlagfertig.

»Ich vermute, dass Mabel als Köder diente. Sonst wären die vier Männer nicht auf einen Schlag in die Falle gesprungen.«

»Mhm.« Ich spielte Geistesabwesenheit. In Wahrheit dachte ich darüber nach, warum eine Frau wie Catherine Jennison auf eine Angestellte ihres Mannes schlecht zu sprechen sein konnte.

Ich las, während ich dachte. Johnson, der Tiefbau-Ingenieur, war unverheiratet. Architekt Addys war achtundvierzig Jahre alt, seine Ehefrau Violet drei Jahre jünger. Die Tochter Verna war zweiundzwanzig, der Sohn Jonah zwanzig. Bellamy, der Ingenieur für Gebäude-Elektronik, war mit seinen dreißig Jahren zwar unverheiratet, hatte aber eine Lebensgefährtin und eine gemeinsame Wohnung mit ihr: Pearl Anderson, sechsundzwanzig, Anwaltsgehilfin. Buchhaltungs-Chef Robert Morgan war neununddreißig, seine Ehefrau Sonya zehn Jahre jünger. Die beiden hatten einen sechsjährigen Sohn namens Patrick.

»Wissen Sie …«, sagte Catherine gedehnt. Meine Einsilbigkeit schien ihr Probleme zu machen. »Es ist nicht so, dass ich Mabels Fähigkeiten und ihre Position bei uns in irgendeiner Weise unterbewerten will – aber …«

Das Telefon entband sie von der schweren Last, weitere geschnörkelte Formulierungen zu erfinden.

Ich legte meine Hand behutsam auf ihre, als sie das Telefon aufnehmen wollte. Sie starrte mich an, als hätte ich etwas Unverschämtes gesagt.

»Aber?«, fragte ich. »Sie können sich melden, wenn Sie den Satz zu Ende gesprochen haben.«

»Was fällt Ihnen ein!«, entgegnete sie erbost. »Haben Sie das Recht, mich in meinen Entscheidungen zu behindern? Haben Sie das Recht, mich zu irgendetwas zu zwingen?«

»Nein.«

»Na also.« Sie schob meine Hand weg und nahm den Apparat auf. »Machen Sie so was nicht noch mal, Mr. Cotton.«

Ich lächelte ungerührt. »Danke für den Hinweis.«

Einen Atemzug lang runzelte sie die Stirn. Sie schien nicht sicher zu sein, ob meine Bemerkung doppeldeutig zu verstehen war.

»Hallo?«, rief sie, nachdem sie die Empfangstaste gedrückt hatte. »Oh, du bist es, Darling! Hast du den Flug gebucht? Ja? Mein Gott, bin ich froh! Wenn du hier bist, werden wir die Dinge in den Griff bekommen. Da bin ich ganz sicher. Ich habe übrigens die Gentlemen vom FBI hier …« Sie lauschte dem, was er zu antworten hatte.

Unterdessen hatte ich meinen nächsten Hinweis. Catherine Jennison flötete wie ein süßlich-unterwürfiges Hausmütterchen, während ihr Gesicht recht ausdruckslos war – um nicht sagen: kühl.

»Aber!«, rief sie unvermittelt. »Natürlich kannst du mit einem von ihnen sprechen! Es ist Mr. Cotton. Er hat sich gerade mit den Personalakten vertraut gemacht. Bis morgen also, Darling. Das Unwetter wird dann ja hoffentlich vorüber sein. Warte, ich übergebe an Mr. Cotton!«

Sie reichte mir den Apparat mit der Stummelantenne und lächelte versöhnlich.

Ich lächelte zurück. Das kostete mich ja nichts.

»Mr. Jennison?«, sagte ich. »Hier Special Agent Cotton, FBI-Distrikt New York.«

»Freut mich, Sie zu sprechen, Mr. Cotton.« Trotz Schneesturms und Entfernung war der Star-Architekt klar und deutlich zu hören. »Meine Frau hat mich über den Vorfall bereits informiert. Ich habe einen planmäßigen Flug für morgen früh gebucht, nach hiesiger Ortszeit. Wenn der Flug wegen des Wetters bei Ihnen nicht abgesagt wird, müsste ich noch am späten Vormittag zuhause sein.«

»Ich hoffe, dass ich Ihnen dann schon erste Ergebnisse präsentieren kann.«

»Das wäre mehr, als wir im Moment wohl hoffen können.«

»Wir tun, was wir können, Mr. Jennison. Haben Sie Feinde?«

»Geschäftliche Konkurrenten – ja. Aber selbst wenn man sich geschäftlich bis aufs Messer bekämpft, arbeitet man doch nicht mit kriminellen Mitteln. In diesem Fall handelt es sich ja sogar um ein Kapitalverbrechen!«

Ich verkniff mir einen Kommentar. »Gibt es jemanden, der Ihrem Unternehmen so sehr schaden möchte, dass er vor dem Kapitalverbrechen nicht zurückscheut?«

»Ich denke schon einige Zeit darüber nach. Bis jetzt bin ich noch zu keinem Ergebnis gekommen. Auf jeden Fall müssen die Entführer verdammt rücksichtslose Kerle sein. Hätten sie sich denn nicht mit den vier Männern begnügen können? Müssen sie ausgerechnet auch noch eine Frau entführen?«

»Könnte sich daraus nicht ein Hinweis ergeben?«

»Sie meinen – aus der Tatsache, dass Mabel entführt wurde?«

»Ja.«

»Nun – Mabel ist einerseits meine fähigste und

wichtigste Mitarbeiterin als Architektin. Sie ist außerdem Mitglied der Geschäftsführung. Sie ist in fachlichen und auch in kaufmännischen Dingen einfach unersetzlich. Auf sie kann ich am allerwenigsten verzichten.«

»Interessant«, sagte ich und musterte Catherine, die mit unbewegter Miene dasaß.

»Gibt es – oder gab es – persönliche Dinge, die eine Rolle spielen können?«

»Über den betrieblichen Rahmen hinaus?«

»Genau das.«

»Ich bin mit Mabel auch persönlich befreundet, wenn Sie das meinen. Aber ich habe nicht mit ihr geschlafen, um das klarzustellen. Mabel und ich beraten uns gegenseitig, wenn man so will. Das betrifft berufliche, aber auch private Angelegenheiten. Und vor meiner Frau habe ich keine Geheimnisse.«

»Vielen Dank«, erwiderte ich. »Das war sehr aufschlussreich. Ich muss noch einmal auf den einen Punkt kommen: Wer könnte Ihnen schaden wollen? Ein anderes Motiv scheidet ja wohl aus. Es muss jemanden geben. Ich bin sicher, Sie sind Ihren Geschäftsfreunden und Angestellten gegenüber fair. Trotzdem könnte ich mir vorstellen, dass Auseinandersetzungen nicht auszuschließen sind.«

»Da haben Sie absolut Recht, Mr. Cotton. Im Laufe der Jahre muss man zwangsläufig den einen oder anderen vor den Kopf stoßen. Das lässt sich gar nicht vermeiden. Aber ich kann mich wirklich an nichts erinnern, was so schwerwiegend gewesen wäre …«

»Denken Sie in Ruhe darüber nach. Wir sind vorerst mit der Spurensuche beschäftigt. Unter erschwerten Umständen. Wir können kein Tatortkommando herankriegen, solange der Straßenverkehr zusammengebrochen ist. Auch in der Luft und auf dem Wasser läuft überhaupt nichts mehr.«

Wir beendeten das Gespräch. Ich drückte auf die Aus-Taste und gab Catherine den Hörer zurück.

»Nun?« Mit dem Blick einer hungrigen Tigerin sah sie mich an. »Hat mein Mann Ihnen ein paar Hinweise geben können?«

»Allerdings«, antwortete ich.

»Wirklich?« Sie zog interessiert die Augenbrauen hoch. »Etwas, was ich Ihnen nicht gesagt habe?«

Ich lächelte.

Hal Shorten glaubte seinen Ohren nicht zu trauen, als er in den Aufenthaltsraum zurückkam.

Er prallte zurück, verharrte. Sie hatten ihn noch nicht gehört.

Konnten sie auch nicht – so, wie sie da nebenan in Aktion waren.

Nach einer Sekunde hatte sich Shorten wieder gefasst. Er stellte das Mobiltelefon auf den Boden. Dann stürmte er los, stoppte seine Schritte im Türrahmen und brüllte: »Ja, seid ihr denn total bescheuert? Hölle und Teufel, das darf ja wohl nicht wahr sein!« Er stapfte in den Raum.

Wesley wich von der nackten Frau zurück. Die anderen lümmelten rechts auf den Stühlen.

Sie grinsten.

»Ihr bringt das in Ordnung!«, knurrte Shorten mit einem Blick auf die halb bewusstlose, übel zugerichtete Frau. Er trat an dem Schreibtisch vorbei, um ihr Gesicht sehen zu können. »Verdammt noch mal, wir können es uns nicht leisten, hier eine Spur …«

Er erstarrte.

Sein Mund blieb offen.

Die anderen wurden unsicher. O'Killian stand stirnrunzelnd auf.

In diesem Moment machte Shorten einen Satz auf das Telefon zu. Von der anderen Schreibtischseite aus war es nicht zu sehen gewesen. Es stand auf einem kleineren Pult, neben einem Aktenschrank. Wenn man im Schreibtischsessel saß, konnte man es bequem benutzen. Shorten fischte den herabhängenden Hörer auf und knallte ihn auf die Gabel.

Ruckartig wirbelte er herum.

»Und das hat keiner von euch gesehen?«, schrie er. Sein Gesicht färbte sich dunkelrot.

»Ihre Eltern haben angerufen«, brummte O'Killian. »Da hat sie wohl vergessen, aufzulegen.«

»Mann, du bist dämlicher, als die Polizei erlaubt!«, schrie Shorten ihn an. »Ich hab noch nie jemanden erlebt, der vergisst, den Hörer aufzulegen!« Er schob den Unterkiefer vor. »Los, komm her!«, bellte er im nächsten Moment.

O'Killians Miene war finster und feindselig. Dennoch gehorchte er. Wenn er in den Staaten bleiben wollte, konnte er sich nicht mit jedem anlegen. Er brauchte irgendwo ein paar Kumpel, die ihn unterstützten.

»Was ist?«, murrte er.

»Ganz einfach«, zischte Shorten. »Wir kriegen das raus. Du machst es selbst. Hörer abnehmen, Wahlwiederholungstaste drücken und warten, wer sich meldet. Dann legst du auf, und wir wissen, wen die Kleine zuletzt angerufen hat. Und die Lautsprechertaste drückst du auch noch. Damit wir es alle mitkriegen.«

O'Killian gehorchte widerstrebend.

Brenda Lee Karsky stöhnte in ihren Fesseln.

Niemand beachtete sie. Wie gebannt starrten die Gangster zu dem Iren. Er hatte den Hörer abgenommen. Sein Gesicht war verkniffen, die Lippen ein blutleerer Strich. Er spürte, dass alle Blicke auf ihm lasteten – und er hatte keine Ahnung, was auf ihn zukam. Er tippte auf die Lautsprechertaste, und alle konnten das Freizeichen hören.

O'Killian atmete tief durch. Dann gab er sich einen Ruck und berührte die Taste, die die zuletzt gewählte Nummer wiederholte. Im Lautsprecher knackte es ein paar Mal. Dann folgte das Rufzeichen – zweimal, dreimal. Wieder knackte es.

»Nassau County Police, Notrufzentrale …«

O'Killian zuckte zusammen. Er knallte den Hörer auf die Gabel, dass es krachte. Bevor Shorten oder einer der anderen reagieren konnte, fuhr der Ire herum.

»Du Miststück!«, kreischte er. »Du gottverdammtes Miststück! Du hast uns reingelegt! Du elendes …«

Mit einem Satz war er bei der Nackten.

Sein rechter Arm schnellte hoch.

Und hinab.

Die Klinge war nicht mehr als ein flirrender Blitz.

Als die Gangster aufsprangen, als Shorten auf ihn zustürzte, war es schon zu spät. Shorten verpasste ihm einen Handkantenhieb in den Nacken.

O'Killian brach zusammen.

Shorten brauchte nur einmal hinzusehen, um festzustellen, dass es für Brenda Lee Karsky keine Hilfe mehr gab. Das Messer steckte in ihrer Brust. In dem Meer von Blut war das nicht eindeutig zu erkennen. Brenda Lee war gestorben, ohne richtig wieder zu sich zu kommen.

»Wir müssen hier weg«, sagte Shorten dumpf. »Unsere einzige Hoffnung ist, dass die Bullen eingeschneit sind.« Er ging nach nebenan, um zu telefonieren.

Sein Auftraggeber meldete sich sofort. Shorten schilderte ihm die Lage. Dann hörte er aufmerksam zu. Er hatte mit einem Wutausbruch gerechnet. Aber der Mann hatte sich hervorragend in der Gewalt. Und die Anweisung, die er erteilte, gefiel dem Spitzbärtigen verdammt gut.

Als Shorten auflegte, kamen die anderen herüber. Auch O'Killian. Er rieb sich den Nacken, lehnte sich an den Türrahmen. Mit flammendem Blick starrte er Shorten an. Jeder andere an der Stelle des Spitzbärtigen hätte angesichts dieses Blickes um sein Leben gefürchtet. Aber Hal Shorten war nicht der Mann, der vor einem einfältigen Iren Angst hatte.

»Du hast jetzt die Chance, dich zu bewähren«, sagte Shorten kalt.

Und mit wenigen knappen Sätzen erklärte er den Männern, was der Auftraggeber angeordnet hatte.

»Bevor ich meinen Chef anrufe ...«, sagte ich gedehnt. »Sie haben eine Bandaufnahme vom ersten Anruf des Entführers?«

»Das ist richtig.«

»Gut. Wir werden klären, wie wir die Kassette auf schnellstem Weg nach Manhattan bekommen – wegen der Stimmenanalyse.«

»Mr. High deutete das am Telefon bereits an.«

Ich nickte. Aus unseren Funkgesprächen wusste ich, dass der Chef mit Chief John Edelman von der Nassau County Police Kontakt aufgenommen hatte. Sobald es eine Möglichkeit gab, ein anderes schweres Räumfahrzeug für uns loszueisen, würde Edelman es veranlassen. Eine zeitsparendere Transportmöglichkeit nach Manhattan gab es vorläufig nicht.

Das Leben in New York drohte im Schnee zu ersticken. Mit Sicherheit war zu dieser Stunde alles im Einsatz, was sich irgendwie zum Wegschieben der weißen Berge eignete. Doch wenn der Blizzard zu einem neuen Schlag ausholte, würden sich alle Hilfskräfte wieder verkriechen müssen. Und die Schneewehen würden sich noch gewaltiger auftürmen.

»All right«, sagte ich. »Wie wär's, wenn Sie mir das Band vorspielen?«

»Warum denn das?« Entgeistert sah sie mich an.

»Mrs. Jennison«, entgegnete ich lächelnd, »ich leite die Vor-Ort-Ermittlungen in dem spektakulärsten Entführungs-Fall, den New York in den letzten Jahren erlebt hat. Ich muss jeder Spur nachgehen, die sich auftut.«

»Aber Sie können doch mit der Kassette gar nichts anfangen.«

Ich war kurz davor, die Geduld zu verlieren. Aber

Beherrschtheit gehört zu den wichtigsten Eigenschaften, die ein G-man im Dienst an den Tag legen sollte.
»Hören Sie«, entgegnete ich. »Die Kassette ist ein Beweismittel …«

»Ich hätte sie ja gar nicht zu erwähnen brauchen!«, unterbrach sie mich mit weiblicher Logik.

»Da Sie es aber getan haben, ist die Kassette ein Beweisstück. Okay? Und die Unterschlagung von Beweismitteln ist ein Delikt, für das sich Staatsanwälte interessieren.«

»Ich habe nichts Derartiges vor«, entgegnete sie scharf. »Ich habe gesagt, dass ich das Band für die Tontechniker zur Verfügung stelle.«

»Das werden Sie auch tun – wenn ich die Aufnahme abgehört habe.«

Ihre Stirn furchte sich, als sie mich ansah. »Sie würden mich zwingen?«

»Ja.«

Unsere Blicke verbohrten sich ineinander. Es wurde ein Kräftemessen, das über mehrere Sekunden ging. Dann stand Catherine auf, ging um den Schreibtisch herum und hantierte. Dann kehrte sie mit einem Rekorder zurück. Das Stromkabel war lang genug.

»Ich werde mich natürlich über Sie beschweren«, sagte sie, während sie sich setzte.

»Natürlich«, entgegnete ich lächelnd. »Jetzt lassen Sie es bitte laufen.«

Das Band schnurrte im Rücklauf, dann drückte die erboste Lady die Wiedergabetaste. Zuerst war nur das Rauschen und Knacken atmosphärischer Störungen zu hören. Dann die Stimme des Mannes. Er sprach ganz und gar nicht wie jemand, der in einem Architektenbüro wie dem von JENNISON & PARTNERS hätte arbeiten können. Ich hörte aufmerksam zu und filterte für mein Gedächtnis die wesentlichen Sätze heraus.

»Ich will Ihr Geld …

… Sie sind doch Mrs. Jennison – oder? Mrs. Catherine

Jennison, die hübsche kleine Blondine, die so scharf auf – hm – Seitensprünge ist …

… die scharfe Cathy. He, wie viele Kerle haben Sie schon vernascht, seit Ihr Alter auf Europa-Tournee ist?

… veranstalte jeden Abend eine Party

… lasse ich die Kerle vor meinem Schlafzimmer Schlange stehen …«

Sie wurde rot. Wahrhaftig.

Das hatte ich nicht erwartet.

»*… Menschenskind, ich habe Ihre Leute entführt …*

… Sie denken schon mal drüber nach, wie Sie am schnellsten Bargeld lockermachen… Gehen Sie davon aus, dass der Betrag siebenstellig sein wird. Mindestens!«

Nach dem Knacken in der Leitung drückte sie die Aus-Taste. Sie sah mich an. »Ich – ich habe – ich meine, ich habe nur – in der Sprache geantwortet, die dieser unverschämte Kerl versteht.«

»Anders habe ich es auch nicht verstanden«, behauptete ich.

Das Rufzeichen des Walkie-Talkie ertönte in meiner Tasche.

Catherine Jennison war heilfroh darüber.

Ich zog das Gerät hervor und meldete mich.

»Du solltest mal eben rauskommen«, sagte Phil.

»Bei dem Wetter musst du schon einen guten Grund haben.«

»Das kann man sagen. Und keine Sorge. Wir werden dich der Heizungsluft nicht länger entreißen als nötig.«

Es schneite wieder. Der Sturm steigerte sich zu gelegentlichen Böen. Auf dem kurzen Weg kam es mir ein paar Mal vor, als versuchten mich unsichtbare Fäuste zu packen und unangespitzt in eine der Schneewehen zu rammen. Durch kniehohen Schnee arbeitete ich mich geduckt voran, stemmte mich gegen den Winddruck und beschleunigte meine Schritte, wo ich konnte. Die Flocken, die mich umwirbelten, waren von der peitschenden Dichte des Blizzards noch weit entfernt. An die Kälte konnte man sich gewöhnen, wenn man ihr länger ausgesetzt war.

Der Bergungspanzer stand auf der Straße, hatte inzwischen gewendet. Das Motorwummern war verstummt, nur das Aggregat der Standheizung lief noch.

Hinter dem weißen Hügel, aus dem das wenige Rot des Porsche hervorlugte, war der Schnee flacher als überall sonst. Und jenseits des Buschwerks, nach halbrechts zur Straße hin, hatte sich der Windschatten noch deutlicher ausgewirkt. Auf einer Breite von zwei Yards war sogar die Bordsteinkante zu erkennen.

Genau dort erwarteten mich die Kollegen.

Sie hatten ein Brett und Steine herbeigeschafft, um etwas zu sichern.

Phil forderte mich auf, einen Bogen zu schlagen. Dann zeigte er es mir.

Im Winkel zwischen Bordstein und Fahrbahn war hart gefrorener Schlamm.

Mit einem Reifenabdruck, wie von einem Messer gezeichnet.

Ich ging in die Hocke und staunte. »Wer hat denn das entdeckt?«, fragte ich. Automatisch blickte ich zu Zeery auf, der rechts von mir stand.

Er schüttelte den Kopf. »Die Bleichgesichter scheuen heutzutage vor nichts mehr zurück. Jetzt übertrumpfen sie uns sogar schon im Spurenlesen.«

»Du?« Ich sah Steve an.

Unser blonder Kollege mit dem italienischen Namen schüttelte den Kopf. Er zeigte auf Phil.

»Wie hast du das gemacht?«, erkundigte ich mich bei meinem Freund.

»Ich habe nur ein bisschen rekonstruiert«, antwortete er. »Der Porsche wurde mit einer Seilwinde durchs Gebüsch gezogen – bis vor den letzten Buschstreifen. Dann muss der

Wagen mit der Winde ungefähr da gestanden haben.« Er wies nach rechts. »Und hier …«, er tippte mit dem Handschuh auf den Boden zu unseren Füßen, »… hat ein zweiter Wagen gestanden.«

»Wahrscheinlich der, mit dem sie die Entführten abtransportiert haben«, mutmaßte Steve.

»Warum?«, entgegnete ich.

»Wo der Porsche stehen geblieben ist«, antwortete Zeery, »haben wir einen Abdruck von dem Drahtseil freigelegt. Daumendick. Die Seilwinde muss entsprechend groß gewesen sein.«

»Nichts, was ein Jeep oder ein Land Rover vor der Haube montiert hat«, fügte Steve hinzu. »Wir können also davon ausgehen, dass es ein Truck war. Irgendwas Unauffälliges. Gully-Reinigung oder so.«

Ich brummte beipflichtend, während ich mich hinabbeugte, um den Reifenabdruck genauer zu studieren. Von der Lauffläche war nur die Profilkante zu erkennen. Kurze, schräge Stollen, spiegelverkehrt. Doch viel interessanter waren die Spiegelschrift-Buchstaben, drei davon vollständig: … NGU …

Der erste Buchstabe und der fünfte Buchstabe waren nur teilweise abgedrückt.

»Vorne ein A«, entzifferte ich. »Und hinten …« Ich sah meinen Freund erstaunt an. »Auch ein A!«

»Kluges Kerlchen!«, lobte er mich. »Das ergibt die Buchstabenfolge ANGUA. Wir sind davon ausgegangen, dass das kein vollständiges Wort ist. Also haben wir ein bisschen Scrabble gespielt. In Gedanken.«

»Bestimmt erfahre ich gleich, was rausgekommen ist.«

»Vanguard«, antwortete Steve.

»Das ist doch keine Reifenfirma.«

»Nein«, sagte Zeery. »Aber der Name eines Reifens von Goodyear.«

»Entwickelt für einen bestimmten Fahrzeugtyp«, fügte Phil hinzu.

»Ich werd verrückt. Nämlich?«

»Für den Dodge Van. Wir haben das über Funk an Mr. High gegeben. Für den Computer war es eine der leichtesten Übungen.«

»Und das war's dann«, nickte ich. »Hat der Computer gleich gesagt, wie viele Dodge Van es im Großraum New York gibt?«

»Klar«, antwortete Phil. »Über die Verbindung mit der Zulassungsstelle ging das auch im Handumdrehen. Der Dodge Van gehört zu den meistverkauften Kastenwagen. Deshalb sind es nur schlappe achtzigtausend.«

Ich verdrehte die Augen. »Und dafür ruft ihr mich aus der gemütlichen Heizungsluft!«

Phil grinste. »Unsere Spur ist besser als nichts, Alter. Das musst du ja wohl zugeben.«

»Und jetzt«, erklärte Steve, »haben wir uns auch ein bisschen Heizungswärme verdient.«

»Ich werd's wohl nicht verhindern können«, nuschelte ich. »Aber dann sollten wir Lieutenant Wogan und seine Jungs fairerweise mitnehmen.«

Im nächsten Moment mussten wir alle an das alte Sprichwort denken – wenn man vom Teufel spricht, dann kommt er. Oder er macht sich sonst wie bemerkbar. Womit nicht gesagt sein soll, dass Lieutenant Wogan auch nur das geringste Teuflische an sich hatte.

Er tauchte im Turmluk auf.

»Ein Funkgespräch!«, rief er. »Euer Chef ist dran!«

»Die Spur ist heiß«, sagte Mr. High. Störungen krachten und rauschten in dem Kopfhörer, den ich aus dem Mannschaftstransportraum des Panzers gefischt hatte. »Ich habe Lieutenant Wogan gesagt, dass er sein Geschütz wieder startklar machen soll. Sie und Phil fahren zusammen. Steve und Zeerookah bleiben in der Villa. Die beiden erhalten Verstärkung, sobald die State Police oder die County Police durchkommt. Die Wettervorhersage sieht allerdings nicht gut aus. Wir müssen mit einem zweiten Blizzard rechnen. Stellen Sie sich darauf ein.«

»Verstanden, Sir.« Ich wiederholte die Anweisung in Stichworten.

»In Ordnung«, entgegnete der Chef. »Jetzt zum Kern der Sache. Ich habe eine Telefonverbindung mit Mrs. Jennisons Büro. Gehen Sie hinein. Hören Sie sich kurz an, was ich überspielt bekommen habe.«

»Sofort, Sir. Over und Ende.«

Ich warf die Kopfhörer auf die Sitzbank. In zwei Sätzen sagte ich den Kollegen, was zu tun war. Steve und Zeery bat ich, die Tonkassette mit dem Anruf des Entführers zu sichern. Die Zeit, die drinnen für mein Telefongespräch draufgehen würde, brauchten die Kollegen, um Waffen und Ausrüstung aufzuteilen.

»Mit dem Treibstoff kriegen wir keine Probleme!«, rief Lieutenant Wogan aus dem Turm. »Wir tanken in Roslyn Heights. Dort ist ein Stützpunkt der State Police.«

Mit hochgerecktem Daumen signalisierte ich ihm, dass ich die Zusammenarbeit mit ihm zu schätzen wusste. Als ich auf das Haus zulief, sprang der Panzermotor donnernd an. Hinter den Fenstern des Bürotrakts sah ich helle Flecken von Gesichtern. Die Angestellten hatten sich aus dem Luftschutzkeller hervorgetraut. Jetzt, beim Anblick des Panzers, fühlten sie sich möglicherweise wie im Krieg.

Ich beeilte mich, in die Villa zu gelangen.

Catherine Jennison wartete schon in der Eingangshalle auf mich.

»Mr. High ist am Apparat!«, rief sie aufgeregt, wandte sich um und winkte mich hinter sich her in ihr Arbeitszimmer.

Ihrem Gesichtsausdruck konnte ich entnehmen, dass der Chef ihr gegenüber mit keiner Silbe angedeutet hatte, um was es ging.

Der Hörer des blauen Telefons lag auf dem Schreibtisch.

»Wie ist die Verbindung?«, fragte Mr. High.

»Keine Störungen«, antwortete ich.

»Ausgezeichnet. Ich spiele Ihnen jetzt die wichtigsten Stellen aus einer Bandaufzeichnung vor – über ein Adapterkabel. Es handelt sich um einen Anruf, der bei der County Police in Melville eingegangen ist. Vorweg ist zu sagen, dass ich Chief Edelman gebeten haben, die Einzelheiten, die uns bislang bekannt sind, an sämtliche Dienststellen in seinem County weiterzugeben. Das hat hervorragend geklappt, dank Fax und Telefon. Sie werden gleich wissen, was ich meine. Es geht los.«

»Ich höre«, bestätigte ich.

Ein Knacken war zu vernehmen. Mr. High hatte das Wiedergabegerät eingeschaltet. Zuerst kam nicht mehr als ein Rauschen. Dann eine Frauenstimme.

»Also, wenn ihr irgendwas vorhaben solltet – irgendwas, was euch später Leid tun ...«

Ein scharfes Klatschen unterbrach die Stimme. Dann ein Schrei und polternde Geräusche. Das Poltern hielt eine Weile an. Einen Augenblick später wieder die Frauenstimme, schriller jetzt.

»Bildet euch bloß nichts ein! Ihr Mistkerle seid mir von Anfang an komisch vorgekommen! Fünf Mann fahren in einem Dodge Van durch die Gegend, obwohl die Kiste nur zwei Sitzplätze hat! Und euer Spitzbart kontrolliert da draußen in der Waschhalle doch nicht bloß den Reifendruck!«

Schlagartig wusste ich, was Mr. High gemeint hatte. Die Spur war heiß!

Ein Dodge Van!

Da von einer Waschhalle die Rede war, konnte das Gespräch in einer Tankstelle oder einer Speditionsfirma geführt worden sein.

Eine Männerstimme folgte.

»Wer hätte das gedacht! Unser Tankstellen-Baby ist nicht nur superscharf, jetzt wird sie uns auch noch zu schlau!«

Ein irischer Akzent. Nordirisch. Wahrscheinlich Belfast.

Phil und ich waren drüben gewesen. Den Klang dieses sonderbaren Englisch vergisst man so leicht nicht.

»Das ist nicht die letzte Überraschung, die du erlebst!«

Ich ahnte, was die Frau meinte. Die Kerle, mit denen sie sich da auseinander setzen musste, hatten nicht den leisesten Schimmer, dass die Polizei mithörte. Die Frau hatte es also bewerkstelligt, unbemerkt den Notruf zu wählen.

»Jungs, geht schon mal zur Seite. Wenn sie schmeißt, soll sie einen irischen Dickschädel erwischen und nicht eins von euren edlen amerikanischen Körperteilen.«

Das war wieder der Ulsterman.

Der Chef spulte weiter. Stoppte. Ein helles Knacken, dann folgte das Rauschen der Aufnahme. Und eine andere Männerstimme.

»He, Paul!«

»Ja, was ist?«

Der Ire hatte geantwortet. Er hieß also Paul mit Vornamen.

»Sollen wir sie ein bisschen ablenken?«

»Du meinst, sie lässt sich ablenken?«

Es folgte ein Wortgeplänkel, aus dem sich ergab, dass einer der Kerle so tat, als würde er auf die Frau schießen wollen. Sie reagierte darauf, indem sie schrie: *»Ihr Bastarde!«*

Ein dumpfes Poltern. Ein Schmerzensschrei der Frau. Dann das tierische Gebrüll eines Mannes. Ich vermutete, dass es der Ire war.

Mr. High spulte erneut vor. Diesmal meldete er sich.

»Jerry?«

»Ja, Sir?«

»Was jetzt folgt, erspare ich Ihnen. Es ist unglaublich. Grauenhaft. Eine viehische Vergewaltigung. Ich spiele Ihnen gleich noch das letzte Stück vor, bis zu dem Punkt, an dem die Kerle feststellen, dass das Telefon nicht aufgelegt war. Um es gleich vorwegzunehmen: Die Kollegen von der County Police hatten natürlich genug Zeit, die Verbindung zurückzuverfolgen. Das Gespräch kam aus einer Tankstelle, zwei Meilen westlich von Melville. Inhaber ist das Ehepaar Karsky. Die genaue Fahrtroute erhalten Sie über Funk. Okay, es geht weiter.«

Einen Moment hörte ich das schon vertraute Rauschen.

Dann eine Männerstimme.

Ich war wie elektrisiert.

»Ja, seid ihr denn total bescheuert! Hölle und Teufel, das darf ja wohl nicht wahr sein! – Ihr bringt das in Ordnung! Verdammt noch mal, wir können es uns nicht leisten, hier eine Spur …«

Es krachte.

Und Schluss.

Er hatte den Hörer gefunden und ihn auf die Gabel geschmettert.

»Sir!«, rief ich. »Sir, hören Sie! Der Mann eben, zuletzt – ist der, der als Entführer Mrs. Jennison angerufen hat!«

Ich bemerkte, wie sie mich entgeistert ansah.

»Sind Sie sicher, Jerry?«

»Hundertprozentig, Sir.«

»Unglaublich! Ich hoffe, dass ich bald einen Kurier für die Kassette aus der Villa bekomme. Alles Weitere per Funk!«

Ich legte auf.

»Sie – Sie haben den Entführer?«, hauchte Catherine. »Ich meine – Sie wissen, wer er ist?«

Ich überhörte ihre Frage.

»Geben Sie mir die Kassette«, sagte ich.

Sie gehorchte.

Im Eingang kamen mir Steve und Zeery entgegen. Sie schleppten ihre Ausrüstung. Ich drückte Steve die Kassette in die Hand.

Es war Ruhe eingekehrt. Für Paul O'Killian war es vor allem eine innerliche Ruhe. Dass draußen schon wieder der Sturm rumorte, kümmerte ihn nicht weiter. Im Gegenteil.

Aus dem Fenster zu schauen und die Schneeflocken wirbeln zu sehen hatte etwas Friedliches. Da konnte man mal wieder so richtig mit sich selbst klarkommen.

O'Killian fühlte sich besser. Im Waschraum hatte er die Reste der schwarzen Tarnfarbe aus seinem Gesicht entfernt. Er streifte die schwere Army-Felljacke über. Shorten hatte die Klamotten dagelassen. Auch den Dodge Van. Im Laderaum lagen noch alle möglichen Klamotten. Decken, Stricke, Spaten, Werkzeugfutterale, und – was das Wichtigste war – eine Kiste mit Pistolen- und Maschinenpistolen-Munition.

Sie hatten alle die gleichen Waffen: die Beretta 92F und die gute alte UZI aus Israel. O'Killian trug die Beretta in einem Gürtelholster unter der Alaska-Jacke. Er hängte sich die MPi um und verstaute je zwei Reservemagazine für beide Waffen in den bauchigen Jackentaschen.

Da der Dodge Van ihr einziges Fortbewegungsmittel war, saßen sie erst mal fest. Denn mit der schwerfälligen Mühle kamen sie nicht weg. Die war nur für Schönwetterfahrten geeignet. Shorten hatte natürlich das bessere Stück entdeckt.

Einen Hummer, also einen modernen Geländewagen.

In der Fahrzeughalle, hinten, hatte das Superding gestanden. Es hatte einen geschlossenen Aufbau und diente normalerweise als Abschlepp- und Reparaturwagen. In einer Gegend wie Long Island war Geländegängigkeit wichtiger als alles andere. Die Eltern des Tankstellen-Girls waren gar nicht auf die Idee gekommen, den Prachtbrocken zu benutzen, weil das Wetter bei ihrer Abfahrt noch gut gewesen war. Wären sie dagegen mit dem Hummer gefahren, wären sie längst wieder hier, und ihre Tochter wäre vielleicht noch am Leben.

Wäre, wäre, wäre!

Was passiert war, war passiert. Punkt.

O'Killian ging zurück in den Verkaufsraum. Dieses Miststück tat ihm überhaupt nicht Leid. Niemand hatte das Recht, ihn so zu beleidigen, wie sie es getan hatte. Es hatte nur wenige gegeben, die so was gewagt hatten. Die lebten jetzt alle nicht mehr. Wer sich mit Paul O'Killian anlegte, stand mit einem Bein im Sarg. In Belfast wusste man das. Und im Yankeeland würden sie es schon noch lernen.

Aus dem Aufenthaltsraum waren Kellys und Wesleys Stimmen zu hören. Der Ire runzelte die Stirn. Schwaden von Zigarettenrauch wehten ihm entgegen. Er machte einen schnellen, energischen Schritt über die Schwelle und verharrte breitbeinig, die Fäuste in die Hüften gestemmt.

Die beiden Hurensöhne hatten die Beine auf den Tisch gelegt, qualmten wie die Pest und schlürften Dosen-Budweiser aus dem Automaten. Die Tür zum Büro hatten sie geschlossen.

»Spinnt ihr?«, brüllte O'Killian. »Ihr habt doch wohl was zu tun, oder?«

Kelly, der Muskelprotz, räusperte sich, schnippte Zigarettenasche auf den Fußboden und bedachte den Iren mit einem mitleidigen Blick.

»Hör mal, Paddy«, brummte er mit seiner Bassstimme. »Buck und ich haben beschlossen, dass du uns gar nichts zu sagen hast. Hals Auftrag lautet: Stellung halten und Bullen stoppen, falls welche aufkreuzen. Deine gottverdammte Leiche kannst du selber wegschaffen.«

O'Killians Miene verfinsterte sich.

»Merk dir mal Folgendes, du amerikanischer Arsch!«, flüsterte er. »Erstens bin ich britischer Staatsbürger ...«

Kelly und Wesley lachten schallend.

»Einer, den die Queen am liebsten in ihren netten Gefängnissen sehen möchte!«, prustete Wesley, die Ratte.

»Also, Ehrenbürger des Empire wirst du bestimmt nicht!«, gluckste Kelly. »Und du willst doch gern ein Paddy sein, oder etwa nicht? Ich denke, ihr IRA-Typen kämpft für die Vereinigung mit eurer Katholiken-Republik!«

O'Killian zerknirschte einen Fluch auf den Lippen. Dieser dämliche Yankee war nicht so blöd, wie er aussah. Verdammt, das konnte Ärger geben. Er musste das Thema wechseln, um diese Drecksäcke auf Trab zu bringen. »Zweitens«, bellte er, als hätte es kein anderes Thema gegeben, »habt ihr auch euren Spaß mit ihr gehabt!«

Die Gesichter der beiden verhärteten sich. Beinahe im Takt schwangen sie die Beine vom Tisch. Auf einmal saßen sie wie auf dem Sprung. Es war eine drohende Körperhaltung.

»Wir wollen mal was klarstellen, Paddy«, knurrte Kelly. »Wenn es nach uns gegangen wäre, würde die Kleine noch leben. Begriffen?«

O'Killian schluckte trocken hinunter.

»Und dass wir nicht die Dreckarbeit für dich machen, ist uns eben da drinnen aufgegangen.« Er deutete mit dem Daumen über die Schulter. »Die Plastikplane liegt da. Alles bereit. Du brauchst die Leiche bloß einzupacken und rauszubringen. Vielleicht helfen wir dir tragen – wenn du uns höflich bittest!«

Diesmal lachten sie nicht. Wesley verzog das Gesicht zu einem grimmigen Grinsen.

O'Killian starrte sie an. Er spürte die Wut in sich aufkochen. Was, zum Teufel, hinderte ihn eigentlich daran, die UZI zu entsichern und diese beiden Bastarde über den Haufen zu knallen? Er wusste: Noch ein falscher Ton von denen, und er kannte keine Verwandten mehr.

»Geh schon mal raus!«, sagte Wesley kalt. »Sieh mal zu, ob du ein Loch graben kannst. Bei dem gefrorenen Boden macht das besonders viel Spaß!«

O'Killian spürte, wie er von innen her zu zittern begann. Es war das sichere Anzeichen. Es war gleich so weit, dann würde er zum Tier. Zum Raubtier. Dann geriet er in einen Blutrausch, er kannte sich. Er kannte sich zu gut. Diesmal musste er sich beherrschen. Wenn die Bullen wirklich kamen, waren drei Mann besser als einer.

»Ihr habt Glück«, sagte er deshalb, und seine Augen waren schmal wie Schlitze. »Drei Leichen zu vergraben ist dreimal so anstrengend. Deshalb seid ihr noch am Leben.«

Jetzt sagten sie nichts mehr.

Es tat ihm gut.

Er wandte sich ab. Und er ging tatsächlich hinaus – grinsend, denn sie sollten ihn kennen lernen. Sie standen nicht auf seiner Seite, das hatten sie ihm soeben klar gemacht. Also war er sich selbst der Nächste. Logisch. Auf Hal Shorten konnte er ebenfalls verzichten. In New York, speziell in Brooklyn, gab es genug gute Menschen, die einem IRA-Mann Unterschlupf gewährten. Dorthin würde er zurückgehen. Und er würde es gleich jetzt tun, wenn er draußen irgendeinen fahrbaren Untersatz fand, der beweglicher war als der Dodge Van.

Er benutzte die Tür, die nach hinten aus der Waschhalle führte.

Die Kälte traf sein Gesicht wie eine eisig schneidende Masse. Dreißig Grad minus. Hölle und Teufel! So was hatte er ja noch nie erlebt! Es war, als ob einem diese Kälte den Kopf schrumpfen ließ. Hastig stülpte er die gefütterte Kapuze über und knöpfte sie unter dem Kinn zu.

Die Sicht war etwas besser geworden. Aber der Sturm legte schon wieder zu. Scharfe Böen peitschten den Schnee zu lang gezogenen Fahnen, die sich wie Schleier auf die vorhandenen Wehen legten.

O'Killian ging in die Kälte hinaus. Die Umrisse der Schuppen und Schrotthaufen konnte er gut erkennen. An manchen Stellen der Seitenwände hatte sich der Schnee bis zum Dach aufgeschichtet. Aber es gab auch Zonen, in denen der Schnee gerade mal drei Fuß hoch lag – je nachdem, wie sich der Windschatten gerade ausgewirkt hatte.

Okay, mit einem Super-Geländewagen wie dem Hummer war es zu schaffen.

O'Killian fing an, sich einen Weg zu bahnen – auf den am

nächsten gelegenen Schuppen zu. Er konnte nicht damit rechnen, dass die Tankstellen-Leute einen zweiten Hummer rumstehen hatten. So sehr roch die Bude denn doch nicht nach Wohlstand. Aber vielleicht fand er ja was anderes. Einen kleinen Jeep oder so was. Das würde schon reichen.

Er duckte sich und schob die Schultern voran gegen den Sturm. Bei jedem Schritt durch den Schnee musste er die Knie bis zur Brust hochziehen. Die Böen orgelten um ihn herum. Er hatte das Gefühl, dass ihm in der Kälte langsam, aber sicher die Nase abfallen würde. Es wurde etwas besser, als er näher an den Schuppen herankam.

Auf einmal hörte er das Geräusch.

Es nagelte ihn fest.

Schlagartig stand er wie angefroren.

Es war ein tiefes Grollen, das aus dem Boden zu kommen schien.

Er hatte mal gehört, dass ein Erdbeben so anfing. Oder so ähnlich.

Alles schien zu vibrieren. Sogar die Luft.

Das Grollen kam näher, wurde zu einem dumpfen Dröhnen. Es vermischte sich mit dem Tosen des Sturmes. Und dann das Knirschen von Stahl. Es endete im nächsten Moment. Das Dröhnen dauerte an, in einer gleich bleibenden Tonlage jetzt. Zu sehen war nichts. Das weißgraue Schneegewirbel erlaubte zwanzig Yards Sichtweite, mehr nicht.

Wer oder was da draußen auch war – sie konnten ihn ebenso wenig sehen wie er sie.

O'Killian versuchte das Geräusch einzuordnen, indem er in seiner Erinnerung nach Vergleichbarem kramte. In Nord-Irland hatte er so was nicht gehört. In London auch nicht. Da war er allerdings nur einmal gewesen, als Mitglied eines Teams. Sie hatten eine Bombe in ein Bürogebäude gelegt und sie per Fernzünder hochgehen lassen. Vier Tote, dreiundzwanzig Verletzte. Und es hatte die Sache der IRA kein Stück weitergebracht.

Wo war er sonst noch gewesen? Nur in Wales. Da hatten sie sich direkt an die Britentruppen rangemacht, hatten mit einem Raketenwerfer auf eine Mannschaftsunterkunft gefeuert. Zehn Tote, sechsunddreißig Verletzte. Vorher hatten sie tagelang das Gelände erkundet. Und den Rückzug vorbereitet. Das war am Rand eines Truppenübungsplatzes gewesen. Eines Übungsplatzes für ...

Panzer!

Dem Iren fiel es wie Schuppen von den Augen. Damals waren sie nicht so nahe dran gewesen. Aber es hatte sich verdammt ähnlich angehört. Er erinnerte sich genau, wie gern sie einem von den britischen Tanks eine Rakete verpasst hätten. Doch sie hatten es nicht gewagt. Mit der Übermacht hätten sie es nicht aufnehmen können. Die IRA war nun mal darauf spezialisiert, sich ihre Opfer so auszusuchen, dass sie sich nicht wehren konnten.

Und jetzt stand so ein Monstrum hier – vor der Tankstelle?

Logisch. Damit kamen sie im Schnee am besten vorwärts. Aber – warum, zum Teufel?

Die Antwort durchfuhr O'Killian wie ein glühender Stich: das nicht aufgelegte Telefon! Die Scheißbullen hatten die Tankstelle geortet.

Er hätte vor Wut heulen können. Dass diese verfluchte Schlampe ihn reingelegt hatte!

Er löste sich aus seiner Erstarrung und beeilte sich, den Schuppen zu erreichen.

»Warum sollen wir Sie nicht unterstützen?«, sagte Lieutenant Wogan über Bordfunk. »Wir sind Soldaten. Und wir sind bewaffnet. Wir haben unsere Dienstpistolen und das Bord-MG.«

»Danke, Lieutenant«, erwiderte ich. »Ich weiß das zu schätzen. Aber wir wollen versuchen, die Lage zu sondieren. Wenn wir Ihre Hilfe brauchen, melden wir uns per

Walkie-Talkie. Und geben Sie uns Nachricht, falls ein Funkgespräch von Mr. High oder von der County Police kommt.«

»All right«, antwortete Wogan. »Sie haben Ihren Job, und wir haben unseren. Aber wenn Sie uns brauchen, sind wir da.«

»In Ordnung. Wir gehen jetzt raus.«

Phil und ich hatten uns für den arktischen Winter ausgestattet. Die Ohrenklappen der Pelzmützen schützten uns vor Erfrierungen. Wir zogen die Schneebrillen über die Augen. Die dunklen Brillengläser verdüsterten zwar die Sicht, aber sie halfen gegen die Sturmböen und den nadelfeinen Schnee, der uns in die Gesichter peitschte. Die MP5 trugen wir am Schultergurt über der pelzgefütterten Jacke. Unsere Walkie-Talkies hatten wir gecheckt. Auch bei dreißig Grad minus funktionierten die Dinger einwandfrei.

Die ersten paar Yards legten Phil und ich gemeinsam zurück. Wir erreichten den Mast, den Lieutenant Wogan als Orientierungshilfe genommen hatte. Das Tankstellenschild war längst abgerissen. Auf der Straße lag der Schnee in flachen Wellen, manchmal hüfthoch. Nur verschwommen konnten wir den flachen Gebäudekomplex erkennen. Unter dem Vordach, bei den Zapfsäulen, hatte es höhere Verwehungen gegeben.

Nirgendwo rührte sich etwas.

Aber das musste nichts heißen. Hinter den Schneewehen konnte sich alles Mögliche abspielen, ohne dass wir es mitkriegten. Natürlich würden die Kerle den Panzer gehört haben. Wie sie darauf reagierten, stand in den Sternen.

Wir wollten versuchen, uns als Austausch-Geiseln anzubieten.

Das würde allerdings nur dann klappen, wenn wir ihnen glaubhaft erklären konnten, dass ein Großeinsatz anlief: County Police und State Police mit geländegängigen Fahrzeugen. Trotz Sturm, trotz Schneeverwehungen, trotz Minusgraden.

In Wirklichkeit würde das erst in zwei oder drei Stunden möglich sein. Alle brauchbaren Fahrzeuge befanden sich im Katastropheneinsatz. Einige waren stecken geblieben, die anderen wurden benötigt, um Verletzte in Krankenhäuser zu transportieren. Vor allem umgestürzte Bäume, Vordächer und andere Gebäudeteile hatten viele Opfer gefordert. Auch auf Long Island hatte der Orkan Menschen getötet.

Wir duckten uns, nachdem wir den leer aufragenden Mast hinter uns gelassen hatten. Wir gingen in die Hocke, verharrten einen Moment.

Die grundlegende Taktik hatten wir bereits besprochen. Phil würde von der Straße aus schräg auf die Zapfsäulen zuhalten. Ich würde gleichzeitig versuchen, die Rückseite der Gebäude zu erreichen. Solange sich vorn nichts rührte, würde Phil hinter den Zapfsäulen in Deckung gehen und beobachten.

Chief Edelman von der County Police hatte uns über Funk mit einer Beschreibung des Grundstücks versorgt. Wir kannten die Lage der Gebäudeteile. Dass uns das nicht allzu viel nutzen würde, hatten wir längst erkannt. Denn die Schneewehen veränderten eine Menge.

Bei normalem Wetter wäre dieser Einsatz völlig anders abgelaufen. Wir hätten das Versteck der Gangster umstellt. Scharfschützen und Beobachter wären postiert worden. Innerhalb kürzester Zeit hätten wir gewusst, wer sich wo in den Gebäuden befand. Und wir hätten einen Plan zum Stürmen der Tankstelle ausgearbeitet.

»Bevor du was Konkretes unternimmst«, sagte Phil, »melde dich noch mal zum Funk-Check.«

»Geht in Ordnung«, antwortete ich. »Das Gleiche gilt auch für jede Änderung des Planes.«

Die Besorgnis meines Freundes war angebracht. Ein Funkaussetzer, verursacht durch Beton oder andere Hindernisse, konnte böse Folgen haben. Zusätzliche Sicherheit gaben unsere Kennwörter. Sie lauteten »Atlantic«

und »Gulfstream«. Auch für Gespräche mit Lieutenant Wogan.

Ich klopfte Phil auf die Schulter und nickte ihm zu. Geduckt setzte ich meinen Weg fort, ungefähr am Straßenrand entlang. Einen Anhaltspunkt gaben uns lediglich die Telefonmasten, drüben, wo die andere Fahrbahnseite sein musste. Wundersamerweise standen die Masten noch. Aber in vielen ländlichen Gebieten, das wussten wir, waren die Telefonnetze zusammengebrochen.

Phil folgte mir ein Stück, dann wandte er sich nach rechts, auf die Zapfsäulen zu.

Die Schneewehen zwischen Zapfsäulen und Kassenhaus erreichten fast die Höhe des Vordachs. Das war unser Vorteil. Drinnen konnten sie rätseln, was das Motordröhnen bedeutete, aber Phil und mich sahen sie nicht – solange wir uns an der Vorderseite des Grundstücks befanden.

Ich hatte mich an die Kälte gewöhnt, hatte ungefähr zwanzig Yards zurückgelegt, als ich auf eine Schneemulde stieß, die sich nach rechts erstreckte. Wie ein Tal zwischen zwei Dünenkämmen. Ich überlegte nicht lange. Einen besseren Sichtschutz konnte ich mir nicht wünschen. Die Schneewehen beiderseits der Furche waren gut sechs Fuß hoch. Da sich die Furche leicht nach rechts krümmte, konnte ich nicht sehen, wohin sie führte.

Ich nahm es in Kauf.

Zügig drang ich in das Schnee-Tal vor. Sogar vor dem Sturm war ich hier geschützt. Trotz der dreißig Grad minus schien es wärmer zu werden. Ich konnte mir vorstellen, wie sich ein Eskimo in seinem Iglu fühlte.

Die MPi schussbereit, näherte ich mich der Biegung. Mit den gefütterten Fingerhandschuhen konnte ich die Waffe einwandfrei bedienen. Ich pirschte weiter, verlangsamte meine Schritte. Der Panzer war nun wieder lauter zu hören. Lieutenant Wogan ließ den Motor laufen. Wie vereinbart.

Im nächsten Moment sah ich das Ende der Mulde.

Ein Rolltor.

Die Waschhalle also.

Nach rechts verwehrte die Schneewehe weiterhin den Blick. Das Fatale war, diese Schneeverwehungen hatten keine einheitliche, logische Richtung. Der Blizzard drehte sich unablässig, jagte den Schnee, wohin er wollte, und türmte ihn auf, wo es ihm gefiel.

Ich wandte mich nach links. Der Schneewall reichte hier bis direkt an die Lamellen aus Stahlblech. Ich verschwendete keine einzige Sekunde, hängte die MPi auf den Rücken und arbeitete mich voran. Die obere Hälfte des weißen Walls war pulverig weich. Nur unten war der Schnee fester.

Indem ich kräftig mit Armen und Beinen arbeitete, kam ich gut durch. Eine beißend kalte Bö empfing mich auf der anderen Seite, blies mir den Schnee von den Klamotten und schleuderte mich fast in die Wehe zurück.

Ich sah die Mauerecke. Hielt mich fest. Ich merkte, wie die MPi vom Rücken nach vorn rutschte. Um einen Sekundenbruchteil zu spät schaffte ich es, die Waffe mit der linken Hand zurückzuhalten. Die Schulterstütze schlug gegen die Betonwand. Nur leicht.

Ich zerbiss einen Fluch auf den Zähnen. Atemlos verharrte ich und horchte.

Viel konnte ich sowieso nicht mitkriegen. Das Orgeln des Sturmes und das Dröhnen des Panzermotors erstickten jeden leiseren Laut. In dem Tankstellengebäude konnten sie nach Lust und Laune herumschleichen, ohne dass ich auch nur eine Chance hatte, etwas zu hören.

Ich setzte meinen Weg fort. Die Außenwand der Waschhalle war vom Sturm blank gefegt. Linker Hand erstreckte sich freies Gelände, weiß und hügelig, so weit das Auge reichte. Ein paar kahle Bäume ragten schwarz und hässlich aus dem Weiß hervor. Aus den Informationen der County Police wussten wir, dass die Tankstelle allein auf weiter

Flur lag. Das hatte seinen Grund. Es gab eine Menge Farmen in der Umgebung. Die Familie Karsky lebte von den Farmern und dem Durchgangsverkehr. Melville, die nächste Stadt, war zwei Meilen entfernt. Direkte Nachbarn gab es also nicht.

Ich blieb stehen, mit dem Rücken an der Wand, bevor ich deren Ende erreichte. Rechts, oberhalb der Schneewehen, konnte ich ein Stück Teerpappendach erkennen. Einer der Schuppen, die den Hof säumten. Der Sturm hatte sich hier hinten ungehindert ausgetobt. Die Fläche zwischen den vorderen Gebäuden und den Schuppen war mit Schnee gefüllt wie eine große Schüssel.

Ich zog das Walkie-Talkie hervor und rief Phil im Flüsterton.

Er meldete sich sofort. »Wie sieht's bei dir aus?«

»Ziemlich verschneit. Und vorn?«

»Auch nicht besser. Es tut sich nichts.«

»Okay, ich nehme mir jetzt die Rückseite vor. Over und Ende.«

»Ende.«

Ich steckte das Walkie-Talkie ein, zog den rechten Handschuh aus, griff unter die gefütterte Jacke und zog den Smith & Wesson aus dem Gürtelholster. Ich verstaute den kurzläufigen Revolver in der Jackentasche und zog den Handschuh wieder an. Die MPi war durchgeladen. Ich hielt den Vorderschaft mit der Rechten und pirschte weiter.

Vorsichtig spähte ich um die rückwärtige Mauerecke.

Weiß, nichts als Weiß.

Und noch ein paar Schuppendächer.

Was sich bewegte, waren einzig die Schneeschwaden, die der Sturm vor sich hertrieb, um seinem Gesamtkunstwerk Dünenlandschaft neue Kämme und veränderte Formen aufzusetzen.

Ich wartete nicht länger. Die Berge von Weiß schützten letzten Endes auch mich vor Blicken, obwohl ich mir nicht vorstellen konnte, dass die Gangster einen Außenposten aufgestellt hatten. Keiner würde sich bei dieser Kälte vor die Tür schicken lassen.

Ob die Kerle überhaupt noch hier waren, würden wir gleich wissen. Mit einem Dodge Van allerdings hätten sie sich kaum in die Katastrophen-Landschaft hinauswagen können.

Ich bog um die Ecke.

Und verharrte jäh.

Fußspuren!

Ich nahm das Walkie-Talkie in die Linke, schaltete auf Senden und wisperte meine Nachricht in die Sprechmuschel, nachdem Phil sich gemeldet hatte: »Fußspuren von der hinteren Tür der Waschhalle auf den Hof hinaus – verlieren sich im Schnee – sind hier im Windschatten noch gut zu erkennen – vielleicht nur ein paar Minuten alt.«

»Was ist mit der Tür?«, fragte Phil leise.

»Das haben wir gleich.« Ich machte drei Schritte und war an Ort und Stelle. Die Tür hatte außen nur einen Knauf, aber ich sah sofort, dass sie lediglich angelehnt war. Ich wollte es Phil durchgeben.

Da sägte dieser Wahnsinns-Ton durch die Luft.

Ein wild gewordener Rasenmäher.

So hörte es sich an.

Und ich kam nicht mal mehr dazu, die MPi hochzureißen.

Die Gestalt war plötzlich da – hoch oben, auf dem Schnee, wie ein Surfer über Wellenkämmen. Die rasende Motorsäge, auf der er ritt, glich einem Mustang, den er zu bändigen versuchte. Aber das täuschte. Der Kerl hatte das Gerät mordsmäßig gut im Griff.

Ein Schneemobil.

Die Karskys mussten also schon mehrere strenge Winter hier draußen erlebt haben.

In dieser halben Sekunde, die mir blieb, sah ich, dass der Mann olivgrüne Klamotten trug.

Und vor dem Oliv schimmerte es schwarz.

Ich reagierte im selben Atemzug und warf mich gegen die Tür.

Aus den Augenwinkeln heraus sah ich noch, wie er feuerte.

Ein Cowboy im Sattel seines Quarterhorse hätte es nicht besser hingekriegt.

Mündungsblitze stachen blassrot durch den wirbelnden Schnee.

Die Schüsse hämmerten in rasender Folge.

Meine gut gepolsterte Schulter prallte gegen die Tür.

Kugeln hieben prasselnd in das Stahlblech – haarscharf über mir.

Mit Schwung flog die Tür nach innen.

Die zweite Geschossgarbe schwirrte in die Waschhalle. Glas zersprang unter Schmetterschlägen. Kugeln stanzten Löcher ins Karosserieblech. Eines der Projektile zog kreischend eine Furche ins Blech.

Ich schrammte über eine hohe Schwellenkante, landete auf kaltem Beton, zog blitzschnell die Beine nach. Die nächste Geschossgarbe traf die zuklappende Tür.

Ich rollte mich ab, sah die platte Schnauze eines dunkelbraunen Dodge Van über mir. Glaskrümel der Windschutzscheibe waren heruntergeregnet und bedeckten den Boden wie schimmernde Billigperlen.

Ich verspürte einen Druck in der Kehle. Wenn die Entführten noch in dem Kastenwagen saßen, wenn die Kugeln durch das Fahrerhaus geschlagen waren, durch die Wand zum Laderaum …

Ich mochte den Gedanken nicht zu Ende führen.

Ich beeilte mich, robbte von der Tür weg, schräg nach links, auf das rechte Vorderrad des Dodge zu. Noch im Vorwärtskriechen schob ich das Walkie-Talkie in die Jackentasche. Dann schob ich die Schneebrille nach oben über den Mützenrand. Ich zog die Handschuhe aus, ergriff die MPi und nahm den Vorderschaft in den Winkel aus Daumen und Zeigefinger.

Draußen sägte noch einmal der Rasenmähermotor vorbei.

Ich glaubte, einen Wutschrei zu hören. Dann prasselte eine Garbe von vier, fünf Kugeln in die Tür.

Und der nervtötende Motor entfernte sich.

Was noch lange nicht hieß, dass das Problem aus der Welt war.

Im Schutz des Dodge richtete ich mich auf. Automatisch erfasste meine Rechte den Pistolengriff der MPi. Ich streckte den Zeigefinger aus, legte ihn über den Abzugsbügel. Mit dem Daumen ließ ich den Sicherungshebel herumklicken.

Ich machte einen halben Schritt, spähte über die Seitenkante der kurzen Motorhaube hinweg. Der Abstand zur gefliesten Wand betrug einen Yard. Ich schob mich noch ein Stück weiter und war in der Lage, die Gasse fast vollständig einzusehen.

Im selben Moment, in dem ich den Durchgang zum Verkaufsraum erblickte, geschah es auch schon.

Eine Silhouette schnellte hervor.

Breitbeinig nachfedernd verharrte der Mann am Ende der Gasse aus Fliesen und Karosserieblech. Darüber, ob er mich entdeckt hatte, brauchte ich nicht erst nachzudenken. Seine MPi flog hoch. Und er brüllte dazu, dass jeder zart besaitete Mensch einen Schock erlitten hätte.

»Fahr zur Hölle! Stirb, Bulle!«

FBI-Agenten sind nicht zart besaitet, dürfen es nicht sein. Deshalb erzielte sein Einschüchterungsgebrüll bei mir nicht die erhoffte Wirkung. Vielmehr stellte ich interessiert fest, dass sein Akzent nach Bronx oder Yonkers klang. Jedenfalls nicht nach Brooklyn. Und statt vor Schreck zu vergessen, dass ich bewaffnet war, tauchte ich weg und machte einen Satz – dorthin, wo er mich am allerwenigsten erwartete.

In die Gasse.

Seine MPi hämmerte ohrenbetäubend. Die Geschosse

schmetterten in die Seitenkante der Motorhaube – genau da, wo ich vor einer Zehntelsekunde noch gestanden hatte.

Ich sah den Schießer, wie er dastand und vom Rückstoß seiner Waffe durchgeschüttelt wurde. Ein dünner, rattenartig aussehender Mann. Ihm fiel fast das Kinn aus dem Gesicht, als sein Blick mich erfasste. Er zuckte zusammen wie unter einem Peitschenhieb. Und er schwenkte den UZI-Lauf herum.

Ich feuerte aus der Hüfte.

Nur zwei Kugeln jagte ich aus dem Lauf. Die Heckler & Koch ruckte in meiner Faust. Die Schüsse krachten ohrenbetäubend.

Dem Gangster riss es die Arme hoch. Eine reflexartig ausgelöste Geschossgarbe hämmerte in die Betondecke. Er kippte hintenüber. Seine Waffe verstummte, fiel ihm weg. Er schlug auf den Rücken, rührte sich nicht mehr.

Mit einem kurzen Sidestep war ich wieder im Schutz der Motorhaube.

Ich mochte nicht an die Geiseln denken. Hölle und Teufel, ich war auf eine Weise hier hineingeraten, die ich mir nicht im Entferntesten so vorgestellt hatte. Es konnte nur noch eine Frage der Zeit sein, wann der nächste Gangster auftauchte – mit Mabel Young im Klammergriff und einer Pistolenmündung an ihrer Schläfe.

Bevor sich der Gedanke in meinem Bewusstsein einnisten konnte, wurde er von einem Geräusch weggefressen, das mir durch und durch ging.

Der rasende Mähermotor war wieder da.

Trotz der zugeklappten Tür stach mir das verdammte Sägen tief in den Gehörgang.

Ich duckte mich, kreiselte herum.

Das Schneemobil wurde mit jedem Sekundenbruchteil lauter.

Es kam direkt auf die Tür zu.

Mir gefror das Blut in den Adern, als ich sah, dass der Schnapper des Türschlosses festgestellt war. Dadurch konnte es nicht einrasten. Als der Mann hinausgegangen war, aus welchem Grund auch immer, hatte er sich wohlweislich den Rückweg offen gehalten.

Das sägende Motorgeräusch ging mir durch und durch. Ich hatte das Gefühl, dass der Kerl schon unmittelbar vor der Tür war.

Er brauchte sie nur aufzustoßen, dann hatte er mich.

Ich tat das Einzige, was mir blieb. Mit zwei schnellen Schritten war ich an der Fliesenwand links von der Tür. Ich drehte mich so, dass ich mit dem Rücken an den Fliesen stand. Ich konnte nun die Gasse auf der Fahrerseite des Kastenwagens einsehen. Wenn die Tür aufflog, befand ich mich erst mal im toten Winkel. Obwohl der Gangster das einkalkulieren würde. Logisch.

Draußen heulte das Schneemobil noch einmal auf. Dann sank die Drehzahl des nervtötenden Motors zum Leerlauf ab.

Ich hielt den Atem an, spähte nach links.

Meine Muskeln spannten sich wie von selbst. Die MPi hielt ich mit beiden Händen im Hüftanschlag. Ich beobachtete die Türkante, wartete darauf, dass sie sich bewegte. Ich bildete mir ein, das Knirschen von Schritten zu hören. Aber das konnte wirklich nur Einbildung sein.

Meine Nerven vibrierten. Ich war mir darüber im Klaren, dass der Rattenmensch nicht der Einzige in der Tankstelle war. Wo steckten die anderen? Hatte Phil mit ihnen zu tun? Oder war er in der Lage, mich zu unterstützen?

Meine Fragen erledigten sich von selbst.

Durch eine Stimme.

Kalt wie Gletschereis.

»Streck Sie hoch, Bulle! Oder du bewegst gleich überhaupt nichts mehr!«

Der Mann war in Manhattan geboren und aufgewachsen. Das konnte ich dem Klang seiner kurzen Ansprache immerhin entnehmen. Dabei war er so verdammt nebensächlich, dass ich mich fragte, warum ich es überhaupt noch zur Notiz nahm.

Ich wandte den Kopf.

Gemessen daran, wie bullig der Kerl aussah, hatte er eine Meisterleistung vollbracht – was die Lautlosigkeit betraf. Auch er stand nur mit einer UZI da – ohne eine Geisel.

Ich verstand die Welt nicht mehr.

»Streck sie hoch!«, wiederholte er. »Oder willst du die erste Kugel? Sag mir wohin – noch kannst du's dir aussuchen!«

Er konnte sich diese verdammte Überheblichkeit leisten. Denn meine Waffe zeigte ja nach links. Wenn ich sie herumriss, konnte er bequem abdrücken. Und sein Zeigefinger lag schon am Abzug. Ein nervöser Zeigefinger war es auch. Das konnte ich trotz der Entfernung klar genug erkennen.

Plötzlich gab es eine Entscheidungshilfe. Sie erschreckte ihn und mich gleichermaßen.

Ein Schuss krachte.

Draußen.

Für den Bruchteil einer Sekunde war der Bullige irritiert.

Die winzige Zeitspanne reichte mir. Ich setzte alles auf eine Karte, wusste, dass ich meine MPi nicht in Schussposition bringen konnte. Deshalb warf ich mich nach vorn, tauchte weg, auf die Dodge-Schnauze zu.

Die MPi des Bulligen hämmerte los.

Die Schüsse verdichteten sich zu ohrenbetäubendem Donner. Im Fallen spürte ich den sengenden Hauch der Geschosse. Hinter mir prasselten sie in die Wand, zerhackten Fliesen in staubfeine Splitter. Haarscharf vor der Stoßstange erreichte ich die Bodenfliesen. Die Glätte half mir, unter den Wagen zu rutschen. Mein Schwung reichte dafür aus.

Der Boden war glatt, komplett gefliest. Nur die Führungsschienen ragten ein Stück empor, die Orientierungshilfe für hereinfahrende Wagen.

Das Krachen der Schüsse verhallte.

Ich sah die Kampfstiefel des Gangsters – noch genau da, wo ich ihn zuletzt in voller Größe gesehen hatte. Obwohl ich seinen Körper jetzt nicht mehr erkennen konnte, glaubte ich zu sehen, wie er geduckt und angespannt dastand – gehetzt und in aufkommender Panik nach einem Ausweg suchend.

Ich schob die MPi nach vorn, hielt sie mit gestreckten Armen, an Pistolengriff und Vorderschaft.

Und ich feuerte. Das Krachen der Schüsse schien mir die Trommelfelle zerreißen zu wollen. In der Enge unter dem Bodenblech war es fast unerträglich. Die Waffe rüttelte in meinen Fäusten. Ich jagte die Kugeln scharf links am hinteren Zwillingsrad vorbei.

Als ich den Abzug losließ, sah ich die davonhetzenden Stiefel.

Nach links.

Ich jagte den zweiten Feuerstoß hinaus.

Die dicken Stiefelsohlen hoben sich von den Fliesen.

Im ersten Moment dachte ich, der Kerl würde tanzen.

Aber das war ein Irrtum. Als ich die Waffe erneut verstummen ließ, hörte ich das Poltern über mir. Und ich begriff. Er hatte das Einzige getan, was ihm noch geblieben war. Er hatte die Hecktür aufgerissen und war in den Laderaum gesprungen.

Draußen tuckerte das Schneemobil.

Und mir wurde klar, dass sich meine Lage um keinen Deut verbessert hatte.

Der Bullige konnte durch den Boden des Ladraums schießen – bis er mich hatte. Mit einer MPi war das nicht besonders schwierig. Ich dagegen konnte nicht durch das Bodenblech feuern. Denn mit dem Dodge war die Führungs-Crew von JENNISON & PARTNERS gekidnappt worden. Ich musste davon ausgehen, dass Mabel Young und ihre Kollegen noch da oben in dem Ladekasten lagen.

Phil Decker hatte von vornherein kein Risiko eingehen wollen. Deshalb hatte er sich für den Weg entschieden, den sein Freund und Kollege vor ihm genommen hatte. Die Schneewehen auf der anderen Seite der Tankstelle konnten unüberwindbar hoch sein. Wer, zum Teufel, wollte das wissen?

Phil war an der Längsseite der Waschhalle entlanggestürmt und hatte das Schneemobil gehört. Er war gerade rechtzeitig gekommen, um den Kerl mit einem Warnschuss zu stoppen, als er sich von seinem Vehikel schwang und in die Halle stürmen wollte.

Ebenso wie der Gangster hatte sich auch der G-man hinter die nächste erreichbare Schneewehe geworfen.

Das gegenseitige Belauern hatte begonnen. Phil hatte nicht vor, eine endlose Geschichte daraus werden zu lassen. Denn die Schüsse, die jetzt in der Waschhalle krachten, zerrten höllisch an seinen Nerven.

Unvermittelt wurde es wieder still.

Nur das Schneemobil stand da wie ein Rasenmäher in Warteposition. Der kleine Viertaktmotor spuckte gelegentlich im Leerlauf. Aber das musste nichts heißen. Sobald das Gas aufgedreht wurde, würde er voll da sein. Im Hintergrund hatte sich das Leerlaufwummern des Panzers zur vertrauten Geräuschkulisse entwickelt.

Im Schutz der Schneewehe richtete sich der G-man halb auf. Er machte kehrt. In der Mulde lag der Schnee immerhin noch kniehoch. Es war ein mühsames Vorankommen. Doch er hatte nur knapp drei Yards bis zu der Stelle, an der er den Warnschuss abgegeben hatte. Zum Glück konnte er die Ecke der Waschhalle sehen, den oberen Teil mit der Dachkante. In der weißen Wüste brauchte man einfach einen Orientierungspunkt. Auch bei kurzen Entfernungen.

Phil hatte die MPi auf Einzelfeuer gestellt. Er wollte versuchen, als Erstes das Schneemobil auszuschalten. Dazu musste er gezielte Schüsse abgeben – falls der Gangster ihn dazu kommen ließ.

Auf dem letzten Yard machte sich Phil flach. Die Schneewehe fiel zum Gebäude hin deutlich ab. Robbend hielt er die Maschinenpistole in beiden Händen, hoch genug, damit der Lauf nicht durch den Schnee pflügte.

In der Waschhalle blieb es still.

Es war diese Art von Stille, die an den Nerven zerrte. Nicht zu wissen, in welcher Lage Jerry sich befand, war die stärkste Belastung. Phil war entschlossen, diese elende Situation so schnell wie möglich zu ändern. Am allerwenigsten durfte es geschehen, dass der Kerl, der hier draußen lauerte, Jerry in den Rücken fiel.

Phil näherte sich der flachsten Stelle vor der Hallenwand. Er verharrte einen Atemzug lang. Zog die Beine an. Spannte die Muskeln. Und richtete sich ein Stück auf, hob die MPi zum Schulteranschlag.

Mit einem kurzen Sprung schnellte er geduckt auf das Gebäude zu. Noch während er in den Kniekehlen nachfederte, erlebte er die Überraschung.

Das Schneemobil fuhr weg. So sah es jedenfalls aus.

Phil sah nur noch das runde Heck, wie es in der Senke zwischen zwei weißen Hügeln verschwand. Er jagte einen Schuss hinterher, aber die Kugel prallte vom Stahlblech ab und zwitscherte als Querschläger durch die Luft.

Schrilles Gelächter ertönte.

Im nächsten Moment heulte die dünne Stimme des Motors auf.

Phil begriff, was gelaufen war. Der Kerl hatte das Schneemobil an einem Seil zu sich herangezogen. Auf diese Methode waren sie letzten Endes spezialisiert. Vor dem Architektenbüro hatten sie das mit Mabel Youngs Porsche glänzend bewiesen.

Das Schneemobil sägte davon.

Dem G-man blieb keine Zeit zum Nachdenken.

Denn plötzlich krachte in der Waschhalle ein Schuss.

Ich hatte mich zur Seite gerollt, nach links. Die Schritte des Gangsters im Laderaum hatte ich nicht mehr gehört. Auf das erneute Motorgeräusch des Schneemobils konnte ich nicht achten.

Denn jäh knallte das Geschoss durch das Bodenblech.

Es war, als ob jemand mit einem Vorschlaghammer auf die Fliesen geschlagen hätte – haarscharf neben meiner Hüfte. Feine Gesteinssplitter, fast wie Staub, spritzten bis zu meinem Gesicht hoch.

Ich reagierte sofort, rutschte noch ein Stück zur Seite. Und nach unten.

Jetzt sah ich das Schussloch.

Oben war es hell vom Neonlicht. Der Laderaum stand offen.

Die MP5 ist eine handliche, kompakt gebaute Waffe. Unter dem Bodenblech hatte ich gerade Platz genug, um sie aufzurichten. Ich schaltete auf Einzelfeuer um, bemühte mich, es so leise wie möglich zu tun.

Überflüssig.

Der Gangster feuerte erneut.

Gerade noch rechtzeitig schloss ich die Augen.

Nadelfeiner Fliesenstaub traf meine Gesichtshaut. Es war wie ein schmerzhafter Schlag. Doch ich riss die Augen sofort wieder auf. Mein Blick erfasste das zweite Schussloch. Es war eine Handbreit oberhalb des anderen, zum Fahrerhaus hin. Der Mann wollte systematisch vorgehen. Er rechnete nicht damit, dass ich ihn präzise orten konnte. Und wichtig war: Wo er seine Kugeln durch den Boden jagte, konnte kein anderer Mensch liegen.

Er hielt sich an das Gesetz der Serie.

Sein dritter Schuss setzte die begonnene Linie fort.

Ich richtete die MPi-Mündung zwischen das zweite und das dritte Schussloch.

Und zog durch.

In das Krachen meiner Heckler & Koch mischte sich ein anderer Ton.

Der Mann im Laderaum schrie wie am Spieß.

Seine Schritte polterten. Seine MPi hackte Kugeln irgendwohin. Gott sei Dank nicht mehr in den Boden. Er tanzte wie angestochen da oben. Dann fiel ihm die Waffe weg. Ich schloss es aus dem trockeneren Laut zwischen seinen Tanzschritten.

Aber da waren andere Schritte. Schnell und regelmäßig. Es fiel mir in dem Moment auf, als ich mich schon zur Seite wegrollte.

Unter dem Wagen hervor.

Ich wollte meine Bewegung stoppen, wollte zurück.

Da sah ich, dass es Phil war.

Er stürmte an mir vorbei.

Die Tür, die er aufgestoßen hatte, klappte erst in diesem Augenblick zu. Und der Gangster im Laderaum konnte anscheinend nicht mehr aufhören zu schreien.

Ich sicherte die MPi, kam auf die Beine, fischte vorsorglich den Smith & Wesson aus der Jackentasche. Auf geringere Distanz ist unser kurzläufiger 38er immer noch die denkbar beste Waffe. Im Laufen hängte ich die MPi über die Schulter.

Für den Gangster mit dem rattenartigen Aussehen gab es keine Hilfe mehr. Das sah ich im Vorbeistürmen. Meine Kugeln hatten ihn tödlich getroffen.

Phil erreichte die Hecköffnung des Kastenwagens mit einem Sprung. Aus der Bewegung heraus verharrte er breitbeinig, die MPi im Schulteranschlag.

»Keine Bewegung!«, brüllte er. »Die Hände hoch!«

Ich war im nächsten Sekundenbruchteil zur Stelle, stieß den Smith beidhändig vor.

Überflüssig.

Es war, als ob einem der Boden unter den Füßen weggerissen wurde.

Der Laderaum war leer.

Bis auf den bulligen Gangster. Sein Geschrei war in ein Wimmern übergegangen, und auch das verstummte jetzt.

Er brach vor unseren Augen zusammen, gekrümmt, die Hände auf das Hinterteil gepresst. Er blutete. Meine Kugel hatte ihn an seinem edelsten Körperteil erwischt, von unten. Wenn er Glück hatte, war es ein Durchschuss. Als er hinschlug, war er bereits ohne Bewusstsein. Schmerzen konnte er nicht verkraften.

Trotzdem blieben wir vorsichtig. Phil und ich verständigten uns durch einen Blickwechsel. Ich öffnete die rechte Hälfte der Laderaumtür mit der Schulter und ließ den 38er im Anschlag. Wenn der Kerl versuchte, uns auszutricksen, hatte er sich verrechnet.

Phil sprang hinauf. Er holte ein Paar Handschellen unter der Jacke hervor. Die Waffe in der Rechten, ließ er die Stahlacht mit geübtem Griff um die Handgelenke des Bewusstlosen schnappen. Phil zog ihm die Beretta aus dem Gürtelholster, durchsuchte ihn rasch, fand keine weiteren Eisenwaren. Dann sammelte er auch die UZI ein und kam mit seinen Fundstücken von der Ladefläche herunter. Wir beeilten uns, nach nebenan zu gelangen.

Schulmäßig drangen wir in den Verkaufsraum vor. Dann weiter, mit gegenseitigem Feuerschutz in den Aufenthaltsraum. Wir sahen die Spuren des Aufenthalts der Gangster. Mit einer letzten Anstrengung von Nerven und Muskeln sprinteten wir in das angrenzende Büro.

Es war wie ein Schlag.

Ein Schlag, der mich mit ungeheurer Wucht traf.

Und ich sah, dass es Phil nicht anders erging.

Mir stellte sich der Magen auf den Kopf. Etwas würgte in meiner Kehle. Ich hatte das Gefühl, keine Luft mehr zu kriegen.

Die Frau war schlimm zugerichtet.

Brenda Lee Karsky.

Es gab keinen Zweifel, dass sie es war. Ich hatte sie am Telefon gehört, die Bandaufnahme. Zu dem Zeitpunkt, als Mr. High es mir vorspielte, hatte sie wahrscheinlich schon nicht mehr gelebt. Ihre Eltern wussten es noch nicht. Wer würde ihnen die Nachricht vom Tod ihrer Tochter überbringen?

Den Eltern musste es das Herz brechen.

Auf einmal war dieses verdammte sägende Motorgeräusch wieder da.

Es war, als wollte sich der Kerl mit seinem Schneemobil in Erinnerung rufen.

Wir machten kehrt.

Die Glasfront des Verkaufsraums hatte dem Sturm bis jetzt standgehalten. Die dunklen Umrisse des Panzers waren gerade noch im Schneegestöber zu erkennen. Den Schneemobil-Krakeeler hörte man nur. Zu sehen war er nicht.

Ich zeigte auf das Telefon innerhalb des Kassentresens. »Ruf den Chef an. Wir müssen vor allem wissen, wann die County Police hier sein kann.«

Phil runzelte die Stirn. Er kannte mich. Er ahnte etwas. »Ich telefoniere«, sagte er, als ob er nicht so recht daran glauben konnte. »Und was machst du?«

»Ich gehe raus.«

Per Funk erklärte ich Lieutenant Wogan, dass ich mich auf seinen Panzer zubewegen würde. Möglicherweise. Er versprach, keine Zielübungen mit dem Bord-MG auf mich zu veranstalten. Phil hatte den Telefonhörer schon am Ohr. Wenn er etwas hasst, dann sind es meine Alleingänge. Aber er sah die Notwendigkeit ein. Wir hatten keine Minute zu verschenken. Mr. High musste schleunigst verständigt werden. Und ich musste mir den Kerl da draußen schnappen, solange er noch versuchte, uns auf die Nerven zu gehen.

Wenn er erst mal abhaute, sahen wir alt aus.

Das Schneemobil war vielleicht nicht schneller, aber zehnmal wendiger als der Panzer.

Deshalb beeilte ich mich, versorgte die MPi mit einem

vollen Magazin, zog die Schneebrille über die Augen und war draußen.

Eine Sturmbö sprang mich zur Begrüßung an, schleuderte mich fast zurück in die Glastür. Reaktionsschnell warf ich mich nach vorn, stemmte mein ganzes Gewicht gegen den Luftdruck. Es reichte gerade eben. Ich hatte das verteufelte Gefühl, dass dieser Orkan mit uns Menschen Pingpong spielen konnte, wenn es ihm in den Kram passte. Und dass sich der Orkan zu einem neuen Blizzard auswachsen würde, war schon jetzt zu spüren.

Die Schneewehen waren hier vorn noch höher als auf dem Hof. Ich entschied mich kurzerhand für eine der zehn Fuß tiefen Schluchten zwischen dem Weiß, die sich vor dem Verkaufsraum auftaten. Das tiefe Dröhnen des Panzermotors war zur vertrauten, geradezu beruhigenden Geräuschkulisse geworden.

Das Schneemobil war im Augenblick nur wie aus weiter Ferne zu hören. Aber das mochte daran liegen, dass ich zwischen den hochaufragenden Schneewällen voran-tappte. Der Gangster hatte mit seiner flinken kleinen Kiste den Vorteil, dass er sich mal die ebenen Schneeflächen und mal die Senken zwischen den Wehen aussuchen konnte. Waren die Schneewehen flach genug, konnte er sie sogar quer angehen. Mittlerweile musste er Übung darin haben.

Ich erreichte die Zapfsäulen.

Auf der anderen Seite, wo das Vordach zu Ende war, lag der Schnee kaum einen halben Yard hoch. Auf der glatt gebügelten Oberfläche riss der Sturm ständig feine Schleier hoch und spielte mit ihnen wie mit durchscheinendem Tüll.

Trotzdem konnte ich die Spuren noch erkennen – gleich hinter den Zapfsäulen.

Die Spuren bestanden aus drei parallelen Linien – zwei schmalen von den Lenkkufen und einer breiten von dem Antriebsband, das einer kleinen Panzerkette nicht unähnlich war. Noch ein paar Minuten, dann …

Ich stoppte meine Schritte, noch im Schutz der Schneewälle zu beiden Seiten.

Der Gangster war hier gewesen, ohne dass wir es gemerkt hatten. Vermutlich war das während des Schusswechsels in der Waschhalle gewesen. Aber was hatte er hier gewollt? Hatte er das Schneemobil aufgetankt? Schon möglich. Trotzdem wollte ich mich mit der Erklärung nicht zufrieden geben.

Ich lud die MPi durch und trat ins Freie.

In dieser Sekunde überschlug sich das Geschehen.

Ich sah den Panzer.

Und das Schneemobil kurvte von links heran, in wilden, beinahe übermütigen Schlangenlinien. Im nächsten Moment begriff ich. Mit Übermut hatte das ganz und gar nichts zu tun. Es war so was wie Hakenschlagen. Der Kerl fürchtete das Bord-MG. Aber Lieutenant Wogan und seine Männer schienen ihn noch nicht einmal entdeckt zu haben. Das Turmluk des Panzers war geschlossen. Verständlich bei der Kälte. Und die Kugeln einer MPi waren für den Stahlkoloss etwa so, als ob man ihn mit Murmeln bewarf.

Lieutenant Wogan rechnete nicht mit der Teufelei, die sich der Kerl auf dem Schneemobil ausgedacht hatte.

Er hielt das Ding in der hocherhobenen Linken.

Es loderte mit kleiner Flamme, und es zog eine dünne, schwarze Rauchspur hinter sich her.

Ein Molotow-Cocktail!

Noch zwanzig Yards hatte der Gangster bis zu dem Panzer.

Mich hatte er noch nicht entdeckt.

Ich riss die MPi hoch. Schaltete auf Dauerfeuer. Entsicherte. Beobachtete, wie der Gangster zu dem entscheidenden Bogen ansetzte, aus dem heraus er den Brandsatz schleudern wollte – um dann abzudrehen und die Flucht zu ergreifen.

Ich zielte auf seinen emporgereckten Arm.

Fünfzehn Yards hatte er noch zurückzulegen, als ich durchzog.

Die MPi hämmerte in die beiden so unterschiedlichen Motorgeräusche hinein.

Vier Kugeln.

Er zuckte zusammen wie unter einem urgewaltigen Hieb. Schrie markerschütternd.

Der Molotow-Cocktail fiel ihm zwischen die Beine.

Im nächsten Moment zerplatzte die Brandflasche, brüllte die Feuerfontäne auf. Sie wuchs zu einem Flammenball aus dunklem Rot und schwarzem Rauch.

Die Flammen hüllten das Schneemobil ein.

Der Gangster schrie noch, als das Feuer ihn schon erfasste. Ich sah ihn, von Flammen umzüngelt, wie er hochzukommen versuchte.

Dann explodierte das Schneemobil.

Der Donner der Explosion löschte jeden anderen Laut – sogar das Dröhnen des Panzermotors. Der Gangster verschwand im Meer der Flammen. Es loderte haushoch. Böen fachten die Flammen an, schlugen sie mal nach links, mal nach rechts. Zischend schmolz der Schnee. Der Mann musste bei den Zapfsäulen nicht nur seinen Molotow-Cocktail fabriziert, sondern auch das Schneemobil aufgetankt haben.

Die Hitze erreichte jetzt auch die Zapfsäulen. Unwillkürlich wich ich zurück. Phil tauchte aus jener Schneewall-Schlucht auf, die auch ich benutzt hatte. Er verharrte wie gebannt, als er das Wüten der Flammen sah. Der Gangster hatte nicht die geringste Chance gehabt, sich aus seinem selbst verursachten Scheiterhaufen zu befreien.

Lieutenant Wogan und seine Männer verließen den Panzer. Sie hatten zwei Schaumlöschgeräte. Aus tütenförmigen Rohren schleuderten die Apparate ihr schmutzig graues Gewölk hinaus, als vierten Farbton zu Schneeweiß, Feuerrot und Rauchschwarz. Das Zeug wirkte schnell. Es erstickte das Feuer innerhalb von Minuten. Übrig blieben Schneeweiß und Schaumgrau. Die Soldaten stellten ihre Arbeit ein.

»Die County Police ist unterwegs!«, rief Phil, um das Sturmgetöse zu übertönen. »Sie haben zwei geländegängige Fahrzeuge loseisen können. Und sie versuchen, uns einen Ambulanzwagen zu schicken.« Mit einer Kopfbewegung deutete er zur Waschhalle. »Die Kugel im Hintern hat bei dem Kerl eine starke Wirkung.«

Ich zog die Augenbrauen hoch. »Hilft es uns weiter?«

»Nicht bis zum Ziel. Er weiß nur das, was er wissen durfte.«

Mabel Young fühlte sich wie eine Fremde in ihrem Körper. Die Muskeln gehorchten ihr nicht mehr. Sie konnte nichts sehen, nicht sprechen. Daran hatte sich in all den Stunden nichts geändert. Nur hören konnte sie. Das mühevolle Atmen ihrer Mitgefangenen. Das Heulen und Donnern des Sturmes. Offenbar holte der Blizzard jetzt zu einem neuen Schlag gegen die Ostküste aus.

Aber was spielte das schon für eine Rolle?

Sie waren hilflos, willenlos.

Man hatte sie aus dem Laderaum ins Freie gezerrt, durch den Schnee geschleift und in ein anderes Fahrzeug verfrachtet. Der Wagen hatte sogar hohe Schneewehen mühelos überwunden.

Mabel fürchtete sich davor, dass dieser Zustand etwas Endgültiges sein würde. Ihre Furcht war wie ein unsichtbares Schwert, das über ihr schwebte. Irgendetwas würde geschehen. Etwas Grauenhaftes. Diese Furcht war mehr als eine Ahnung. Mabel wusste es.

Nur – sie konnte es nicht begründen.

Als plötzlich Schritte laut wurden, entstand ein glühender Schmerz in ihrem Magen.

Die Todesangst wurde körperlich spürbar.

Die Schritte klangen dumpf, wie in einem engen Korridor. Sie schienen aus dem Nichts zu kommen. Doch Mabel wusste, dass dieser Eindruck nur durch die Augenbinde entstand. Nichts zu sehen machte das Hören zu einer völlig neuen Sinneswahrnehmung. Sie spürte auch, wie die Männer in ihrer Nähe sich anspannten. Die Atemzüge veränderten sich, stockten.

Dann wurde eine Tür aufgerissen, ein Lichtschalter betätigt. Die Helligkeit drang durch die Klebestreifen über den Augen der Gefangenen. Und die Schritte endeten in ihrer unmittelbaren Nähe. Zwei oder drei Männer waren es. Zwei hatten die Gefangenen hergebracht, in dem geländegängigen Fahrzeug, das einfach jedes Hindernis überwinden konnte.

Mabel spürte die Blicke. Sie fühlte sich begutachtet wie ein Stück Vieh. Und sie wusste, dass es ihren Mitgefangenen nicht anders erging.

»Mhm«, brummte jemand.

Mabel horchte auf. Kam ihr die Stimme nicht bekannt vor? Im nächsten Atemzug schalt sie sich eine Närrin. Wie, in aller Welt, sollte man aus einem in die Länge gezogenen Konsonanten eine Stimme identifizieren können? Außerdem war sie, Mabel, zurzeit in einer Verfassung, in der man einfach Gespenster sehen musste.

Viel wichtiger war etwas anderes: Dieses »Mhm« hatte wie eine Anerkennung geklungen. Anerkennung wofür? Für die gute Arbeit der Entführer? Wahrscheinlich.

»In Ordnung, bringt die Frau rüber«, sagte die Stimme, die eben nur gebrummt hatte.

Die Architektin fühlte sich wie von einem Stromstoß getroffen. Denn in diesem Augenblick wusste sie, dass sie sich nicht getäuscht hatte.

Sie kannte den Mann, und sie würde nur noch einen Moment brauchen, um seine Stimme einzuordnen, um sich den dazugehörigen Namen in Erinnerung zu rufen.

Doch sie wurde abgelenkt. Harte Hände, die wie Stahlklauen waren, ergriffen ihre Oberarme und zerrten sie auf die Beine. Ihre Muskeln gehorchten kaum. Sie knickte in den Knien ein. Die Stahlhände mussten sie senkrecht halten. Allein hätte sie nicht stehen können. Sie kam sich unendlich schwach vor. Wenn man ihr die Fesseln gelöst hätte, wäre sie wahrscheinlich nicht einmal in der Lage gewesen, die Finger zu bewegen.

Der Mann, den sie kannte, ging voraus.

Die beiden anderen trugen sie hinter ihm her. Der Weg war nur kurz, etwa zehn bis zwölf Schritte. Dann öffnete der Mann eine Tür und betrat ein mit Teppich ausgelegtes Zimmer. Mabel hörte es am veränderten Klang seiner Schritte. Die Luft in dem Zimmer roch stark nach Zigarettenrauch.

Die Stahlhände führten Mabel hinein, setzten sie in einen Sessel. Dann entfernten sich die Schritte rasch. Die Tür wurde geschlossen. Mabel war mit dem Mann allein, den sie zu kennen glaubte.

Sie hörte, wie er auf sie zukam. Sie erschauerte, denn sie wusste ja nicht, was mit ihr geschehen würde. Auf den Namen des Mannes war sie noch immer nicht gekommen.

Plötzlich spürte sie seine Hand an ihrer Wange, seine Finger.

Sie zuckte zusammen.

Er lachte leise. Dann befreite er sie von dem Knebel, indem er die Klebestreifen behutsam abzog. Mabels Mund fühlte sich an, als ob sie tagelang einen Schwamm darin gehabt hätte. Sie versuchte, sich zu räuspern, aber in ihrer Kehle rührte sich nichts. Sie versuchte, ein »A« zu sprechen, doch ihre Stimmbänder versagten den Dienst.

Dann betasteten die Fingerkuppen ihre Schläfe, suchten nach einer Stelle am Rand des Klebestreifens, um ihn hochzuziehen. Mabel stieß einen Schmerzenslaut aus, als er ihr den Streifen mit einem Ruck von den Augenbrauen zog. Sie staunte über sich selbst. Dieser Schmerz hatte immerhin bewirkt, dass sie den ersten Ton hervorbrachte, seit sie geknebelt gewesen war.

Ihre Lider klebten zusammen. Trotz aller Anstrengung kriegte sie sie nicht auseinander. Und die Brauen brannten wie Feuer von dem heruntergerissenen Klebestreifen.

Der Reflex, sich die Augen zu reiben, war unbändig stark. Es nicht tun zu können, weil ihre Hände gefesselt waren, brachte sie fast zum Wahnsinn.

Ihr Bezwinger schien ihre Gedanken zu lesen, ihr Flehen zu erhören.

Er drückte sie sanft nach vorn, bis sie mit den Schultern fast die Knie erreichte. So kam er an ihre Fesseln heran. Und er durchtrennte sie mit einer rasiermesserscharfen Klinge. Die jäh wieder einsetzende Blutzirkulation verursachte in ihren Handgelenken ein Stechen wie von tausend Nadeln. Aber sie schaffte es schon, die Arme nach vorn zu nehmen, sich aufzurichten und zurückzulehnen und die Handgelenke zu reiben.

Sie hörte, wie der Mann von ihr wegging. Etwas knarrte. Er hatte sich in einen gefederten Sessel gesetzt. Ein Feuerzeug klickte. Er hatte sich eine Zigarette angezündet. Gleich darauf breitete sich würziger Rauch aus.

Das Stechen in den Handgelenken ließ nach. Mabel spürte auch, wie ein bisschen von ihrer Muskelkraft zurückkehrte. Dennoch fühlten sich ihre Arme bleischwer an, als sie sie anhob. Es kostete sie unendliche Mühe, die Hände auf die Augen zu legen, um den Schmerz in den Brauen zu lindern und die verklebten Lider zu öffnen.

Das Licht blendete sie, obwohl es nur von einer Schreibtischlampe herrührte. Ihr Blick erfasste einen teuren Lampenfuß aus massivem Messing und einen Schirm aus weißem Milchglas. Langsam, sehr langsam gewöhnten sich ihre Augen an die ungewohnte Helligkeit.

Und dann sah sie ihn.

Erkannte ihn.

»Mein Gott!«, hauchte sie. Ihre Stimme kratzte, als ob sie mit dem Fingernagel über grobes Sandpapier gestrichen hätte.

»Danke für die freundliche Überschätzung«, sagte er

grinsend. »Meine göttlichen Eigenschaften hatte ich eigentlich damals schon abgelegt, als wir mal kurz das Vergnügen hatten.«

Sie war zu entgeistert, um noch etwas sagen zu können. Auf einmal fiel es ihr wie Schuppen von den Augen. Die Anwesenheit dieses Mannes erklärte wohl alles – die Entführung des gesamten Managements von JENNISON & PARTNERS. Denn seine Anwesenheit bedeutete ja, dass er alles organisiert hatte. Er war der Auftraggeber.

Und Mabel kannte den Grund.

Er lachte lautlos, weidete sich an ihrer Fassungslosigkeit. »Wir sind hier ausgesprochen sicher«, sagte er mit einer Kopfbewegung zur Außenwand hin. »Sowohl vor dem Sturm als auch vor etwaigen Verfolgern.«

»Es ist das Blockhaus!«, entgegnete Mabel tonlos.

»Ah, wir erinnern uns also! Yeah, so ist es, verehrte Ex-Kollegin. Der Schauplatz geheimer Zweisamkeit – natürlich nicht nur mit dir.«

»Mit mir am allerwenigsten.«

»Mag sein.«

»Es war der Fehler, den ich in meinem ganzen Leben am meisten bedauere.«

»Nun übertreib mal nicht.«

»Ich weiß, dass ich nicht übertreibe. Alles andere ist für mich unerheblich.«

»Oh, da sitzt ja jemand auf dem hohen Ross!« Er beugte sich vor, drückte die Zigarette in den Aschenbecher. Er hatte sich kaum verändert seit damals: strohblondes Haar, sehr kurz geschnitten, körperlich fit, durchtrainiert. »Na, dann wollen wir doch mal schleunigst wieder absteigen!«

»Ich bin nicht überheblich«, sagte Mabel. »Ich heiße nicht Catherine Jennison.«

»Ah, das musste ja kommen! Dann wollen wir mal schnell für klare Verhältnisse sorgen. Damit wir alle wissen, was Sache ist.« Er griff unter den Schreibtisch und legte einen Schalter um. Hinter ihm, in einer Regalwand, flammten Monitore auf. Insgesamt vier Stück. Farbmonitore. Der neueste Stand der Technik also. Sie waren so platziert, dass Mabel alle vier sehen konnte.

Ungewollt hielt sie den Atem an.

Die vier Bildschirme zeigten einen Raum aus unterschiedlichen Blickwinkeln. Es war der Raum, in dem Mabel bis vor ein paar Minuten noch gefangen gehalten worden war.

Jetzt waren nur noch die vier Jennison-Manager da.

Und die beiden Kerle. Von ihnen konnte man nur die Hinterköpfe und die Schulterpartien sehen.

Und die Läufe der Maschinenpistolen, die sie von der Hüfte weg nach vorn hielten. Die vollautomatischen Waffen waren mit Schalldämpfern ausgerüstet. Armdicke, klobige schwarze Rohre waren das.

Mabel erschrak.

»Du sollst miterleben, was geschieht«, erklärte ihr Gegenüber feierlich. »Ich hoffe, du bist dir der Ehre bewusst.«

»Du willst doch nicht …«

»Denk dir was anderes aus, womit du mir zu schmeicheln versuchst.«

Sein beißender Spott traf Mabel bis ins Mark. Dennoch reagierte sie nicht darauf. Sie sah nur die Monitore. Verzweiflung erfüllte sie. Wenn sie ihren Kollegen doch nur hätte helfen können! Sie warnen! Doch andererseits – was hätten sie tun können?

Sie sahen ja nicht einmal, in welcher tödlichen Gefahr sie schwebten.

»Du bluffst«, sagte Mabel unvermittelt. Sie war überzeugt, dass sie Recht hatte. »Das darf einfach nicht sein. Kein Mensch kann so grausam sein. Du willst mich nur einschüchtern. Nur verstehe ich nicht, aus welchem Grund.«

»Wie man sich doch irren kann!«, lachte er. »Es muss wohl daran liegen, dass wir uns so lange nicht mehr gesehen haben. Du kennst mich überhaupt nicht mehr. Außerdem habe ich mich weiterentwickelt. Du weißt überhaupt nicht, wie es hier drinnen aussieht.« Er klopfte sich mit der flachen Hand auf die Schädeldecke.

»Ich muss sagen, es interessiert mich auch nicht.«

Er starrte sie an. »Sag mal, ist dir nicht klar, dass du eine verdammt dicke Lippe riskierst? Ich meine, du müsstest doch begreifen, dass du eigentlich etwas tun solltest, um deine Kollegen zu retten.«

»Waaas?«, hauchte Mabel.

»Du könntest versuchen, mich zu überzeugen.«

»Wovon?«

»Es nicht zu tun. Sie zu verschonen.«

»Wie sollte mir denn das gelingen?« Mabel hörte ihre Stimme zittern.

»Du könntest zum Beispiel sehr nett zu mir sein. Noch netter als damals …«

»Ich – ich würde alles tun, wenn ich – die Garantie hätte …«

Er unterbrach sie mit schallendem Gelächter. Er prustete und schnaufte und konnte sich kaum wieder beruhigen. Er sank in die Sessellehne zurück und klatschte vor Vergnügen mit der Handfläche auf die Schreibtischplatte.

Mabel wusste in diesem Moment, dass sie verhöhnt worden war.

Nirgendwo in ihrem Bungalow gab es einen Kalender. Keines von diesen kleinen Notizbüchern, die die Menschen in der vorelektronischen Zeit benutzten und in die sie mit Kugelschreibern oder Bleistiften etwas hineinschrieben.

Ich fand die Erklärung in Form eines PCs. Der beigefarbene Kasten stand in einem geräumigen Arbeitszimmer. Die Zeichentafel neben dem Fenster zeugte davon, dass hier auch Arbeit erledigt wurde, die aus dem Architektenbüro mit nach Hause gebracht wurde.

Mabel Young war eine strebsame junge Frau. Karrierebewusst. Erfolgreich. Und als leitende Angestellte schien sie zumindest für den Firmenchef an erster Stelle zu stehen. Catherine Jennisons Meinung zu diesem Thema war sicherlich unmaßgeblich – und von Zusammenhängen beeinflusst, die mit JENNISON & PARTNERS im rein geschäftlichen Sinne nichts zu tun hatten.

Während sich Phil in der Küche und im Wohnzimmer umsah, setzte ich mich an den Schreibtisch und schaltete den PC ein. Ich rief den Programmier-Manager auf den Bildschirm und durchsuchte die Verzeichnisse nach Terminplanern. Das dauerte nur ein paar Sekunden. Mabel benutzte kein spezielles Programm zur Verwaltung ihrer Termine. Ich versuchte es daher mit dem Windows-eigenen Kalender. Unter dem entsprechenden Verzeichnis waren zwei Dateien gespeichert:

jennison.cal

privat.cal

Okay. Die Architektin unterschied also berufliche und private Termine. Ich rief den Jennison-Kalender auf, wählte die Tages-Darstellung und ließ die täglichen Einträge rückwärts laufen. Pro Tag waren selten mehr als zwei oder drei Notizen vorhanden. Meist handelte es sich um Besprechungen oder Präsentationen bei Kunden, seltener um Arbeitsessen mit Harold B. Jennison und Kollegen. Hin und wieder fanden sich aber auch Selbst-Ermahnungen wegen besonders dringend zu erledigender Jobs. Geburtstage von Kollegen. Verschlüsselte Eintragungen. Letztere in unterschiedlichen Abständen, manchmal an zwei aufeinander folgenden, öfter aber nur an einzelnen Tagen, abends. Was ich für verschlüsselt hielt, war immer das Gleiche:

C + C

In Mabels privatem Kalender fand ich keine vergleichbaren Notizen. Nur die alltäglichen Dinge, mit denen man sich herumplagen muss, wenn man allein lebt, einen Beruf ausübt und niemanden hat, der einem was abnimmt. Das waren in Mabels Fall Lebensmitteleinkäufe, Heizöl-Bestellungen, Anheuern eines Gärtners, Termine im Beauty-Salon.

Ich rechnete mit nichts Interessantem mehr. Nur der Vollständigkeit halber ging ich weiter zurück, über zwölf Monate hinaus, weil ich es auch bei dem Jennison-Kalender gemacht hatte.

Phil schob den Kopf herein.

»Wie sieht's aus, Alter? Fündig geworden? Oder erfreust du dich gerade an ihrem intimen Tagebuch?«

»Wenn sie das nicht mit einem Passwort gesichert hat, ist sie selber schuld. Aber beruhige dich: Ich habe was – aus ihren Terminkalendern.«

»Tatsächlich?« Phil stieß sich vom Türrahmen ab und kam näher. »Ist es der Name ihres Entführers? Hat sie gewusst, dass der Kerl sie eines Tages verschleppen lässt?«

»Logisch«, ich grinste. »Ich habe hier sogar seine Schuhgröße, seine Kragenweite und einen Vermerk, dass er am liebsten Pizza mit Knoblauch …« Ich hielt inne, denn etwas auf dem Bildschirm sprang mich an.

C + C: Schluss = Taktik

Es geht weiter!

»Nun sieh dir das an!«, rief ich. »Entweder ist ihr das versehentlich hier reingerutscht, oder es ist Absicht.«

»Aha«, sagte Phil. »Du hast also Geheimnisse mit Mabel. Per Computer.«

»Ich wollte, ich wüsste über ihre Geheimnisse Bescheid.« Ich tippte auf das »C + C« und erklärte meinem Freund und Kollegen, was es damit auf sich hatte.

Phil stieß einen leisen Pfiff aus. »Wenn es Absicht war«, sagte er gedehnt, »dann vielleicht deshalb, weil diese C-und-C-Sache in ihr Privatleben hineinspielt.«

»Möglich«, brummte ich. »Bevor wir uns mit der Frage beschäftigen, müssten wir herausfinden, was die beiden Cs überhaupt bedeuten.«

Phil zeigte auf den Laserdrucker. »Lässt du die beiden Terminkalender ausdrucken?«

Ich stimmte zu. Phil schaltete den Drucker ein. Bevor ich das Lasergerät startete, kopierte ich die beiden Kalenderdateien auf Diskette. Die steckte ich ein, und dann wies ich den Drucker an, Mabel Youngs Termine und Notizen zu Papier zu bringen.

Im Rest der Wohnung, so hatte Phil bereits festgestellt, befand sich keinerlei Papierkram, abgesehen von den Büchern im Bücherschrank.

Während der Laserdrucker im Arbeitszimmer leise vor sich hin werkelte, nutzten wir die Zeit, indem wir uns die Bücher trotz allem vornahmen. Wir klappten jedes einzelne auf, drehten den Rücken nach oben und schüttelten die Seiten aus.

Meine Vermutung bestätigte sich.

Mabel Young war dem von der Computer-Industrie angepriesenen papierlosen Zustand schon sehr nahe gekommen.

Wir waren berechtigt, ihre Wohnung zu durchsuchen. Den Durchsuchungsbefehl hatten wir allerdings nicht bei uns. Steve hatte uns per Funk mitgeteilt, dass eine Faxkopie des richterlichen Dokuments im Architektenbüro eingetroffen war, von Mr. High abgesandt. Den Schlüssel für Mabels Bungalow hatten wir von einer Nachbarin erhalten. Die arme Frau hatte uns nur entgeistert angestarrt. Dass wir aus einem Panzer gestiegen waren, mitten in dem kleinstädtischen Wohngebiet, musste ihr so außerirdisch vorgekommen sein wie eine fliegende Untertasse.

Steve hatte eine weitere Nachricht des Chefs durchgegeben. Die City Police hatte meinen Jaguar in der Eighth Avenue geborgen. Ebenso den Lexus, aus dem wir die Frau gerettet hatten. In Manhattan hatten die Räumarbeiten in vollem Umfang begonnen. Nach dem Abflauen des zweiten Sturms, so hatten die Meteorologen angekündigt, waren vorerst keine weiteren Schneefälle zu erwarten.

Phil und ich stiegen wieder in den Panzer. Wir fuhren hinaus zur Villa. Unterwegs berichtete Lieutenant Wogan, dass auch hier mit dem Schneeräumen begonnen wurde. Die Außentemperatur stieg deutlich an, hatte bereits zwanzig Grad minus erreicht.

»Das kommt uns ja vor wie der Frühlingsausbruch!«, kommentierte Phil. »Schon bei fünfzehn Grad minus blühen wir doch richtig auf!«

»Und bei null verlangen wir hitzefrei«, folgerte ich.

»Yeah«, grinste mein Freund. »Und bei fünf Grad plus müssten die Klimaanlagen anspringen.«

»Das musste ja kommen!«, stöhnte ich.

Auf dem Rückweg zur Villa Jennison lag Glen Cove auf unserem Weg. Den Tatort-Einsatz auf dem Tankstellengelände bei Melville hatte die County Police übernommen. Der heraufgezogene neue Blizzard war nicht halb so schlimm wie sein Vorgänger. Er war bereits wieder abgeflaut, als wir von der Tankstelle losgefahren waren.

Chief John Edelman übernahm es, dem Ehepaar Karsky die Nachricht vom Tod ihrer Tochter zu überbringen. Den Gangster mit der Schusswunde im verlängerten Rückgrat hatten wir vor unserer Abfahrt noch verhören können. Inzwischen war er wohl schon im Hospital angekommen. Er hieß Joe Kelly. Seine Bereitwilligkeit, auszusagen, würde ihm vor Gericht ein paar Pluspunkte einbringen.

Wir allerdings kamen mit Kellys Aussage nicht viel weiter. Er war nur ein Handlanger, ein Befehlsempfänger. Den Auftraggeber kannte er nicht. Er hatte weder seinen Namen gehört, noch hatte er ihn jemals zu Gesicht bekommen. Verwertbar war bestenfalls Kellys Hinweis auf den Hummer, mit dem seine beiden Komplizen die Entführten weggebracht hatten. Chief Edelman hatte sich das Kennzeichen des Geländewagens von der Zulassungsstelle geben lassen.

Der Mörder Brenda Lee Karskys war laut Kellys Aussage der Mann mit dem Schneemobil. Ein illegal eingewanderter Ire namens Paul O'Killian. Seine Fingerabdrücke befanden sich an dem Messer, mit dem die junge Frau getötet worden war. Da unsere Spurensicherer von der verkohlten Leiche mit Sicherheit keine Prints mehr nehmen konnten, würden wir sie von der RUC in Belfast erhalten.

Auch die Namen und die Personenbeschreibungen besagter Komplizen hatten wir von Kelly. Gordon Staff war ein Fußsoldat wie Kelly auch. Hal Shorten hatte die Funktion eines Unterführers, war praktisch der verlängerte Arm des Auftraggebers. Shorten hatte also die Entführung geleitet. Und was noch wesentlicher war: Shorten sprach mit Brooklyn-Akzent.

Das konnte entscheidend sein – falls der Mann im Hintergrund nicht zufällig auch ein Brooklynite war und sich nicht scheute, seine Mitmenschen das heraushören zu lassen. Wenn Shorten in seinem Auftrag bei Catherine Jennison angerufen hatte, so bedeutete es, dass der große Unbekannte einen Grund hatte, nicht selbst zu sprechen.

Catherine …

Der Name hallte auf einmal in meinem Kopf nach. Und endlich kannte ich den Grund.

Catherine …

Cathy …

C …

Nach ein paar Versuchen kam ich mit den Steuerhebeln bestens zurecht. Endlich hatte ich mein eigenes Kettenfahrzeug unter dem Hintern. Zwar hatte es nur ein Viertel von der Größe des Panzers, aber das Fahrgefühl war sehr ähnlich.

Ich fuhr einen Caterpillar.

Der neue Tag hatte uns mit strahlendem Sonnenschein begrüßt. Und daran hatte sich bis jetzt nichts geändert. Die Temperatur betrug sechs Grad minus, und das

Thermometer kletterte weiter. Laut Wetterbericht lag die Windstärke zwischen drei und vier – was für uns nicht mehr als ein sanftes Säuseln war.

Rings um die Villa Jennison dröhnten Motoren. Eine befreundete Baufirma hatte Maschinen zur Verfügung gestellt, für die allerdings das Personal fehlte. So sprangen wir alle mit ein.

Phil fuhr einen Radlader. Er folgte der Spur, die ich mit dem Räumschild zog. Sein Job war es, die Schneemassen, die ich seitlich der Zufahrt senkrecht auftürmte, oben abzuplatten. Das tat er mit der Schwenkschaufel. Dabei diente der Rasen als Zwischenlager.

Steve und Zeery waren auf der anderen Seite der Zufahrt beschäftigt. Die männlichen Angestellten der Firma bedienten den Rest der Planierraupen und Radlader.

Lieutenant Wogans Panzer war auf der Straße vor dem Grundstück im Einsatz. Der Stahlkoloss drückte dort in fünf Minuten so viel Schnee weg wie wir in einer halben Stunde. Doch auf dem Grundstück und in der unmittelbaren Umgebung machte es die Masse an Gerät. Wir kamen zügig voran. Gegen Mittag würden alle Zufahrten und Parkplätze geräumt sein.

Lieutenant Wogan und seine Männer würden den Panzer nicht mit eigener Kraft nach New Jersey zurückbringen. Sobald die Schnellstraßen geräumt waren, würde ein Tieflader anrollen, um den Koloss huckepack zu nehmen.

Harold B. Jennison hatte am Nachmittag vor unserer Rückkehr aus Berlin angerufen. Alle Flüge mit Zielflughäfen an der amerikanischen Ostküste waren gestrichen worden. Jennison hatte versprochen, sich heute wieder zu melden. Für die Angestellten, die Panzersoldaten und uns G-men hatte Mrs. Jennison die Gästezimmer der Villa zur Verfügung gestellt und zusätzliche Schlafgelegenheiten in den Konferenzräumen einrichten lassen.

Der Buchstabe C beschäftigte mich noch immer. Während

der Caterpillar-Dröhnerei hatte ich genug Zeit zum Nachdenken. C + C konnte für »Cash and Carry« stehen. Aber ich hatte mit den Angestellten gesprochen. In den zurückliegenden drei Jahren war das Architektenbüro Jennison nicht am Bau eines Supermarkts beteiligt gewesen.

Also nichts Geschäftliches.

Ich hatte gegenüber den Angestellten natürlich nichts von dem Buchstabenkürzel erwähnt. Und erst recht nicht gegenüber Catherine Jennison. Ich hatte es jedoch an Mr. High durchgegeben. Die Antwort war schon eine halbe Stunde später gekommen. Die Datenbanken der FBI-Computer in Washington hatten alle Firmennamen überprüft, in denen ein C + C vorkam. Mr. High hatte uns die Liste über einen Fax-Anschluss im Jennison-Büro geschickt. Beim Eingang des Fax waren Phil, Steve, Zeery und ich allein in dem Büroraum gewesen. Wir hatten anschließend gemeinsam die Kundenkartei in der Jennison-Datenbank durchgecheckt. Auf eine Firma mit einem C + C in ihrem Namen waren wir nicht gestoßen.

Trotzdem musste es einen Zusammenhang mit dem Architektenbüro geben.

Und wieder war ich bei Catherine. Und bei dem merkwürdigen Zusatz in Mabel Youngs Privatkalender.

C + C: Schluss = Taktik

Es geht weiter!

Okay, ich würde noch darauf kommen. Ich hatte das sichere Gefühl, dass ich noch etwas Zeit brauchte. Aber ich würde es herausfinden. Da war ich verdammt sicher. Vielleicht musste ich mich von meiner unbegründeten Vorliebe für Catherine lösen. Es gab ja noch jede Menge andere Vornamen mit C.

Andere Vornamen …

Ein Mann störte meine Gedanken.

Er stand auf einmal vorn, vor dem Räumschild meines Caterpillars.

Fluchend brachte ich die Kiste zum Stehen. Hinter mir

stoppte Phil den Radlader. Ich wollte aufstehen. Wollte dem Mann über die kleine Windschutzscheibe hinweg flüstern, dass er sich einen verdammt schlechten Platz zum Rumstehen ausgesucht hatte.

Da sah ich, dass der Mann im Schnee stand.

Meine Nackenhaare sträubten sich.

Langsam, unendlich langsam kam ich nun doch von meinem Sitz hoch.

Das Blut in meinen Adern wurde zu Eiskristallen. So kam es mir vor.

Der Mann im Schnee war ein Schwarzer, gut gekleidet. Von Größe und Statur her hätte er ein Mitglied der Harlem Globetrotters sein können.

Ich starrte ihn an. Ich wusste sofort, wer er war. Ich hatte alle Personenbeschreibungen im Kopf. Aber mein Verstand sträubte sich dagegen, dies zu begreifen.

Es war Robert Morgan.

Der Chefbuchhalter von JENNISON & PARTNERS.

Einer der fünf Entführten.

Ich hatte ihn mit dem Räumschild vom Boden hochgeschält. Buchstäblich.

Dass er dastand, verdankte er dem Schnee, in den er eingebacken war.

Seine Brust war von Kugeln zerfetzt.

Ich konnte nicht sprechen, konnte nicht schreien, konnte mich nicht mal richtig bewegen. Das Grauen lähmte mich. Der Caterpillar hatte eine riesige Fanfare. Ich drückte auf den Knopf und ließ ihn nicht wieder los. Es war das Einzige, wozu ich im Moment fähig war.

Ringsherum verklang das Motorengedröhn.

Dann ließ auch ich die Fanfare verklingen.

Phil und die Kollegen waren als Erste zur Stelle. Dann die Soldaten. Die Angestellten. Die Frauen, die sich im Haus aufgehalten hatten. Auch Catherine Jennison.

Die blonde Ehefrau des Firmenchefs bahnte sich einen Weg nach vorn.

Dann, als sie den Toten sah, verharrte sie wie versteinert. Urplötzlich brach ihr Schrei los. Das Entsetzen schrillte in ihrer Stimme. Ihre Arme fuhren hoch. Sie griff sich in die Haare, als könnte sie sich dadurch Erleichterung verschaffen. Aber ihr Schrei wollte nicht enden. Ihr Entsetzen wuchs sich zum Schock aus.

Ich gab den Frauen aus dem Büro einen energischen Wink.

»Kümmert euch um sie!«, rief ich. »Bringt sie ins Haus! Ruft einen Arzt!«

Die weiblichen Angestellten überwanden ihren Schreck, befolgten meine Aufforderung. Sie schienen froh, etwas tun zu können. Zwei Frauen nahmen Catherine behutsam in die Mitte, führten sie weg. Die anderen Frauen folgten ihnen. Catherine schrie noch immer. Erst als sie schon vor dem Eingang zur Villa angelangt waren, wurde ihre Stimme schwächer.

Phil gab mir ein Zeichen. Steve und Zeery veranlassten den Rest der Männer, Platz zu machen. Ich legte den Rückwärtsgang ein und ließ den Caterpillar vorsichtig anrollen – von dem steif gefrorenen Toten weg.

Er blieb stehen.

Ich fuhr die Raupe ein paar Yards weit, schräg in die Mitte des schon fertig geräumten Teils der Zufahrt. Dann stellte ich den Motor ab. Ich schwang mich auf die Kette hinunter und zu Boden. Der harte Schnee knirschte unter meinen Stiefelsohlen, als ich zu den anderen lief.

»Wir brauchen Schaufeln!«, rief ich und zeigte auf die Stelle, an der ich den Toten hochgeschoben hatte. »Den ganzen Bereich hier müssen wir mit der Hand freilegen!«

»Den noch nicht geräumten Teil«, ergänzte Phil, »und auch die letzten paar Yards, die Jerry schon an die Seite geschoben hat.«

Lieutenant Wogan und seine Männer liefen los, um alles zu holen, was sie an brauchbaren Gerätschaften im Panzer hatten. Die Angestellten des Architektenbüros beeilten sich, das Haus nach Schaufeln und Spaten zu durchsuchen. Steve und Zeery holten das Handgerät von ihren Arbeitsmaschinen. Auch meine Planierraupe und Phils Radlader waren mit Schaufeln ausgerüstet.

»Ich rufe Mr. High an«, sagte ich, während ich Phil im Laufschritt begleitete. »Ich bin sofort zurück.«

»Hast du eine Erklärung?«, fragte Phil atemlos.

»Keine plausible. Nur die vielleicht, dass es eine Warnung sein soll.«

»Das würde bedeuten, dass wir keinen weiteren Toten finden.«

»Ich hoffe es.«

Mr. High verlor nicht viele Worte. Er erklärte, dass er ein Tatortkommando des FBI in Marsch setzen würde – per Hubschrauber. Das war jetzt zum Glück möglich. Wir beendeten das Gespräch. Ich lief mit Riesensätzen hinaus.

Die Kollegen hatten den Toten aus dem Schnee geschält, ihn auf den freien Boden gebettet und eine Decke über ihn gelegt. Ich schnappte mir den Spaten vom Caterpillar und machte mit. Alle waren jetzt an der Arbeit, auch die Soldaten und die Angestellten. Phil hatte sie eingeteilt, sodass wir uns halbkreisförmig auf einer Fläche von fünf Yards Durchmesser in den Schnee wühlten.

Schon nach zwei Minuten hörten wir einen würgenden Laut.

Einer der Angestellten fasste sich an den Hals, wankte von den anderen weg und erbrach sich. Die anderen standen auf einmal stocksteif. Wir liefen hinüber.

Das Grauen schnürte auch mir die Kehle zu.

Der Kopf des Mannes ragte aus dem Schnee. Er war schwarzhaarig. In seinem bleichen Gesicht stand der Oberlippenbart wie ein mit Kohle gezogener Strich.

Barton Addys.

Seine gebrochenen Augen waren ihm nicht einmal geschlossen worden. Zeerookah holte es nach. Wir beeilten uns, den Leichnam vollständig freizulegen. Noch während wir das taten, kam der nächste Tote zum Vorschein.

Es war Willard Johnson.

Eine Minute später hatten wir auch Delbert Bellamy.

Alle vier Männer waren erschossen worden.

Wir machten weiter wie besessen. Nach einer halben Stunde hatten wir eine Fläche von mindestens zweihundert Quadratyards freigelegt – kreisförmig, von der Stelle ausgehend, an der Morgans Leiche zum Vorschein gekommen war. Mir war inzwischen klar, weshalb die Toten auf der Zufahrt abgelegt worden waren. Da hatten die Mörder sicher sein können, dass ihre Opfer auch gefunden wurden.

»Sieht so aus, als ob Mabel Young noch am Leben ist«, sagte Phil mit belegter Stimme. »Sonst hätten wir sie doch längst gefunden.«

»Wir müssen trotzdem weitermachen«, sagte ich.

»Der Meinung bin ich auch«, äußerte Steve.

»Ein Gesetz der Regel dürfte es in so einem Fall nicht geben«, meinte Zeery.

Womit er sicherlich Recht hatte.

Das Verbrechen hält sich nicht an Regeln.

Eine Stunde später rief Harold B. Jennison aus Berlin an. Eine Angestellte winkte mich in die Villa. Ich übernahm den Telefonhörer in Catherines Arbeitszimmer, ließ mir sagen, dass die Dame des Hauses im Bett liege und versorgt würde. Ein Arzt sei auch schon benachrichtigt worden. Ich schickte die Angestellte hinaus, denn ich wollte ungestört mit Jennison sprechen.

»Was ist da passiert?«, fragte er. Etwas von meinem Wortwechsel mit der Angestellten musste er mitbekommen haben.

Ich erzählte ihm, wie wir die vier Toten gefunden hatten.

Am anderen Ende der Leitung blieb es still.

»Mr. Jennison?«, sagte ich.

»Ja, ich – ich bin noch da.« Seine Stimme klang völlig verändert, wie die eines alten Mannes. »Was – ist mit – Catherine?«

»Sie steht unter Schock. Ein Arzt ist unterwegs.«

»Dann ist es gut. Mein Gott, ich – ich habe geglaubt, dass es – um Geld ging, nur um Geld! Und jetzt – jetzt sind alle tot! O mein Gott!« Er schrie es fast. Schluchzte.

»Wir haben Miss Young nicht gefunden«, sagte ich.

»Glauben Sie, dass sie noch lebt?«

»Es würde einen Sinn machen, wenn der Entführer letzten Endes auch noch Geld will.«

»Eine ziemlich wacklige Theorie. Meinen Sie nicht auch?« Jennison sagte es voller Bitterkeit. Er atmete tief durch. »Und ich wollte nur anrufen, um zu sagen, dass ich auf eine Maschine für morgen früh umgebucht habe – die nun auch wirklich fliegen wird. Wenn ich daran denke, was mich nun erwartet ...« Er gab einen gequälten Laut von sich. »Wissen Sie, Mr. Cotton, ohne die vier Männer, die Sie im Schnee gefunden haben, ist meine Firma nicht mal mehr die Hälfte wert. Genau genommen kann ich den Laden dichtmachen. Es wird Monate dauern, bis sich Ersatzkräfte eingearbeitet haben – und Jahre, bis sie den Leistungsstand von Johnson, Addys, Bellamy und Morgan erreicht haben. Aber das wird Catherine Ihnen sicherlich schon alles erklärt haben.«

»Ja, das hat sie. Und im Gegensatz zu Ihnen ist sie der Meinung, dass Miss Young von den fünf Entführten die unbedeutendste Mitarbeiterin ist.«

»Wie bitte?«

»Wir können uns darüber unterhalten, wenn Sie hier sind, Mr. Jennison. Im Augenblick gibt es eine wichtigere Frage, die ich mit Ihnen erörtern muss.« Ich erklärte ihm, dass wir Mabel Youngs Wohnung durchsucht hatten. Ich schloss: »Innerhalb der letzten Monate fand sich in ihrem Geschäftskalender immer wieder der Vermerk ›C + C‹ –

dann, im Privatkalender, vor einem Jahr, ein etwas längerer Hinweis: ›C + C: Schluss = Taktik. Es geht weiter!‹ Können Sie sich erklären, was das bedeutet?«

»Das darf nicht wahr sein!«, hauchte Jennison.

Mit einem Schlag war ich hellwach. Unter meiner Schädeldecke schrillten Alarmsirenen. Plötzlich wusste ich, dass ich der Lösung des Rätsels so nahe war, wie ich es mir vor fünf Minuten noch nicht einmal erträumt hatte.

»Was erstaunt Sie so?«, fragte ich behutsam.

»Es – ist so unwahrscheinlich, dass ich – es nicht glauben kann. Aber wenn Mabel es notiert hat, dann stimmt es. Hundertprozentig! Es ist unfassbar! Und ich habe die ganze Zeit geglaubt …« Seine Stimme erstarb. »Ich werde mich von Catherine scheiden lassen, Mr. Cotton. Ich möchte, dass Sie das wissen.«

»Was sagen Sie da?« Jetzt war ich an der Reihe, meinen Ohren nicht zu trauen. »Eben haben Sie sich um Ihre Frau noch Sorgen gemacht – und jetzt …«

»Ich werde Ihnen alles erklären. Es ist im Grunde eine sehr einfache Geschichte – und eine sehr alte dazu. Die Geschichte von Liebe und Eifersucht einerseits und von verratener Liebe andererseits.« Er holte Luft. »Fangen wir mit den Buchstaben an, die Sie in Mabels Kalendern gefunden haben. C und C heißt Catherine und Carl.«

»Okay. Wer ist Carl?«

»Carl Byron. Ein ehemaliger Mitarbeiter. Architekt. Ich hatte Catherine lange Zeit im Verdacht, dass sie ein Verhältnis mit ihm hatte. Mabel hat es schließlich für mich herausgefunden, indem sie Byron ganz einfach aushorchte. Er hatte sich früher mal an sie herangemacht und konnte wohl auch bei ihr landen. Ein Fehler, den sie sehr bereut. Um die Wahrheit über Catherine zu erfahren, hat Mabel ihm einfach etwas vorgespielt. Er glaubte tatsächlich, dass sie bereit war, sich von ihm verführen zu lassen. Er war mit Kokain voll bis unter die Haarwurzeln.«

»Hätte er einen Grund, Ihrer Firma zu schaden?«

»Mehr als einen Grund. Es war wohl sein Lebensziel. Er wollte sich für etwas rächen, an dem er selbst schuld war. Ich habe es ihm nur nie zugetraut. Als ich ihn vor drei Jahren hinauswarf, war ich jedenfalls überzeugt, dass er in der Gosse landen würde. Stattdessen hat Catherine ihm Geld zugespielt und ihn am Leben erhalten.«

»Woher wissen Sie das?«

»Sie hat es mir gebeichtet. Vor einem Jahr. Das war, nachdem Mabel ihr auf die Schliche gekommen war.«

»Das erklärt, weshalb Ihre Frau so eine schlechte Meinung von Miss Young hat.«

»Ja, schon – aber ich hätte nie geglaubt, dass sie sich einem Außenstehenden gegenüber so weit gehen lassen würde.«

»Nun gut, was war vor einem Jahr?«

»Catherine schwor mir, dass sie mit Carl Byron Schluss gemacht habe. Sie schwor es mir hoch und heilig. Mabels Kalendereintragungen beweisen, dass sie Catherine und Carl beobachtet hat. Sie hat die jeweiligen Treffen der beiden notiert. Wenn wir die Termine überprüfen, werden Sie sehen, dass ich an den betreffenden Tagen wahrscheinlich auf Geschäftsreise war.«

»Eines verstehe ich nicht: Warum hat Mabel Ihnen nichts davon gesagt?«

»Sie wollte mich schonen. Und bestimmt hat sie auch gehofft, dass Catherine zur Vernunft kommen würde. Oder dass Byron verschwinden würde, wenn er ihr erst einmal genug Geld abgeluchst hätte.«

»Dann lassen Sie mich zusammenreimen. ›Schluss gleich Taktik‹ bedeutet, dass Catherines Beichte Ihnen gegenüber besagte Taktik war. Und ›Es geht weiter!‹ bezieht sich auf das Verhältnis Ihrer Frau mit diesem Carl Byron.«

»Richtig.«

»Wo finden wir den Kerl?«

»Sicherlich nicht in seiner Wohnung.«

»Wir werden es trotzdem dort versuchen – wenn es der einzige Anhaltspunkt ist.«

»Leider. Ich habe mich mit seinem Privatleben nie sehr befasst – nur so weit, wie es die Firma betraf. Und das reichte. Als er bei mir anfing, hatte er noch die besten Karriere-Aussichten. Aber dann geriet er in gewisse Yuppie-Kreise. Diese Burschen, die sich immer erst eine Spur Kokain reinziehen, damit sie in Stimmung kommen. Er fuhr voll auf deren Lebensstil ab. Er wurde der größte Verschwender, den man sich vorstellen kann: teure Frauen, teure Autos, Rauschgift. In der Reihenfolge! Seine Leistungen in der Firma ließen von Tag zu Tag nach. Und dann machte er den Fehler seines Lebens: Wir verloren seinetwegen einen Architektenwettbewerb, weil er betrunken zu der entscheidenden Präsentation kam. Da habe ich ihn gefeuert.«

Ich bedankte mich für Jennisons offene Worte, und ich notierte mir Byrons Adresse.

Ich rief Mr. High an und informierte ihn in knappen Sätzen über den Stand der Dinge.

Als ich das Arbeitszimmer verließ, hörte ich ein Kreischen aus dem höher gelegenen Stockwerk. Gleich darauf kam mir eine der Angestellten entgegen – völlig aufgelöst, mit hochrotem Kopf.

»Sie will Sie sprechen, Sir! Nur Sie allein!«

Alles hätte ich erwartet, nur das nicht.

Die Frauen standen auf dem Korridor – mit ratlosen Gesichtern. Keine mochte etwas sagen. Ein paar von ihnen zitterten.

Ich klopfte.

Keine Antwort.

Ich trat ein. Und erstarrte.

»Machen Sie die Tür zu!«, befahl Catherine Jennison vom Bett aus.

Ich gehorchte, denn alle Macht lag in ihren Händen.

»Schließen Sie ab!«

Ich tat auch das, weil ich ihr nichts entgegenzusetzen hatte. Die Macht in ihren Händen bestand aus einem blauen Telefonhörer und einem vernickelten Ladysmith. Die Revolvermündung hielt sie sich an die rechte Schläfe. Der Telefonhörer ruhte an ihrem rechten Ohr.

»Seien Sie vernünftig«, bat ich, wohl wissend, dass es sich banal und überflüssig anhörte. Aber ich musste einfach irgendetwas sagen, um mit ihr ins Gespräch zu kommen. Wenn mir das gelang, konnte ich sie vielleicht von ihrem Irrsinn abbringen.

Aber sie lachte. Es klang schrill und überzogen.

»Hast du das gehört, Carl? Hast du ...«

Mir fiel es wie Schuppen von den Augen.

»... gehört, was er gesagt hat? Er ist jetzt hier, der G-man Jerry Cotton! Er ist hier in meinem Schlafzimmer, und er sagt, ich solle vernünftig sein. Hast du's mitgekriegt, Carl? He, stell dir mal Folgendes vor ...« Ihre Stimme begann zu klirren. »Ich könnte ihn zwingen, mit mir Sex zu machen! Und er würde es tun, weil er ja ein edler Mensch ist und verhindern möchte, dass ich mich umbringe. Okay, wir würden hier rumbumsen, und du müsstest alles mit anhören. Was hältst du davon, Carl? He, sag mir ...«

Ich hörte, dass der Lautsprecher des Telefons eingeschaltet war. Aber der Mann am anderen Ende der Leitung sagte nichts. Nur ein Rauschen war zu vernehmen.

Mir wurde übel. Ich musste etwas tun, um diese Wahnsinnige vor sich selbst zu schützen. Wenn ich an meine Waffe herangekommen wäre, hätte ich ihr den Ladysmith aus der Hand geschossen. Doch die traurige Bilanz des Augenblicks sagte mir klar und deutlich, wo meine Chancen standen.

Auf null.

Plötzlich ertönte die Stimme des Entführers aus dem Telefon.

»Ich verlange zwei Millionen Dollar! Ich wiederhole: zwei Millionen Dollar! Ich habe Mabel Young hier bei mir.

Die zwei Millionen sind bis heute um siebzehn Uhr zu übergeben. Genaue Anweisungen folgen noch. Wenn das Geld nicht pünktlich gezahlt wird, liegt Miss Young morgen früh vor der Tür der Firma Jennison & Partners! Wie ihre vier Kollegen.«

»Fragen Sie ihn, wie er das gemacht hat«, sagte ich.

Catherine sah mich stirnrunzelnd an, als hätte ich in einer fremden Sprache gesprochen. Ihr Gesicht sah aus, als hätte sie sich schon von dieser Welt verabschiedet.

»Betriebsgeheimnis!«, rief der Mann am anderen Ende der Leitung lachend. »Darauf müssen Sie erst mal kommen, Cotton!«

»Sie kriegen Ihre zwei Millionen!«, rief ich.

»Glauben Sie wirklich, was Sie sagen? Mann, die FBI-übliche Hinhaltetaktik kennt man ja nun schon aus dem Fernsehen! Sie wollen doch bloß ...«

»Carl«, unterbrach ihn Catherine, und sie hörte sich auf einmal sehr energisch an. »Du hast anscheinend immer noch nicht begriffen. Es ist alles schief gegangen. Das Schicksal ist gegen uns. Es hat uns diesen Schneesturm geschickt, damit alles schief ging. Harold ist nicht hier, wie wir geglaubt haben. Nur er wäre bereit, die zwei Millionen zu zahlen.«

»Du wirst es auch tun. Du hast die Bankvollmacht.«

»Du nimmst mich nicht ernst, Carl. Ich werde es nicht tun. Weil du mich reingelegt hast.«

»Unsinn!«

Ich machte einen vorsichtigen, langsamen Schritt von der Tür weg, auf das Bett zu. Catherine bemerkte es nicht.

»Nein, es ist kein Unsinn, Carl. Das neue Leben, von dem du dauernd geschwärmt hast, wirst du nicht mit mir anfangen. Du hast dich für Mabel entschieden. Kein Wunder. Sie ist fünfzehn Jahre jünger als ich. Nun gut, ich habe zu hoch gepokert – und alles verloren. Harold wird mich vor die Tür setzen. Du gibst mir einen Tritt in den

Hintern – aus und vorbei. Ich finde mich damit ab. Ich ziehe die Konsequenzen.«

»Verdammt noch mal!«, brüllte Byron. »Du wirst die zwei Millionen zahlen!«

Ich spannte die Muskeln. Ich sah das verräterische Zucken um Catherines Mundwinkel.

»Du bist ein Idiot, Carl. Welchen gottverdammten Grund sollte ich haben, es zu tun? Damit ich mich freuen kann, wie du mit der Young-Schlampe in der Karibik verschwindest? Du wirst jetzt …«

Ich hatte den zweiten Schritt geschafft.

Aber noch immer trennten mich unüberwindliche drei Yards von Catherines Bett.

»… lernen, dass du dich verrechnet hast. Und zwar total!«

Im Hintergrund, aus dem Telefonlautsprecher, schrillte eine Frauenstimme.

»Neiiin!«

Es war wie ein Auslöser für Catherine Jennison.

Ihr Zeigefinger krümmte sich.

»Hör mal, du blödes Miststück!«, brüllte der Entführer. »Wenn du glaubst …«

Catherines Gesicht verzerrte sich.

Ich schnellte los.

Der Schuss krachte im selben Moment.

Ich war gerade bei der Bettkante, als die blonde Frau in sich zusammensank. Sie kippte vornüber. Der Telefonhörer fiel auf das Kissen. Catherines Blut tränkte die Bettdecke. Ihr konnte niemand mehr helfen. Sie hatte es wahr gemacht, hatte sich durch den Kopf geschossen. Mit zwei schnellen Schritten war ich beim Telefon, riss den Hörer hoch.

»Byron!«, rief ich schneidend.

»Ah, der große G-man! Hat sich die blöde Kuh wirklich selbst abserviert?«

»Hören Sie …«

»Nein, Sie hören, G-man. Rufen Sie Jennison an. Sorgen Sie dafür, dass er die zwei Millionen lockermacht. Ihm liegt was an der süßen kleinen Mabel. Wenn er nicht zahlt, ist sie eine Schneeleiche! Sagen Sie ihm das!«

Es knackte in der Leitung.

Ich pfefferte den Hörer auf die Gabel.

Long Island und die angrenzenden Stadtbezirke von New York sahen von oben aus wie die reinste Schneewüste. Die Räumarbeiten würden Tage dauern. Die Temperaturen lagen noch immer bei zehn Grad minus. Ein Glück für die Acht-Millionen-Stadt. Rasch einsetzendes Tauwetter konnte die nächste Katastrophe bedeuten. Die Kanalisation würde die Wassermassen nicht verkraften. U-Bahn-Schächte, Tiefgaragen und Keller würden voll laufen.

Ein Hubschrauber der State Police brachte Phil und mich nach Floral Park in Queens. Das ist unmittelbar nördlich des berühmten Belmont Racetrack, der New Yorker Pferderennbahn. Unsere Piloten trugen die graue Uniform der State Troopers.

Der Copilot nahm Funkverbindung mit dem zuständigen Revier der City Police auf. Wir erhielten die Erlaubnis, auf dem Dach des Apartmenthauses an der Mayfair Avenue zu landen. Dank Mr. High waren unten alle Vorbereitungen getroffen worden.

Unser Chef hatte veranlasst, dass die Kollegen von der City Police die Wohnung Carl Byrons öffneten und sicherten. Durchsuchungsbefehl und Haftbefehl auf Byrons Namen waren bereits ausgestellt worden. Der Rest war nur noch eine Übermittlungsfrage.

Steve und Zeery hatten die Einsatzleitung bei der Villa Jennison übernommen. Kurz vor unserem Abflug hatten Lieutenant Wogan und seine Männer den Kanalschacht gefunden, durch den die Leichen herangeschafft worden waren, bevor die neuen Schneefälle eingesetzt hatten.

Einstiege in die Kanalisation gab es in der Fahrbahn der vorbeiführenden Straße in jeder beliebigen Entfernung. Und mit dem Super-Geländewagen Hummer hatten die Gangster problemlos ihr Ziel erreichen können – völlig unbemerkt, wahrscheinlich mitten in der Nacht.

Aus Rotorwind und Eiseskälte tauchten Phil und ich in das Treppenhaus hinab.

Byrons Wohnung befand sich im dritten Stock. Ein Spurensicherungskommando der City Police hatte sich bereits einen ersten Überblick verschafft. Wir konnten direkt zu den entscheidenden Stellen vorstoßen, die für uns interessant waren.

»Hier sieht's aus wie bei einem Junggesellen mit Reinlichkeitsfimmel«, erklärte uns ein hünenhafter Detective Sergeant, der den Einsatz leitete. »Alles ist tipptopp aufgeräumt, alles blitzsauber.«

Phil und ich hatten uns kurz umgesehen.

»Die Bude macht keinen bewohnten Eindruck«, sagte ich. »Sieht so aus, als ob hier nur die Reinmachefrau ein- und ausgeht.«

»Und der Junge führt sein Lotterleben ganz woanders«, sagte Phil.

Wir waren mal wieder einer Meinung, was uns aber nicht weiterhalf. Der Sergeant zeigte uns die erfolgversprechendsten Stellen. Ich nahm mir den Schreibtisch im Wohnzimmer vor. Phil die Schrankwand mit ihren Bücherregalen und Schubfächern. Kollegen des Sergeants waren im Haus unterwegs, fragten bei den Nachbarn wegen Byron nach.

Mit halbem Ohr hörte ich die Negativmeldungen der Beamten, wie sie nach und nach zurückkehrten. Die Wohnungsnachbarn kannten Byron praktisch nicht, kriegten ihn so gut wie nie zu Gesicht. Kein Wunder also, dass niemand wusste, wo er seine Zweitbleibe hatte.

Hatte er überhaupt eine? Vielleicht wohnte er bei einem Freund oder einer Freundin.

Der Schreibtisch war so aufgeräumt wie die ganze Wohnung. Die mittlere Schublade enthielt aktuelle Strom- und Wasserrechnungen und Mitteilungen der Hausverwaltung. Die Rechnungen waren mit Zahlungsvermerken versehen.

Harold B. Jennisons Schilderungen von Byron konnten einem absonderlich vorkommen. Der, mit dem wir es hier wirklich zu tun hatten, schien der perfekteste Saubermann zu sein.

Doch gespaltene Persönlichkeiten waren für uns nichts Neues. Ich stellte mir Carl Byron als jemanden vor, der sein Gewissen dadurch zu beruhigen suchte, dass er tagsüber oder auch nur an ein paar Tagen in der Woche wie ein Spießbürger lebte.

Unten rechts im Schreibtisch fand ich einen Karteikasten. Ich hob das Ding herauf und klappte den Deckel hoch. Nicht zu fassen. Mr. Byron verwaltete seine Urlaubsfotos mit der Pedanterie eines Buchhalters. Die Kartenreiter waren präzise beschriftet.

FLORIDA, 1992

GRENADA, 1991

New Orleans, Mardi Gras 1991

California, 1990

Und so weiter.

Ganz hinten im Kasten, durch die anderen fast verdeckt, fand ich einen Kartenreiter mit einem Text, der aus der Reihe fiel.

Home

Zuhause. Hm. Ich klappte die Karte vor und nahm das knappe Dutzend Fotos heraus, das sich dahinter befand. Die Bilder zeigten einen Mann mit kurzem, strohblondem Haar. Auf allen Fotos trug er geblümte Bermudashorts. Sein Körper machte einen sportlichen, durchtrainierten Eindruck.

Ein paar Bilder zeigten ihn auf einer Veranda, andere vor einer Garage mit einem Mercedes-Cabrio und wieder andere auf einer Rasenfläche. Der Hintergrund war immer gleich.

Ein Blockhaus.

Die moderne Sorte, mit allem Komfort.

Auf den Fotos mit der Rasenfläche sah man im Hintergrund offenes Meer. Ich kniff die Augen zusammen. Nein, die Horizontlinie war stärker als normal. Eine ferne Küstenlinie?

»Phil!«, rief ich.

Mein Freund stellte seine Bücherblätterei ein und kam herüber.

Er stieß einen leisen Pfiff aus, als er die Bilder sah. Er zeigte auf die anderen Fächer des Karteikastens.

»Hast du's verglichen? Ist es vielleicht ein Ferienhaus, irgendwo im Urlaub?«

»Gute Idee«, sagte ich. Wir machten uns gemeinsam an die Arbeit. Fünf Minuten später wussten wir, dass Byrons Blockhausaufnahmen weder in Florida noch in Kalifornien oder auf Grenada geschossen worden waren.

Ich lehnte mich zurück, betrachtete das Bild mit der offenen Wasserfläche und dem dicken, aber leider unscharfen Horizontstrich.

»Was überlegst du?«, fragte Phil.

»Wenn es der Schlupfwinkel ist«, ich tippte auf das Bild, »dann muss er so liegen, dass man nachts mit einem Hummer Glen Cove erreichen, ein paar hundert Yards durch Kanalrohre kriechen und noch bei Dunkelheit wieder zuhause sein kann.«

»Okay«, sagte Phil. »Ziehen wir einen Radius um Glen Cove. Und dann fragen wir bei den Baubehörden in den verschiedenen Bezirken nach. Wenn Byron Eigentümer des Blockhauses ist ...«

»Warte mal!«, unterbrach ich meinen Freund. »Wir werden die Leute in den Baubehörden bitten, zwei Suchwörter durch ihre Computerprogramme zu jagen.«

»Nämlich?«

»Carl Byron und Catherine Jennison.«

Wir flogen in den mittleren Norden von Long Island. Das Gebiet dort wird »Famous Farmlands« genannt. Tatsächlich gibt es dort, vor der Haustür von New York City, noch Menschen, die Ackerbau und Viehzucht betreiben. Aber auch Urlaubsziel ist dieses Gebiet am Long Island Sound, mit der Küste von Connecticut auf der anderen Seite.

Das Blockhaus stand in der Nähe von Terryville, zur Küste hin.

Und mein Instinkt hatte mich nicht getrogen: In den Akten der Baubehörde stand Catherine Jennison als Eigentümerin.

»Noch fünf Minuten!«, sagte der Copilot über Bordfunk.

Das Land unter uns war tief verschneit. Straßen waren nicht zu sehen, Fahrzeugspuren entsprechend selten. Dem einen oder anderen Farmer war es offenbar geglückt, mit dem Traktor zum nächsten Supermarkt zu fahren.

Phil und ich machten uns fertig. Bis zum Ablauf der Frist, die Byron gesetzt hatte, blieben uns noch zwei Stunden. Das konnte eine lange Zeit sein – oder eine verdammt kurze. Wie es ausgehen würde, hing von Faktoren ab, die wir nicht vorhersehen konnten. Wir trugen weiße Kampfanzüge, die aus den Beständen der State Police stammten. Auch die kleine Blechdose mit weißer Gesichts-Tarnfarbe hatten wir von den Kollegen erhalten. Wir rieben uns damit ein.

»Was für ein Outfit!«, staunte Phil, als er mich ansah. »Wenn ich so aussehe wie du …«

»Worauf du dich verlassen kannst.«

»Yeah, dann würde jeder New Yorker Discohopper uns beneiden.«

»Vorausgesetzt, sie hätten zehn Grad minus in ihren Discos.«

Der Copilot meldete sich wieder.

»Wir haben das Haus! Zwei Minuten!«

Phil und ich wandten uns nach vorn, während wir unsere Waffen und die Zusatzausrüstung am Koppel festmachten. Die Maschinenpistolen banden wir schräg vor dem Oberkörper fest. Zum Schluss zogen wir die weißen Kapuzen zu und verknoteten die Schnüre unter dem Kinn.

Das Blockhaus zeichnete sich zunehmend deutlicher ab – ein wuchtiger Klotz in der weißen Landschaft. In einem Winkel zwischen Gebäudewand und Garage stand der Hummer, dieses Wahnsinns-Vehikel.

Jede Einzelheit unseres Planes hatten wir mit den Piloten abgesprochen. Sie wussten, wie sie reagieren mussten, wir hatten alle denkbaren Möglichkeiten im Gespräch durchgespielt. Was auch passierte, die beiden Männer im Cockpit brauchten uns nicht erst zu fragen, wie es weitergehen sollte.

»Entfernung drei Meilen«, sagte der Copilot.

»Verstanden«, antwortete ich.

»Flughöhe dreihundert Fuß. Beginnen Sinkflug!«

»Okay, wir gehen raus.«

Phil gab mir das Handzeichen mit aufgerichtetem Daumen. Ich erwiderte es. Wir öffneten die Kanzelluken gleichzeitig – Phil links, ich rechts. Eisige Luft schlug uns entgegen. Die volle Lautstärke von Turbinen und Rotoren brach über uns herein. Dank der Haltegriffe wurden wir nicht in den Passagierraum zurückgetrieben. Wir lösten die Arretierungen, und auf beiden Seiten rollten die Strickleitern in die Tiefe – starke Kunststoffseile mit Aluminiumsprossen.

»Flughöhe zweihundert Fuß!«

Der Pilot behielt den Direktkurs bei. Das bedeutete, dass sich außerhalb des Hauses nichts rührte. Keine Gefahr also. Wenn sie nicht gerade ihre Musikanlage voll aufgedreht hatten, mussten Byron und seine Komplizen längst mitgekriegt haben, dass sie Besuch erhielten. Welche Art von

Empfang sie uns bereiteten, würde sich in den nächsten Sekunden ergeben.

Das Überraschungsmoment war auf unserer Seite. So oder so.

Byron hatte nicht damit gerechnet, dass wir ihn aufspüren würden. Andernfalls hätte er den Hummer benutzt, um das Weite zu suchen.

»Flughöhe hundert Fuß, Entfernung eine Meile!«

Das war der vereinbarte Zeitpunkt.

Phil und ich begannen den Abstieg. Flugwind und Eiseskälte zerrten an uns, kaum dass wir uns ins Freie hinausschoben. Unter uns war nichts als Weiß. Sprosse um Sprosse stiegen wir abwärts. Ich sah Phil auf der anderen Seite. Wir hingen etwa auf gleicher Höhe, in der Mitte der Strickleiter. Wir pendelten im Rotorwind. Der Pilot war aber bereits mit der Geschwindigkeit heruntergegangen.

»Höhe fünfzig Fuß, Entfernung fünfzig Yards!«

Der Hubschrauber, ein Bell Jet Ranger, wurde immer langsamer. Phil und ich kletterten rascher abwärts. Wenn sich auch weiterhin nichts tat, würden wir in den Schnee springen, wenn die Maschine in der Luft schwebte. Der Pilot würde dazu einen Punkt mit geeigneter Schneehöhe aussuchen.

Wir hatten das Ende der Strickleiter fast erreicht.

Das Blockhaus war zum Greifen nahe.

In diesem Moment kam der Alarm.

»Achtung!«, warnte die vertraute Stimme des Copiloten in unseren Kopfhörern. »Zwei Mann kommen raus! Abdrehen?«

»Nein!«, sagte ich in das Kehlkopfmikro.

Ich sah die beiden Figuren sofort.

Sie schnellten aus der Hintertür.

Shorten und Staff.

Der Spitzbärtige hastete auf den Hummer zu, um dort Deckung zu suchen. Der andere, kurz und massig, wählte eine halb eingeschneite Regentonne als Deckung aus. Ich hielt mich an der Strickleiter, indem ich den linken Arm über eine Sprosse winkelte. Mit einem Handgriff löste ich die Patentverschlüsse der MPi-Gurte, und im nächsten Moment hatte ich die Waffe im Schulteranschlag.

Auch Phil war so weit.

Der Hubschrauber stand jetzt.

»Durchsage!«, rief ich ins Mikro.

Der Lautsprecher unter dem Bauch der Maschine dröhnte los.

»Achtung! Das ist ein FBI-Einsatz! Werfen Sie die Waffen weg und heben Sie die Hände! Sonst eröffnen wir das Feuer!«

Sie fühlten sich angesprochen – aber nicht so, wie wir es wollten.

Beide ließen ihren Schießstahl hinter der Deckung hervorrucken.

Dass sie auf das Cockpit feuern würden, war uns klar. Wenn wir auch nur einen Sekundenbruchteil zögerten, würden die Piloten getroffen werden.

Deshalb zogen Phil und ich durch – sofort.

Aus der eisigen Luft heraus hämmerten unsere MPis das Blei hinunter.

Shorten und Staff bekamen noch eine oder zwei Kugeln aus den Läufen. Aber die Geschosse wanderten senkrecht in den kristallklaren Himmel hinauf, ohne Schaden anzurichten. Im Hagel unserer Geschosse waren die Gangster in sich zusammengesunken, rührten sich nicht mehr.

»Okay, wir gehen runter«, ordnete ich per Kehlkopfmikro an.

Zehn Sekunden später setzte der Pilot uns ab.

Wir sprangen aus knapp drei Yards Höhe über der Schneeoberfläche ab – knapp zehn Yards von der Hütte entfernt. Aus den Augenwinkeln heraus sah ich, wie Phil in kniehohem Schnee landete und sich abrollte.

Bei mir war kein Abrollen drin. Ich sank in weichen,

brusthohen Schnee. Geistesgegenwärtig reckte ich die MPi hoch.

Über uns stand schwirrend der Hubschrauber.

Der Rotorwind wirbelte staubfeinen Schnee von der Oberfläche auf.

Doch nur für einen Moment. Wie vereinbart drehte die Maschine jetzt ab. Der Pilot würde in geringer Entfernung in Bereitstellung gehen.

Phil war auf den Beinen, lief auf den Hummer zu und schleuderte Shortens Waffe weg. Doch von dem Spitzbärtigen würde nie wieder eine Gefahr ausgehen. Das Gleiche galt für Staff.

Nur ein paar Schritte von der Hintertür entfernt lag er verkrümmt in seinem Blut. Ich dachte an die toten Manager des Architektenbüros, und ich konnte nicht das geringste Mitleid empfinden.

Phil hob die MPi an die Schulter, um sich schulmäßig zum Hintereingang voranzuarbeiten. Ebenso schulmäßig würden wir die Bude stürmen.

Ich war dabei, mich aus dem Schnee freizukämpfen.

Ich kam nicht mal einen halben Schritt weit.

Plötzlich flog die Hintertür auf.

»Nicht schießen!«, kreischte eine Stimme. »Nicht schießen! Oder sie stirbt!«

Im ersten Moment hätte ich fast geglaubt, dass es Mabel Young war, die da schrie. Denn zuerst war nur sie zu sehen. Es hatte den Anschein, als ob sie allein ins Freie sprang – nur knapp über die Türschwelle jedoch.

Doch die schrille Stimme gehörte ihrem Bezwinger.

Byron duckte sich hinter sie wie ein kleiner Junge hinter seine Mutter.

Nur die Pistole, die unvermittelt über Mabels Schulter auftauchte, störte dieses Bild.

Die dunkelhaarige Frau war bleich wie eine Wand.

Phil, noch bei dem Hummer, stand wie erstarrt. Aber er hatte die Maschinenpistole unverändert im

Schulteranschlag, und ich wusste, dass er die Waffe auf Einzelfeuer geschaltet hatte.

Dadurch war der Präzisionsschuss möglich.

Mich konnte Byron nicht sehen, da er sich hinter Mabels Haar versteckt hielt. Er musste außer sich sein vor Panik.

Ich sah nur Mabels weit aufgerissene Augen, voller Todesangst. Ich versuchte, ihr mit meinem Blick Mut zuzusprechen.

Aber ich wusste zugleich, dass ich kaum Erfolg damit haben würde.

»Die Schießeisen weg!«, schrillte Byrons Panikstimme. »Gehorcht endlich, oder ich töte sie!«

Der Lauf seiner Pistole war über Mabels rechtem Ohr in ihr Haar gebohrt.

Jäh änderte sich die Lage.

Mabels Kopf ruckte nach vorn.

Den Bruchteil einer Sekunde lang schwebte der Pistolenlauf um Fingerbreite über ihrem Haar. Ein Feuerstrahl schoss aus der Mündung, sengte Mabels Haar an. Die Kugel knallte in die Blockhauswand. Byrons verzerrtes Gesicht war neben seiner Waffe zu sehen. Sein Zeigefinger krümmte sich erneut. Er wollte die Waffe senken.

Mabel duckte sich weiter.

Phil und ich feuerten gleichzeitig.

Unsere Schüsse vereinten sich zu ohrenbetäubendem Donner.

Byrons Fratze wurde buchstäblich ausgelöscht.

Mabel schrie gellend. Reflexartig riss sie sich von ihrem schon toten Peiniger los. Sie warf sich nach vorn in den Schnee.

Eine Sekunde später waren wir bei ihr. Wir nahmen sie in die Arme und hielten sie fest. Das taten wir noch, als der Hubschrauber schon vor dem Haus landete, wo der Schnee weniger hoch war.

Auf den Hauptverkehrsstraßen fuhren die Autos bereits wieder, als Phil und ich Mabel Young zum Flughafen begleiteten. Die Architektin war eine bemerkenswerte Frau. Sie hatte den Schock überwunden. Wir hatten sie mit einem Taxi von zuhause abgeholt. In ihrem dunkelroten Kostüm und mit dem adrett frisierten Haar sah sie aus, als ob sie den ganzen Tag nichts anderes getan hätte, als Geschäftstermine wahrzunehmen.

Vor der Ankunftshalle von Kennedy Airport stiegen wir aus dem Taxi.

Mabel bedankte sich mit einem strahlenden Lächeln bei uns, ehe sie ganz nach vorn ging, an die Absperrung, wo sich die Reihe der Wartenden langsam schloss.

Phil und ich blieben vor der kleinen Snackbar am Seitenausgang und bestellten Kaffee. Minuten später kamen die ersten Fluggäste, meist deutsche Geschäftsreisende. Aber auch Urlauber und ein paar Jugendliche, die vom Schüleraustausch zurückkehrten. Menschengewühl entstand, Willkommensgrüße wurden laut. Mabel war in dem Gewühl vorübergehend nicht mehr zu sehen.

Dann, unvermittelt, tauchte sie wieder auf, und sie war nicht mehr allein.

Sie hatte sich bei einem schlanken, elegant aussehenden Mann eingehakt. Das braun gebrannte Gesicht und das silbergraue Schläfenhaar gaben ihm das Aussehen eines Filmstars, von dem man überzeugt war, ihn erst vor kurzem in einer Hollywood-Produktion gesehen zu haben.

Der Mann war Harold B. Jennison.

Wir wussten, dass er bereits im Flugzeug die Nachricht vom Tod seiner Frau und seiner bedeutendsten Mitarbeiter erhalten hatte. Er hatte unserem Chef über Bordtelefon mitgeteilt, dass er selbst die schwere Aufgabe übernehmen wollte, die Angehörigen der Ermordeten zu verständigen.

Jennison schüttelte Phil und mir stumm die Hände.

»Ich danke Ihnen für alles, was Sie getan haben«, sagte er dann, und so einfach, wie es klang, war es doch das

Aufrichtigste, was wir lange Zeit von einem Menschen gehört hatten. »Mabel und ich werden die Firma weiterführen. Wir werden unsere ganze Kraft dafür einsetzen, und wir werden es schaffen. Dass wir überhaupt dazu in der Lage sind, verdanken wir Ihnen, Gentlemen.«

Wie immer, wenn man uns mit Dank überhäuft, fiel uns auch in diesem Moment nichts ein.

Das liegt immer daran, dass auch ein G-man verlegen werden kann – obwohl das laut Dienstvorschrift nicht vorgesehen ist.

ENDE

Der Ripper von Manhattan

Als Maureen Calloway die Tür ihres schicken Apartments öffnete, wusste sie noch nicht, dass der Tod eintrat. Der Tod hat viele Gesichter, und nicht immer gibt er sich als das zu erkennen, was er ist. So auch in diesem Fall.

Er lächelte, fast ein wenig schüchtern, und sagte: »Wir haben miteinander telefoniert.«

»Komm herein«, sagte Maureen und trat einen Schritt zurück.

Sie schloss die Tür, als der Tod auf dem Teppich ihres Wohnzimmers stand und sich umsah. Vielleicht zählte es nicht gerade zu Maureens hervorstechendsten Eigenschaften, dezent zu sein. Alles wirkte ein wenig grell und bunt, aber die Einrichtung hatte doch Stil. Maureen interessierte sich für moderne Kunst, besuchte Ausstellungen und kaufte gern abstrakte Gemälde in schreienden Farben, die noch billig zu haben waren, aber irgendwann vielleicht einen großen Wert erlangen würden. Die Gemälde waren in schwarze Rahmen eingefasst, was zu dem Teppich passte.

Auch Maureen lächelte, als sie sich dem Tod näherte, wobei ihr weißes Hauskleid aus Seide raschelte. Es wurde vorn nur durch einen Gürtel zusammengehalten, den Maureen lässig-locker vor ihrem Schoß verknotet hatte. Ihr Ausschnitt klaffte weit auf und gab den Blick frei auf einen sehr großen und wohlgeformten Busen, der keinen Büstenhalter benötigte. Maureen war Ende zwanzig, aber sie hatte die stramme Figur einer Achtzehnjährigen.

»Können wir erst das Finanzielle regeln?«, flötete sie einen tausend Mal gesagten Satz. »Danach können wir uns ganz auf uns konzentrieren.«

Der Tod holte die Brieftasche hervor und reichte Maureen einen großen Schein. »Fünfhundert, wie abgemacht.«

»Wunderbar«, strahlte Maureen falsch, aber überzeugend und legte den Schein mit gespielter Achtlosigkeit in eine Schublade. »Ein Drink gefällig?«

»Bourbon«, bestellte der Tod.

Maureen stöckelte auf ihren hochhackigen Schuhen zur Hausbar und reckte ihrem Gast dabei ganz bewusst ihr ausgeprägtes Hinterteil entgegen.

Sie hantierte mit der Flasche und goss ihrem Gast ein Glas ein, als der scharfe Stahl ihre Kehle durchbohrte. Sie konnte nicht einmal mehr schreien. Flasche und Glas fielen zu Boden.

Die Flasche zersprang und ergoss ihren Inhalt auf den Teppich. Blut tränkte die blütenweiße Seide von Maureens Kleid, während ihr Körper in die Bourbonpfütze fiel.

Der Tod ging zu der Kommode, nahm mit seinen behandschuhten Fingern den Geldschein wieder an sich und steckte ihn sorgfältig zurück in seine Brieftasche.

Dann kniete er sich hin und beugte sich über Maureen. Mit ein paar raschen Schnitten trennte er die Seide von dem wohlgeformten Körper. Er schenkte den verführerischen Rundungen nur kurze Beachtung und begann sein grausiges Werk.

Mr. High begrüßte Phil Decker und mich knapp, bot uns einen Platz vor seinem gewaltigen Schreibtisch an und schob uns einen Zettel zu.

»Lesen Sie das!«

Es war ein merkwürdiges Schreiben, das aus einer Schreibmaschine oder einem Drucker stammte. Es war ein Vers, aber was für einer!

Die schöne Irin ist ganz rot,
liegt in ihrem warmen Blut,
dabei ist sie mausetot.
Danach war mir richtig gut.
Jack the Ripper

»Schon wieder?«, fragte Phil, während er den Zettel an unseren Chef zurückgab.

»Leider«, bestätigte der Special Agent in Charge. »Wenn es sich nicht um einen Nachahmer handelt, haben wir es mit einem Serientäter zu tun. Es ist zu befürchten, dass Maureen Calloway, das zweite Opfer, nicht sein letztes bleiben wird. Die City Police hat uns gebeten, den Fall zu übernehmen, weil sich der FBI mit solchen Tätern besser auskennt.«

Das stimmte. Ende der achtziger Jahre führte die Abteilung für Verhaltensforschung des FBI in Quantico eine Untersuchung über Serienmörder durch. Die Psyche von sechsunddreißig Triebtätern wurde eingehend durchleuchtet, und so gelang es, ein ziemlich genaues Täterbild zu erstellen.

Und mit einem Serienmörder schienen wir es zu tun zu haben. Vor vier Tagen hatte er eine Prostituierte namens Ruth Ransom ermordet und die Leiche grausam zerstückelt. Am nächsten Tag erhielt die Redaktion der »Daily News« ein Schreiben mit einem Vers, in dem der Killer seine blutige Tat schilderte. Unterschrieben war der Zettel mit »Jack the Ripper«. Offenbar sah sich der Mörder als einen Verwandten jenes berühmt-berüchtigten Killers von vor über hundert Jahren, den Scotland Yard niemals gefasst hatte. Falls die Schreiben tatsächlich von dem Mörder stammten.

»Bei dem Schreiben handelt es sich um eine Fotokopie«, erklärte Mr. High. »Das Original wird gerade in unserem Labor untersucht, insbesondere im Hinblick darauf, ob es vom selben Absender stammt wie der erste Vers. Hier ist er übrigens, auch als Kopie.«

Der zweite Zettel war fast identisch mit dem anderen, und auf ihm stand folgender Vers:

Die schöne Rita ist jetzt hin
und steht im Leben nie mehr auf,
weil ich ihr kleiner Schlitzer bin
und schlitze sie ganz ordentlich auf.
Jack the Ripper

»Es wäre fast komisch, wäre es nicht so grausam«, sagte ich. »Da versucht anscheinend jemand, den historischen

Londoner Ripper zu imitieren, nicht nur in den Taten, sondern auch in der Methode. Auch er hat gereimte Briefe verschickt, in denen er sich seiner Taten rühmte, wenn ich mich recht erinnere.«

»Das tun Sie, Jerry«, bestätigte Mr. High. »Für die Presse ist das natürlich ein gefundenes Fressen. Und die Leute von der ›Daily News‹ sind hocherfreut, dass sie es sind, denen der Mörder die Verse zuspielt. Sie haben jedes Mal als Erste den großen Aufmacher.«

»Noch bevor sie die Zettel an uns weiterleiten, vermute ich«, knurrte Phil.

»Das vermute ich auch«, stimmte ihm der Chef zu.

»Wieso spricht der Schreiber von einer Rita?«, erkundigte sich Phil. »Das erste Opfer hieß doch Ruth.«

»Rita war sozusagen ihr Künstlername«, erklärte John D. High. »So nannte sie sich bei ihrer Arbeit.«

»Woher stammen die Briefe?«, fragte ich.

»Der erste wurde in Chelsea eingeworfen, der zweite in Brooklyn Heights.«

»Beide noch am Abend oder in der Nacht der Tat?«

Mr. High nickte. »Sie waren jeweils schon am folgenden Morgen in der Redaktion.«

»Dann spricht vieles dafür, dass sie vom Täter stammen«, meinte ich. »Es konnte sonst niemand von den Morden wissen, als die Briefe eingesteckt wurden.«

»Völlig richtig, Jerry«, bestätigte Mr. High. »Es sieht alles danach aus, als wären die Verse direkt nach den Morden verfasst worden.«

»Wo geschahen diese genau?«, wollte Phil wissen.

»Ruth Ransom starb in der Bleecker Street in Greenwich, Maureen Calloway in der Lexington Avenue.«

»Keine schlechte Adresse«, stellte Phil fest.

»Sie hat gut verdient«, sagte Mr. High. »Im Gegensatz zum Londoner Ripper sucht sich unser Killer nicht die heruntergekommensten Prostituierten aus, sondern ›Damen mit Niveau‹.«

»Die Tatorte sind von den Einwurfstellen der Bekennerschreiben um einiges entfernt«, sagte ich. »Der Mörder fährt also erst irgendwohin, vielleicht zu sich nach Hause, bringt die Verse zu Papier und fährt dann woandershin, um sie in den Briefkasten zu werfen.«

»Wenn er die Morde nicht im Voraus so genau plant, dass er die Briefe vorher schon geschrieben hat«, ergänzte Phil.

»Finden Sie es heraus«, sagte Mr. High ruhig. »Und schnappen Sie den Kerl! Die Ergebnisse der Laboruntersuchungen sollen in ein paar Stunden vorliegen. Hier haben Sie die Akte. Die Ermittlungen bei der City Police führt Captain Dennison.«

Ausgerechnet der arrogante Charles Dennison! Er litt unter der Wahnvorstellung, FBI-Agenten seien nur darauf aus, die Verdienste der City Police zu schmälern. Natürlich hielt er jeden Streifen-Cop einem FBI-Agenten für haushoch überlegen und sich selbst für den klügsten Detektiv seit Charlie Chan. Es war nicht leicht, mit ihm zusammenzuarbeiten.

Als Phil und ich ihm in seinem Büro gegenübersaßen, zog er eine Klarsichthülle aus einer Schreibtischlade und warf sie vor uns auf den Tisch. Sie enthielt Fotos der beiden Opfer, wie sie nach der Tat aussahen.

»Sie können froh sein, dass Sie das nicht mit eigenen Augen ansehen mussten«, sagte Dennison. »Das ist nichts für schwache Nerven.«

»Deshalb gaben Sie den Fall wohl an uns ab«, stichelte Phil Decker.

»Ihr Jungs vom FBI seid doch ganz wild auf solche Fälle. Diese abartigen Psychopathen sind doch immer gut für große Zeitungsartikel oder sogar ganze Serien. Da stehen Sie wieder mal im Rampenlicht, so wie Sie es mögen.«

Ich warf Dennison einen scharfen Blick zu, den er aber entweder ignorierte oder nicht wahrnahm.

»Vielleicht treten Sie ja sogar auf der Bühne des Harrington Theaters auf«, fuhr er fort.

»Wie kommen Sie darauf?«, fragte ich.

»Weil sie dort das Musical über Jack the Ripper aufführen. Eine perverse Idee – ein Musical über einen Killer!«

»Das weiß man nicht«, entgegnete Phil.

»Was?«, fragte Dennison irritiert. »Wieso weiß man das nicht?«

»Da man Jack the Ripper nie gefasst hat, kennt man seine Identität nicht und weiß folglich auch nicht, wann er gestorben ist«, erläuterte mein Freund und Kollege. »Haben Sie bei diesem Kapitel die Polizeischule geschwänzt, Dennison, oder hatten Sie da gerade Mumps? Vielleicht ist der Ripper ja auch noch am Leben und hat das Altersheim verlassen, weil es ihm dort zu langweilig wurde.«

Der Captain lief knallrot an, und jede seiner Adern trat hervor, als er merkte, dass Phil ihn hochgenommen hatte. Er war das Paradebeispiel eines Cholerikers.

»Typisch G-man«, maulte er. »Frauen werden abgeschlachtet, und Sie machen darüber noch ihre Witzchen!«

»Wir sollten sachlich bleiben!«, ermahnte ich die beiden Streithähne. »Schließlich ist es unser gemeinsames Interesse, den Killer zu fassen.«

Wir unterhielten uns über die Theateraufführung. Seit sechs Tagen wurde am Broadway mit großem Erfolg ein Musical mit dem Titel »Jack the Ripper« gespielt, das den Londoner Schlitzer zum Thema hatte.

»Ein merkwürdiges zeitliches Zusammentreffen«, überlegte ich laut. »Als hätte sich unser Mörder davon inspirieren lassen.«

»Wäre mal etwas anderes, als immer nur den Serien im Fernsehen die Schuld an der zunehmenden Gewalttätigkeit zu geben«, meinte Phil.

»Vielleicht besteht da ein Zusammenhang«, sagte Dennison. »Die Briefe sind in Versform abgefasst, und Schauspieler sprechen auch oft in Versen.«

»Ja, aber in Musicals singen sie mehr«, meinte Phil

trocken. »Vielleicht bekommen wir als nächsten Bekennerbrief ja eine selbst komponierte Arie des Mörders.«

»Wenn Sie nicht mit einem größeren Ernst an die Sache herangehen, wird es sicher noch einen weiteren Mord geben«, fuhr Dennison meinen Freund an.

Mit der Prognose sollte er leider Recht behalten.

»Vielleicht hat Dennison gar nicht so Unrecht«, meinte ich zu Phil, während ich meinen roten Jaguar durch die Straßenschluchten Manhattans lenkte, unterwegs zur Lexington Avenue.

»Womit?«

»Mit der Vermutung, dass ein Zusammenhang mit diesem Musical besteht. Die zeitliche Übereinstimmung gibt mir zu denken.«

»Vermutlich ist es tatsächlich so, dass der Killer das Stück gesehen oder davon in der Zeitung gelesen hat und dabei auf die Idee gekommen ist, sich auch Jack the Ripper zu nennen.«

»Vermutlich«, sagte ich. »Wenn es ihn nicht sogar auf die Idee gebracht hat, die Morde zu begehen.«

»Das sagtest du schon in Dennisons Büro. Ist durchaus möglich. Wir wissen ja, dass es bei Serienmördern immer irgendein auslösendes Moment gibt, das den aufgestauten und unterdrückten Hass auf die Frauen ans Tageslicht bringt. Wie Vulkane, die scheinbar friedlich vor sich hin schlummern, aber irgendwann, wenn niemand damit rechnet, mit aller Gewalt ausbrechen.«

So war es tatsächlich. Die FBI-Untersuchung in Quantico hatte ergeben, dass Serienmörder sehr ähnliche Persönlichkeitsstrukturen aufweisen. Oft sind sie Einzelkinder oder Erstgeborene – Muttersöhnchen, die ohne oder mit einem schwachen Vater aufwuchsen. Viele wurden als Kind sexuell missbraucht, sodass ihr Sexualleben dauerhaft gestört wurde und sie ihre unterdrückten Triebe nur durch ihre blutigen Morde befriedigen können.

Serienmörder sind keineswegs irre Psychopathen, die mit verdrehten Augen und einem langen Schlachtermesser in der Hand durch die Straßen laufen und nur auf ihr nächstes Opfer warten. Vielmehr sind es normal wirkende, äußerlich meist sogar nett wirkende Menschen. Das macht sie ja gerade so unberechenbar. Niemand weiß, wer ein Serienmörder ist und wann sein Trieb in ihm ausbricht. Und selbst dann handelt er nicht kopflos. Serienmörder gehen meist kühl planend zu Werke, was sie von Massenmördern unterscheidet, die einfach eine abgesägte Schrotflinte nehmen und damit wahllos Menschen niedermetzeln. Serienmörder suchen sich ihre Opfer vorher genau aus.

Dieser Umstand war Ruth Ransom und Maureen Calloway zum tödlichen Verhängnis geworden. Die gleichartige Vorgehensweise wies darauf hin, dass auch unser Killer mit kühler Berechnung zur Tat schritt. Mochte ihm das Töten und Verstümmeln auch Lust bereiten, alles andere war wohl überlegt.

Das Apartmenthaus in der Lexington Avenue war leicht zu finden. Einige Streifenwagen standen noch davor, und ein paar Reporter von Zeitung, Radio und Fernsehen warteten begierig auf Neuigkeiten. Uniformierte Cops hielten sie vom Betreten des Hauses ab. Vermutlich schimpften die Pressefritzen und pochten auf die verfassungsrechtlich verbriefte Informationsfreiheit.

Ich fuhr an ihnen vorbei und parkte auf einem Hinterhof in der Nähe, weil ich nicht scharf darauf war, vor Kameras, Blitzlichter und Mikrofone gezerrt zu werden. Wenn Phils und mein Konterfei auf allen Bildschirmen und in allen Blättern zu sehen war, würde das unsere Suche nach dem Killer vermutlich nicht gerade erleichtern.

Das schon von außen luxuriös wirkende Apartmenthaus hatte einen Hintereingang, aber der war verschlossen. Ich drückte mehrmals auf den Klingelknopf daneben. Endlich erschien ein Mann mittleren Alters, den ich anhand seines

Kittels und der Werkzeuge, die in seinen Taschen steckten, als Hausmeister identifizierte. Als er uns sah, schüttelte er energisch den Kopf und bedeutete uns, wir sollten uns verziehen. Offensichtlich hielt er uns für aufdringliche Reporter.

Er wandte sich um und wollte gehen, als Phil so heftig gegen die Türscheibe pochte, dass sie zu zerspringen drohte. Mein Freund hielt seinen Dienstausweis gegen die Scheibe. Der Hausmeister trat vorsichtig näher und betrachtete sich den Ausweis eine halbe Minute. Dann öffnete er kopfschüttelnd die Tür.

»Tut mir Leid, ich habe Sie für Reporter gehalten. Der FBI sollte sich endlich mal einheitliche Ausweise zulegen.«

»Wie meinen Sie das, Mister …?«

»Potts«, nannte er Phil seinen Namen, »Jefferson Potts. Ich bin der Hausmeister hier. Ich habe mir Ihren Ausweis so genau angesehen, weil Ihr Kollege einen hatte, der ganz anders aussah.«

»Welcher Kollege?«, fragte Phil.

»Der mich vor einer knappen Stunde befragt hat. Sein Name war John Smithers. So stand es auf seinem Ausweis.«

»Und er war vom FBI?«, hakte Phil nach.

»Aber ja doch. Das hat er mir gesagt, und das stand auch auf seinem Ausweis. In noch viel größeren Buchstaben als auf Ihrem. Überhaupt sah der andere Ausweis echter aus. Sie sind doch wirklich vom FBI, oder?«

»Wenn Sie uns nicht glauben, können Sie gerne im Hauptquartier anrufen«, meinte Phil.

»Schon gut, so war das nicht gemeint. Aber es wäre wirklich einfacher, wenn alle Abteilungen gleiche Ausweise hätten. Ihr Kollege war wohl von einer anderen Abteilung.«

»Vermutlich«, ging Phil auf Potts ein. »Wie sah er denn aus?«

»Er war so um die fünfzig, mittelgroß und hatte dunkles Haar.«

»Was wollte er von Ihnen?«, fragte Phil.

»Er wollte alles über Miss Calloway wissen. Und ob ich etwas über den Mord wüsste.«

»Hat er sonst noch etwas gesagt?«

»Ja, dass er unerkannt ermittelt und ich der City Police nichts von ihm sagen soll. Aber für Sie gilt das ja wohl nicht, weil Sie auch vom FBI sind. Richtig?«

»Ganz richtig«, lobte ich. »Hat er Ihnen gesagt, wo Sie ihn erreichen können, falls Ihnen noch etwas einfällt?«

Jefferson Potts schüttelte den Kopf. »Warum auch? Der FBI steht ja im Telefonbuch.«

»Oder wo er hinwollte?«, fragte ich nach.

»O ja. Er sagte, er müsse weiter, weil er auch noch im Haus der anderen Toten Nachforschungen anstellen wollte.«

Keine drei Minuten später saßen Phil und ich im Jaguar und rasten in Richtung Central Park. Vielleicht hatten wir eine erste heiße Spur entdeckt!

Ich hatte die rote Magnetlampe aufs Dach gesetzt und die Sirene eingeschaltet, damit wir John Smithers – oder wie immer sein wahrer Name lauten mochte – noch in der Bleecker Street erwischten. Schafften wir das nicht, würde er nur sehr schwer zu finden sein, da er vermutlich weder ein G-man war noch in Wahrheit Smithers hieß.

Phil rief die Zentrale über Funk an und fragte nach, ob es in New York einen FBI-Agenten mit Namen John Smithers gebe. Kurz darauf kam die Antwort durch. Wir hatten einen Unglücklichen namens John Smith, eine Evelyn Smith, einen Harold Smithers und einen Patrick Smithington, aber keinen John Smithers. Auch ein auswärtiger G-man mit diesem Namen war hier nicht tätig, zumindest nicht offiziell.

»Was hältst du davon, Jerry?«, fragte mein Freund.

»Nichts Gutes. Es dürfte sich mit ziemlicher Sicherheit

um einen falschen G-man handeln. Wir sollten vorsichtig sein.«

Phil nickte und überprüfte seinen Smith & Wesson, während ich den Jaguar in südlicher Richtung über die Park Avenue scheuchte. Die meisten Fahrzeuge machten bereitwillig Platz, sobald sie die Sirene hörten und das rote Licht auf meinem Dach sahen. Aber wegen des hohen Verkehrsaufkommens kam es immer wieder zu kleinen Staus. Meistens gelang es mir, den roten Flitzer um die Hindernisse zu bugsieren. Einmal hatten dabei nur zwei Räder Bodenkontakt.

Ich fuhr auf die 14th Street und bog dann in die Eighth Avenue ab. In Greenwich Village schaltete ich die Sirene aus und nahm die Lampe vom Dach.

Die Bleecker Street zweigt am südlichen Ende der Eighth Avenue nach links ab. Ruth Ransom hatte bis zu ihrem gewaltsamen Tod in dem Haus mit der Nummer 35 gewohnt, einem unscheinbaren Mietshaus, das zumindest von außen längst nicht so nobel aussah wie Maureen Calloways Quartier.

Ich quetschte den Jaguar schräg in eine Lücke direkt vor dem Haus. Das Geschimpfe eines vorbeikommenden Rentners über unser ungebührliches Parken, wie er es ausdrückte, überhörten wir geflissentlich.

Der Hauseingang war offen. Aus den Akten wussten wir, dass Ruth Ransom im dritten Stock gewohnt hatte.

»Vielleicht ist auch Mr. Smithers da oben, um die Nachbarn zu befragen«, vermutete Phil Decker.

»Lass uns nachsehen«, sagte ich und nahm die Treppe mit großen Schritten. Oben angelangt, schauten wir uns suchend um. Eine Schwarze mittleren Alters schloss gerade eine Tür ab und kam uns entgegen.

»Kann ich Ihnen helfen?«, fragte sie freundlich.

»FBI«, sagte ich. »Wir suchen einen Kollegen, der hier Nachforschungen anstellt. Er untersucht den Tod von Miss Ransom.«

»Ja, tragisch und furchtbar, die Sache. Ich habe für ihren Beruf nicht besonders viel Verständnis gehabt, aber so etwas wünscht man niemandem. Ich glaube, meine Nachbarin, Mrs. Perkins, hatte vorhin Besuch. Ihr Apartment liegt direkt neben dem von Miss Ransom.«

Sie zeigte uns die Tür und ging dann zum Fahrstuhl. Als sich die Lifttüren hinter ihr schlossen, legten Phil und ich die Ohren an die Tür von Mrs. Perkins' Apartment und lauschten.

Ein Mann und eine Frau unterhielten sich ganz nah bei der Tür. Offenbar wollte der Mann gerade gehen, denn er verabschiedete sich höflich. Wir hörten die Frau antworten, und sie sprach ihn mit »Mr. Smithers« an.

Phil und ich zogen die Revolver und nahmen links und rechts der Tür Aufstellung, unsere Rücken gegen die Wand gepresst.

Die Tür wurde geöffnet, und ein Mann trat auf den Gang, auf den Jefferson Potts' ungenaue Beschreibung passte. Ehe sich Mr. Smithers versah, zeigten zwei Revolvermündungen auf ihn.

Mrs. Perkins stieß einen Schreckensschrei aus und warf die Tür ins Schloss. Vermutlich stürzte sie zum Telefon und alarmierte die Cops. Uns konnte es nur recht sein.

»Keine Bewegung, Mr. Smithers«, sagte ich. »Wir sind vom richtigen FBI, und unsere Zeigefinger sind momentan sehr nervös!«

Der Mann stand reglos wie eine Salzsäule. Er schluckte, brachte aber kein Wort heraus. Schweiß trat ihm auf die Stirn.

Ich tastete ihn ab, fand aber zu meiner Überraschung keine Waffen. In seiner Brieftasche steckte ein falscher FBI-Ausweis, wie man ihn zusammen mit Spielzeugpistolen aus Plastik im Supermarkt kaufen kann, ausgestellt auf den Namen John Smithers. Alle übrigen Papiere lauteten auf einen Raymond Blank. Der Name kam mir irgendwie bekannt vor.

»Sie können mir glauben, ich bin kein Gangster«, brachte er endlich hervor.

»Aber jemand, der sich als FBI-Agent ausgibt und sich in Ermittlungen einmischt«, sagte ich. »Auch das ist strafbar. Schon mal etwas von Urkundenfälschung, Amtsanmaßung und Behinderung der Staatsgewalt gehört?«

»Aber ich bitte Sie, meine Herren! Diese Ausweise kann man doch an jeder Ecke kaufen.«

»Sie sind für Kinder zum Spielen gedacht, nicht für Erwachsene zum Herumschnüffeln.«

»Das Schnüffeln, wie Sie es nennen, gehört nun mal zu meinem Beruf.«

»Dachte ich es mir doch«, meinte Phil. »Ein besonders oberschlauer Reporter, der seinen Kollegen eine Nasenlänge voraus sein will.«

»Um Gottes willen, ich bin doch kein Reporter«, entrüstete sich unser Gefangener.

»Sondern?«, fragte Phil.

»Ich bin Schriftsteller.«

»Wo ist da der Unterschied?«

Der falsche Mr. Smithers sah meinen Freund ungläubig an. »Ich schreibe Bücher, richtige Bücher, in Leinen gebunden und mit einem Schutzumschlag drumherum – falls Sie so etwas kennen.«

»Flüchtig«, antwortete Phil, »aus meiner Schulzeit.«

Mir war inzwischen ein Licht aufgegangen. Dennison hatte uns in seinem Büro ein Programmheft des Ripper-Musicals gezeigt, in dem ich den Namen Raymond Blank gelesen hatte. Er war der Verfasser eines Romans über Jack the Ripper, dessen Handlung als Vorlage für das Musical diente. Ich sprach den verhinderten G-man darauf an.

»Ich sehe schon, Sie sind ein wenig gebildeter als Ihr Kollege«, sagte Blank zu mir. Der Ausdruck der Entrüstung auf Phils Gesicht ließ mich schmunzeln. »Ganz recht, ich bin der Raymond Blank, Verfasser von dreiundzwanzig Büchern und über fünfhundert Kurzgeschichten.«

»Krimis?«, fragte Phil in einem abwertenden Tonfall.

»Jawohl, Mister, Krimis! Es erstaunt mich nicht, dass Ihnen unbekannt ist, wie literarisch angesehen diese Gattung ist.«

»Wie auch immer«, lenkte ich ein, »was hat Sie dazu gebracht, sich als Angehöriger des FBI auszugeben?«

»Ich recherchiere. Während am Broadway ein Stück nach meinem Roman über Jack the Ripper aufgeführt wird, bringt irgendein Kerl tatsächlich Frauen nach der Ripper-Manier um und nennt sich auch noch Jack the Ripper. Also, wenn das nicht Stoff für einen neuen Roman ist! Mein Verleger wird begeistert sein. Aber ich komme leider an die Untersuchungsakten der Polizei nicht heran. Und bis die Untersuchungen abgeschlossen sind, können Jahrzehnte vergehen, wie man am Londoner Ripper sieht.«

»Also haben Sie beschlossen«, fuhr ich fort, »die Zeugen einfach persönlich zu vernehmen.«

»Sie haben es erfasst.«

Eilige Schritte auf der Treppe störten die Unterhaltung.

Dann standen plötzlich Cops im Gang und richteten Gewehre und Revolver auf uns.

»Die Waffen fallen lassen und die Hände über den Kopf!«, befahl einer von ihnen.

»Wir sind G-men!«, rief Phil.

»Und ich bin General Custer«, entgegnete der Cop. »Tut, was ich euch sage, oder wir schießen!«

»Mach schon, Phil«, sagte ich und legte vorsichtig meinen Smith & Wesson auf den Fußboden.

Mein Freund tat es mir nach.

»Und jetzt schön sachte mit den Füßen rüberstoßen!«, befahl der Cop.

Wir gehorchten, und unsere Revolver schlitterten vor seine Füße.

Es gab für uns keinen Grund, uns zu sträuben. Wir hatten nichts zu befürchten. Und die Cops taten nur ihren Job. Sie kannten uns nicht und mussten deshalb auf Nummer sicher gehen.

Eine vorläufige Festnahme zu viel ist besser als ein toter Cop, heißt es unter Kollegen, auch wenn das manchmal Ärger mit der Presse oder einem erbosten Rechtsverdreher bringt.

»Wir sind tatsächlich G-men«, sagte ich laut. »Vielleicht haben Sie einmal die Güte, sich unsere Ausweise anzusehen.«

»Schicken Sie sie auf dieselbe Art rüber!«

Nachdem der Cop, ein Lieutenant Brewster, unsere Ausweise studiert hatte, gab er sie uns mitsamt den Waffen zurück und entschuldigte sich.

»Eine Mrs. Perkins hat angerufen, ein FBI-Agent sei vor ihrer Tür von zwei Gangstern überfallen worden. Deshalb mussten wir eingreifen.«

»Sie haben nur Ihre Pflicht getan, Lieutenant«, beruhigte ich ihn. »Mrs. Perkins hat diesen Mann fälschlicherweise für einen G-man gehalten. Es ist alles in Ordnung. Wir brauchen Sie nicht mehr.«

Der Lieutenant hob die Hand grüßend an die Mütze und wollte schon gehen, als er sich noch einmal zu uns umwandte. »Wissen Sie vielleicht, wem der rote Jaguar vor dem Haus gehört, Sir? Ein Bürger rief an und beschwerte sich, der Wagen sei falsch geparkt.«

»Er gehört mir, und wir sind auf einer Dienstfahrt.«

Brewster nickte und sagte: »Nichts für ungut, Sir.«

Die Cops zogen ab. Ich hörte noch, wie sie auf der Treppe ihre Witzchen über den Vorfall machten.

»Jetzt wieder zu Ihnen, Mr. Blank«, wandte ich mich an den Schriftsteller.

»Ein Vorschlag, Mr. G-man«, sagte Blank. »Für eine längere Unterhaltung ist es hier zu ungemütlich. Ein paar Häuser die Straße hinauf habe ich eine kleine Bar gesehen. Wie wäre es mit einem Drink auf den Schreck?«

»Wir sind im Dienst«, erklärte ich. »Der fängt zwar auch

mit D an, geht einem Drink aber alle Mal vor. Mit einem haben Sie dennoch Recht: Man kann sich dort sicher besser unterhalten.«

In der Bar suchten wir uns einen Ecktisch aus, und Raymond Blank orderte einen Whisky. Phil und ich begnügten uns mit Kaffee.

»Ich möchte Ihnen ein Geschäft vorschlagen«, sagte Blank, während er an seinem Glas schnupperte und das Aroma genoss.

»Hört sich sehr nach Beamtenbestechung an«, antwortete Phil kühl.

»Oh, Geld will ich Ihnen nicht anbieten. So viel verdiene ich durch meine Schriftstellerei auch wieder nicht. Ich bin ja nicht Stephen King. Ich dachte vielmehr an einen Handel: Dienstleistung gegen Dienstleistung.«

»Und was für einen Dienst wollen Sie uns leisten?«, fragte ich abwartend.

»Es ist ganz offensichtlich, dass sich der Killer an dem historischen Jack the Ripper orientiert. Es gibt wohl kaum einen Amerikaner, der sich mit dem Thema so ausführlich befasst hat wie ich. Nicht nur in meinem Roman, der übrigens fast ein Jahr lang auf der Bestsellerliste der ›New York Times‹ stand, sondern auch in Artikeln in Fachzeitschriften. Auch sonst sind Serienmörder und Psychopathen das Hauptthema meiner Romane. Ich könnte Ihnen vielleicht wertvolle Hinweise geben.«

»Aha«, machte ich. »Und wie stellen Sie sich unsere Dienstleistung vor?«

»Sie könnten mich über die Ermittlungen auf dem Laufenden halten. Und vielleicht könnte ich durch Sie ein paar Einzelheiten erfahren. Informationen, die anderen nicht zur Verfügung stehen.«

»Sie meinen, wir sollen Dienstgeheimnisse an Sie weitergeben«, sagte Phil.

»Keineswegs. Sie sollen natürlich nur tun, was Sie mit Ihrem Gewissen und Ihren Vorschriften vereinbaren können.«

Ich schaute Phil an und fragte ihn: »Was meinst du?«

»Versuchen wir es.«

»Also gut«, sagte ich zu Blank. »Auf dieser Basis können wir zusammenarbeiten. Aber jetzt noch etwas anderes: Was haben Ihnen Mrs. Perkins und Mr. Potts erzählt?«

Was Blank erfahren hatte, wussten wir bereits aus den Akten.

»Wohnen Sie eigentlich in New York?«, erkundigte sich Phil.

»Nein, ich lebe in Boston. Da ist es nicht ganz so hektisch. In New York bin ich nur wegen der Musical-Aufführung. Mein Verleger meinte, dadurch ließe sich ganz gut Werbung für mich und meine Bücher machen. Eigentlich wollte ich morgen abreisen. Aber ich habe beschlossen, noch ein Weilchen zu bleiben.«

»Seit wann sind Sie hier?«

»Seit einer Woche. Einen Tag vor der Premiere bin ich angekommen.«

»Wo wohnen Sie?«

»Im ›Essex House‹.«

»Das ist ebenso komfortabel wie teuer«, stellte Phil Decker fest.

»Mein Verleger zahlt, zumindest bis morgen. Und da ich ja jetzt für ein neues Buch recherchiere, wird er hoffentlich die Folgekosten auch übernehmen. Ich darf nicht vergessen, ihn heute noch deswegen anzurufen.«

»Wo waren Sie letzte Nacht und in der Nacht, als Ruth Ransom ermordet wurde?«, fragte Phil weiter.

»Im Bett natür…«, sagte Blank und hielt mitten im Wort inne, als er erkannte, worauf die Unterhaltung hinauslief. »He, Moment mal! Was soll das eigentlich? Ich dachte, wir arbeiten zusammen. Weshalb behandeln Sie mich wie einen Verdächtigen?«

»Weil Sie einer sind, Mr. Blank«, sagte Phil kühl. »Sie waren in der Stadt. Sie kennen sich angeblich wie kaum ein anderer mit Jack the Ripper aus. Sie treiben sich an den Tatorten herum. Und wie es scheint, haben Sie keine Alibis.«

»Weil ich im Bett war und geschlafen habe.«

»Woher wissen Sie denn, um welche Zeit Ruth Ransom und Maureen Calloway ermordet wurden?«

Blank fuhr sich unsicher mit der Hand über den Kopf und brachte seine Frisur in Unordnung. Phils Frage hatte ihn überrascht. Wie zuvor im Apartmenthaus trat Schweiß auf seine Stirn.

»Es – es hat in der Zeitung gestanden.«

»Die Todeszeit von Ruth Ransom ja«, hakte Phil nach, »aber nicht die von Maureen Calloway. Der Zeitpunkt ihres Todes ist noch gar nicht genau bestimmt.«

»Ich meine ja auch, ich habe angenommen, dass ich zu der Zeit im Bett lag. Ich bin davon ausgegangen, dass sie zur selben Zeit ermordet wurde wie das erste Opfer – gegen Mitternacht. Da habe ich bereits geschlafen.«

»Allein?«

»Ja, verdammt. Leider, wie sich jetzt zeigt. Ich hätte mir eine Nutte aufs Zimmer holen sollen. Dann hätte ich jetzt ein Alibi.«

»Oder der Ripper ein drittes Opfer.«

»Ich bin nicht Jack the Ripper!«

Blank schrie es aus voller Kraft, als könnte er so mehr Wahrheit in seine Worte legen. Der Mann hinter der Bar und die wenigen Gäste drehten sich zu uns herum und starrten uns an. Wir ignorierten die neugierigen Blicke.

»Ich schreibe über Killer, aber ich bin keiner«, sagte Blank, jetzt sehr leise. »Was passiert jetzt?«, fragte er zaghaft.

»Wir brauchen Ihre Fingerabdrücke.«

»Glauben Sie mir immer noch nicht?«

»Ich weiß noch nicht, was ich glauben soll«, sagte Phil. »Das mit den Fingerabdrücken ist nur zur Sicherheit.

Trotzdem möchte ich Sie bitten, an Ihrem ursprünglichen Plan festzuhalten und die Stadt nicht zu verlassen.«

»Den Spruch kenne ich aus dem Fernsehen und aus meinen Büchern. Aber Sie haben kein Recht, mir das zu befehlen, G-man.«

»Deshalb bitte ich Sie auch nur darum. Möchten Sie vielleicht lieber in Untersuchungshaft?«

Blank sah mich Hilfe suchend an, aber ich zuckte nur mit den Schultern. Dies war Phils Spiel, und darin mischte ich mich nicht ein.

Wahrscheinlich verfluchte Raymond Blank diesen Tag und wünschte sich, er wäre nie zur Premiere des Musicals nach New York gekommen. Erst nahm Phil ihn in die Mangel, dann musste er sich auf den Notsitz im Fond meines Jaguar quetschen, und schließlich wurden ihm die Fingerabdrücke abgenommen wie einem der Mörder aus seinen Romanen.

»Du bist ganz schön hart mit Blank umgesprungen«, sagte ich zu Phil, als wir wieder allein waren, in unserem Büro saßen und die beiden letzten Zigaretten aus Phils Schachtel rauchten.

»Er ist ein gerissener Bursche. Nur auf die harte Tour kann man bei ihm etwas erreichen. Er ist einer von den Kerlen, denen man ordentlich Dampf machen muss, damit die coole Fassade bröckelt, hinter der sie sich verschanzen.«

Wir hatten uns für den Abend mit Blank im Harrington Theater verabredet. Wir wollten uns dort das Musical ansehen, weil wir das Gefühl nicht loswurden, dass es mit den Morden in einem engen Zusammenhang stand. Danach wollten wir uns mit dem Schriftsteller treffen. Er hatte versprochen, uns durch eine Wachsfigurenausstellung über den Ripper zu führen, die im Theater gastierte.

Es klopfte, und unsere junge Kollegin O'Hara trat ein.

»Sagt mal, war das nicht Raymond Blank, der vorhin mit euch zusammen war?«

»Richtig«, sagte Phil. »Woher kennst du ihn?«

»Von den Buchcovern. Ich habe fast alle seine Bücher.« Rubys Leidenschaft für Kriminalromane war uns gut bekannt. »Warum habt ihr mir nicht Bescheid gesagt? Ich hätte gern ein Autogramm von ihm gehabt.«

»Das haben wir«, meinte Phil.

»Wo?«

»In der Fingerabdruckkartei.«

Wir klärten Ruby über die Situation auf.

»Ich glaube nicht, dass Raymond Blank der Ripper ist«, sagte sie kopfschüttelnd und wollte das Büro verlassen.

»Ruby!«, hielt ich sie auf.

»Was ist?«

»Kannst du uns Blanks Bücher leihen?«

»Kein Problem. Welche wollt ihr haben?«

»Alle. Besonders das über Jack the Ripper«

»Wird erledigt.«

In der Tür wäre sie fast mit einem breiten, untersetzten Mann zusammengestoßen.

»Mr. Cotton und Mr. Decker?«

»Da sind Sie richtig«, antwortete ich. »Was können wir für Sie tun, Mister …?«

»Hunter, Alan Hunter ist mein Name. Ich bin der Präsident des Bürgerkomitees.«

Ich bot ihm einen Stuhl an und fragte, um was für ein Komitee es sich handele.

»Das Komitee zum Schutz der Bürger Manhattans.«

Er sah uns an, als warte er auf den Funken der Erkenntnis in unseren Augen. Aber der sprühte nicht auf. Wir hatten von diesem Komitee noch nichts gehört und sagten es Mr. Hunter auch.

»Man wird aber bald von uns hören«, sagte Hunter mit einer Bestimmtheit, die keinen Widerspruch duldete. Er schien einer jener Menschen zu sein, die so sehr von sich selbst überzeugt sind, dass es ihnen niemals auch nur in den Sinn kommt, sie könnten Unrecht haben.

»Die Bürger Manhattans sind es nämlich leid, Verbrechen, Gewalt und Terror hilflos ausgeliefert zu sein«, fuhr Hunter fort. »Deshalb haben sie das Komitee gegründet, dem ich vorstehe. Kurz und gut, ich möchte Ihnen die Hilfe bei der Überführung des Rippers anbieten. Sie können mich und meine Leute sicher gut gebrauchen. Ich war erst bei Captain Dennison von der City Police. Er hat mir gesagt, dass Sie jetzt den Fall bearbeiten. Ist bestimmt auch besser so. Nichts gegen unsere Jungs von der Stadtpolizei, aber wenn es wirklich brenzlig wird, kann nur der FBI die Kastanien aus dem Feuer holen. Nicht wahr?«

Er sah uns Beifall heischend an wie ein Schauspieler, der sich des Applauses sicher ist.

Ich verfluchte innerlich Charles Dennison und erkannte an Phils zusammengepressten Lippen, dass es ihm genauso ging.

Der Captain hatte sich bestimmt ins Fäustchen gelacht, als es ihm gelungen war, uns diesen Hunter auf den Hals zu hetzten. Genau das, was wir jetzt nicht gebrauchen konnten, waren übereifrige Bürger, die mit viel Lärm durch die Straßen zogen, jeden verdächtigten, dessen Gesicht ihnen nicht gefiel, und letztlich alles nur verschlimmerten.

Das machte ich Mr. Hunter klar, jedoch mit etwas diplomatischeren Worten. Erst schien er nicht zu begreifen, was ich ihm sagte. Langsam gefror das einstudierte Lächeln auf seinem Vollmondgesicht und machte einem ungläubigen Staunen Platz. Dann brach sich sein Ärger Bahn.

»Anscheinend habe ich mich in Ihnen getäuscht«, polterte er los. »Sie sind genauso arrogant und unfähig wie die Cops. Dann werden wir die Sache eben selbst in die Hand nehmen und unsere Frauen und Kinder vor diesem Irren beschützen.«

»Das war zu befürchten«, sagte Phil, während Hunter aus dem Büro stapfte wie ein wild gewordener Stier.

Nach und nach erhielten wir die Ergebnisse der erkennungsdienstlichen Untersuchungen.

Maureen Calloway war zwischen Mitternacht und ein Uhr nachts ermordet worden, also zur gleichen Zeit wie Ruth Ransom. Auch die Tatwaffe war identisch. Ein dünnes, scharfes Messer, ähnlich einem Skalpell. Vielleicht war es sogar eines. Der Mörder hatte das Opfer mit den gleichen Schnitten aufgeschlitzt wie Ruth Ransom. Doc Reiser, unser FBI-Arzt, meinte, der Killer besitze mit hoher Wahrscheinlichkeit medizinische Kenntnisse.

Die meisten Fingerabdrücke in der Wohnung stammten von Maureen Calloway selbst, ein paar andere vermutlich von ihren Kunden. Es waren, wie auch bei Ruth Ransom, keine Abdrücke darunter, die wir in unserer Kartei fanden. Und auch Raymond Blanks Abdrücke fanden sich nicht in den Wohnungen der Opfer. Aber das musste nichts bedeuten. In jedem Fernsehkrimi sieht man schließlich die Mörder Handschuhe tragen.

Die beiden Bekennerbriefe stammten vermutlich von demselben Absender, denn sie waren mit hoher Wahrscheinlichkeit auf demselben Computerdrucker geschrieben worden, einem Laserdrucker vom Typ Ellroy-LX-3000. Leider ein sehr gängiges und viel verkauftes Modell. Das Gutachten kam zu dem Schluss, dass nicht nur der Typ identisch war, sondern auch das benutzte Gerät. Die Wahrscheinlichkeit dafür wurde mit fünfundneunzig Prozent angegeben. Auch die Adressaufkleber mit der Aufschrift der Zeitungsredaktion stammten aus diesem Drucker.

»Schade, dass der Ripper nicht auch einen Aufkleber mit seinem Absender auf den Umschlag geklebt hat«, meinte Phil. »Das würde uns viel Arbeit ersparen.«

Wir suchten Jennifer Belden, die FBI-Psychologin, in ihrem Büro auf. Sie hatte die Verse des Killers zur Begutachtung bekommen. Die attraktive Mittdreißigerin saß vor ihrem Computer-Terminal und sah uns überrascht an.

»Ihr seid früh dran. Ich bin noch nicht ganz fertig mit meinen Schlussfolgerungen.«

»Zu Papier können Sie es später bringen, Jennifer«, sagte ich, nachdem wir Platz genommen hatten. »Sagen Sie uns einfach, was Sie bis jetzt herausgefunden haben. Leider sind wir in Zeitnot, da wir nicht wissen, wann der Mörder wieder zuschlägt. Oder verfügen Sie über Erkenntnisse?«

Sie schüttelte den Kopf mit ihrem modisch kurz geschnittenen braunen Haar. »Dazu ist es zu früh. Erst ein dritter Mord, so perfide es klingt, könnte uns Erkenntnisse darüber verschaffen, ob sich die Abstände zwischen den Taten verkürzen, ob sie gleich bleiben oder etwa unregelmäßig sind. Wie Sie wissen, gibt es auch bei Serientätern ganz unterschiedliche Auslösemomente für ihre Tathandlungen. Manchmal liegen Jahre zwischen den einzelnen Taten. Manchmal gehen die Mörder aber auch mit einer Regelmäßigkeit zu Werke, als trügen sie ein inneres Uhrwerk in sich. Und so ähnlich ist es dann auch, bildlich gesprochen.«

»Was können Sie über den Täter sagen?«, fragte ich.

»Die acht Zeilen sind nicht allzu viel an Material. Aber in Verbindung mit der Ausführung der Verbrechen lassen sie den Schluss zu, dass der New Yorker Ripper vom Täterbild her in die Reihe der typischen Serienmörder passt. Die Verse lassen auf eine starke Mutter-Sohn-Beziehung schließen, aus der sich der Mörder durch seine Taten zu befreien versucht. Die Zeile ›weil ich ihr kleiner Schlitzer bin‹ weist ganz deutlich auf das Verhältnis eines kleinen Jungen zu seiner Mutter hin. Und das ›und schlitze sie ganz ordentlich auf‹ ist auch bemerkenswert. Das Wort ›ordentlich‹ wirkt bei solch einer Bluttat fehl am Platze. Nicht aber für einen Jungen, der von seiner Mutter zur Ordnung erzogen wurde. Die letzte Zeile aus dem zweiten Brief, ›danach war mir richtig gut‹, ist ein deutlicher Hinweis auf die Erlösungsfunktion der Morde.«

»Sie meinen, durch die Morde befreit sich der Täter von

dem Druck, den der starke Muttereinfluss noch immer auf ihn ausübt.«

»Ganz recht, Jerry. Er tötet die Prostituierten stellvertretend für seine Mutter, bei der er einen Akt der Befreiung nie gewagt hat. Sie wissen ja, dass Serienmörder in ihrer Kindheit häufig an einer zu starken Mutterbindung gelitten haben, um nicht zu sagen, an einer Abhängigkeit. Da mischen sich in den Gefühlen die unterschiedlichsten Elemente. Einerseits ist da der Hass auf die Mutter, andererseits aber immer noch eine scheue Art der Bewunderung. Beide Verse beginnen ganz ähnlich: ›Die schöne Rita‹ und ›Die schöne Irin‹. Darin liegt immer eine distanzierte Bewunderung, die der Täter dann aber mit seiner Tat überwindet.«

»Und deshalb die gereimten Briefe?«, fragte Phil.

»Das ist auch eine Art von Ausbrechen aus Zwängen. Die weitaus meisten Serienmörder sind introvertierte Einzelgänger, nach außen nett und freundlich, aber nicht fähig zu wirklichen zwischenmenschlichen Kontakten oder gar Freundschaften. Auch eine Folge der engen Mutterbindung, neben der ganz einfach kein Platz für andere Menschen war und für das Lernen, mit anderen Menschen umzugehen. Deshalb teilt sich der Täter in seinen Briefen mit. Die Versform kann vieles zu bedeuten haben. Möglicherweise ist es eine Spielerei, durch die der Täter seine Unsicherheit verdeckt.«

»Und der Bezug auf Jack the Ripper?«, erkundigte ich mich.

»Eine Art Identifikation. Der Täter bewundert den Ripper und seine Taten und ahmt ihn deshalb nach. Er hat zu wenig eigene Persönlichkeit und nimmt deshalb die des Rippers an.«

»Halten Sie es für möglich, dass die aktuelle Aufführung des Ripper-Musicals am Broadway etwas mit dieser Identifikation zu tun hat?«

»Durchaus möglich, Jerry, dass darin der Grund für die

Identifikation liegt, vielleicht sogar das auslösende Moment für die Mordserie.«

»Was ist mit der Person des Täters?«, fragte Phil. »Bildung und Beruf?«

»Schwer einzuschätzen. Die gewählte Versform und auch die von ihm benutzten Wörter zeigen uns, dass zumindest eine mittlere Schulbildung vorliegt, wahrscheinlich sogar eine hohe. Die Verse sind zwar etwas schlicht gehalten, aber mir scheint Absicht dahinter zu stecken. Der Täter will uns über seine Persönlichkeit im Unklaren lassen, was für eine hohe Intelligenz spricht. Auch dies ist ein Merkmal von Serienmördern.«

Als wir in unser Büro zurückkehrten, fanden wir dort das angeforderte Dossier über Raymond Blank. So hieß der Schriftsteller übrigens wirklich, da er nicht, wie so viele seiner Kollegen, ein Pseudonym benutzte. Der Inhalt war überaus aufschlussreich.

Vor zehn Jahren hatte Blank fast ein Jahr in einer geschlossenen psychiatrischen Anstalt verbracht, weil er psychisch labil war und zu Gewaltausbrüchen neigte, insbesondere gegenüber Frauen. Seine Frau hatte sich daraufhin von ihm scheiden lassen. Er galt zwar als geheilt, besuchte aber regelmäßig seinen Psychiater in Boston.

Blank war ein Einzelkind, dessen Vater früh verstorben war. Die Ärzte diagnostizierten bei ihm eine überstarke Mutterbindung. Erste Frauenbekanntschaften machte er erst als Erwachsener nach dem Tod seiner Mutter.

»Der ideale Serienmörder«, meinte Phil.

»Ja«, gab ich zu. »Fast schon zu schön, um wahr zu sein.«

»Wer über Morde schreibt, kann auch welche begehen, Jerry. Er kennt sich im Metier gut aus.«

»Aber warum? Blank hat offenbar eine bessere und einträglichere Möglichkeit gefunden, seine Komplexe zu kompensieren. Er schreibt Bücher über Frauenmorde.«

»Vergiss nicht seine Einweisung in die Geschlossene. Offenbar bricht es zuweilen in ihm durch. Vielleicht hat er beschlossen, dass es an der Zeit ist, die Feder mit dem Messer zu vertauschen.«

»Möglich«, stimmte ich zu und griff zum Telefon.

Ich beauftragte Steve Hawkins von der Fahndungsabteilung damit, Blank überwachen zu lassen.

Den Rest des Tages verbrachten wir mit der Besichtigung der Tatorte und der Überprüfung der Zeugenaussagen. Die Vernehmungen und Untersuchungen vor Ort oblagen weiterhin der City Police unter Captain Dennison. Aber Phil und ich leiteten die Untersuchungen in diesem Fall. Das wurmte den Captain nicht wenig.

Abends fuhren wir zum Harrington Theater, wo Blank, wie versprochen, zwei Karten für uns an der Kasse hatte zurücklegen lassen. Das war auch nötig gewesen, denn die beiden Morde hatten dem Stück zu einer ungeheuren Popularität verholfen, dass es bis auf den letzten Platz ausverkauft war. Plötzlich schien sich jeder in Manhattan und in ganz New York für Jack the Ripper zu interessieren.

Das Publikum war begeistert und spendete einige Male Szenenapplaus. Phil und ich begeisterten uns verständlicherweise weniger für das Musical. Ich halte es für bedenklich, einen Frauenmörder zu einem singenden Musical-Star zu machen, der noch dazu romantisch verklärt wird. Weil ihn die Polizei nicht fassen und von seinem bösen Wesen erlösen konnte, beging er in dem Stück schließlich Selbstmord und sprang in die Themse. Laut Blank war der Ripper ein Rechtsanwalt namens Montague John Druitt.

Mich beschäftigte während der gesamten Aufführung eine andere Frage: Wer war der Ripper von Manhattan?

Lorna Mansfield fror an diesem Herbstabend, denn berufsbedingt war sie nur leicht bekleidet. Tagsüber wärmten noch die Sonnenstrahlen, sodass kurze Röcke und kurzärmlige Blusen ausreichten. Aber sobald die Sonne hinter den Wolkenkratzern im Westen versank, kroch ihr die Kälte in die Glieder.

Lorna trug ein schwarzes Minikleid, schwarze Netzstrümpfe und hochhackige schwarze Schuhe. Eine kleine goldverzierte schwarze Handtasche hing an ihrer Schulter. Sie war eine eher kleine, wohl proportionierte Frau. Braunes Haar fiel in sanften Wellen auf ihre Schultern.

Sie stöckelte am Straßenrand die Seventh Avenue hinauf und spürte die Blicke der vorbeifahrenden Männer. Fuhr einer langsamer oder hielt verkehrsbedingt an, lächelte sie ihm zu und beugte sich zu ihm hinab, womit sie Einblick in ein tiefes Dekolletee gewährte. Aber niemand öffnete die Tür und bat sie zu sich. Enttäuscht drehte sie sich um und ging ihren Abschnitt der Straße wieder hinunter.

Jede Frau hier auf der Straße hatte ihren genau abgegrenzten Bezirk. Hier durfte sie auf Freier warten. Wehe aber, sie übertrat die Grenzen, dann gab es fürchterlichen Ärger. Dafür sorgten die Zuhälter. Lorna hatte einmal in einem fremden Bezirk gewildert. Danach hatte sie eine Woche im Krankenhaus verbracht. Noch heute erinnerte sie eine Narbe am Arm an diese Lektion.

Sie überlegte, ob sie sich in einem Cafe etwas aufwärmen sollte, als sie jemand von hinten ansprach, den sie nicht hatte kommen hören.

»Nichts los heute Abend, Lady?«

Sie drehte sich um und schaute in ein lächelndes Gesicht. Sie wusste nicht, dass auch der Tod zuweilen lächelte. Sogar sehr oft, denn wenn er Ernte hielt, war das für ihn ein freudiges Ereignis.

»Bis jetzt noch nicht«, antwortete Lorna und lächelte anzüglich zurück. »Aber vielleicht können du und ich daran etwas ändern.«

Der Tod wurde geschäftlich und fragte: »Wie viel?«

»Einfach fünfzig Bucks, nackt hundert, mit Extras zweihundertfünfzig und mit Spezialbehandlung dreihundert.« Lorna sagte es auf wie eine Einkaufsliste.

»Heute Abend ist mir nach einer Spezialbehandlung«, sagte der Tod und verbarg sein Grinsen wieder hinter einem Lächeln.

»Kann ich das Geld sehen?«

»Erst auf dem Zimmer. Ich bin nicht von gestern, Lady.«

»Komm mit.«

Lorna ging voraus, den Tod im Gefolge. Sie gingen durch eine enge Gasse und einen Hinterhof zu einer billigen Absteige, wo sie arbeitete. Hier bezahlte man stundenweise und nahm kein Gepäck mit auf das Zimmer.

Der Tod zog seine Mütze tief in die Stirn, als der alte Portier von dem Fernseh-Western aufsah.

»Du musst vorher das Zimmer bezahlen«, sagte Lorna.

Der Tod holte seine gut gefüllte Brieftasche hervor, die Lornas letzte Zweifel über seine Liquidität beseitigten, und fragte nach dem Preis.

»Dreißig für 'ne Stunde«, quetschte der fast zahnlose Portier hervor, strich das Geld ein und schob einen abgegriffenen Schlüssel über den Tresen. »Nummer 31.« Dann wandte er sich wieder Randolph Scott im Fernsehen zu und murmelte, mehr zu sich selbst: »Damals konnten sie noch Filme machen.«

Auf dem Zimmer, einer schäbigen Bruchbude, nahm Lorna erst die drei Hundertdollarscheine in Empfang und verstaute sie in ihrer kleinen Handtasche. Anschließend öffnete sie mit einer tausend Mal geübten Handbewegung den Reißverschluss ihres kurzen Kleides, das um ihre Füße zu Boden fiel. Jetzt trug sie nur noch einen schmalen, ebenfalls schwarzen Slip, Strapse und ihre Strümpfe.

»Gefalle ich dir?«, gurrte sie den Tod an und strich mit ihren Fingern über die vollen Brüste.

»Ja. Zieh dich ganz aus.«

»Und du?«

»Später.«

Lorna beugte sich nach vorn, um sich ihrer Strapse und Strümpfe zu entledigen, als der Tod zustieß.

Im Harrington Theater wollte Raymond Blank nach der Vorstellung in der Bar auf uns warten. Als wir ihn dort nicht fanden, setzten wir uns an die Theke und fragten den Mixer nach ihm.

»Mr. Blank war heute Abend noch gar nicht hier. Heute scheint überhaupt jeder zu spät zu kommen.«

»Wie meinen Sie das?«, fragte Phil, der wusste, dass Mixer und Barkeeper in neunundneunzig Prozent der Fälle gesprächig sind. Das gehörte zu ihrem Beruf wie zu dem des Friseurs.

»Ob ganz unten oder ganz oben, jeder scheint heute Abend die Arbeit zu schwänzen. Der alte George Handler, der für gewöhnlich die Toiletten putzt, ist nicht zur Arbeit gekommen. Und Mr. Davis, der Geschäftsführer, wird auch dringend gesucht. Irgendeine Agentur aus Frisco versucht ihn schon den ganzen Abend telefonisch zu erreichen.«

»Von was ist denn dieser Mr. Davis der Geschäftsführer?«, erkundigte ich mich.

»Von der Firma, der das ganze Haus hier gehört, das Theater eingeschlossen.«

»Ist ein ziemlich großer Kasten«, stellte ich fest.

»Ja. Miss Whitford besitzt einige Firmen. Die Büros sind alle hier im Haus, und sie selbst wohnt im Penthouse.«

»Ich habe mich schon gewundert, welcher Theater-Star dort residiert«, meinte ich.

»Theater-Star ist gut.« Der Mixer lachte. »Joanna Whitford ist eine knallharte Geschäftsfrau, seit sie die Firmen und das Vermögen von ihrem Vater geerbt hat.«

»Das Theater ist demnach nur ein Nebenverdienst?«, fragte Phil Decker.

»So ist es.«

»Haben Sie das Musical schon gesehen?«, wollte ich wissen.

»Nein, danke«, winkte er ab. »Ich mixe die Drinks in der Theater-Bar, aber ich halte nicht viel von der Singerei.«

»Ich in diesem Fall auch nicht«, gab ich zu. »Obwohl ich ansonsten gar nichts dagegen einzuwenden habe, wenn Killer singen.«

Der Mixer sah mich verständnislos an.

Der Tod saß auf dem ramponierten Bett und sah sich sein Werk an. Er hatte ja Zeit.

Wenn er das Zimmer zu früh verließ, würde sich der Portier wundern. Er hatte kurz daran gedacht, die rostige Feuerleiter zu benutzen, aber dann hätte er sich unnötig verdächtig gemacht.

Als die Stunde fast vorüber war, trat der Tod auf den Gang hinaus und ging die Treppe hinunter. Wieder hatte er seine Mütze tief ins Gesicht gezogen.

Der Portier sah nur kurz von den Fernsehnachrichten auf, wo man gerade einen Bericht über den zweiten Prostituiertenmord und die bisher erfolglose Suche nach Manhattans Jack the Ripper brachte. Mit Kritik an der Polizei wurde darin nicht gespart. Als er den Tod sah, war der Portier beruhigt und konzentrierte sich wieder auf die aufregend-schrecklichen Neuigkeiten.

Der Tod trat auf den dunklen Hinterhof hinaus. Kalte Nachtluft umfing ihn, aber er fror nicht, fröstelte noch nicht einmal. Mit raschen Schritten ging er durch die enge Gasse zurück auf die Seventh Avenue, wo er mit Manhattans Nachtleben verschmolz.

Phil und ich wurden langsam ungeduldig, als Raymond Blank nach einer geschlagenen halben Stunde noch immer nicht aufgetaucht war. Wir hielten uns jeder an dem

Longdrink fest, weil es nicht unser Ziel war, uns zu betrinken.

»Jetzt habe ich die Nase voll«, schimpfte Phil und rutschte vom Barhocker.

»Was hast du vor?«

»Ich gehe zum Telefon und rufe in Blanks Hotel an.«

Es piepte gleichzeitig bei uns beiden. Die Pieper wurden nur eingesetzt, wenn es etwas wirklich Wichtiges gab.

»Jetzt kannst du anrufen«, sagte ich, während ich den Ausschaltknopf meines Geräts drückte, da wir schon genügend neugierige Blicke auf uns zogen. »Aber nicht bei Blank, sondern in der Zentrale.«

Als mein Freund aus der Telefonbox trat, erkannte ich an seiner Leichenbittermiene, dass etwas nicht in Ordnung war.

»Das dritte Opfer«, sagte er leise zu mir: »Man hat es vor einer knappen halben Stunde entdeckt.«

»Wo?«

»In einer Absteige an der Seventh Avenue, nahe dem Sheraton Center.«

»Auf zum Jaguar«, sagte ich und warf zwanzig Dollar auf die Theke. »Um Blank kümmern wir uns später.«

Wir waren um diese Uhrzeit schnell am Tatort, der zudem nicht weit vom Theaterdistrikt am Broadway entfernt war. Das Sheraton Center liegt zwischen der 52nd und der 53rd Street, also im oberen Bereich der Seventh Avenue, die direkt neben dem Broadway verläuft, nachdem sie diesen weiter unten am Times Square gekreuzt hat. Die beiden Straßen bilden ein großes X. Irgendwie hatte die Presse genauso schnell wie die Polizei von der Sache erfahren. Die Cops hatten Mühe, die Kameraleute, Fotografen und Journalisten zurückzuhalten.

Die Absteige hatte einen entschieden zu gut klingenden Namen als Anspielung auf das nahe Theaterviertel: »Thespis House«. Aber irgendwie war er auch passend, denn Thespis war, wie ich aus dem Lexikon erfuhr, ein griechischer Dichter, der im Jahre 534 vor Christus in Athen die erste Tragödie aufgeführt haben soll. Und eine Tragödie war es in der Tat, was sich uns in dem kleinen Zimmer im dritten Stock darbot.

Der Ripper war genauso grausam zu Werke gegangen wie bei seinen ersten beiden Morden und hatte das Opfer mit seinem Messer auf Ekel erregende Weise verstümmelt.

Ein uniformierter Cop lief im Gesicht grün an und rannte die Treppe hinunter zur Toilette.

Die Männer vom Erkennungsdienst, die in dem Mordzimmer die Spuren sicherten, trugen die üblichen Schutzanzüge aus weißem Kunststoff, um keine eigenen Spuren zu hinterlassen.

Captain Dennison war kurz vor uns eingetroffen und machte ein ernstes Gesicht, in dem nichts von seiner sonstigen Überheblichkeit zu erkennen war.

Er trat auf uns zu und sagte: »Wir müssen das Schwein erwischen, und zwar bald!«

Er hatte Recht. Zwei Morde an zwei aufeinander folgenden Tagen ließen den Schluss zu, dass der Druck, unter dem der Killer vermutlich handelte, zunehmend stärker wurde.

Es konnte zu einem Amoklauf kommen.

»Kennt man die Tote?«, fragte ich.

»Der Portier dieses fragwürdigen Etablissements wird gerade von Lieutenant Haggerty vernommen«, antwortete Dennison. »Ein Arzt ist dabei. Der alte Mann hat einen ziemlichen Schock erlitten, als er die Leiche entdeckt hat. Er hat uns informiert.«

»Hören wir uns an, was er zu sagen hat«, schlug ich vor.

Dennison nickte. »Einverstanden. Ich muss mir diese Schweinerei nicht unbedingt länger ansehen.«

»Immerhin wird der Killer unvorsichtiger«, bemerkte Phil, als wir die Treppe hinuntergingen. »Zum ersten Mal hat er seine Opfer nicht in deren Wohnung besucht, sondern hat in einem Hotel zugeschlagen, wo es Zeugen geben kann wie den Portier. Das erhöht die Chance, ihn zu erwischen.«

»Ja«, meinte Dennison, »offenbar gerät er in eine Art Blutrausch, die ihn unvorsichtig werden lässt. Hoffentlich zum letzten Mal!«

Der Portier hieß Lenny Kovac. Ein siebzigjähriger, kleiner, gebeugter Mann mit einem grauen Haarkranz und einem schmalen Gesicht. In einem muffigen Raum hinter seiner Loge kümmerten sich der Arzt und Lieutenant Haggerty, Dennisons rechte Hand, um ihn.

»Wie sieht es aus?«, fragte der Captain.

»Ich habe ihm eine Beruhigungsspritze gegeben, die sofort wirkt«, informierte uns der Polizeiarzt. »Er wird gleich wieder in der Lage sein zu sprechen. Aber strapazieren Sie ihn mit Ihren Fragen nicht zu sehr. Er darf sich nicht übermäßig aufregen. Ein schwaches Herz.«

Der Arzt verließ den Raum. Ich bot Kovac eine Zigarette an, die er mit zitternden Fingern aus der Packung zog. Als ich ihm Feuer gab, konnte er den Glimmstängel kaum ruhig halten.

»Danke«, flüsterte er, als hätte er Angst, der Ripper könnte ihn hören.

»Wer ist die Tote?«, fragte ich.

Er erzählte langsam und ruhig, unterbrach immer wieder mitten im Satz. Aber nach und nach erfuhren wir, was wir wissen wollten.

Das dritte Opfer, Lorna Mansfield, arbeitete als Prostituierte für Ritchie Parlo. Er kontrollierte einen großen Bezirk an der Seventh Avenue. Das »Thespis House« war einer der ständigen Arbeitsplätze seiner Mädchen, für die hier stets einige Zimmer freigehalten wurden.

Und dann erzählte uns Lenny Kovac etwas, das Dennison, Phil und mich elektrisierte. Er hatte den Ripper gesehen!

»Wie sah er aus?«, sprudelte es aus dem Captain hervor. »Beschreiben Sie ihn genau!«

»So genau hab ich ihn leider nich' angesehn. Hab ja nich' gewusst, dass es der Ripper is'. Die Mädchen mit ihren Kunden kommen und gehn. Da schaut man gar nich' mehr genau hin.«

»Aber irgendwas muss Ihnen doch aufgefallen sein«, sagte ich. »War er groß oder klein, dick oder dünn? Ein Weißer oder ein Farbiger? Wie sprach er? Was hatte er an?«

»Er war ein Weißer, mittelgroß und breitschultrig, würde ich sagen. An seine Kleidung kann ich mich nich' erinnern. Nur an die Mütze.«

»Was für eine Mütze?«

»'ne komische Mütze, sah irgendwie englisch aus. Wie sie in englischen Filmen die reichen Lords tragen, wenn sie 'nen Jagdausflug machen. So was trägt man hier normalerweise nich'. Er hatte sie tief ins Gesicht gezogen. Deshalb konnte ich nich' viel von ihm erkennen. Ich glaube, er hatte 'nen Bart, weiß es aber nich' genau.«

»Was für einen Bart?«, wollte ich wissen.

»Schnauzbart.«

»Hatte er eine besondere Aussprache, einen Akzent?«, fragte ich noch einmal.

»Is' mir nich' aufgefallen. Er hat auch kaum etwas gesagt.«

Der Portier hatte nichts Verdächtiges gehört, was auch daran gelegen haben konnte, dass er die ganze Zeit über ferngesehen hatte. Andererseits war der dritte Stock von seiner Loge weit entfernt.

Wir fragten nach den Leuten, die zur Tatzeit die Zimmer neben, über und unter Nummer 31 gehabt hatten, um sie zu vernehmen. Kovac führte illegalerweise kein Buch über die Vermietungen, aber er erinnerte sich mühsam an ein paar Namen. Ausschließlich Prostituierte aus Ritchie Parlos Stall.

Als der Ripper allein die Treppe herunterkam und das Hotel verließ, machte sich der alte Mann keine Gedanken darüber. Er wunderte sich erst, als fast eine halbe

Stunde vergangen und Lorna Mansfield noch immer nicht heruntergekommen war. Da ging er hinauf, um nachzusehen, und entdeckte die blutige Tat.

Phil und ich verließen mit Captain Dennison das »Thespis House« und liefen den Reportern in die Arme, die uns fast die Kleider vom Leib rissen. Ärgerliche Beschimpfungen waren die Folge, als wir einhellig sagten: »Kein Kommentar.«

In Dennisons Büro wurde es voll, als die Cops die Mädchen anschleppten, deren Namen uns Lenny Kovac genannt hatte. Keine von ihnen konnte oder wollte sich an Namen und Adressen ihrer Kunden erinnern, mit denen sie zur Mordzeit im »Thespis House« waren. Auch der Hinweis, dass jede von ihnen das nächste Opfer des Rippers sein konnte, änderte nichts daran. Und keine von ihnen hatte den Ripper gesehen oder etwas Verdächtiges gehört.

Während Dennisons Leute noch die Protokolle aufnahmen, griff ich nach einem Telefon.

»Was ist los?«, fragte Phil.

»Wir müssen uns mal langsam um Mr. Blank kümmern.«

»Stimmt, den hatte ich fast vergessen. Meinst du, er war es?«

»Er ist mittelgroß und breitschultrig.«

»Aber er trägt keinen Schnurrbart.«

»Den kann man sich ankleben.«

»Richtig«, stimmte Phil mir zu.

»Also lass uns sein Alibi checken.«

Ich rief die Fahndungsabteilung des FBI an und erkundigte mich, wo Blank den Abend verbracht hatte.

»Und?«, fragte Phil, als ich den Hörer ärgerlich auf die Gabel knallte.

»Blank war bis um acht Uhr in seinem Hotel. Als er es verließ, ging er zu Fuß in Richtung Seventh Avenue und

Broadway. Der G-man, der ihn beschattete, hat ihn nach wenigen Minuten in Höhe der 57th Street aus den Augen verloren.«

»Verdammt!«, knurrte Phil. »Ich werde Steve Hawkins mal fragen, ob seine Leute neue Brillen brauchen.«

Ich griff wieder zum Telefonhörer, rief im Harrington Theater an und verlangte den Mixer aus der Theater-Bar. Von ihm erfuhr ich, dass Blank etwa zwanzig Minuten nach unserem Weggang dort aufgekreuzt war, einen Drink zu sich genommen hatte und dann wieder verschwunden war.

Mein nächster Anruf galt dem »Essex House«. Der Nachtportier teilte mir mit, dass Blank gegen Mitternacht heimgekehrt und auf sein Zimmer gegangen sei.

Fünfzehn Minuten später waren wir dort. Der Portier protestierte, dass Mr. Blank schon schlafe und wir ihn deshalb nicht aufsuchen könnten. Unsere Dienstausweise änderten seine Meinung.

»Und kein Telefonanruf an Mr. Blank!«, warnte ich ihn, bevor wir zum Lift gingen. »Es soll eine Überraschung sein.«

Wir klopften mehrmals, bis endlich eine verschlafene Stimme fragte, wer da sei. Ich nannte meinen Namen, und kurz darauf öffnete Blank im Pyjama die Tür und ließ uns ein.

»Was ist denn?«, fragte er.

»Das wissen Sie nicht?«, entgegnete Phil. »Der Ripper hat ein drittes Mal zugeschlagen. Die Fernsehnachrichten müssten voll davon sein.«

»Ich habe heute Abend nicht ferngesehen«, sagte Blank, setzte sich auf sein zerwühltes Bett und rieb sich den Schlaf aus den Augen. Eine Geste, die an einen kleinen Jungen erinnerte. »Ich habe Sie ja darum gebeten, mich bei Ihren Ermittlungen auf dem Laufenden zu halten. Aber dass Sie es so schnell tun, hätte ich wirklich nicht gedacht.«

»Wo waren Sie in der Zeit zwischen Ihrem Weggang aus

dem ›Essex‹ heute Abend und Ihrem Eintreffen im Theater, wo wir vergeblich auf Sie gewartet haben?«, fragte ich.

»Oh, das tut mir Leid. Ich bin spazieren gegangen und war dabei so in Gedanken versunken, dass ich die Zeit vergessen hatte. Als ich auf meine Uhr sah, war das Stück im ›Harrington‹ schon aus. Dann suchte ich ein Taxi und fand erst keines. Deshalb kam ich zu spät zu unserer Verabredung.«

Phil schüttelte den Kopf. »Dass man in New York kein Taxi findet, habe ich noch nie gehört. Wenn es hier etwas im Überfluss gibt, sind es die Yellow Cabs.«

»Ich habe ja eines gefunden, es hat nur etwas gedauert.«

»Wissen Sie die Nummer noch?«

»Tut mir Leid. Ich glaube, es war eines von den nicht Registrierten.«

Die nicht registrierten Taxis machten den offiziellen Yellow Cabs seit einiger Zeit eine erbitterte und illegale Konkurrenz. Da sie nirgendwo registriert waren, ließ sich nicht nachprüfen, ob Blanks Angaben stimmten.

Ich streifte mir die dünnen Plastikhandschuhe über, die Phil und ich mitgebracht hatten, zog eine Plastiktüte aus der Tasche und schüttelte sie, bis sie sich entfaltet hatte.

»Was wird das, G-man?«, fragte der Schriftsteller.

»Wir werden Ihre Kleidung mitnehmen und untersuchen«, erklärte ich. »Selbstverständlich erhalten Sie eine Quittung. Falls Sie der Ripper sind, könnten Spuren Ihrer letzten Tat vorhanden sein. Wenn nicht, haben Sie nichts zu befürchten.«

Blank machte ein paar Schritte rückwärts und ließ sich auf sein Bett fallen.

»Ich glaube, ich träume. Sie scheinen mich tatsächlich ernsthaft zu verdächtigen!«

»Das tun wir«, antwortete ich, während ich begann, die über einen Stuhl gelegten Kleidungsstücke einzusammeln, um anschließend den Kleiderschrank leer zu räumen. »Sie haben uns verschwiegen, dass Sie in ständiger psychiatrischer Behandlung sind und wegen Gewaltausbrüchen gegen Frauen bereits in der geschlossenen Anstalt gewesen sind.«

»Mein Gott, wahrscheinlich ist jeder zweite Amerikaner irgendwann einmal in psychiatrischer Behandlung! Was die andere Sache angeht, hätte man mich nicht aus der Klinik entlassen, sähe man mich nicht als geheilt an. Wenn ich Aggressionen habe, schreibe ich, aber ich morde nicht!«

»Wir werden sehen«, meinte ich und schloss die Tüte. »Sie kriegen die Sachen morgen früh zurück.«

»Und was mache ich bis dahin? Ich habe nichts anderes zum Anziehen.«

»Schlafen Sie sich mal richtig aus«, riet ihm Phil. »Ihren Pyjama haben Sie ja noch.«

Der Portier staunte nicht schlecht, als er uns mit dem Wäschesack in der Halle sah.

Vor dem Hotel sahen wir einen Kollegen aus der Fahndungsabteilung, Chuck Beaver, in einem unscheinbaren Ford sitzen und den Eingang beobachten. Ohne seine Kleider würde Blank kaum das Hotel verlassen, aber man kann ja nie wissen.

Im FBI-Hauptquartier gaben wir Blanks Sachen gleich ins Labor, das wegen des dritten Rippermords sowieso eine Nachtschicht einlegen musste. Schließlich wollten wir Blank nicht zu lange ohne seine Hosen lassen. Das FBI-Labor hatte die Untersuchungen der Rippermorde von der City Police übernommen.

Phil sah mich von der Seite an, als wir übermüdet in unserem Büro saßen und die Berichte schrieben. »Was hast du, Jerry? Du wirkst so geistesabwesend. Oder schläfst du schon mit offenen Augen?«

»Der Name geht mir nicht aus dem Kopf.«

»Welcher?«

»Den uns der Mixer an der Theater-Bar nannte.«

»Meinst du Davis, den Manager, oder seine Chefin Joanna Whitford?«

»Weder noch, Phil. Der Mixer sprach von einem Toilettenputzer, der nicht zur Arbeit gekommen war. Hangler oder so ähnlich.«

Phil dokumentierte das Anleiern seiner grauen Zellen mit einem Stirnrunzeln, das sich schließlich mit einem zufriedenen Grunzen verabschiedete.

»Handler«, sagte Phil. »Ich erinnere mich, der Mann heißt Handler.«

Ich schnippte mit den Fingern. »Ja, George Handler.«

»Und was ist mit dem Mann?«

Ich warf meinen Computer an, während ich antwortete: »Ich habe mir heute Nachmittag so ziemlich alles angesehen, was wir über New Yorker Sittlichkeitsverbrecher gespeichert haben. Wenn mich nicht alles täuscht, ist Handlers Name auch darunter. Da haben wir ihn schon!«

Handlers Akte erschien auf dem Bildschirm: George Handler, weiß, siebenundfünfzig Jahre alt, sechs Fuß groß. Wohnhaft in der Bronx, 167th Street Nummer 41. Die Schule nach sechs Jahren abgebrochen, keine Berufsausbildung. Alkoholiker. Gelegenheitsarbeiter und Kleinkrimineller. Mehrere Verurteilungen wegen Körperverletzung und Diebstahl. Zwei Anklagen wegen versuchter Vergewaltigung. Beide Verfahren eingestellt aus Mangel an Beweisen. Eine Verurteilung zu einer sechsjährigen Haftstrafe wegen vollendeter Vergewaltigung an einer geistig Behinderten. Nach vier Jahren wegen vorbildlicher Führung auf Bewährung entlassen. Stand unter Bewährungsaufsicht. Vom Bewährungshelfer beim Harrington Theater untergebracht.

Ich las Phil, der zwei Becher Kaffee aus dem Automaten auf dem Gang gezogen hatte, die wichtigsten Daten aus Handlers umfangreicher Akte vor.

»Fahren wir hin«, schlug mein Freund vor, nachdem er seinen Plastikbecher ausgeleert, ihn zusammengeknüllt und in den Papierkorb geworfen hatte. »Die Nacht ist eh kaputt, und auf die Untersuchungsergebnisse können wir noch eine Weile warten.«

Bevor wir aufbrachen, forderte ich ein Foto Handlers an. Es zeigte ein von tiefen Falten durchzogenes, narbiges Gesicht, das zehn Jahre älter wirkte, mit grauem Haar und grauem Schnauzbart.

Das Haus Nummer 41 in der 167th Street machte einen abbruchreifen Eindruck. Die Hälfte der Fenster fehlte. Einige der viereckigen Löcher waren mit Brettern vernagelt. Die noch vorhandenen Scheiben waren hoffnungslos verdreckt und wiesen größtenteils Sprünge auf. Auch im Übrigen schien das Haus langsam abzubröckeln und nur noch zum Teil bewohnt zu sein. Wahrscheinlich hatte es schon ein Bauspekulant gekauft, der nur auf einen günstigen Zeitpunkt wartete, um die letzten Bewohner an die frische Luft zu setzen.

Wir konnten das Gebäude so gut erkennen, weil es vom Licht einer Straßenlaterne auf der gegenüberliegenden Straßenseite angestrahlt wurde. Ich parkte direkt unter der Laterne, um potenzielle Autodiebe abzuschrecken.

Mein roter Flitzer fiel in dieser Gegend auf wie ein bunter Hund.

Weiter hinten in der Straße standen ein paar Schwarze um eine brennende Mülltonne herum, an der sie sich aufwärmten. Wir sahen im flackernden Licht des Feuers ihre misstrauischen Blicke.

»Kein Namensschild«, stellte ich fest, als wir vor dem Eingang zu Nummer 41 standen. »Ein Typ wie Handler erhält wahrscheinlich keine Post. Und wenn, ist es welche, die er nicht haben will. Gehen wir fragen.« Ich deutete mit einem Kopfnicken zu den jungen Schwarzen hinüber.

»Versuchen können wir's ja«, meinte Phil skeptisch.

Es waren insgesamt sieben Männer und zwei Mädchen, deren Blicke noch misstrauischer wurden, als wir auf sie zukamen. Wir grüßten freundlich und fragten nach George Handlers Wohnung.

»Seid ihr Bullen?«, fragte ein breitschultriger Typ mit einem tätowierten Schmetterling auf der Stirn, offenbar der Wortführer der Gruppe.

»Und wenn?«, fragte ich zurück.

»Seit wann fahren Bullen solche Sportflitzer? Oder kassiert ihr kräftig nebenbei?«

»Nein«, erwiderte ich. »Wir leben nur sparsam und essen Margarine statt Butter.«

»Also seid ihr Bullen«, stellte der Tätowierte mit einem schiefen Grinsen fest, das verriet, wie sehr er sich über seine Gerissenheit freute. Er sah Beifall heischend in die feixende Runde.

»Ja, sind wir«, gab ich zu. »Und wir suchen George Handler.«

»Weshalb?«

»Das geht euch nichts an.«

»Wir verpfeifen keinen aus der Gegend«, meinte der Tätowierte, »auch nicht einen Weißen.«

»Wir suchen Handler in Zusammenhang mit einem Frauenmord.«

»Ist er der Mörder?«

Ich zog die Schultern hoch. »Das wollen wir herausfinden.«

»Na und«, meinte der Tätowierte, »weiße Schicksen ...«

»Und wenn es morgen Schwarze sind?«, entgegnete ich und sah dabei die beiden Mädchen an.

»Er hat Recht, Ross«, meinte ein anderer aus der Gruppe, der durch seine lange, dürre Gestalt auffiel. »Selbst wenn sie Bullen sind, wir helfen keinen Mördern.«

Ross überlegte kurz. »Okay, Skinny, vielleicht hast du Recht«, sagte er zu dem Dürren und wandte sich dann wieder uns zu. »Ist ja auch nur ein Weißer. Handler wohnt im zweiten Stock. Wenn ihr die Treppe hinaufgeht und euch rechts haltet, ist es die letzte Tür an der linken Seite.«

Wir bedankten uns und wandten uns zum Gehen, als der Tätowierte rief: »He, ist Handler etwa dieser Jack the Ripper?«

»Kein Kommentar«, antwortete ich.

Ich hörte, wie jemand was von »arroganten Scheißbullen« murmelte.

An der einen Hausseite gab es eine Feuerleiter. Nach der Beschreibung von Handlers Wohnung musste sie direkt an der Leiter liegen.

»Ich übernehme sie«, sagte Phil. »Du bist auf Handler gekommen, also darfst du auch den normalen Weg gehen und anklopfen.«

»Verbindlichsten Dank«, sagte ich. »In genau fünf Minuten klopfe ich bei Handler an.«

Phil sah auf seine Uhr und nickte. »All right.«

Es gab kein funktionierendes Licht in dem stockdunklen Treppenhaus. Ich behalf mir mit meiner Stabtaschenlampe.

Es stank mörderisch in dem alten Gebäude, und der Lichtkegel zeigte mir auch warum: Überall lagen Haufen mit Abfall und Unrat herum.

Einmal fluchte ich leise, als ich die Treppe hinaufging, weil ich fast in ein riesiges Loch in einer Treppenstufe getreten wäre.

Es war gut, dass mir der Tätowierte die Lage von Handlers Apartment so genau beschrieben hatte, denn auch auf dem Gang suchte ich vergeblich im Strahl meiner Stablampe nach einem Türschild mit Handlers Namen. Ich blieb vor der entsprechenden Tür stehen, zog meinen Dienstrevolver und sah auf die Leuchtziffern meiner Uhr. Noch vierzig Sekunden bis zur vereinbarten Zeit.

Als die fünf Minuten um waren, klopfte ich laut an die Tür, da es keine Klingel gab.

»Hier ist der FBI, Handler! Öffnen Sie sofort die Tür!«

Erst geschah gar nichts. Dann hörte ich undefinierbare Geräusche aus der Wohnung und anschließend die Stimme meines Freundes: »Halt, Handler, oder ich schieße!«

Dann folgte ein Schrei – ein Schrei von Phil Decker.

Ich rief nach meinem Freund, aber er antwortete nicht. Also warf ich mich mit der Schulter gegen die Tür, die sich als widerstandsfähiger erwies, als ich erwartet hatte. Erst beim dritten Anlauf sprang sie aus dem Schloss und schwang auf.

Ich stürmte den Raum, eine verdreckte Kombination aus Wohnzimmer und Küche. Die Tür zu einem weiteren Zimmer stand halb offen. Das Schlafzimmer. Es war ebenso leer, auch das zerwühlte Bett, in dem Handler bis vor kurzem gelegen haben musste. Das Fenster war hochgeschoben. Ich beugte mich hinaus und sah Phil unter mir die Leiter heraufklettern.

»Was ist passiert, Phil?«

»Der verfluchte Kerl hat nicht auf meine Warnung gehört und mich einfach weggestoßen. Fast wäre ich abgestürzt, bin aber zum Glück auf der nächsten Plattform gelandet. Handler ist die Leiter hoch.«

»Ist er bewaffnet?«

»Ich glaube nicht.«

»Vom Dach dieses Hauses scheint es keine Verbindung zu den anderen Hausdächern zu geben. Wenn du die Feuerleiter nimmst und ich die Treppe im Haus, müssten wir ihn erwischen.«

»Okay.«

Als mein Freund an mir vorbei die Leiter hinaufstieg, erkannte ich an seinem entschlossenen Gesichtsausdruck, dass er die erlittene Schlappe um jeden Preis wieder gutmachen wollte. Ich hoffte, dass er sich zu keiner Unbedachtheit hinreißen ließ, lief aus dem Apartment und die Treppe hoch.

Sie endete im sechsten Stock, einem großen und unübersichtlichen Dachboden, dem es an Sauberkeit noch mehr mangelte als dem restlichen Haus. Trotzdem hatten ein paar Unbeirrbare hier ihre Wäsche aufgehängt. Die großen Laken machten es noch schwieriger, Handler hier zu entdecken.

Ich tastete mich, dem Licht meiner Lampe folgend, langsam vorwärts, als ich über mir Geräusche hörte. Schritte auf dem Dach, die entweder von Phil oder von Handler verursacht wurden.

Während ich noch darüber nachdachte, stürzte sich eine Gestalt auf mich, die sich bislang hinter einem großen Bettlaken verborgen hatte. Ich fiel zu Boden. Der Revolver und die Stablampe entglitten meinen Händen.

Mein Gegner versuchte, in der Dunkelheit an mir vorbeizulaufen, aber ich konnte einen seiner Unterschenkel packen und ihn mit einer schnellen Drehung zu Fall bringen. Er schrie vor Schmerz laut auf, als er neben mir auf die harten Holzdielen krachte.

Ich wälzte mich auf ihn und verpasste ihm, als er mich abschütteln wollte, einen Schlag mit der rechten Faust, der sich gewaschen hatte. Er wurde merklich ruhiger.

Schritte näherten sich, und ein Lichtstrahl blendete mich kurz, bevor er auf dem Gesicht meines Gegners verharrte, dem zerfurchten Gesicht George Handlers.

»Alles okay, Jerry?«, fragte Phil, dessen 38er auf Handler gerichtet war.

»Ja, bis auf ein paar Blessuren.«

»Sie sollten besser reden, Handler!«, sagte Phil zu unserem Gefangenen, den wir mit Handschellen an sein eigenes Bett gefesselt hatten, um ungestört seine Wohnung zu durchsuchen. »Sie haben sich des Widerstands gegen die Staatsgewalt und des Angriffs auf zwei FBI-Beamte schuldig gemacht. Dieser Verstoß gegen die Bewährungsauflagen bringt Sie auf jeden Fall zurück in den Knast. Wenn Sie sich kooperativ zeigen, können wir allerdings den Vorfall vergessen.«

Der Mann schwieg weiterhin eisern. Es war nicht aus ihm herauszubekommen, wo er zurzeit des dritten Rippermords gewesen war.

Bei der Durchsuchung des Apartments stellten wir fest, dass Handler seinen alten Neigungen noch immer frönte. Er schien sein Geld hauptsächlich in Schnapsflaschen und Pornomagazine zu investieren.

»Sie haben gar kein Recht, hier alles zu durchsuchen«, meldete er sich endlich zu Wort. »Oder haben Sie einen Durchsuchungsbefehl?«

»Den brauchen wir nicht«, sagte ich. »Sie stehen unter dringendem Tatverdacht, und es ist Gefahr im Verzug.«

Er sah mich zweifelnd an und sagte: »Ich will 'nen Anwalt.«

»Kriegen Sie – sobald wir in der Zentrale sind.«

Handlers Fahne, seine etwas schwerfällige Sprechweise und eine halb leere Flasche billigen Fusels neben seinem Bett verrieten uns nur zu deutlich, dass er unter erheblichem Alkoholeinfluss stand. Vielleicht würde aus ihm mehr herauszuholen sein, wenn er ausgenüchtert war. Wir fanden nichts Belastendes, auch keine Waffe, in seiner Wohnung, packten seine Kleidung in einen Plastiksack, versiegelten das Apartment und brachten den Gefangenen zu unserem Wagen.

Der Tätowierte und seine Gang umlagerten den Hauseingang und sahen uns zu, wie wir Handler im Fond des Jaguar verstauten und losfuhren.

Es grenzte fast an ein Wunder, dass Phil und ich in dieser Nacht doch noch ein paar Stunden Schlaf fanden. Allerdings fand dieser im Ruheraum des FBI-Hauptquartiers statt, weil es sich einfach nicht lohnte, für die paar Stunden bis zum Morgen nach Hause zu fahren. Und wir wollten frühzeitig im Büro sein, weil wir gespannt auf die Untersuchungsergebnisse waren.

Doc Sörensen aus dem Chemie-Labor meldete uns, dass weder Raymond Blanks noch Georg Handlers Kleider belastende Spuren aufwiesen. Daraufhin schickten wir als

Erstes einen Boten mit Blanks Kleidung zum »Essex House«. Bei Handler hatte es keine Eile, da er noch in der Ausnüchterungszelle schlief.

Wir wollten ihn uns gerade zur Brust nehmen, als der erwartete dritte Bekennerbrief mit einem Kurier von der »Daily News« kam. Wir brachten ihn sofort zu Mr. High, der ihn laut vorlas:

»Mit Lorna ging ich ins Hotel,
und alles ging für sie sehr schnell.
Die süße Kleine liegt jetzt dort,
und ich bin wieder einmal fort.
Jack the Ripper«

Der Chef besah sich den Briefumschlag und stellte fest: »Diesmal wurde der Brief in High Bridge aufgegeben.«

Phil stieß mich mit dem Ellbogen an und sagte: »Das ist in der Bronx, nicht weit von George Handlers Wohnung entfernt.«

Mr. High horchte auf: »Handler? Ist das nicht der Mann, den Sie in der Nacht festgenommen haben?«

»Das ist er, Sir«, bestätigte mein Freund.

»Halten Sie ihn für den Mörder?«

»Eher nicht«, sagte Phil. »Er entspricht nicht unserem Täterbild. Dazu mangelt es ihm an Intelligenz. Außerdem fiel die chemische Untersuchung seiner Kleidung zu Handlers Gunsten aus. Er schweigt bislang.«

Jennifer Belden und Dick Burgon betraten das Büro. John High hatte sie herbestellt, damit sie sich den Brief ansahen.

»Natürlich müssen wir Brief und Umschlag noch genau untersuchen«, sagte Burgon, der FBI-Schriftexperte, nachdem er das Schreiben eingehend angesehen hatte, »aber ich kann jetzt schon mit ziemlicher Sicherheit sagen, dass zumindest wieder ein Drucker von Typ Ellroy-LX-3000 verwendet wurde. Auch die Schriftart ist mit den ersten beiden Briefen identisch.«

Auch Jennifer Belden kam zu dem Schluss, dass derselbe Täter am Werk gewesen war. »Dieselben auffälligen

Merkmale wie bei den anderen Briefen. Der Ausdruck ›süße Kleine‹ ersetzt hier, ›die schöne Irin‹ und ›die schöne Rita‹. Und wieder weist der Schreiber mit einer Art freudiger Erregung und zugleich Erleichterung darauf hin, dass sein Opfer ›jetzt dort liegt‹, also tot ist.«

Auf Mr. Highs Wunsch erzählte Phil ihr von George Handler.

»Auch ich glaube nicht, dass dieser Handler der Täter ist«, sagte die Psychologin. »Da schließe ich mich Phil voll und ganz an.«

Helen brachte einen Stapel Zeitungen herein und legte ihn vor Mr. High auf den Tisch. Unser Chef überflog die Schlagzeilen und manche Artikel und stellte mürrisch fest: »Die Presse macht uns ganz schön fertig: ›Der dritte Rippermord – die Polizei machtlos.‹ ›Jack the Ripper narrt den FBI.‹ ›Der blutige Jack ist nicht zu fassen – Polizei tappt im Dunkeln.‹ Und so weiter. Ein gewisser Alan Hunter, Vorsitzender eines Bürgerkomitees, bezichtigt City Police und FBI öffentlich der absoluten Unfähigkeit.«

»Den kennen wir nur zu gut«, sagte Phil und berichtete von Hunters Auftritt bei uns.

»Diese Ripper-Geschichte wird immer unerfreulicher«, stellte Mr. High fest. Er wandte sich an Phil und mich. »Finden Sie den Kerl, aber rasch!«

George Handler machte einen kläglichen Eindruck, als er zu Phil und mir in den Vernehmungsraum gebracht wurde. Ich gab ihm eine Zigarette und Feuer. Als er den Rauch tief in sich hineinzog und durch die vibrierenden Nasenlöcher wieder ausstieß, entspannte er sich etwas und lehnte sich in seinem Stuhl zurück.

»Haben Sie nicht auch etwas zu trinken für mich?«

»Sie haben gerade Kaffee getrunken«, antwortete ich.

»Ich meine etwas anderes.«

»Der FBI schenkt keinen Fusel aus. Wenn Sie uns die

Wahrheit sagen, sind Sie vielleicht bald wieder auf freiem Fuß und können sich so viel hinter die Binde kippen, wie Sie vertragen.«

Handler musterte mich und anschließend Phil abschätzend. »Was ist mit meiner Dummheit von heute Nacht?«

»Sie meinen den Angriff auf zwei G-men im Dienst?«, fragte mein Freund.

»Ich war betrunken. Ich wusste nicht, was ich tat.«

»Wir sind noch immer bereit, die Sache zu vergessen«, sagte ich. »Noch ist der Bericht nicht geschrieben. Bedingung ist, dass Sie uns offen und ohne Vorbehalt die Wahrheit sagen.«

»Um was geht's denn überhaupt? Was wirft man mir vor?«

»Dreifachen Mord«, antwortete Phil trocken.

Handler kippte fast vom Stuhl. Sein gerötetes Gesicht schien zu erbleichen. »Das ist doch nicht Ihr Ernst, G-men!«

»Unser voller Ernst«, sagte ich. »Wir kennen Ihre Vergangenheit. Wir haben gewisse Hefte in Ihrer Wohnung gefunden. Und wir verdächtigen Sie, der neue Jack the Ripper zu sein. Schließlich arbeiten Sie im Harrington Theater, wo der Ripper-Stoff aufgeführt wird.«

»Wenn man einmal eine Dummheit begangen hat, wird man sie nie mehr los«, stellte Handler fest. »Okay, ich habe eine Frau vergewaltigt und dafür vier Jahre im Knast gesessen. Aber ich bin kein perverser Mörder!«

»Wo waren Sie dann gestern Abend, als Sie eigentlich hätten im Theater sein müssen?«, wollte Phil wissen. »Und warum sind Sie vor uns geflohen?«

»Wenn ich Ihnen das sage, versprechen Sie mir, dass es unter uns bleibt? Dass es nicht zu den Akten kommt? Ich möchte nicht wieder ins Kittchen.«

»Wenn möglich, bleibt es unter uns«, versprach mein Freund. »Aber schwere Vergehen können wir nicht decken.«

»Schwere Vergehen …« Handler presste die Worte voller Verachtung hervor. »Was die Leute vom Bewährungsausschuss als Vergehen bezeichnen, ist das normale Leben. Ich habe eine Freundin. Ist doch viel besser, als wenn ich jemanden vergewaltige – oder?«

»Sehr viel besser«, bestätigte ich. »Aber wo liegt das Problem?«

»Sie ist auch auf Bewährung draußen, hat wegen Drogen gesessen. Wenn wir uns treffen, verstoßen wir beide gegen die Bewährungsauflagen und können dafür wieder hinter Gitter gesperrt werden. Nur weil wir uns treffen!«

»Name und Adresse Ihrer Freundin?«, fragte ich.

»Versprechen Sie, dass der Bewährungsausschuss nichts davon erfährt?«, bat Handler fast flehend.

»Ich arbeite für den FBI, nicht für den Bewährungsausschuss. Wenn Ihre Freundin Ihr Alibi bestätigt und sonst keine Schwierigkeiten macht, ist der Fall für mich erledigt. Ob sie auf Bewährung ist oder nicht, interessiert mich nicht.«

»Danke, Mr. Cotton. Ich wollte Sie gestern Nacht nicht verletzen, aber als Sie an die Tür klopften, dachte ich, Sie wollten mich wegen Jane festnehmen.«

»Ist Jane der Name Ihrer Freundin?«

»Ja, Jane Balder. Sie wohnt in meiner Nähe, 59 East 165th Street, dritter Stock. Sie müsste zuhause sein.«

Wir fanden Jane Balder in unserem Computer. Handlers Angaben stimmten. Sie hatte bereits mehrere Haftstrafen verbüßt, meistens im Zusammenhang mit kleineren Rauschgiftdelikten.

Jane Balder war in ihrer Wohnung, so wie uns Handler gesagt hatte. Es war eine ähnlich ärmliche Bruchbude wie Handlers Apartment. Sie war eine verhärmte Frau in Handlers Alter. Hatte der Alkohol Handlers Gesicht unwiderruflich gezeichnet, so waren es bei ihr die Drogen.

Es roch streng in ihrer Wohnung, in die sie uns widerstrebend einließ.

»FBI?«, fragte sie. »Was habe ich mit dem FBI zu tun?«

»Es geht um Ihren Freund George Handler«, erklärte ich. Und als ich ihren erschrockenen Gesichtsausdruck bemerkte, fügte ich hinzu: »Keine Angst, uns schickt nicht der Bewährungsausschuss.«

Sie wirkte etwas erleichtert. »Was wollen Sie dann?«

»Erfahren, wann und wo Sie zuletzt mit Handler zusammen waren.«

»Warum?«

»Sagen Sie es uns einfach. George hatte auch Vertrauen zu uns.«

Sie erzählte uns, dass sie am vergangenen Abend gegen sechs Uhr Handler in seiner Wohnung besucht habe. Er war schon so betrunken, dass er nicht mehr zur Arbeit gehen konnte. Sie verließ ihn gegen elf, weil sie um Mitternacht zur Arbeit musste. Sie machte Nachtschicht in einer Textilfabrik.

Damit war Handler aus dem Schneider, falls das Alibi nicht getürkt war. Aber dafür lagen keine Hinweise vor. Dass der dritte Brief in der Bronx eingeworfen worden war, sprach zwar gegen ihn, aber das Alibi und der negative Ausgang der chemischen Untersuchung entlasteten ihn. Also entließen wir ihn aus der Haft und schickten ihn mit der Ermahnung nach Hause, sich mehr um seinen Job und weniger um seine Schnapsflaschen zu kümmern. Ich kam mir dabei vor wie der letzte amerikanische Pfadfinder und wusste gleichzeitig, dass ich tauben Ohren predigte.

Während ich den Bericht über Handler schrieb, hackte auch Phil wie wild auf seinem Computer herum.

»Was hast du?«, fragte ich. »Schreibst du Liebesbriefe an deine sämtlichen Verflossenen?«

»Nein«, sagte er. »Dazu benötigte ich einen Sonderurlaub. Wie du George Handler gefunden hast, hat mich so angespornt, dass ich es auch mal versuche. Ich gebe sämtliche in den Fall irgendwie verwickelte Personen in den Computer ein und warte, was dabei herauskommt.«

»Und was kommt heraus?«

»Bis jetzt noch nichts.«

Er griff zum Telefon, wählte eine Nummer und meldete sich als Postbeamter.

»Wir haben hier ein nur ungenügend adressiertes Paket an einen Mr. John Davis. Ist das zufällig Ihr Geschäftsführer? Oh, der heißt Peter Michael Davis, vielen Dank. Vielleicht hat sich der Absender da vertan. Wie ist denn, bitte, Mr. Davis' Privatadresse? Ja, danke sehr.« Er legte auf, während er sich etwas notierte.

»Du meinst den Mister, von dem uns der Mixer im Harrington erzählte, Phil?«

»Versuchen wir es«, antwortete mein Freund und gab den Namen in den Computer ein. »Ich habe gerade von einer Sekretärin im Harrington Theater seinen vollen Namen erfahren. Nach dem, was der Mixer sagte, war auch der zur Tatzeit abwesend.«

»Besser als nichts«, gab ich zu. »Bloß, was ist, wenn der Killer gar nicht in einem direkten Zusammenhang mit dem ›Harrington‹ steht?«

»Dann sehen wir alt aus, Jerry. Großartige andere Spuren haben wir bisher nicht entdeckt.«

Seine Finger flogen über die Tasten, und plötzlich stieß er einen Jubelruf aus: »Bingo, Jerry! Peter Michael Davis ist bei uns registriert. Vor sechs Monaten fiel er bei einer Polizeirazzia auf. Er trug zehn Gramm Kokain bei sich.«

Ich sah meinen Freund entgeistert an. »Mein Gott, Phil! Wenn wir jeden kleinen Dealer oder Drogenbenutzer in New York als möglichen Ripper handeln, sind wir für das nächste Jahrzehnt ausgelastet.«

»Du lässt mich ja nicht ausreden. Der gute Mr. Davis ist nämlich unseren Kollegen von der Sitte an einem ganz speziellen Ort aufgefallen, dem ›Red Oyster‹. Was sagst du jetzt?«

Ich stieß einen anerkennenden Pfiff aus. Vielleicht hatte Phil tatsächlich eine heiße Spur entdeckt. Das »Red Oyster« war ein Treffpunkt der Homo- und Transsexuellenszene in Greenwich Village.

Ich wollte beileibe nicht alle, die dort verkehrten, verdächtigen, der New Yorker Ripper zu sein, aber es sprach viel dafür, dass unser Killer nicht gerade ein Freund gewöhnlicher Sexpraktiken war. Und wenn dieses Merkmal auf Davis zutraf, war er in der Liste der Verdächtigen enorm aufgerückt.

»Ist etwas über Davis' sexuelle Ausrichtung bekannt?«, fragte ich.

Phil schüttelte den Kopf. »Nichts. Das war auch das einzige Mal, dass Davis auffällig geworden ist. Deshalb ist er damals mit einer Geldstrafe davongekommen.«

Ich speicherte meinen Text ab, schaltete den Computer aus und sagte: »Ich verspüre das Bedürfnis, dem Harrington Theater einen weiteren Besuch abzustatten. Kommst du mit?«

»Aber immer. Du weißt doch, ich bin ein großer Kunstliebhaber.«

Eine halbe Stunde später standen wir in den Büroräumen über dem Harrington Theater. Nicht nur die Theaterverwaltung residierte hier, sondern die ganze Unternehmensgruppe, zu der das »Harrington« gehörte. Im Vorzimmer zu Davis' Büro fragte uns eine aufgedonnerte Blondine, was wir wünschten.

»Mr. Davis sprechen«, antwortete ich ihr. »Es ist dringend.«

»Sie haben einen Termin?«

»Nein, aber dafür etwas Besseres.«

Ich hielt ihr meinen FBI-Ausweis unter die frisch gepuderte Nase.

Während sie Davis über die Gegensprechanlage

informierte, stieß mich Phil mit dem Ellbogen an und lenkte meinen Blick auf den Computerdrucker in einer Ecke des Raumes. Es war ein Laserdrucker vom Typ Ellroy-LX-3000!

»Schicken Sie die Herren herein«, hörte ich eine Männerstimme aus dem Lautsprecher.

Die Blondine lächelte uns an. »Mr. Davis erwartet Sie.«

»Untertänigsten Dank«, gab Phil mit einem ebenso unechten Lächeln zurück, bevor wir durch die Verbindungstür Davis' großes Büro betraten.

Er war nicht allein, sondern hatte eine Frau und einen Mann zu Gast. Den Mann kannten wir nur zu gut. Es war Raymond Blank. Die Frau stellte uns Davis als Joanna Whitford vor, die Inhaberin des Unternehmens.

»Tut uns Leid, wenn wir Ihre Besprechung stören«, sagte ich. »Aber wir haben ein paar wichtige Fragen an Sie.«

»Im Zusammenhang mit Jack the Ripper, nehme ich an.«

Ich nickte.

»Setzen Sie sich und schießen Sie los.«

»Mein Kollege und ich würden Sie lieber unter sechs Augen sprechen, Mr. Davis«, sagte ich, nachdem Phil und ich uns auf einer schwarzen Ledercouch niedergelassen hatten.

»Warum? Miss Whitford und Mr. Blank sind von der Angelegenheit auch betroffen.«

»Glauben Sie mir, Mr. Davis, es ist besser so«, beharrte ich.

Joanna Whitford stand auf und strich ihre schulterlange Lockenpracht nach hinten. »Schon gut, Peter. Mr. Blank und ich werden die Unterredung woanders fortsetzen.«

Sie schenkte Phil und mir noch ein sanftes Lächeln, das hundert Mal echter und wärmer wirkte als das der Sekretärin, bevor sie mit Blank hinausging. Überhaupt war sie eine Klassefrau, sehr reich und sehr schön, mit einem sinnlichen Gesicht.

»Was ist denn so geheimnisvoll, dass Sie im Beisein von Miss Whitford und Mr. Blank nicht darüber sprechen wollten?«, fragte Davis etwas schroff.

Er war ein Mann von mittlerer Statur, Ende dreißig, mit einem jugendlich wirkenden Gesicht und leicht ergrauenden, dunklen Haaren. Durchaus ein Typ, auf den die Frauen flogen, wenn er es denn wollte.

»Ich weiß nicht, ob Sie sehr erfreut darüber gewesen wären, wenn ich öffentlich über die Razzia im ›Red Oyster‹ gesprochen hätte, Mr. Davis«, sagte ich.

Augenblicklich sackte er in sich zusammen, sodass der wuchtige Lederdrehstuhl viel zu groß für ihn wurde. Der lauernde aggressive Blick verschwand aus seinen Augen.

»Da haben Sie Recht«, gab er nach einer kleinen Weile zu. »Aber ich verstehe nicht, was das mit Jack the Ripper zu tun hat.«

Wir erklärten es ihm.

»Ja, ich bin bisexuell mit einer Vorliebe für mein eigenes Geschlecht«, bekannte er. »Aber nur weil ich Männer den Frauen im Bett vorziehe, bedeutet das doch nicht, dass ich Frauen hasse oder gar umbringe!«

»Das eben ist die Frage, die sich uns stellt«, schaltete sich Phil in das Gespräch ein. »Wo waren Sie letzte Nacht gegen zehn Uhr, als jemand vergeblich dauernd hier anrief, um Sie geschäftlich zu erreichen?«

»Ich bin in dem Haus, in dem ich wohne, im Fahrstuhl stecken geblieben. Deshalb konnte man mich weder hier noch zuhause erreichen.«

»Von wann bis wann saßen Sie fest?«, fragte Phil.

»Von ungefähr neun Uhr bis halb elf.«

»Gibt es Zeugen?«

»Nein, der Fahrstuhlnotruf funktionierte nicht.«

»So ein Pech aber auch«, meinte mein Freund. »Und wer hat Sie dann befreit? Etwa Superman?«

»Niemand. Irgendwann ging der Fahrstuhl wieder.«

»Sie haben sicher gleich die Überwachungsgesellschaft

angerufen oder einen Beschwerdebrief geschrieben?«, fragte ich.

»Dazu bin ich bis jetzt nicht gekommen.«

»Apropos Brief«, meinte Phil. »Im Vorzimmer steht ein Computerdrucker. Verwenden Sie noch weitere Drucker dieses Typs? Und wo drucken Sie die Briefe aus, die Sie auf Ihrem Terminal hier schreiben?«

»Mein Terminal ist an den Drucker im Vorzimmer angeschlossen. Auch in anderen Büros verwenden wir den Drucker. Es ist immer günstiger, solche Dinge en gros einzukaufen. Weshalb wollen Sie das wissen? Ist es etwa wegen der Bekennerbriefe? Wurden sie auf einem Drucker dieses Typs geschrieben?«

»Sie schalten schnell«, lobte Phil. »Haben Sie etwas dagegen, wenn wir Schriftproben von den Druckern in Ihren Büros nehmen?«

»Nein.«

Phil fragte, ob er mal telefonieren dürfe. Er bat Dick Burgon, herzukommen.

»Verwenden Sie zuhause auch diesen Drucker?«, erkundigte ich mich.

»Nein, einen anderen Typ, den ich schon länger besitze.«

»Um was ging es bei Ihrer Unterredung mit Mr. Blank?«

»Ihn hat das Ripper-Fieber gepackt, Mr. Cotton. Er möchte ein zweites Stück schreiben über die aktuellen Morde und sich damit an die zweifelhafte Popularität des New Yorker Rippers anhängen.«

»Das klingt nicht sehr begeistert.«

»Miss Whitford und ich haben ihm klar zu machen versucht, dass dieser Gedanke erstens geschmacklos ist und zweitens übereilt, solange die Ermittlungen noch nicht abgeschlossen sind und das jetzige Stück ständig ausgebucht ist, sodass wir schon die Verlängerung beschlossen haben. Außerdem ist Blank ein Romanschriftsteller und kein Stückeschreiber oder gar Komponist.«

Wir erhielten von Davis die Erlaubnis, uns in seiner

Wohnung umzusehen. Er schien wirklich ein reines Gewissen zu haben und händigte uns seinen Schlüssel aus.

Als wir das Vorzimmer verließen, trafen wir Raymond Blank.

»Konnte Davis Ihnen weiterhelfen?«, fragte er wie beiläufig, als interessiere ihn das nur am Rande.

»Das wird sich herausstellen«, wich ich aus. »Konnten Sie denn Miss Whitford davon überzeugen, ein Stück über den neuen Jack the Ripper aufzuführen?«

»Leider nicht. Aber das wird mich nicht davon abhalten, ein Buch über das Thema zu schreiben. Mein Verleger ist nämlich Feuer und Flamme und finanziert mir auch meinen weiteren Aufenthalt.«

»Wie schön für Sie«, meinte Phil spöttisch. »Da können Sie sich bei Jack the Ripper bedanken. Egal ob bei dem alten oder dem neuen.«

»Vielleicht ist es ja ein- und derselbe«, sagte Blank geheimnisvoll.

»Was soll das heißen?«, erkundigte ich mich.

»Nun, die Rippermorde sind niemals aufgeklärt worden, jedenfalls nicht offiziell. Und Scotland Yard hat den Ripper niemals gefasst oder zumindest nicht seine Identität aufgedeckt. Es gibt darüber die unterschiedlichsten Theorien. Die Bücher, die über Jack the Ripper geschrieben wurden, füllen eine ganze Bibliothek. Ein paar Ripperologen glauben, der Ripper sei ein übernatürliches Wesen und vor allen Dingen ein unsterbliches. Ich selbst habe vor etlichen Jahren eine Kurzgeschichte verfasst, die auf dieser Theorie beruht. Darin ist der Ripper ein Unsterblicher, der in bestimmten Zyklen die Ritualmorde begehen muss, um sich seine Unsterblichkeit zu erhalten.«

Phil und ich starrten Blank entgeistert an. Er schien das wirklich ernst zu meinen. Der Blick, den mein Freund mir zuwarf, schien zu sagen, dass Blank wohl wieder reif für die geschlossene Anstalt sei.

»Natürlich glaube ich daran nicht wirklich«, sagte der

Schriftsteller, als er unser Erstaunen bemerkte. »Aber es ist eine interessante Theorie, das müssen Sie zugeben. Und es ist sehr wohl eine gewisse Art von Unsterblichkeit, wenn sich ein moderner Mörder den Namen und die Methode Jack the Rippers zu Eigen macht. Vielleicht hilft es Ihnen bei der Aufklärung des Falles, wenn Sie mehr über den historischen Ripper erfahren. Haben Sie Lust, die Ripper-Ausstellung im ›Harrington‹ zu besuchen?«

Wir hatten, da wir dazu bislang nicht gekommen waren. Es konnte nicht schaden, mehr über die Hintergründe des Rippers zu erfahren und über Blanks Begeisterung für den Frauenschlächter. Also fuhren wir mit dem Fahrstuhl nach unten.

Die Ripper-Ausstellung war, wie das Theater, um diese Zeit noch nicht für die Allgemeinheit geöffnet. Als ein Wachmann des Theaters Blank erkannte, ließ er uns die Räumlichkeiten betreten.

Der erste Raum enthielt Bilder, Zeichnungen und Karten des viktorianischen London.

»Vor über hundert Jahren erlebte London einen blutigen Herbst«, begann Blank in einem Tonfall, der erkennen ließ, wie sehr er es genoss, mit seinem Wissen zu glänzen. »Ein brutaler Massenmörder versetzte die englische Metropole, damals mit mehr als vier Millionen Einwohnern die größte Stadt der Welt und Schmelztiegel des Britischen Empires, in Angst und Schrecken. Zwischen April 1888 und Juli 1889 wurden im Osten der Londoner City, dem so genannten East End, wo sich in engen, verwinkelten Gassen der Abschaum der Stadt zusammendrängte, ungefähr ein Dutzend Dirnen ermordet. Manchen Theorien zufolge gehen sieben dieser Untaten auf das Konto des Rippers, zumindest aber fünf, die von August bis November 1888 verübt wurden.«

Alte Zeichnungen und Stiche zeigten das Elend, das damals in der verrufensten Gegend Londons geherrscht hatte. Unterernährte Frauen und Kinder, die sich in dunklen Ecken zusammendrängten oder auf offener Straße feilboten.

Ein Bild zeigte eine Frau, die in einem karg eingerichteten Raum an einem Tisch mit Streichholzschachteln bei der Arbeit saß.

»Wenn die Frauen im East End eine normale Arbeit suchten, konnten sie kaum ihr Essen und ihre Unterkunft dabei verdienen«, erläuterte Blank, als wir vor diesem Bild standen. »Eine einzige Streichholzschachtel herzustellen erforderte mindestens vierzehn Arbeitsgänge. Und für zwölf Dutzend Schachteln, also 144 Stück, erhielt man allerhöchstens zwei Pennies. Deshalb waren die meisten Frauen in dieser Gegend gezwungen, sich ihr Geld auf der Straße zu verdienen. Eine Theorie unterstellet dem Ripper sogar einen sozialen Anspruch: Er habe die Frauen von ihrem Elend erlösen, zumindest aber auf die menschenunwürdigen Zustände hinweisen wollen.«

»Das kommt bei unserem Killer kaum in Frage«, sagte ich. »Da hätte er sich ärmere Geschöpfe als Opfer aussuchen können.«

»In unserer Zeit kann es andere, ähnliche Motive geben«, überlegte der Schriftsteller. »Haben Sie schon einmal an AIDS gedacht?«

»Selbstverständlich. Sämtliche Opfer wurden darauf untersucht. Eine HIV-Infizierung ließ sich bei ihnen nicht feststellen. Das Motiv, dass sich ein angesteckter Freier rächen will, entfällt also.«

»Nicht unbedingt, Mr. Cotton. Ein Amokläufer muss sich nicht unbedingt an denen rächen, die ihn angesteckt haben. Vielleicht hat er einen Hass auf Huren allgemein.«

Der nächste Raum war der Londoner Polizei gewidmet. Eine lebensgroße Wachsfigur eines Londoner Bobbys stand im Eingang, als kontrolliere er jeden Besucher.

»Die Polizei tappte gleich in mehrfacher Hinsicht im Dunklen«, meinte Blank, als wir vor einer alten Karikatur standen, die einen Bobby zeigte, der mit verbundenen

Augen tastend wie beim Blindekuh spielen umhertappte, während ihn ein paar zerlumpte Gestalten umlagerten und auslachten. »Whitechapel, wo die Morde geschahen, war kaum durch Straßenlaternen erleuchtet. In viele der engen dunklen Gassen wagten sich die Polizeistreifen gar nicht erst hinein. Ganze Gebiete waren sogar für das Militär gesperrt. Hinweise auf eine mögliche Identität des Rippers gab es zwar zuhauf, besonders als die Belohnung von hundert Pfund auf die damals enorme Summe von tausend Pfund angehoben wurde, aber alle Nachforschungen verliefen im Sande. Die Polizisten wurden schlecht bezahlt, und ihre Chefs waren zumeist ehemalige Militärs und Kolonialbeamte, denen man ihre neuen Jobs als Altersruhesitz zugeschanzt hatte, die aber von der Polizeiarbeit in der Regel keinen blassen Schimmer hatten.«

»Was ist mit den gereimten Briefen?«, fragte Phil. »Auch der echte Ripper hat doch solche Nachrichten verschickt.«

»Es gibt Briefe des Rippers, aber ob sie echt sind, ist die Frage. Der erste dieser Briefe, in denen sich der Absender erstmals als ›Jack the Ripper‹ bezeichnete, stammt mit hoher Wahrscheinlichkeit von einem Journalisten, der das Ripper-Fieber weiter anheizen wollte. Das war übrigens ein normaler Brief, nicht in Versform abgefasst. Nur ein Teil der zahlreichen Ripper-Briefe enthält Reime, wie sie auch sein Nachfolger verwendet.«

Ein weiterer Raum zeigte mit Wachsfiguren nachgestellte Szenen, die den Ripper bei seiner blutigen Arbeit oder seine verstümmelten Opfer darstellten. Der Gipfel der Geschmacklosigkeit war ein hinter Glas gehaltener Raum, in dem die Figur einer grässlich verstümmelten Frau auf einem Bett lag. Es sollte die Leiche von Mary Jane Kelly sein, die am 9. November 1888 ermordet wurde.

»Was die Grausamkeit der Tatausführung betrifft, steht unser Ripper seinem historischen Vorbild in nichts nach«, sagte ich angewidert. »Was einen Menschen nur zu solchen Taten treibt!«

»Das hat man sich vor hundert Jahren auch schon gefragt«, antwortete Blank. »Und auch da gab es die unterschiedlichsten Theorien. Bei den ersten Morden nahm der Täter jeweils ein bestimmtes Organ mit, das in den Akten nicht näher bezeichnet wurde. Man vermutet, die Dirnen seien zu wissenschaftlichen Zwecken ausgeweidet worden. Damals standen der medizinischen Forschung noch nicht so viele Leichen und menschliche Organe zur Verfügung wie heute.«

»Ein Motiv, das bei unserem Täter entfällt«, meinte Phil. »Zwar hat er seine Opfer ähnlich schlimm verstümmelt, aber er hat nichts mitgenommen.«

»Krankhafter Hass kann auch ein Motiv für solche Metzeleien sein«, bemerkte unser Führer durch die Abgründe der Rippermorde. Ob er dabei wohl an seine eigenen Aggressionen gegen Frauen dachte?

Der letzte Raum befasste sich mit den verschiedenen Tatverdächtigen. Die Palette reichte vom einfachen Fleischergesellen über Blanks Favorit, dem Rechtsanwalt Druitt, bis hinauf zu Prinz Albert Victor Christian Edward, den der Volksmund »Eddy« nannte. Der Anwärter auf den britischen Königsthron führte ein Leben voller sexueller Exzesse und starb in geistiger Umnachtung, sonst hätte er im Jahre 1910 den Thron bestiegen.

»Wenn es tatsächlich Prinz Eddy war«, meinte Blank, »gibt es gute Gründe dafür, warum Scotland Yard die Identität des Rippers niemals preisgegeben hat.«

Mir fiel auf, dass Eddy mit seinem Oberlippenbart und seiner Statur der unzureichenden Beschreibung entsprach, die wir vom New Yorker Ripper erhalten hatten.

Am Ausgang der Ausstellung erwartete uns eine Überraschung in Form von zwei männlichen Wachsfiguren. Ein schnauzbärtiger Mann im dunklen Anzug und mit einem dunklen Bowler sah so aus, wie man sich einen Bürger im England Königin Viktorias vorstellte. Höchst auffällig gekleidet war dagegen sein großer, hagerer Begleiter mit einem karierten Cape und einer ebensolchen Jagdmütze. Durch ein Vergrößerungsglas studierte er eine Inschrift an der Wand, während er in der anderen Hand eine sehr große Pfeife hielt.

»Sherlock Holmes und Dr. Watson«, staunte ich. »Hier mischen sich endgültig Wahrheit und Dichtung.«

»Warum nicht?«, fragte Blank. »Unzählige Romane, Filme und Theaterstücke haben aus dem historischen Ripper in mancherlei Beziehung eine Fantasiegestalt gemacht. Andersherum gibt es nicht wenige, die Sherlock Holmes für eine Person halten, die tatsächlich gelebt hat. Wenn die Nachwelt einmal über Ihre Fälle liest, Mr. Cotton, hält man Sie vielleicht auch für eine Romanfigur.«

»Soll mir egal sein«, erwiderte ich. »Schade nur, dass Sherlock Holmes nicht tatsächlich gelebt hat, sonst hätte der Meisterdetektiv den Ripper sicher zur Strecke gebracht.«

»Viel wichtiger ist«, sagte Blank, während er sich zu uns umdrehte, »dass Sie den neuen Jack the Ripper fassen.«

Damit hatte er unbestreitbar Recht.

Als Phil und ich das Harrington Theater verließen, fiel matter Sonnenschein auf den Theater-Distrikt am Broadway. Ganz schaffte es die Sonne nicht, die herbstliche Dunstglocke zu durchbrechen, die über Manhattan lag. Trotzdem war ich froh, das Tageslicht zu sehen.

Meinem Freund erging es nicht anders, wie ich an seiner Bemerkung erkannte: »Puh, die Straße tut richtig gut. Das Gruselkabinett, durch das uns Blank geführt hat, kann einem schon die Sinne verwirren.«

Wir stiegen in den Jaguar, um zu Davis' Wohnung zu fahren.

»Ich frage mich wirklich, ob Blank ganz dicht ist«, meinte Phil und tippte sich dabei an die Stirn. »Bei der Begeisterung, mit der er von Jack the Ripper erzählt, habe ich immer das Gefühl, er geht in diesen Mordgeschichten richtig auf.«

»Alle Schriftsteller sind wohl etwas überdreht«, antwortete ich, »und besonders die Verfasser von Kriminalromanen. Sonst würden sie ihre Zeit nicht damit verbringen, im Sumpf der menschlichen Seele zu wühlen.«

»Zum Glück bringen nicht alle Krimischreiber auch in Wirklichkeit Menschen um.«

»Du scheinst Blank weiterhin für den Hauptverdächtigen zu halten.«

»Sagen wir mal so: Er ist mir nicht gerade sympathisch.«

Davis wohnte nicht weit vom »Harrington« entfernt in einem luxuriösen Apartment in der Tenth Avenue, kurz bevor sie an der 57th Street in die Amsterdam Avenue übergeht.

Im Foyer des Hauses wachte ein Portier darüber, dass niemand unangemeldet hereinkam. Wir zeigten ihm unsere Ausweise und fragten ihn nach dem defekten Fahrstuhl.

»Ich hatte zu der Zeit keinen Dienst. Aber mein Kollege erzählte mir von dem Defekt. Er ist erst nach geraumer Zeit aufgefallen, weil sich ein paar der Bewohner darüber beschwerten, der Lift sei nicht gekommen.«

Als wir ihn fragten, ob Davis im Lift eingeschlossen gewesen sei, konnte er uns darauf keine Antwort geben.

Per Anruf bei Davis vergewisserte er sich, dass wir die Erlaubnis hatten, Davis' Apartment zu betreten.

Wir fuhren hinauf in den vierten Stock, ohne dass der Lift stecken blieb. Das Apartment zeigte, dass Davis ein Kunstliebhaber war. Moderne Skulpturen und Gemälde schienen ein Hobby von ihm zu sein.

Andere Sachen, mit denen er sich beschäftigte, waren nicht so offen ausgestellt. In seinem Kleiderschrank fanden wir eine Kiste mit Sexmagazinen, Videokassetten und Fotos, vornehmlich mit homosexueller Ausrichtung.

Aber wir fanden nichts, was Davis belastete. Sein PC war

an einen Nadeldrucker angeschlossen, der nicht einmal von derselben Firma stammte wie der Laserdrucker, mit denen die Bekennerbriefe geschrieben waren.

Der Portier gab uns den Namen und die Telefonnummer seines Kollegen. Wir riefen ihn von einer Telefonbox im Foyer aus an. Er wusste noch nicht mal, dass überhaupt jemand im Fahrstuhl eingeschlossen gewesen war.

»Nicht gerade das, was man ein wasserdichtes Alibi nennt«, sagte Phil, als wir zum Portier gingen, um Davis' Schlüssel bei ihm zu hinterlegen.

Auch Dick Burgons Aktivitäten erwiesen sich als wenig fruchtbar. Er untersuchte sämtliche Ellroy-Laserdrucker in Joanna Whitfields Büros. Keine der Schriftproben entsprach den Ripper-Briefen.

»Blank, Handler und Davis«, sagte ich zu Phil, als wir am Nachmittag bei einem Becher Kaffee im Büro saßen. »Bei jedem gibt es Anhaltspunkte, die ihn verdächtig machen. Aber bei allen reichen sie nicht aus.«

»Wenn wir Pech haben, ist es keiner von ihnen.«

»Zumindest Handler dürfte ausscheiden. Er hat das beste Alibi und kommt von der Persönlichkeitsstruktur her als Täter so gut wie nicht in Frage. Das meint auch Jennifer Belden.«

»Blank wird weiterhin beschattet. Wir sollten die Observation auf Davis ausdehnen, damit wir Gewissheit erhalten.«

»Einverstanden«, sagte ich und rief die Fahndungsabteilung an.

Ich hatte den Hörer gerade wieder aufgelegt, als das Telefon klingelte. Joanna Whitford war am Apparat.

»Es geht um Ihren Besuch bei Mr. Davis. Hatte er etwas mit dem ›Harrington‹ zu tun, Mr. Cotton?«

»Wir vermuten einen Zusammenhang zwischen den Morden und dem Musical«, erklärte ich der schönen Millionenerbin.

»Deshalb haben Sie Schriftproben von unseren Druckern nehmen lassen?«

»Ganz genau.«

»Hat sich Ihr Verdacht bestätigt?«

»Nein, Sie können also beruhigt sein.«

»Verraten Sie mir den Grund, warum Sie Mr. Davis allein sprechen wollten?«

»Tut mir Leid. Das ist ein Dienstgeheimnis, Miss Whitford.«

Sie verabschiedete sich, und ich konnte mir dabei vorstellen, wie sie ihr bezauberndes Lächeln zeigte.

»Schau nicht so verträumt drein, Jerry«, ermahnte mich mein Freund. »Halt dich bei der Frau ran, dann hast du ausgesorgt. Und optisch ist sie auch einwandfrei.«

»Macho!«, kam es aus der Richtung der Tür.

Es war Jennifer Belden, die uns ihr Gutachten über den dritten Ripper-Brief vorbeibrachte.

»Ist nur der Vollständigkeit halber«, sagte sie. »Im Grunde steht nichts darin, was Sie nicht schon wissen.«

Wir erzählten ihr von unserem Gang durch die Ripper-Ausstellung.

»Was meinen Sie als Psychologin?«, fragte ich. »Kann eine Gestalt wie der historische Ripper so große Faszination auf einen Menschen ausüben, dass er seine Taten nachvollzieht, nicht nur im Kopf, sondern in der Realität?«

»Schon möglich«, antwortete Jennifer, steckte sich eine nikotinarme Zigarette an und setzte sich auf meinen Schreibtisch. »Die größten Mörder üben eine Faszination auf die Menschen aus: Julius Cäsar, Napoleon, Hitler. Man kann sich so sehr mit Verbrechen und Verbrechern befassen, dass anfängliche Neugier in Bewunderung umschlägt.« Sie ließ einen Rauchkringel zur Decke steigen. »Sie denken an Raymond Blank?«

»Er bleibt einer unserer Verdächtigen. Und er schwärmt geradezu für die Rippermorde.«

»Dieses Schwärmen, wie Sie es nennen, Jerry, kann

natürlich in richtige Bewunderung umschlagen, besonders bei einer labilen Persönlichkeit wie Blank.«

»Sie meinen also«, meldete sich Phil, »es könnte bei Blank zu einer Art Persönlichkeitsspaltung kommen, die ihn nachts zum Ripper werden und die Morde begehen lässt?«

»Eine Persönlichkeitsspaltung würde ich das nur bedingt nennen«, erwiderte Jennifer, »ob bei Blank oder bei einem anderen. Natürlich handeln Serienmörder unter einer Art Zwang, der sie zu ihren Taten treibt. Aber sie behalten dabei das volle Bewusstsein. Sie kontrollieren also ihr Tun. Sie wissen auch vorher und hinterher, was sie tun. Gerade das macht sie so gefährlich und schwer zu fassen. Sie gehen planvoll vor und verwischen hinterher ihre Spuren. Sie sind nicht unzurechnungsfähig, sonst könnten sie für ihre Taten auch nicht bestraft werden.«

»Aber vielleicht könnte man sie dann wenigstens leichter fassen«, murmelte Phil ein wenig resignierend.

Den Nachmittag und den Abend verbrachten wir über den Akten in unserem Büro, eine Tätigkeit, die Film- und Fernsehdetektiven meistens erspart bleibt, einem richtigen G-man leider nicht. Wir lasen alle Vernehmungen, Protokolle, Untersuchungsergebnisse und sonstigen Schriftstücke noch einmal genau durch. Vielleicht hatten wir bisher irgendetwas übersehen, oder in der Rückschau ergab sich ein neuer Aspekt.

Georg Handler saß auf einem Stuhl in seinem Wohnraum und hielt in der einen Hand das leere Wasserglas und in der anderen die nur noch zu einem Viertel gefüllte Flasche billigen Whiskys. Die Versuchung war groß, noch einen ordentlichen Schluck zu nehmen, bevor er zur Arbeit ging. Zwei randvolle Gläser hatte er sich bereits in den Rachen gekippt.

Aber er kannte sich und wusste: Wenn er jetzt nicht

aufhörte, würde er den ganzen Abend nicht mit dem Trinken aufhören. Und wenn er heute wieder nicht im »Harrington« erschien, war er seinen Job los. Das hatte ihm Mr. Davis am Telefon unmissverständlich klar gemacht. Davon wiederum würde sein Bewährungshelfer ganz und gar nicht erbaut sein. Handler sah sich schon wieder hinter Gittern.

Das gab den Ausschlag. Er verschloss die Flasche widerstrebend und stellte sie in den Hängeschrank über der Spüle. Er verbarg sie hinter Konservendosen und zwei Rollen Küchenpapier für den Fall, dass ihm der Bewährungshelfer einen seiner unangekündigten Besuche abstattete, um ihn scheinheilig zu fragen, ob alles in Ordnung sei. Dabei würden die Augen des Bewährungshelfers wie die eines Habichts ruhelos in der Wohnung umherwandern, auf der Suche nach irgendetwas Negativem, das er George ankreiden konnte. Je eher George wieder im Kittchen war, desto eher hatte der Bewährungshelfer etwas weniger Arbeit. So sah George Handler die Sache.

Ein Blick auf seine zerschrammte, altertümliche Armbanduhr zeigte ihm, dass es Zeit war aufzubrechen, wollte er die nächste U-Bahn noch erwischen. Er streifte sich eine abgewetzte Windjacke über und verließ das Apartment.

Die Tür, die ich aufgebrochen hatte, war noch immer defekt. Man konnte sie nicht mehr abschließen. Viel gab es bei Handler sowieso nicht zu holen. Er zog die Tür zu, so gut es ging, und schlurfte die Treppe hinunter.

Draußen war die Dämmerung schon stark fortgeschritten. Ein paar Gestalten lungerten vor dem Hauseingang herum. Es waren die Schwarzen, deren Gang diesen Straßenzug der Bronx beherrschte. Ross, ihr Anführer mit dem tätowierten Schmetterling, den sie deshalb auch »Butterfly« nannten, stand bei ihnen. George traute der Bande zu, dass sie seine Wohnung ausräumte, wenn sie von der kaputten Tür wüsste.

Ross stellte sich ihm breitbeinig in den Weg. »He, wohin

so eilig, George? Willste wieder ein paar Nutten aufschlitzen?«

Die anderen lachten.

»Was wollt ihr von mir?«, fragte George Handler verwirrt. »Lasst mich vorbei. Ich muss zur Arbeit.«

»So kann man es auch nennen«, sagte Ross grinsend. »Nicht, Jungs?«

Sie spendeten ihrem Anführer lachend Beifall.

»Weshalb haben die Bullen dich laufen lassen, George?«, fragte Ross. »Konnten sie dir nicht beweisen, dass du der Ripper bist?«

»Lasst mich in Ruhe! Ich habe mit dem Ripper nichts zu tun.«

George wollte sich zwischen den jungen Schwarzen hindurchdrängen, aber der Kreis schloss sich enger um ihn.

Er drehte sich um, um zurück ins Haus zu flüchten, aber auch der Eingang war bereits von einem fetten Glatzkopf versperrt.

»Tja, George«, fuhr Ross fort, »wenn die Bullen nicht mit dir fertig werden, müssen wir das wohl übernehmen. Sonst vergreifst du dich noch an unseren Mädchen. Als treue Staatsbürger müssen wir das verhindern.«

Wieder erhielt Ross allgemeinen Beifall wie ein Bühnenschauspieler, der sich seines Publikums sicher sein konnte.

George startete einen letzten Versuch, den immer enger werdenden Kreis zu durchbrechen.

Vergebens. Die Schwarzen keilten ihn ein.

Er spürte Schläge und Tritte, die ihn am ganzen Körper trafen. Über seinem rechten Auge platzte die Haut auf, und Blut rann über sein Gesicht. George stürzte zu Boden, wo ihn weitere Tritte trafen. Er krümmte und wand sich, spuckte Blut. Schließlich blieb er reglos liegen.

»Das reicht erst mal«, verkündete Ross im Tonfall eines Feldherrn, der den Befehl zum Abbruch eines Angriffs gibt. »Schafft ihn zum Wagen.«

Während kräftige Hände den schlaffen Körper Handlers

ergriffen und zu einem Lieferwagen trugen, der direkt vor dem Hauseingang parkte, verdrückte sich einer der Schwarzen unbemerkt um die Ecke.

»Schmeißt ihn hinten rein, steigt ein und dann nichts wie weg, ehe diese unfähigen Bullen hier aufkreuzen«, befahl der Fahrer.

»Tut, was er gesagt hat!«, rief Ross seinen Kumpanen zu.

Als die Arbeit erledigt war, schwang er sich auf den Beifahrersitz. »Von uns aus können wir.«

Alan Hunter stieß ein zufriedenes Knurren aus und startete den Wagen.

Ein leichter Nieselregen fiel, als der Tod durch die Straßen von Manhattan ging. Aber das störte den Tod nicht.

Er hatte kein bestimmtes Ziel, schlenderte einfach nur so dahin, sah sich nach allen Seiten um. Nicht, weil er sich etwa verfolgt fühlte. Er suchte ein neues Opfer. Das Blut, das er gesehen, gerochen und gespürt hatte, war ihm nicht genug.

Eine Nutte am Straßenrand erregte seine Aufmerksamkeit. Eine große Rothaarige in einem knappen grünen Kleid. Das tiefe Dekolletee betonte die ohnehin sehr üppige Oberweite noch mehr. Der Tod ging langsam auf die Frau zu.

Er hatte seine Vorgehensweise geändert. Mit seinen ersten beiden Opfern hatte er sich verabredet, hatte alles genau vorbereitet. Jetzt verspürte er eine größere Lust dabei, alles dem Zufall zu überlassen. Es war ein Spiel mit dem Schicksal.

Der Tod stand nur noch eine Armlänge von der üppigen Rothaarigen entfernt, als ein Wagen vor ihr anhielt und der Fahrer die Beifahrertür öffnete.

»Steig ein, Süße!«, rief er. »Es soll dein Schaden nicht sein.«

»Nur wenn du nicht Jack the Ripper bist«, antwortete die Rothaarige, während sie schon einstieg.

Die Tür schlug zu, und der Wagen fuhr an.

Der Tod sah ihm lange hinterher, bis die Lichter des Wagens zwischen all den anderen Fahrzeugen nicht mehr zu erkennen waren.

Das Schicksal hatte sich entschieden, die Rothaarige weiterleben zu lassen, wenigstens für eine Weile. Der Tod merkte sich die Stelle, wo er sie finden konnte. Sie hatte sein Interesse geweckt. Er schlenderte weiter.

Die Leute, die ihm begegneten, beachteten den Tod nicht, weil sie ihn nicht erkannten. Sie hätten laut geschrien und wären davongerannt, hätten sie gewusst, dass Jack the Ripper wieder unterwegs war.

Ich hatte so viele Akten gewälzt, dass mir fast die Augen zufielen, als mich das Klingeln des Telefons aufschreckte. Phil war schneller und griff zum Hörer, den er dann aber an mich weiterreichte.

»Jemand will unbedingt Jerry Cotton sprechen.«

»Hoffentlich eine hübsche Blondine«, meinte ich, »damit dieser unbefriedigende Tag wenigstens ein angenehmes Ende findet.«

Ich meldete mich mit meinem Namen.

»Hören Sie gut zu, Cotton«, sagte der Anrufer in einem aufgeregten Ton. »Sie haben George Handler. Ich glaube, sie bringen ihn um.«

Ich schaltete bei diesen Worten das Tonband und den Lautsprecher ein, damit Phil das Gespräch verfolgen konnte.

»Wer spricht denn da?«, wollte ich wissen. »Was ist mit Handler passiert?«

»Mein Name ist unwichtig. Sie haben Handler entführt, Ross und dieser Hunter. Sie wollen ihn verurteilen und hinrichten, weil er der Ripper sein soll.«

»So ein Unsinn! Handler ist es nicht. Wo ist er?«

»Keine Ahnung.«

Damit legte der Anrufer den Hörer auf die Gabel. Ich hatte das Gefühl, seine eigene Courage machte ihm Angst.

»Verfluchter Dreck«, entfuhr es Phil. »Wenn das wahr ist! Er meint bestimmt Alan Hunter. Dem Mistkerl traue ich alles zu.«

»Die Stimme kam mir irgendwie bekannt vor, Phil. Wenn wir den Anrufer ausfindig machen, können wir vielleicht noch mehr erfahren.«

Ich spulte das Tonband zurück und spielte es ab: »... Handler. Ich glaube, Sie bringen ihn um.«

»Ja, natürlich!«, rief ich aus. »Es ist Skinny, der dürre Kerl aus der Gang des Tätowierten.«

»Du könntest Recht haben«, meinte Phil.

Ich rief in Mr. Highs Büro an. Er wollte unsere Kollegen Steve Dillagio und Ben Harper zu Alan Hunter schicken. Ich befürchtete, dass sie ihn kaum zuhause antreffen würden. Deshalb enterten Phil und ich mit Mr. Highs Zustimmung den Jaguar und fuhren in die Bronx.

Der Tod blieb vor einem Nachtclub in Greenwich Village stehen, dem »Geronimo«. Die plastische, lebensgroße Figur eines Apachen-Kriegers bewachte den Eingang. Glaskästen mit Plakaten und Fotos kündeten von den Sensationen, die auf der Bühne geboten wurden. Von lesbischer Liebe bis zum Transvestiten war alles dabei. »So etwas sehen Sie sonst nirgends!«, verkündete ein Schild in einem der Glaskästen.

Der Tod ging hinein. Vielleicht fand er hier, was er suchte. Die beiden Türsteher ließen ihn anstandslos passieren.

Innen herrschte ein schummriges rotes Licht vor. Auf der Bühne lief eine langweilige Strip-Nummer. Tödlich an der Sache war, dass die nicht mehr ganz junge Frau bei ihrer Darbietung auch noch zu singen versuchte. Dabei wäre sie mit dieser Stimme noch nicht mal in einem Schulchor aufgenommen worden.

Der Tod setzte sich an die Bar, von wo aus man den besten Überblick hatte, und wollte gerade etwas bestellen, als sich sein Blick mit einem der Gäste an den Tischen kreuzte.

Der Tod sprang auf, ließ den Barkeeper einfach stehen und stürzte hinaus.

Es schien nicht sein Tag zu sein. Das Schicksal hatte sich gegen den Tod entschieden.

Wir rollten langsam die 167th Street entlang. Wir waren in Handlers Wohnung gewesen und hatten sie leer vorgefunden. Das FBI-Hauptquartier hatte im »Harrington« angerufen und unsere Kollegin Candy Cant zu Jane Balder geschickt. Handler war nirgends zu finden.

Ich bremste sofort, als ich das Mädchen sah. Es gehörte zu der Gang des Tätowierten. Jetzt stand es am Straßenrand, trug enge weiße Stiefel, die ihr bis über die Knie reichten, und ein weißes Minikleid. Die Farbe bildete einen starken Kontrast zu ihrer dunklen Haut.

Das Mädchen erkannte wahrscheinlich den Jaguar wieder, denn es rannte weg, sobald ich abbremste. Phil stieß die Tür auf, sprang hinaus und stürzte hinterher. Ich schloss die Beifahrertür und folgte ihnen mit dem Wagen. An der nächsten Kreuzung hatte Phil das Mädchen geschnappt und hielt es an den Schultern fest. Ich stieg aus und ging zu ihnen. Wir fragten das Mädchen nach Skinny.

»Keine Ahnung, wo der steckt.«

Wir sahen an dem Flackern in ihren Augen, dass sie log.

»Die solltest du aber haben«, sagte Phil. »Dann könntest du uns helfen, einen Mord zu verhindern.«

»Geht mich nichts an«, fauchte die Schwarze.

Ich holte meine Plastikhandschellen hervor und legte sie ihr um.

»Was soll das?«, stieß sie hervor.

»Du bist festgenommen wegen öffentlicher Prostitution«, sagte ich.

»Sie können mir nichts beweisen!«

»Darüber kannst du dir Gedanken machen, wenn du im Untersuchungsgefängnis sitzt. Komm mit!«

Ich zerrte sie unsanft zum Wagen. Das wirkte.

»Wenn ich ihnen sage, was ich über Skinny weiß, lassen Sie mich dann frei?«

»Erzähl uns deine Story«, riet ich ihr. »Dann sehen wir weiter.«

»Also gut. Wenn Skinny nicht zuhause oder bei Butterfly ist, hängt er meistens im ›Elefant‹ rum, einer Bar hier die Straße runter.«

»Wer ist Butterfly?«, fragte ich. »Euer Anführer mit dem Schmetterling auf der Stirn?«

»Ja, der.«

»Wie heißt er richtig?«

»Roscoe Anvil.«

»Und Skinny?«

»Martin Sicks.«

»Die Adressen?«

Sie nannte uns zwei Adressen in der 167th. Auch sie wohnte hier. Ihr Name war Pamela Hensley, genannt Pam. Wir fragten sie nach Alan Hunter und danach, ob sie wusste, wo Ross zurzeit steckte. Sie wusste es nicht und konnte auch mit Hunters Namen nichts anfangen. Das schien keine Lüge zu sein. Wir befreiten sie von den Handschellen und fuhren zum »Elefant«.

Der Laden war eine düstere, schmutzige Bar. Es war bestimmt schon viele Jahre her, dass sie einmal bessere Zeiten gesehen hatte. Jetzt war sie der Treffpunkt von Butterflys Gang und anderen Farbigen des Viertels.

Der Barkeeper und alle Gäste waren Schwarze. Sie starrten uns feindselig an. Es war für sie schon ein Sakrileg, wenn ein Weißer ihren Laden betrat.

Skinny saß auf einem Barhocker vor einem Geldautomaten und sah zu, wie sich Räder mit den verschiedenen Symbolen drehten. Er hämmerte heftig auf die

Stopptaste ein. Zwei Kronen und eine Gurke erschienen im Sichtfeld. Pech für Skinny, der in seiner Hosentasche nach weiteren Münzen kramte. Als er uns erblickte, vergaß er das. Unter seiner dunklen Haut schien er bleich zu werden.

»Warum so ängstlich, Skinny?«, fragte ich. »Du hast mich doch angerufen!«

»Ich? Nein, bestimmt nicht.«

Wir stellten uns neben ihn, und ich legte meine Hand auf seine knochige Schulter.

»Komm mit uns, Skinny. Wir haben ein paar dringende Fragen an dich. Du wirst wissen, um was es sich handelt.«

»Ich weiß gar nichts. Lassen Sie mich in Frieden!«

Die Angst stand ihm ins Gesicht geschrieben. Schweiß trat auf seine Stirn. Sein Blick fragte die anderen Gäste um Hilfe und fand sie. Drei kräftige Burschen bauten sich vor ihm auf.

»Weiße Fratzen haben hier nichts zu suchen«, knurrte der Bulligste von ihnen, der in der Mitte stand. »Verzieht euch!«

Seine schaufelgroßen Hände packten mich am Kragen und rissen mich von Skinny weg.

Ich tat so, als wäre ich völlig davon überrascht. Aber ich nutzte nur den Schwung meines Gegners aus, um ihn mit einem Judowurf flachzulegen. Der menschliche Bulle fiel auf den Rücken, blieb dort liegen und japste nach Luft. Die übrigen Gäste wichen ein paar Schritte zurück. Die beiden Gefährten meines Gegners standen jetzt zwischen Phil und mir. Die schnelle Niederlage ihres Kumpans hatte sie völlig überrascht und verwirrt. Ihre Blicke wanderten zwischen dem am Boden Liegenden, Skinny, Phil und mir hin und her.

»Hört zu, Leute«, sagte ich laut. »Wir wollen uns mit Skinny nur ein bisschen unterhalten. Ihm geschieht nichts. Also seid brav, setzt euch wieder hin und lasst uns in Ruhe.«

Ich sah den beiden übrig Gebliebenen vom Skinny-Hilfskommando fest in die Augen, und ihre Angriffslust schwand. Einer murmelte etwas Unverständliches zu dem anderen. Dann halfen sie ihrem noch immer etwas benebelten Gefährten auf die Füße und führten ihn zu dem Tisch, an dem sie vorher gesessen hatten.

Wir schnappten uns Skinny und verließen mit ihm das »Elefant«.

»Hast du uns jetzt etwas zu erzählen?«, fragte Phil.

»Nicht hier, wo uns alle zusehen. Und tun Sie um Himmels willen so, als würden Sie mich verhaften! Sonst komme ich in Teufels Küche.«

»Himmel und Teufel sind bei dir aber nah beieinander, Skinny«, sagte ich, während ich zum zweiten Mal innerhalb kurzer Zeit meine Handschellen benutzte.

Nachdem ich Skinny gefesselt hatte, verfrachteten wir ihn in den Fond des Jaguar und fuhren um ein paar Ecken. Ich hielt an, als ich die Entfernung zum »Elefant« für groß genug hielt, und nahm unserem Gast die Fesseln wieder ab.

»Und jetzt wollen wir etwas Sinnvolles von dir hören!«, ermahnte ich ihn.

Greg Jackson ließ seine Augen nicht vom Eingang des »Geronimo«, auch nicht, als er sich vom Imbissstand an der gegenüberliegenden Straßenseite einen Hot Dog mit Zwiebeln holte.

Er war mit der Beschattung von Peter Michael Davis beauftragt und hatte ihn bis hierher verfolgt. Den Plan, ebenfalls ins »Geronimo« zu gehen, um Davis noch besser im Auge behalten zu können, hatte er verworfen. Um diese Zeit war in dem Schuppen so wenig los, dass er Davis möglicherweise aufgefallen wäre. Bis jetzt hatte er sich so vorsichtig verhalten, dass Davis ihn nicht bemerkt haben konnte. Sein Observationsobjekt würde also kaum versuchen, durch den Hinterausgang zu entkommen.

Jackson wollte gerade in seinen Plymouth steigen, den er nicht weit vom Eingang des Clubs entfernt geparkt hatte, als er Davis sah. Der Manager wirkte erregt und blickte nervös um sich, bevor er im Sturmschritt die Straße hinunterging und sich von Jackson entfernte. Er folgte einer Prostituierten, die in eine Seitengasse hineinstöckelte.

Jackson stieß einen Fluch aus, beförderte den Hot Dog mit einem gut gezielten Wurf in den nächsten Papierkorb und lief Davis und der Prostituierten hinterher.

Er stand an der Einmündung der unbeleuchteten Gasse, als er den gellenden Schrei einer Frau hörte. Der junge G-man zog und entsicherte seinen Revolver, nahm mit der anderen Hand seine Stablampe aus der Tasche und ging in das Dunkel hinein.

Der Lichtstrahl, den Jackson ausschickte, fiel auf den Manager und die Prostituierte. Sie kauerte am Boden, stützte sich mit beiden Händen auf und starrte mit einem Gesichtsausdruck in das Licht, der zwischen Todesangst und Hoffnung schwankte. Davis stand über ihr und beugte sich halb zu ihr hinab. Das unerwartete Licht schien ihn in seiner Bewegung gelähmt zu haben. Seine Hände hielten keine Waffe.

»FBI«, sagte der G-man laut. »Verschränken Sie die Hände hinter Ihrem Kopf, Davis, und gehen Sie langsam von der Frau weg zu der Mauer neben Ihnen!«

Der Manager gehorchte.

»Ist Ihnen etwas passiert, Miss?«, fragte Jackson die Prostituierte.

Sie schüttelte den Kopf, vor Schreck noch unfähig, etwas zu sagen.

Der G-man von der Fahndungsabteilung gab ihr seine Lampe und sagte ihr, sie möge den Lichtstrahl auf Davis halten. Sie gehorchte wie ein Automat. Jackson ging zu Davis hinüber, hielt sich aber immer in einem angemessenen Abstand zu ihm.

»Stützen Sie sich mit den Händen gegen die Mauer und spreizen Sie die Beine!«, befahl er.

Gleichzeitig versetzte er ihm mit der freien Hand einen Stoß, sodass Davis nach vorn fiel und gezwungen war, Jacksons Anweisungen zu befolgen. Unser Kollege zog mit dem Fuß Davis' Beine weiter auseinander und hakte einen Fuß so hinter ein Bein von Davis, dass er den Manager mit einer einzigen Bewegung zu Fall bringen konnte, sollte er Schwierigkeiten machen. Er tastete Davis mit der freien Hand nach Waffen ab, fand aber nur eine handliche Sprühdose mit Reizgas in der rechten Jackentasche.

»Wozu brauchen Sie das?«, fragte der G-man.

»Zur Selbstverteidigung. Wozu sonst? Was wollen Sie überhaupt von mir?«

»Sie daran hindern, ihr viertes Opfer umzubringen, Mister Jack the Ripper.«

Davis drehte seinen Kopf zu Jackson herum und sah ihn fassungslos an. »Ich – der Ripper? Diesen Floh haben Sie wohl von Cotton und Decker ins Ohr gesetzt bekommen.«

»Weshalb haben Sie die Frau verfolgt?«

»Ich habe sie nicht verfolgt!«, beharrte Davis.

»Lügen Sie nicht, Mann! Ich habe es mit eigenen Augen gesehen. Außerdem haben Sie sie zu Boden geworfen. Das können Sie wohl kaum leugnen.«

»Ich habe sie gar nicht angefasst! Sie begann zu laufen und stürzte. Ich wollte ihr aufhelfen, als Sie kamen.«

Jackson sah kurz die Frau an. »Stimmt das?«

»Ja. Ich lief weg, als der Kerl mir in die Gasse folgte, weil ich ihn für Jack the Ripper hielt. Dabei fiel ich hin.«

»Und weshalb haben Sie geschrien?«

»Weil er sich über mich beugte. Ich dachte, er sei der Ripper. Ich hatte eine Scheißangst, Mann.«

Sie hockte noch immer auf dem Straßenpflaster wie ein Kind, das die Hilfe seiner Eltern braucht, um aufzustehen.

»Haben Sie sich verletzt?«, fragte Jackson.

»Ich glaube nicht.«

»Was haben Sie hier überhaupt gesucht?«

»Auf dem Hinterhof dort ist der Eingang zu meiner Wohnung. Ich habe eine Verabredung.«

»Sie meinen, Sie wollen sich mit einem Freier treffen.«

Sie schwieg.

»Aber Sie sind nicht der Freier, Davis, oder?«

»Nein, bin ich nicht.«

»Vielleicht sind Sie auch so freundlich und erklären mir, was Sie hier wollten.«

»Ich habe jemanden verfolgt, aber nicht diese Frau.«

»Wen dann?«

»Einen Mann.«

»Ich habe keinen Mann gesehen, der vor Ihnen und der Frau in die Gasse ging«, erwiderte Jackson ungläubig. »Wer ist der Mann? Wie heißt er?«

»Ich weiß es nicht. Ich sah ihn nur für einen kurzen Moment im ›Geronimo‹. Er kam mir irgendwie bekannt vor. Als sich unsere Blicke kreuzten, verließ er fluchtartig den Laden. Irgendetwas an ihm kam mir nicht geheuer vor. Deshalb bin ich hinterher. Draußen konnte ich ihn nicht mehr finden. Ich dachte, er hätte sich in dieser Gasse versteckt. Sie müssten ihn gesehen haben, G-man, wenn Sie das ›Geronimo‹ beobachtet haben. Ich gehe doch recht in der Annahme, dass Sie den Auftrag haben, mich zu beschatten?«

»Nehmen Sie an, was Sie wollen«, entgegnete Jackson schroff.

Er wusste nicht so recht, was er von der Sache halten sollte.

Erst hatte er geglaubt, Jack the Ripper auf frischer Tat erwischt zu haben.

Aber jetzt sah alles so aus, als hätte er sich geirrt. Andererseits kam ihm Davis' Geschichte reichlich konstruiert und unglaubwürdig vor.

»Ich habe keinen Mann gesehen, der kurz vor Ihnen den Club verließ.«

Die Frau meldete sich: »Es ist kalt hier unten. Kann ich aufstehen und gehen?«

Jackson warf ihr einen Block und einen Stift zu.

»Ja, sobald Sie mir Ihren Namen und Ihre Adresse aufgeschrieben haben.«

Als das geschehen war, ging Jackson mit Davis zu seinem Wagen und rief die FBI-Zentrale an. Mr. High war, wie üblich, zu später Stunde noch im Büro. Er koordinierte die Suche nach George Handler. Jackson erhielt die Anweisung, Davis laufen zu lassen, da nichts gegen ihn vorlag.

»Es tut mir Leid, Sir«, sagte unser Kollege von der Fahndung über Funk zu Mr. High, als sich Davis entfernte. »Aber ich dachte wirklich, jetzt schlägt er zu, als ich den Schrei der Frau hörte. Was soll ich jetzt tun, wo er mich kennt?«

»Sie können nichts dafür, Jackson. Ich an Ihrer Stelle hätte nicht anders gehandelt«, beruhigte ihn Mr. High. »Wenn Davis der Ripper ist, wird er heute Abend nichts mehr unternehmen. Verfolgen Sie ihn aber zur Sicherheit. Später werden Sie abgelöst.«

Greg Jackson ließ den Plymouth an und fuhr Davis hinterher. Er verspürte gar keinen Hunger mehr.

Manchmal geriet Skinny ins Stocken, sodass wir mit ein paar harten Worten nachhelfen mussten. Insgesamt zeigte er sich aber als sehr redefreudig.

Er erzählte uns, dass sich Alan Hunter und Roscoe Anvil schon länger kannten. Hunter war anscheinend kein so ehrenhafter Bürger, wie er vorgab, sondern hatte seine Finger in ein paar anrüchigen Geschäften stecken. Wenn irgendeine Drecksarbeit in der Bronx zu erledigen war, engagierte er Ross und seine Gang.

Aus dem, was uns der Schwarze erzählte, hörten wir heraus, dass die verstärkten Polizeiaktivitäten im

Zusammenhang mit den Ripper-Morden Hunters eigene dunkle Geschäfte störten. Deshalb wollte er unbedingt den Ripper zur Strecke bringen.

Ross hatte ihm von Handlers Verhaftung erzählt. Hunter schien es egal zu sein, ob Handler wirklich der Ripper war oder nicht. Ihm kam es nur darauf an, das Ende des Rippers verkünden zu können, um wieder ungestört seinen eigentlichen Geschäften nachzugehen. Dazu gehörte auch die Prostitution. Und die stagnierte augenblicklich ein wenig, weil sich manche Mädchen weigerten zu arbeiten. Ein weiterer Grund für Hunter, aktiv zu werden.

Skinny hatte sich abgesetzt, als er sah, wie Handler behandelt wurde. Ross hatte seinen Leuten nicht gesagt, was er und Hunter mit Handler vorhatten. Als Skinny klar wurde, dass Handler getötet werden sollte und er dadurch mitschuldig an einem Mord wurde, bekam er kalte Füße, setzte sich ab und rief mich an.

»Woher kanntest du meinen Namen, Skinny?«, fragte ich.

»Der rote Schlitten war nicht zu übersehen, als Sie George hopsgenommen haben. Ich habe erst bei den Stadtbullen angerufen und gefragt, wem der Jaguar gehört.«

»Clever«, sagte ich. »Wo haben Ross und Hunter ihren Gefangenen hingebracht?«

»Ich weiß es nicht. Ross bindet uns nicht alles auf die Nase. Er spielt gern den großen Boss, der mehr weiß als wir.«

»Hast du keine Ahnung, wo sie sein könnten? Denk nach, Skinny, es geht um George Handlers Kopf!«

Das tat er und sagte endlich: »Hunter besitzt ein altes Lagerhaus am Hudson. Er benutzt es für seine krummen Dinger, weil es nicht auf seinen Namen läuft.«

»Wo genau liegt es?«, fragte Phil.

»Ich weiß es nicht. Ich war noch nicht dort. Ross sagte mal was vom Miller Highway.«

»Immerhin etwas«, knurrte mein Freund.

»Erinnerst du dich an das Kennzeichen des Wagens, mit dem sie George abtransportiert haben?«, bohrte ich weiter. Wir benötigten mehr Informationen, um den Fememord an Handler zu verhindern.

Skinny spulte es herunter. Phil und ich waren im ersten Augenblick platt.

»Wieso erinnerst du dich daran so genau?«, erkundigte ich mich.

»Für Zahlen und Nummern habe ich irgendwie ein Gedächtnis. Nur weil ich ein Schwarzer aus der Bronx bin, muss ich ja nicht völlig blöd sein.«

»Das hat auch niemand behauptet«, sagte ich.

Mehr wusste Skinny uns nicht zu sagen.

»Wenn Handler etwas passiert, bin ich dann auch dran?«, fragte er ängstlich.

»Wir werden versuchen, dich aus der Sache herauszuhalten«, versprach ich.

Skinny hatte es verdient. Er war der Einzige aus der feigen Bande, der Mut bewiesen hatte, indem er uns anrief, auch wenn er dann Angst vor der eigenen Courage bekam.

Wir ließen ihn gehen und nahmen Funkkontakt mit der Zentrale auf, um den Lieferwagen zur Fahndung auszugeben. Wir verlangten, besonders das Gebiet am Miller Highway zu kontrollieren.

Während Phil mit Mr. High sprach, setzte ich das Rotlicht auf das Dach des Jaguar, schaltete die Sirene ein und fuhr los. Wir mussten auf dem Weg zum Hudson River halb Manhattan durchqueren.

Mr. High teilte uns mit, dass Steve Dillagio und Ben Harper keinen Erfolg gehabt hatten. Alan Hunter war weder zuhause noch in seinem Büro, von dem aus er seine diversen Geschäfte betrieb, zu denen eine Spedition und ein Nachtclub gehörten.

Der Chef erzählte uns auch von Greg Jacksons Begegnung mit Peter Michael Davis. Sosehr wir an der Ergreifung des Rippers interessiert waren, im Moment war der Blutige Jack, wie der historische Ripper auch genannt wurde, für uns zweitrangig. Es galt, ein Menschenleben zu retten.

Der Tod war unzufrieden, als er durch die kalten Straßen Manhattans ging. Er sah sich immer wieder nach seinem Verfolger um, konnte ihn aber nicht entdecken.

Der Tod hätte in dieser Nacht gern wieder zugeschlagen und war dabei gestört worden, ehe er noch begonnen hatte.

Seine Hand umfasste das scharfe Messer in seiner Tasche und streichelte es fast zärtlich.

Das Schicksal meinte es heute Nacht nicht gut mit ihm, sagte sich der Tod. Er hatte beschlossen, heute keine der zahlreichen Huren sterben zu lassen, von denen es in Manhattan nur so wimmelte.

Der Tod dachte an eine Frau, an eine ganz bestimmte Frau, an die er immer dachte, wenn sich seine Klinge in das Fleisch seiner Opfer bohrte. Er stellte sich dann vor, wie diese Frau durch seine Hände starb, und das befriedigte ihn mehr als alles andere auf dieser Welt.

Dann dachte der Tod an einen bestimmten Mann.

Und er dachte an die Nutte, die heute Nacht zum Greifen nahe gewesen war. Das Schicksal hatte ihn bestimmt nicht zufällig zu ihr geführt.

Ein Plan reifte in seinem Gehirn heran und nahm eine immer konkretere Gestalt an. Der Tod verlor seine schlechte Laune, als er sich die Einzelheiten ausmalte. Es war eine ganz hervorragende Idee.

Jack the Ripper hatte schließlich schon vor über hundert Jahren einen Doppelmord begangen, als er in einer Septembernacht seine Klinge mit Elizabeth Stride und Catherine Eddows vermählte.

Als Georg Handler wieder zu Bewusstsein kam, fand er sich in einem Albtraum wieder. Ein Albtraum, der Wirklichkeit geworden war. Er saß mit auf den Rücken gefesselten Händen auf einem Stuhl in einer großen Halle. Das einzige Licht stammte von ein paar Fackeln, die einige der ihn umringenden Gestalten in den Händen hielten.

Die Gestalten sahen aus wie Angehörige des Ku-Klux-Klan, nur dass sie keine weißen Kutten und Kapuzen trugen, sondern schwarze. Es waren zwischen zehn und zwanzig Personen. Oder waren es Phantome?

George Handler zwinkerte mit den Augen, aber er erwachte nicht aus diesem Albtraum. Die Maskierten umgaben ihn weiterhin.

Einer schob sich nach vorn, der durch seine rote Kutte auffiel.

Er nahm einem anderen die Fackel aus der Hand und stellte sich direkt neben Handler.

»Er ist wach«, sagte der Rote. »Du kannst jetzt die Bilder machen.«

Ein Maskierter mit einer modernen Kamera, die in dieser Szenerie völlig fehl am Platz wirkte, kniete sich vor Handler und dem Roten hin und schoss eine Reihe von Fotos. Der jedes Mal aufzuckende Blitz blendete George, sodass er die Augen wieder schloss.

Ein heißer Schmerz an seiner Wange erschreckte ihn, und er riss die Augen auf. Der Rote hatte ihm die Fackel über eine Gesichtshälfte gestrichen.

»Halte die Augen offen, George Handler!«, befahl er. »Du sollst das Gericht ansehen, das dich verurteilt.«

»Gericht?«, krächzte George. »Was für ein Gericht?«

Der Rote wies mit einer ausladenden Geste in die Runde. »Wir alle sind deine Richter, George Handler, und auch deine Ankläger.«

»Was für 'ne Anklage?«

»Des dreifachen Mordes an drei Frauen, die dir nichts getan hatten«, antwortet der Rote. »Du bist Jack the Ripper und erhältst von uns die Strafe, die du wegen deiner perversen Taten verdienst. Du wirst gehängt!«

Nur einen flüchtigen Moment lang schoss Handler der tröstende Gedanke durch den Kopf, dass er womöglich nur das Opfer eines grausamen Scherzes war. Dann erinnerte er sich an den Überfall vor seiner Wohnung, und er spürte wieder die Schmerzen der schweren Verletzungen, die man ihm am ganzen Körper zugefügt hatte. Er erkannte, dass es der Rote und die übrigen Maskierten bitter ernst meinten. Sie wollten ihn wirklich aufhängen.

Als er sich weiter in der Halle umsah, entdeckte er auch seinen Galgen. Ein Seil mit einer Schlinge, das von einer Verstrebung an der Decke herunterhing. Darunter war ein Podest aus Kisten aufgebaut, auf das sich der Delinquent stellen sollte. Sobald die Maskierten die Kisten wegstießen, würde er baumeln.

»Was sagst du zu der Anklage?«, fragte der Rote, der jetzt vor ihm stand, noch immer die Fackel in der Hand.

»Ich habe es nicht getan. Der FBI hat mich wieder freigelassen, weil ich unschuldig bin.«

»Das glauben wir dir nicht. Wir haben uns mit deiner Vergangenheit befasst. Du bist ein Frauenschänder und müsstest eigentlich noch hinter Gittern sitzen.«

»Man hat mich auf Bewährung rausgelassen«, verteidigte sich George, der nicht einsehen wollte, dass jedes Wort an die Maskierten zwecklos war. Sie hatten ihr Urteil längst gefällt, bevor die so genannte Verhandlung begonnen hatte.

»Und du hast die Bewährung auf grausame Art missbraucht, George Handler. Ich bin dafür, dass du sofort gehängt wirst. Wer noch dafür ist, hebe die rechte Hand.«

Jeder der Maskierten hob die Hand.

»Das ist keine faire Verhandlung!«, schrie George. »Ich habe noch nicht mal einen Verteidiger!«

»Du durftest dich äußern, das genügt«, erwiderte der

Rote. »Einer Bestie wie dir steht kein Verteidiger zu.« Er zeigte auf George. »Knüpft ihn auf!«

Ich jagte den Jaguar durch den Riverside Park über den Henry Hudson Parkway, der ein Stück weiter in den Miller Highway überging, als sich eine Streife der City Police mit dem Code meldete, der für diesen Einsatz ausgegeben worden war. Sie hatten den Lieferwagen auf einem mit Lagerhäusern bebauten Gelände bei den Piers 94 und 95 entdeckt.

Ich meldete mich und ordnete an, alle verfügbaren Einheiten dort zusammenzuziehen.

»Wir kreuzen gerade die 57th Street und sind gleich da.«

Ein uniformierter Cop, der neben einem Streifenwagen stand, tauchte im Lichtschein meiner Scheinwerfer auf. Er winkte uns und deutete auf eine Einfahrt rechts von uns.

Ich trat auf die Bremse und riss das Lenkrad herum. Quietschend und schlingernd schoss der Jaguar durch das geöffnete Tor.

Vor dem Eingang zu einer großen Halle erwartete uns ein zweiter Cop.

Mit einer Vollbremsung brachte ich den Jaguar zum Stehen. Phil und ich sprangen hinaus.

»Wir vermuten, dass sie in dieser Halle sind, Sir«, meldete der Cop, ein Farbiger in den Dreißigern, den ein Namensschild als Sergeant T. Robbins auswies. »Sollen wir auf Verstärkung warten?«

»Nein«, entschied ich. »Es kann auf jede Sekunde ankommen. Folgen Sie uns!«

Die Halle, in die wir durch das offene Tor liefen, war dunkel und leer, wie uns unsere Taschenlampen zeigten. Aber sie war mit anderen Hallen verbunden, die zusammen einen Lagerhauskomplex bildeten.

Wir drangen in das finstere Labyrinth vor.

Als ein paar der Maskierten auf den Stuhl zukamen, um George Handler zum Galgen zu führen, nahm er all seine Energie zusammen und sprang auf. Mit gesenktem Kopf versuchte er, wie ein Footballspieler zwischen den Maskierten durchzubrechen.

Der Rote schlug mit dem unteren Ende seiner Fackel zu und traf ihn genau auf den Hinterkopf. George stürzte zu Boden wie ein gefällter Baum. Ehe er wieder klar denken konnte, hatten zwei Maskierte ihn in ihrem festen Griff und führten ihn zur Stätte seiner Hinrichtung. Der Fotograf hielt jede Szene fest. Die Fotos sollten am nächsten Tag der Presse zugestellt werden, um Jack the Rippers Tod zu belegen.

Mit bleiernen Füßen erstieg er die aus Kisten erbaute Treppe.

Der Rote gab seine Fackel ab, folgte ihm, legte ihm die Schlinge um den Hals und zog sie fest. Dann stieg er wieder zu den anderen Maskierten hinunter.

»George Handler«, verkündete er laut. »Das Bürgerkomitee hat dich für schuldig befunden und zum Tode durch den Strang verurteilt. Hast du noch etwas zu sagen?«

»Fahrt zur Hölle, ihr miesen Schweine!«, schrie George und spuckte den Roten an.

Der Rote wollte etwas sagen, wurde aber von einem seiner Gefährten daran gehindert, der rief: »Hört mal, das klingt wie eine Sirene!«

Für einen Augenblick herrschte Stille in der Halle, als alle angestrengt lauschten. In George Handler keimte die längst erloschene Hoffnung auf Rettung erneut auf.

»Die Bullen sind bestimmt nicht hinter uns her«, meinte der Rote.

»Und wenn doch?«, fragte derjenige, der die Sirene zuerst gehört hatte.

»Beenden wir die Sache hier und verschwinden durch den Hinterausgang zu den Docks«, sagte der Rote.

»Vergesst nicht, die Fotos zu machen.« Er wandte sich wieder George Handler zu. »Das Todesurteil an dir wird jetzt vollstreckt!«

Während der Fotograf den improvisierten Galgen mit einem Blitzlichtgewitter überschüttete, stieß der Rote mit einem Fußtritt die unterste der drei Kisten weg, auf denen der Verurteilte stand. Der kleine Holzkistenturm stürzte in sich zusammen.

George Handler verlor den Halt unter den Füßen und sackte nach unten weg. Die Schlinge zog sich um seinen Hals zusammen.

Mir blieb nur ein Sekundenbruchteil und eine vage Chance.

Als wir die Halle durch einen Verbindungsgang betraten und die unheimliche Szenerie erblickten, erstarrten wir für zwei Sekunden.

Ich sah, wie George Handler den Halt verlor, riss fast reflexartig die Rechte mit meinem Smith & Wesson hoch, stützte die Schusshand in der Linken auf und schoss. Die Kugel durchtrennte den Strick, und Handler fiel zu Boden. Ich vermochte nicht zu sagen, ob ich schnell genug gewesen war, sein Leben zu retten.

Unter den Maskierten brach eine Panik aus. Sie drängten von uns weg, wohl einem Hinterausgang zu. Sergeant Robbins hielt den Eingang besetzt, durch den wir gekommen waren, während Phil und ich ausschwärmten.

»Alan Hunter, bleiben Sie stehen!«, rief ich.

Der Mann unter der roten Kapuze fuhr herum. Ich hatte mir schon gedacht, dass er darunter steckte. Hunter war ein Mann, der sich selbst gern reden hörte, das hatte ich schon bei seinem Auftritt in unserem Büro bemerkt. Ein solcher Typ ließ sich nicht die Chance entgehen, den Richter und Henker in Personalunion zu spielen.

Der Rotgekleidete griff unter seine Kutte und zog einen

kurzläufigen Revolver hervor, den er auf mich richtete. Da war ich aber schon bei ihm und trat ihm die Waffe aus den Händen.

Dann riss ich ihm die Kapuze vom Kopf. Ja, es war Alan Hunter. Sein gerötetes Vollmondgesicht starrte mich voller Angst und Hass an.

Er griff mit beiden Händen nach meiner rechten Hand und wollte mir den Revolver entreißen.

Ein linker Haken von mir trieb ihn zurück. Ich steckte meinen Smith & Wesson ins Holster und setzte nach.

Nur am Rande nahm ich wahr, dass wir uniformierte Verstärkung erhalten hatten, auch von der Seite, wo der Hinterausgang lag. Die Maskierten wurden eingekesselt und gefangen genommen.

Mit Alan Hunter wollte ich persönlich abrechnen.

Die Scheinheiligkeit dieses Mannes widerte mich an. Unter dem Deckmantel des braven Bürgers betrieb er seine illegalen Geschäfte. Nur um sie ungestört fortsetzen zu können, wollte er einen Unschuldigen töten.

Leute wie er, die andere Leute unter dem Vorwand, ihre Interessen zu vertreten, dazu brachten, Recht und Gesetz mit Füßen zu treten und in eigene Hände zu nehmen, waren eine Pest, die unseren Planeten seit Beginn der Menschheitsgeschichte heimsuchte und immer wieder ins Unglück stürzte. Eine tödliche Seuche, die ausgerottet werden musste.

Er riss die Fäuste hoch und landete sogar ein oder zwei Treffer. Aber ich landete mindestens doppelt so viele bei ihm. Er taumelte zurück und fiel hin. Ich trat zu ihm. Er erhob sich ächzend und kniete auf allen vieren.

Plötzlich sprang er mit einer Schnelligkeit, die ich nicht mehr von ihm erwartet hatte, auf, in der Hand eine brennende Fackel, mit der er nach mir schlug.

Nur ein rascher Satz nach hinten bewahrte mich davor, von der Flamme geblendet zu werden.

Hunter griff an und schlug mit der Fackel um sich wie

ein Rasender. Ich heftete meinen Blick fest auf die Fackel und griff blitzschnell zu, erwischte seinen Arm, als er gerade einen Schlag ausgeführt hatte, und entwand ihm die Fackel. Ich schleuderte sie in einem hohen Bogen fort.

Hunter und ich rangen miteinander und stürzten zu Boden. Ich fiel unglücklich, und mein Gegner lag auf mir. Er versetzte mir einen schmerzhaften Schlag unter das Kinn. Ich riss meine Knie zu mir heran und katapultierte ihn so über mich hinweg.

Als er sich erheben wollte, stand ich schon über ihm und verpasste ihm eine ganze Serie harter Schläge, die sein Gesicht aufplatzen ließen. Schließlich kippte er um und blieb reglos liegen.

»So wütend habe ich dich selten gesehen, Jerry«, hörte ich meinen Freund Phil neben mir.

Ich keuchte und wischte mir Blut vom Kinn. »Dieser Kerl ist auf seine Art genauso schlimm wie der Ripper. Beide töten sie bedenkenlos Menschen, wenn es um ihren Vorteil geht. Hunter unter der Maske des selbst ernannten Richters, der Frauenmörder als Jack the Ripper, um Polizei und Öffentlichkeit zu verhöhnen.«

»Du hast leider Recht, Jerry.«

Ich sah zwei Männer in der Kleidung von Krankenpflegern, die sich über George Handler beugten und ihn vorsichtig auf eine Trage legten.

Ich trat zu ihnen und fragte: »Wie geht es ihm?«

»Er lebt und wird keine Schäden behalten«, antwortete einer. »Jedenfalls, soweit ich das jetzt schon sagen kann. Vermutlich wird er in der nächsten Zeit starke Halsschmerzen haben.«

»Besser als drei Fuß kalte Erde über sich«, sagte ich.

Sie trugen Handler hinaus zum Hinterausgang und begegneten dabei Steve Dillaggio und Ben Harper.

»Ihr wolltet wohl die ganze Arbeit ohne uns erledigen!«, rief der flachsblonde Italo-Amerikaner uns zu. »Ihr schickt uns kreuz und quer durch Manhattan auf die Suche nach diesem Hunter und amüsiert euch derweil hier mit ihm.«

»Gönn uns doch auch mal was«, erwiderte Phil.

»Wie sieht es aus?«, fragte ich. »Habt ihr viele von den Maskierten erwischt?«

»Ziemlich viele«, antwortete Steve, »so an die zwanzig Mann. Vielleicht die ganze Bande. Zu zwei Dritteln sind es Weiße. Der Rest ist eine schwarze Gang, die aus der Bronx zu stammen scheint und von einem Typen mit einem tätowierten Schmetterling angeführt wird.«

»Roscoe Anvil alias Ross alias Butterfly«, klärte ich ihn auf, »der Anführer der Gang.«

Später stellte sich heraus, dass die festgenommenen Weißen sämtlich auf Hunters Lohnliste standen. Mit ihnen hatte er sein Bürgerkomitee gebildet.

Jetzt durfte sich das gesamte Komitee mitsamt den Helfershelfern aus der Bronx auf eine saftige Haftstrafe wegen Entführung, versuchten Mordes, schwerer Körperverletzung und einer ganzen Latte weiterer Delikte freuen. Während der Vernehmungen begannen einige von Hunters Leuten zu plaudern, sodass seine ganzen illegalen Aktivitäten ans Licht gezerrt wurden. Hunters dunkles Imperium sollte in sich zusammenstürzen wie ein Kartenhaus.

Die Verhöre dauerten die ganze Nacht an. Aber das war nicht Phils und meine Angelegenheit. Es war nicht zu erwarten, dass wir von Hunters Leuten etwas erfahren würden, das uns auf Jack the Rippers Fährte brachte. Also gönnten Phil und ich uns ein paar Stunden Schlaf in unseren eigenen Betten. Es war eine Wohltat. Leider träumte ich von Schwarzmaskierten, die mit langen Messern auf mich losgingen.

Für die Morgenpresse, Radio und Fernsehen waren die Ereignisse in den Lagerhallen am Hudson River natürlich eine Sensation. Aber die Medien vergaßen nicht, darauf hinzuweisen, dass es der City Police und dem FBI noch immer nicht gelungen war, den Ripper zu erwischen.

Zum Glück hatte es in der letzten Nacht keinen weiteren Frauenmord gegeben. Ich ahnte an diesem Morgen nicht, wie nahe Jack the Ripper daran gewesen war, ein viertes Mal zuzuschlagen. Noch unruhiger wäre ich gewesen, hätte ich gewusst, was der Schlitzer für die kommende Nacht plante.

Der Druck der Medien wurde so stark, dass Mr. High eine Pressekonferenz geben musste. Ich wusste, dass er zehnmal lieber mit dem Revolver in der Hand höchstpersönlich auf Gangsterjagd gehen würde, als den Reportern vor laufenden Kameras und Mikrofonen mit nichts sagenden Floskeln Rede und Antwort zu stehen. Aber mehr konnte er ihnen nicht sagen, weil uns eine heiße Spur fehlte.

Raymond Blank und Peter Michael Davis standen weiter unter Beobachtung. Bis auf den merkwürdigen Vorfall mit Davis in der letzten Nacht hatte das aber nichts gebracht.

Unsere Labors versuchten krampfhaft, irgendetwas zu entdecken, was uns auf die Spur des Mörders brachte – vergeblich.

Ein anderes Problem waren die zahlreichen Hinweise von Leuten, die angeblich den Ripper oder seinen Aufenthaltsort kannten oder zumindest wussten, wie er zu fangen war. Es waren besorgte Menschen, aber auch solche, die sich wichtig machen wollten. Anrufe und Briefe von Selbstdarstellern, Witzbolden, Spinnern und überreizten Hausfrauen überschwemmten den FBI und die City Police.

Der Ripper sollte ein Metzgergehilfe aus dem Supermarkt sein, der einarmige Hausmeister einer katholischen Schule, ein Baptistenprediger oder ein bekannter Showmaster aus dem Fernsehen. Beliebte Verdächtige waren auch Ärzte und geschiedene Ehemänner.

Mehrere Privatdetektive mit der Detektiv-Lehrgangs-

Bescheinigung eines obskuren Instituts für Fernunterricht boten uns ihre angeblich hilfreichen Dienste an. Desgleichen Kartenleger, Hand- und Kaffeesatzleser, Pendler und Wünschelrutengänger. Sogar der Anführer einer fernöstlich angehauchten Sekte, der seinen Astralleib über New York schweben lassen und Ausschau nach dem Ripper halten wollte. Ich bedankte mich am Telefon freundlich für sein Angebot und gab ihm eine Telefonnummer, an die er sich wenden sollte. Sie gehörte einem Psychiater.

Ganz New York schien sich im Ripper-Fieber zu befinden, und vor dem Harrington Theater bildete sich allabendlich eine lange Schlange, die bis um den nächsten Block reichte. Die Medien berichteten, dass man mit mehreren Film- und Fernsehgesellschaften über die Rechte an dem Musical verhandele.

Die Sensationsblätter heizten die Stimmung zusätzlich an. mit Schlagzeilen wie: Wann schlägt der Manhattan-Ripper wieder zu? – Heute – die vierte Nacht des Schreckens? – Ist Jack the Ripper ein Phantom? – Wann endet das Grauen?

Während Medien und Scharlatane aus den grausigen Morden Kapital schlugen und sich die Mehrzahl der Bürger mit einem wohligen Gruselschauer an den abstrusesten Gedankenspielen beteiligten, versuchten meine Kollegen und ich in mühevoller Kleinarbeit, das Puzzle zusammenzusetzen, das sich Jack the Ripper nannte. Aber zu viele Teile fehlten uns.

Und so senkte sich eine weitere Nacht über New York. Millionen von Lichtern erleuchteten die Stadt, aber keines vertrieb den Schatten, der sich Jack the Ripper nannte, und der sich anschickte, sein grausamstes Verbrechen zu begehen.

Der Tod war frohen Mutes. Es würde seine Nacht werden, das spürte er. Die Nacht des Rippers!

Den ganzen Tag über hatte er an seinem Plan gefeilt und aus seinem Fenster hinuntergesehen auf eine ganze Stadt, die Jagd auf ihn machte und doch keinen blassen Schimmer von seiner Identität hatte. Er hatte viele Zeitungen gelesen und Fernsehnachrichten gesehen, die sich mit ihm beschäftigten. Es erfüllte ihn mit Befriedigung.

Aber er war auch klug genug zu erkennen, dass er nicht immer so weitermachen konnte. Es wurde Zeit, dass die Polizei, die Medien und die sensationsgierige Öffentlichkeit ihren Jack the Ripper präsentiert bekamen. Und der Tod wollte dafür sorgen.

Diesmal fuhr der Tod im Auto, dem Chevrolet einer Leihwagenfirma. Langsam rollte er durch die Straße, durch die ihn das Schicksal bereits in der letzten Nacht geführt hatte. Und das Schicksal war auf seiner Seite.

Die Rothaarige mit der gebirgigen Oberweite stand wieder am Straßenrand und hielt Ausschau nach Kundschaft. Heute trug sie einen Regenmantel zum Schutz gegen die unfreundliche Witterung, der vorn allerdings weit aufklaffte. Darunter hatte sie ein etwas altmodisch aussehendes Rüschenkleid, das fast bis zum Bauchnabel ausgeschnitten war und den ungehinderten Blick auf ihre beiden größten Eigenschaften gewährte. Ihr feuerrotes Haar, dessen Farbe nicht echt war, trug sie hochgesteckt.

Sie erkannte den Tod nicht wieder, als der Chevrolet neben ihr anhielt. Sie beugte sich hinunter und öffnete die Beifahrertür. Der Tod versenkte seinen Blick in ihrem Dekolletee.

»Gefällt dir, was du siehst, Kleiner?«, säuselte sie und leckte sich dabei über ihre roten Lippen.

Sie reckte ihre mächtigen Brüste noch weiter vor, sodass der Stoff ihres Kleides jeden Moment zu reißen drohte.

»Ja, sehr sogar.«

Sie streichelte über ihre Brüste. »Willst du mehr davon haben?«

»Das hängt vom Preis ab.«

»Im Auto?«, fragte sie.

»Nein. Ich suche jemanden, der die Nacht mit mir verbringt.«

»Das kostet dich mit allen Extras fünfhundert, Süßer.«

»Was sind das für Extras?«

»Das wirst du schon sehen.«

»Okay«, sagte der Tod. »Steig ein. Wir fahren zu mir.«

Sie zwängte sich neben ihn, wobei ihr eng sitzendes Kleid verrutschte.

»Kann ich eine Anzahlung bekommen, Schatz?«, fragte sie, während sie es zurechtrückte.

Der Tod nahm einen Hundert-Dollar-Schein aus seiner Brieftasche und gab in ihr.

Sie flötete ein »Danke« und steckte den Schein in ihre schwarze Handtasche.

Der Tod fuhr los, in Richtung Greenwich Village. Er fragte sich, in wie vielen der unzähligen Fahrzeuge, die ihm begegneten oder an denen er vorbeifuhr, Polizisten sitzen mochten. Polizisten auf der verzweifelten Suche nach ihm – Jack the Ripper.

»Wie heißt du?«, fragte die falsche Rothaarige.

»Nenn mich Gene. Und du?«

»Kelly. Fahren wir zu dir nach Hause, Gene?«

»In ein Apartment. Ich benutze es nur manchmal.«

»Ich verstehe«, lächelte Kelly. »In deiner Wohnung gibt es jemanden, der nicht wissen muss, mit wem du die Nacht verbringst.«

»Kluges Köpfchen«, lobte der Tod sein Opfer.

Er dachte über den Namen seines Opfers nach. Auch vor über hundert Jahren hatte Jack the Ripper seine Mordserie mit dem Mord an einer Kelly beendet. Mary Jane Kelly, deren Todeszimmer hinter Glas in der Ripper-Ausstellung des Harrington Theaters nachgebaut war. War die Namensgleichheit ein Zufall? Der Tod nahm es als Fügung des Schicksals, dass der Ripper auch diesmal eine Frau namens Kelly als letztes Opfer auserkoren hatte.

Der Regen nahm zu. Die Scheibenwischer schafften es kaum, die Sicht zu klären. Die Fußgänger auf den Gehwegen und Fahrbahnübergängen liefen im Eiltempo, verbargen ihre Köpfe und Gesichter unter Schirmen und hatten die Mantelkragen hochgeschlagen.

Der Tod hielt auf dem Hinterhof eines Hauses in der Hudson Street. Durch einen Seiteneingang ging er mit der Prostituierten zu einem umgebauten Lastenaufzug, der sie hinauf in den vierten Stock brachte.

Die Wohnung, in die der Tod sie führte, war sehr einfach eingerichtet.

»Nicht gerade gemütlich«, meinte Kelly und legte ihren Regenmantel über einen Stuhl, »aber wenigstens warm.«

»Du wirst nie mehr frieren, Kelly«, sagte der Tod und zückte sein Messer.

G-man Chuck Beaver rieb sich die Augen und verfluchte seinen Job. Kalter Regen sprühte durch das halb heruntergelassene Seitenfenster seines Ford herein. Und kalte Nachtluft, die ihn frösteln ließ. Aber wenn er das Fenster schloss, würden die Scheiben binnen kürzester Zeit beschlagen. Außerdem zog so der Zigarettenqualm besser ab.

Chuck Beaver hatte schon mindestens fünfundzwanzig Mal mit dem Rauchen aufhören wollen. Aber Einsätze wie dieser ließen ihn immer wieder rückfällig werden. Nur eine Zigarette nach der anderen und ab und zu ein Schluck aus der Thermoskanne mit schwarzem Kaffee hielten ihn wach, während seine Augen angestrengt den Eingang des Hauses beobachteten, in dem Peter Michael Davis wohnte. Wenn einmal jemand aus dem Haus kam, musste Beaver zweimal hinsehen, weil Regenfäden die Gesichter zu verwischen drohten.

Beaver dachte an seine Freundin, die jetzt allein in ihrem Bett lag – hoffentlich allein. Er schnippte eine Zigarettenkippe aus dem Fenster auf die Straße und goss sich einen weiteren Schluck Kaffee ein, der zum Glück noch heiß war. Ein Blick auf die Fahrzeuguhr zeigte ihm, dass es erst kurz nach neun war. Noch fast drei Stunden bis zur Ablösung.

Beaver hatte sich so auf den Hauseingang konzentriert, dass er den Sportwagen erst bemerkte, als er schon fast auf der Straße war. Er kam aus der Tiefgarage. Beaver konnte wegen des Regens und der Dunkelheit das Nummernschild nicht erkennen, aber es gab seines Wissens nur einen Hausbewohner, der einen schwarzen BMW fuhr: Peter Michael Davis.

Der deutsche Luxusschlitten entfernte sich bereits von ihm, als Beaver reagierte, den Zündschlüssel herumdrehte und ordentlich Gas gab, um den Anschluss nicht zu verlieren. Beaver sah noch die Umrisse und die Lichter eines Kleintransporters, der auf ihn zukam. Dann löschte der Aufprall sein Bewusstsein aus.

Phil und ich hatten gerade erst das FBI-Hauptquartier verlassen und waren in den Jaguar gestiegen, um zuhause überfälligen Schlaf nachzuholen, als über Funk die Meldung von Chuck Beavers Unfall kam. Das war an sich schlimm genug. Noch bemerkenswerter an dem Crash war in diesem Fall jedoch, dass er sich direkt vor Davis' Wohnung ereignet hatte.

Die markante Stimme des unermüdlichen Mr. High, der sein Büro anscheinend gar nicht mehr verließ, schaltete sich ein.

»Jerry und Phil, haben Sie das mitbekommen?«

»Ja, Sir«, bestätigte Phil Decker.

»Ich weiß, dass bei Ihnen Schlaf derzeit Mangelware ist«, sagte unser Chef und verschwieg dabei, dass es bei ihm nicht anders war. »Übernehmen Sie die Sache trotzdem?«

Phil und ich wechselten nur einen sekundenlangen Blick

miteinander und stellten fest, dass wir uns wieder einmal einig waren.

»Keine Frage, Sir«, sagte Phil. »Das hätten wir sowieso getan.«

»Schön. Ich erwarte Ihren Bericht.«

Ich setzte Rotlicht und Sirene in Gang und drückte auf das Gaspedal.

Mein Freund sprach aus, was auch ich insgeheim befürchtete. »In mir macht sich so eine Ahnung breit, dass Jack the Ripper wieder unterwegs ist.«

Leider sollte sich seine Ahnung als berechtigt erweisen.

Peter Michael Davis saß in der Bar am Times Square und klopfte ungeduldig mit den Fingern eine Melodie auf die Theke, die er am Morgen im Radio gehört hatte und die ihm seitdem nicht mehr aus dem Kopf ging. Der Barkeeper sah ihn mitleidig an, als glaubte er, sein Gast habe soeben Job und Frau verloren. Beide ahnten nicht, dass Davis bald etwas viel Schlimmeres verlieren sollte.

Erst der Anruf, er solle sich zuhause bereithalten. Dann der zweite Anruf, er möge in diese Bar kommen, aber mit seinem Auto. Und jetzt saß Davis allein hier und starrte sehnsüchtig die Tür an. War er versetzt worden? Weshalb überhaupt diese Umstände?

Davis nahm erst wahr, dass das Telefon geläutet hatte, als der Keeper ihn fragte: »Sind Sie Mr. Davis, Sir?«

Davis nickte.

»Telefon.«

Der Keeper reichte ihm den Hörer. Es war eine Entschuldigung. Man wollte sich bei einem Freund in Greenwich Village treffen. Davis erfuhr die Adresse und dass er den Wagen auf dem Hinterhof abstellen konnte.

Er beglich seine Rechnung und ging hinaus zu seinem BMW, während er sich fragte, um was für einen Freund es sich handeln mochte.

Draußen sah er sich nach allen Seiten um. Er nahm an, dass ihn der FBI weiterhin beschattete, aber er konnte keinen Verfolger entdecken. Das lag vielleicht an dem dichten Regen, der Davis schnell in seinen Wagen trieb. Sollten die Schnüffler ihm ruhig folgen!

Rotes Licht flackerte durch die Nacht in der Tenth Avenue. Zwei Ambulanzen verließen gerade den Unfallort und fuhren hintereinander die Straße hinauf, vermutlich zum Roosevelt Hospital. Streifenwagen sperrten die Unfallstelle ab. Zwei Cops regelten den Verkehr über die derzeit eingeengte Fahrbahn. Als einer von ihnen das rote Licht auf dem Dach des Jaguar sah, winkte er mich zur Seite.

Ein anderer Cop, seinem Namensschild nach Sergeant T. Leonard, kam zum Jaguar, als Phil und ich ausstiegen und uns umsahen.

»Jerry Cotton und Phil Decker vom FBI«, stellte ich uns vor. »Was ist geschehen, Sergeant?«

»Mr. Beaver, Ihr Kollege, hatte vor dem Haus dort geparkt. Er fuhr plötzlich und sehr schnell an, wollte auf die Gegenfahrbahn und stieß dort mit einem Van zusammen. Beaver und der Fahrer des Van sind verletzt und unterwegs zum Roosevelt Hospital.«

»Schwer verletzt?«

»Jarvis, der Fahrer des Van, hat einen Schock. Er hat uns den Sachverhalt erzählt, allerdings nur sehr unzusammenhängend. Beaver war nicht bei Bewusstsein. Die Sanitäter meinten, Lebensgefahr besteht nicht. Kann ich die Wagen abtransportieren lassen? Sie blockieren die halbe Straße.«

»Kein Problem«, sagte mein Freund. »Aber sorgen Sie dafür, dass der Ford zwecks Spurensicherung zum FBI-Hauptquartier gebracht wird.«

»Wird erledigt, Sir.«

Sergeant Leonard ging zu seinem Streifenwagen und klemmte sich hinter das Funksprechgerät.

»Sehen wir nach, ob Mr. Davis zuhause ist«, schlug ich vor.

»Ein Monatsgehalt, dass er es nicht ist, Jerry.«

»Ich fürchte, die Wette hast du schon gewonnen.«

Wir wiesen uns bei dem Nachtportier aus und erkundigten uns bei ihm nach Davis.

»Mr. Davis hat das Haus vor wenigen Minuten verlassen.«

»Wann genau?«, fragte ich.

»Die genaue Uhrzeit weiß ich nicht. Aber es war kurz bevor es draußen gekracht hat.«

»Haben Sie den Unfall beobachtet?«

»Nein, nur gehört.«

»Ist Mr. Davis zu Fuß weggegangen? Oder haben Sie bemerkt, dass er ein Taxi genommen hat oder abgeholt wurde?«

»Weder noch. Er ging die Treppe hinunter in die Tiefgarage und wird wohl seinen Wagen genommen haben. Ginge der Fahrstuhl bis nach unten, wäre es mir vielleicht gar nicht aufgefallen. Aber der Lift spinnt in letzter Zeit. Momentan geht er nur bis zum Parterre.«

Ich fragte nach dem Generalschlüssel, um Davis' Wohnung zu öffnen. Der Portier sah mich zweifelnd an und erkundigte sich nach einem Durchsuchungsbefehl. Ich wies ihn darauf hin, dass ich einen solchen bei akutem Gefahrenverdacht nicht brauchte. Als ich ihn vor die Alternative stellte, andernfalls die Tür zu Davis' Apartment gewaltsam zu öffnen, händigte er mir den Schlüssel widerstrebend aus.

Wie erwartet, fanden wir die Wohnung leer vor. Sorgfältig hielten wir nach irgendeiner Notiz Ausschau, aber es gab keinen Hinweis, wohin Davis gefahren war.

»Jack the Ripper hat uns ausgetrickst«, meinte Phil.

»Falls Davis der Ripper ist. Ich kann es nicht glauben.«

»Wieso nicht, Jerry?«

»Wenn der Ripper weiß, dass er beschattet wird und auf

so offensichtliche Weise wie bei Chuck Beaver seinen Bewacher ausschaltet, bringt er sich selbst in Verdacht.«

Der Tod saß auf dem Stuhl in dem erst kürzlich von ihm angemieteten Apartment und wartete. Vor ihm lag Kellys Leiche. Und jetzt wartete der Tod darauf, ein zweites Mal in dieser Nacht zuzuschlagen.

Er bedauerte, dass er mit der rothaarigen Prostituierten nicht so verfahren konnte wie mit seinen anderen Opfern. Aber das hätte seinen schönen, gut durchdachten Plan zerstört. Er seufzte vor Mitleid mit sich selbst, als es an der Tür klopfte.

Wir riefen vom Jaguar aus im Roosevelt Hospital an und erfuhren, dass Chuck Beaver vernehmungsfähig war. Er befand sich zum Glück nicht in ernstlicher Gefahr.

Phil gab die gute Nachricht an Mr. High weiter, während ich die Tenth und Amsterdam Avenue hinauffuhr und nach rechts auf den Parkplatz des Roosevelt Hospitals einschwenkte.

Chuck Beaver und Don Jarvis, der farbige Fahrer des Van, lagen auf demselben Zimmer. Während Jarvis nur ein paar Verbände und Pflaster trug, war Beaver umwickelt wie eine Mumie. Nur sein Gesicht und ein Teil seiner Stirn lugten unter den weißen Verbänden hervor. Er lächelte schwach, als er uns sah.

»Hi, Chuck«, grüßte ich. »Auf welchem Maskenball willst du denn mit der Boris-Karloff-Verkleidung auftreten?«

»Die Girls fliegen auf so was, Jerry«, antwortete Beaver mit einem Hüsteln in der Stimme. »Hilflose Männer wecken ihre Mutterinstinkte.«

»Ich wecke lieber ganz andere Instinkte bei ihnen«, erwiderte ich.

»Wenn du dich sehen könntest, würde dein Optimismus in Bezug auf die Girls rasch schwinden«, meinte Phil. »Du siehst nämlich zum Davonlaufen aus.«

»Komiker«, sagte Chuck. »Ihr seid ja nur neidisch auf meinen neuen Anzug.«

»Mr. High wünscht dir gute Besserung und will wissen, wie das passieren konnte«, sagte ich.

»Ich hab nicht aufgepasst. Ich sah den BMW, wohl den von Davis, aus der Tiefgarage kommen, fuhr los, und dann wurde es plötzlich finster.«

Auch Jarvis konnte uns nichts Neues mitteilen. Immerhin verließen wir die Klinik mit dem beruhigenden Gefühl, dass Beaver bald wieder auf die Beine kommen würde.

Das Haus in der Hudson Street hatte sich Peter Michael Davis ganz anders vorgestellt, viel vornehmer und luxuriöser. Aber es war die richtige Hausnummer, und den Hinterhof gab es auch. Das Gebäude sah aus, als hätte es eine Renovierung mehr als nötig.

Davis parkte neben einem Chevrolet, ohne zu ahnen, wer der Fahrer war. Hätte er es gewusst, hätte er dem Wagen mehr als nur einen flüchtigen Blick zugeworfen. Aber so interessierte er sich mehr für das Haus und fragte sich, wer hier wohnte. Wer war dieser Gene Vincent, in dessen Wohnung das Treffen stattfinden sollte? Er hatte den Namen niemals zuvor gehört.

Der Nebeneingang war offen, so wie es ihm am Telefon gesagt worden war. Er fand auch den umgebauten Lastenaufzug und fuhr hinauf. Neben einer Apartmenttür klebte ein Zettel, auf dem in maschinegeschriebenen Buchstaben der Name »Vincent« stand.

Als er auf die Klingel drückte, stellte er fest, dass sie nicht funktionierte. Mit dem Gebäude schien es tatsächlich im Argen zu liegen.

Also klopfte er.

Die Tür wurde geöffnet, und eine ihm wohlbekannte Stimme sagte: »Komm herein, Peter.«

Erst als Davis eingetreten war, sah er das Gesicht der Person, die ihn hereingelassen hatte und die jetzt die Tür wieder schloss. Und er sah die Frau mit dem roten Rinnsal an der Kehle, die reglos auf dem Teppichboden lag.

Auf einem Schlag wurde ihm alles klar. Er wusste, warum ihm das Gesicht im »Geronimo« so vertraut und doch so fremd erschienen war. Und er wusste jetzt auch, wer Jack the Ripper war.

Aber es war zu spät. Die tödliche Klinge fuhr in seine Brust. Davis fiel nach vorn in die Arme des Todes, der ihn mit einem Stöhnen auffing.

Der Tod rieb sich innerlich die Hände. Alles war bis jetzt nach seinem Plan verlaufen. Der Rest würde schnell erledigt sein. Er zog den schweren Körper, den das Leben in diesem Augenblick verließ, zu Kellys Leiche und ließ ihn daneben zu Boden sinken.

Mit seinen von Gummihandschuhen geschützten Händen ergriff der Tod Davis' Rechte und führte sie zu dem Griff des langen Messers. Er drückte Davis' Hand um den Griff zusammen, sodass es gut sichtbare Fingerabdrücke geben musste, und löste sie dann wieder von dem Messer.

Er legte Davis so hin, dass er halb auf der Prostituierten lag.

Er steckte den Umschlag und den Schlüssel in Davis' Jackentaschen. Die anderen Gegenstände hatte er bereits im Apartment verteilt, während er auf Davis gewartet hatte.

Der Tod verließ das Zimmer mit einem langen Blick auf die beiden Leichen, ließ die Tür angelehnt und fuhr hinunter. Auf dem Parkplatz steuerte er den schwarzen BMW an, zog einen Bund mit diversen Autoschlüsseln aus einer Tasche und probierte einige aus. Mit dem achten Schlüssel hatte er Glück und öffnete die Kofferhaube. Er holte einen schweren Gegenstand aus dem Kofferraum seines Chevrolets und verstaute ihn in der deutschen Limousine. Dann verschloss er den Kofferraum wieder.

Als der Tod mit dem Chevrolet von dem Hinterhof auf die Hudson Street rollte, glaubte er, Jack the Ripper hinter sich gelassen zu haben.

Was ist ein ausgeschlafener G-man? Ein Paradoxon.

Das ist einer der gängigsten FBI-Witze. Leider auch einer derjenigen mit dem größten Wahrheitsgehalt.

Als sich das Telefon neben meinem Bett meldete, war ich erst versucht, es mit einer Handbewegung vom Tisch zu fegen. Ich hatte Phil nach unserem Besuch im Roosevelt Hospital nach Hause gebracht und war dann todmüde in mein Apartment gekommen. Zehn Minuten später lag ich im Bett und dachte nur noch kurz an Mr. Davis, bevor mich der Schlaf umfing. Die Kollegen von der Fahndung sollten ihn ausfindig machen, schließlich hatten sie ihn auch verloren. So hatte Mr. High entschieden.

Ich sah auf die roten Leuchtziffern meines Radioweckers und grummelte einen Fluch. Es war kurz nach zwei Uhr nachts.

Ich knipste die Nachttischlampe an, griff nach dem Telefonhörer und raunzte ein verärgertes »Hallo« in die Muschel.

»Ich wecke Sie wirklich höchst ungern, Jerry, aber Jack the Ripper hat wieder zugeschlagen.«

Die Stimme gehörte Mr. High.

Ich war sofort hellwach und richtete mich im Bett auf.

»Wieder eine Prostituierte, Sir?«

»Ja, Jerry. Aber es sieht so aus, als hätte sie den Ripper mit in den Tod genommen.«

»Davis?«, fragte ich sofort.

»Ja – woher wissen Sie …?«

»So eine Ahnung, Sir. Wo ist es passiert?«

»417 Hudson Street, vierter Stock. In der Wohnung eines oder einer gewissen Vincent. Ich rufe Phil an. Bringen Sie ihn mit. Ich komme auch.«

Dass Mr. High selbst zum Tatort kommen wollte, war ein Zeichen der Wichtigkeit, die er dem Fall beimaß. Der Ripper erregte das Interesse der Medien und der Öffentlichkeit wie kaum ein anderer New Yorker Kriminalfall der letzten Jahre. Eine Parallele zu den Ripper-Morden, die vor über hundert Jahren in London verübt worden waren. Der FBI stand jetzt ähnlich unter Druck wie damals Scotland Yard. Aber es sah ganz danach aus, als wäre unser Ripper zur Strecke gebracht worden, ganz ohne polizeiliche Hilfe.

Peter Michael Davis gleich Jack the Ripper?

Während ich mich hastig anzog und das Schulterholster mit dem Smith & Wesson umlegte, dachte ich darüber nach. Sollte ich mich so getäuscht haben?

Der Gedanke beschäftigte mich noch, als ich Phil einlud.

Er hatte fröstelnd im Hauseingang gestanden und mir zugewinkt, als der Schein einer Straßenlaterne ihm den roten Jaguar zeigte.

»Verfluchter Mist, Jerry«, begrüßte er mich beim Einsteigen. »Es war also doch Davis.«

Ich machte ihn mit meinen Bedenken vertraut, während ich nach Greenwich Village fuhr.

»Falls du damit Recht hast, Jerry, ist es noch ein viel größerer Mist«, meinte mein Freund. »Denn dann läuft Jack the Ripper noch immer durch die Straßen von Manhattan und sucht sich womöglich bald ein neues Opfer. Und wir haben keinen blassen Schimmer, wer er ist. Etwas spricht aber ganz entschieden gegen deine Vermutung.«

»Was?«, fragte ich neugierig, während ich einen elend langsamen Truck mit einem etwas gewagten Manöver überholte. Der Trucker beschwerte sich mit einem lang gezogenen Röhren seiner Hupe.

»Wenn Davis nicht der Ripper war, was hatte er dann bei der ermordeten Prostituierten zu suchen?«

»Eine gute Frage«, gab ich ihm Recht. »Ich denke, wenn wir die Antwort darauf kennen, haben wir auch den Ripper.«

»Sie glauben also nicht, dass Davis der Ripper ist?«, fragte Mr. High, der fast gleichzeitig mit uns am Tatort erschien. Auch er war schon im Bett gewesen, als ihn die Nachricht vom vierten Ripper-Mord erreichte. Das beantwortete meine unausgesprochene Frage, ob auch ein Special Agent in Charge Schlaf brauchte. »Warum nicht, Jerry?«

Ich nannte ihm meine Gründe.

»Was Sie sagen, hat Hand und Fuß, Jerry. Sehen wir uns die Sache aus der Nähe an.«

Ein uniformierter Lieutenant namens Santos kam uns entgegen und begrüßte Mr. High, den er offenbar kannte, respektvoll.

»Wie wurde der Mord entdeckt?«, fragte unser Chef, während uns der Lieutenant ins Haus führte.

»Die Tür des betreffenden Apartments stand offen. Ein neugieriger Nachbar, der spät heimkam, riskierte einen Blick in die Wohnung und erlitt fast einen Schock, als er die beiden Leichen sah. Er hat uns angerufen. Dort vorn steht er. Mr. Harvey Stander.«

Er war ein kleiner Mann mittleren Alters, dem der Schreck noch im Gesicht geschrieben stand.

»Ist schon bekannt, wem das Apartment gehört, Lieutenant?«, wollte ich wissen.

»Nein. Wir kennen nur den Namen Vincent, weil der neben der Tür angebracht ist.«

Ich fragte Mr. Stander, ob er Mr. oder Mrs. Vincent kenne.

»Nein. Ich weiß auch nicht, ob die Wohnung einem Mann oder einer Frau gehört. Aber der Name Vincent steht erst seit ein paar Tagen an der Tür. Der Vormieter ist vor zwei Monaten gestorben. Seitdem stand das Apartment leer.«

Stander konnte uns über den Mord keine näheren Angaben machen.

»Wem gehört das Haus?«, fragte Mr. High. »Der Besitzer muss doch wissen, wer das Apartment gemietet hat.«

»Die Firma Estate Enterprises«, antwortete Lieutenant Santos. »Wir versuchen bereits, uns mit ihnen in Verbindung zu setzen.«

Wir fuhren hinauf in den vierten Stock und besahen uns den Tatort. Ein Team vom FBI-Erkennungsdienst unter der Leitung von Sam Steinberg traf ein und verteilte auch an Mr. High, Phil und mich die weißen Schutzanzüge.

»Der Ripper ist diesmal nicht dazu gekommen, sein Opfer zu verstümmeln«, stellte Phil fest und deutete dabei auf die tote Frau, der offenbar die Kehle durchgeschnitten worden war. »Die Frau hat sich im Todeskampf gewehrt, und Davis ist in sein eigenes Messer gestürzt.«

»So sieht es aus«, sagte John D. High.

»Oder es soll so aussehen«, erwiderte ich.

Ich beugte mich über die beiden Leichen und untersuchte sie. Dabei zog ich einen Umschlag aus Davis' Jackentasche. Er war an die Redaktion der »Daily News« adressiert, und zwar in der bekannten Computerschrift. Das Briefkuvert war unverschlossen und enthielt einen zusammengefalteten Zettel in derselben Schrift. Ich las den Inhalt laut vor:

»Die vierte Süße ist bald mein
und findet nicht mal Zeit zum Schrein.
Mein Messer ist schon scharf gewetzt,
damit es ihre Haut verletzt.
Jack the Ripper«

»Damit dürfte die Sache klar sein«, meinte Phil. »Der Brief hört sich verdammt echt an.«

»Wenn Jack the Ripper den Verdacht auf Davis lenken wollte, war er auch imstande, ihm einen Brief unterzuschieben«, entgegnete ich skeptisch. »Außerdem ist an diesem Brief etwas anders als bei den drei vorhergehenden.«

»Was?«, wollte Mr. High wissen.

»Wer immer ihn geschrieben hat, tat dies offensichtlich, bevor er den Mord beging. Die drei anderen Briefe wurden jeweils nach der Tat geschrieben und enthielten gezielte Informationen über das Opfer. Hier ist es nicht der Fall. Vermutlich weil der Verfasser des Briefes beim Schreiben noch nicht wusste, wer sein Opfer sein würde. Da er den Brief am Tatort zurücklassen musste, um den Verdacht auf Davis zu lenken, konnte er sich auch nicht nach der Tat großartig um den Brief kümmern und war deshalb gezwungen, ihn vorher zu schreiben.«

»Sehr gut, Jerry«, murmelte Mr. High und rieb sich gedankenversunken das Kinn. »Allmählich fange ich an, Ihrer These zu glauben. Schlecht ist es aber für die Damen des ältesten Gewerbes der Welt und auch für uns. Denn falls Sie Recht haben, Jerry, geht Jack the Ripper noch immer in Manhattan um.«

»Leider«, sagte ich und wünschte mir, dass meine Theorie falsch wäre. Aber das war nur ein frommer Wunsch.

Sam Steinberg rief uns aus dem hinteren Zimmer. »Hier gibt es etwas Interessantes zu sehen!«

Als wir das Schlafzimmer betraten, zeigte er auf den geöffneten Kleiderschrank. »Als ich den Schrank öffnete, habe ich das darin entdeckt. Die Schutzkleidung des Rippers«, stellte Sam Steinberg nüchtern fest. »Er trug sie, wenn er seine Opfer verstümmelte. Ich wette, bei der Untersuchung im Labor wird sich herausstellen, dass die Blutspuren von den drei vorherigen Opfern stammen.«

»Höchstwahrscheinlich«, stimmte Mr. High ihm zu.

Da wir im Schlafzimmer außer dem Sack mit der Schutzkleidung nichts weiter von Interesse fanden, gingen wir in den Raum mit den Leichen zurück.

Ich untersuchte die Toten gründlich und befand: »Die Leichenstarre ist noch nicht eingetreten. Danach und nach der Wärme der Körper geurteilt, sind sie noch keine fünf Stunden tot. Wir sollten uns erkundigen, ob

Raymond Blank zu der fraglichen Zeit unter Beobachtung stand.«

Ein Officer erschien mit einem zivil gekleideten Farbigen an der Apartmenttür und rief: »Mr. Jenkins von ›Estate Enterprises‹ ist hier.«

»Danke«, sagte Phil, ging mit Mr. High und mir zur Tür.

Jenkins' fassungsloser Blick wechselte ständig zwischen den beiden Toten und uns hin und her. In unserer Schutzkleidung mochten wir für ihn ein merkwürdigerer Anblick sein als die Toten.

»Sind die beiden tot?«, fragte er schließlich.

»Allerdings, das sind sie«, bestätigte Phil.

»Wer sind sie?«

»Das hätten wir ganz gern von Ihnen erfahren«, erwiderte mein Freund. »Ist einer von ihnen Mr. oder Mrs. Vincent, Mieter dieser Wohnung?«

»Das weiß ich nicht.«

»Arbeiten Sie nicht für die Firma, der dieses Haus gehört?«

»Doch, ich bin zuständig für die Vermietungen. Aber ich habe Mr. Vincent nie gesehen.«

»Also ein Mr. Vincent«, wiederholte Phil. »Immerhin etwas. Wie heißt er mit vollem Namen?«

»Gene, Gene Vincent.«

»Und Sie wissen nicht, ob er mit diesem Toten identisch ist?«

»Nein, trägt er denn keinen Ausweis bei sich?«

»Doch«, sagte Phil. »Aber wir haben gute Gründe für die Annahme, dass Gene Vincent nicht der richtige Name Ihres Mieters war. Wer sonst aus Ihrer Firma hat Mr. Vincent von Angesicht zu Angesicht gesehen oder könnte ihn zumindest gesehen haben?«

»Niemand. Der gesamte Vorgang ist schriftlich abgelaufen. Mr. Vincent hat sich auf eine Zeitungsannonce gemeldet, war mit allen Bedingungen einverstanden und hat auch die Kaution bei uns hinterlegt.«

»In welcher Höhe?«, fragte Phil.

»Dreitausend Dollar.«

»Als Scheck?«

»Nein, in bar. Er schickte das Geld zusammen mit dem unterschriebenen Mietvertrag per Post.«

»Ist das nicht ungewöhnlich bei einer solchen Summe?«, schaltete sich Mr. High ein.

»Schon, aber Geld ist Geld. Und da es offensichtlich echt war, haben wir uns darum keine weiteren Gedanken gemacht. Oder stammt es etwa aus einem Banküberfall?«

»Nicht anzunehmen«, antwortete Phil. »Wenn Sie mit Mr. Vincent schriftlich verkehrten, müssen Sie doch eine Adresse haben.«

»Nein, Mr. Vincent ließ sich alles postlagernd schicken, zum Grand-Central-Postamt in der Lexington Avenue.«

»Und seit wann wohnte Mr. Vincent hier?«

»Seit Anfang des Monats.«

»Also seit zehn Tagen«, stellte Phil fest.

Er notierte Mr. Jenkins' Adresse und Telefonnummer und bat ihn, sämtlichen Schriftverkehr mit Mr. Vincent dem FBI zur Verfügung zu stellen.

Wir entledigten uns der Schutzkleidung.

Phil ging hinunter zum Jaguar, um sich über Funk nach Raymond Blank zu erkundigen.

Ich suchte mit Mr. High den Hinterhof auf, wo Davis' schwarzer Wagen stand. Mittels meiner Kollektion an Nachschlüsseln hatte ich ihn schnell geöffnet, fand im Innenraum aber nichts, was uns weiterhelfen konnte. Also öffnete ich auch die Kofferhaube. Ein großer schwarzer Kunststoffkasten mit einem Tragegriff zog sofort unsere Aufmerksamkeit auf sich.

Ich öffnete den Kasten – und staunte nicht schlecht.

»Ein Drucker«, stellte Mr. High fest.

Ich zog meine Stablampe aus der Tasche und leuchtete das Gerät an. Es war ein Laserdrucker vom Typ Ellroy-LX-3000.

»Unsere Schuld, Sir«, sagte ich.

»Was, Jerry?«

»Dass wir den Drucker nicht eher entdeckt haben. Phil und ich haben Davis' Wohnung durchsucht, aber an seinen Wagen haben wir nicht gedacht.«

»Falls Ihre Theorie stimmt, woran ich immer mehr glaube, und Davis nicht der Ripper ist, steht der Drucker noch nicht sehr lange hier drin. Sie brauchen sich also nichts vorzuwerfen, Jerry.«

»Weshalb das lange Gesicht, Jerry?«, fragte Phil, der um eine Ecke kam. »Du siehst aus, als hättest du Jack the Rippers Geist gesehen.«

»Den nicht, nur seinen Laserdrucker.«

Ich zeigte in den Kofferraum, und Phil staunte nicht schlecht, als er den LX-3000 sah.

»Was ist mit Mr. Blank?«, erkundigte sich Mr. High.

»Er war während der fraglichen Zeit auf seinem Hotelzimmer, sagt Greg Jackson, der ihn überwacht.«

»Wer immer der Ripper ist, sehen Sie zu, dass Sie ihn fassen«, sagte Mr. High. »Ich werde der Presse bekannt geben, dass Jack the Ripper bei seinem vierten Mord selbst zu Tode gekommen ist. Das wiegt den Ripper in Sicherheit, sollte er nicht mit Davis identisch sein, und hält ihn vielleicht einstweilen von weiteren Morden ab.«

»Das blutige Ende des Rippers!«, verkündete die Morgenzeitung, die der Tod befriedigt vor sich auf den Tisch legte.

Er stand aus dem Sessel auf, trat ans Fenster und betrachtete das pulsierende Leben in Manhattans Straßen unter sich. Ein Aufatmen ging jetzt durch die Reihen der Menschen, von der verkommenen Prostituierten in der Lower East Side bis zur biederen Hausfrau in der West Side. Endlich brauchte man keine Angst mehr vor dem scharfen Messer Jack the Rippers zu haben. Dabei vergaß man ganz die tausend anderen Gefahren, die eine Nacht in Manhattan mit sich brachte.

Sie dachten nicht daran, dass Jack the Ripper nur eine von vielen Masken war, in denen der Tod die Bühne betrat. Wenn etwas Gras über die Sache gewachsen war, würde der Tod wieder zuschlagen.

Während Mr. High eine Presseerklärung nach der anderen abgab und offiziell den Ripper-Fall als gelöst meldete, arbeiteten Phil und ich fieberhaft hinter den Kulissen.

Der in Davis' Wagen gefundene Drucker war identisch mit dem Gerät, auf dem die Bekennerbriefe gedruckt worden waren. Das traf auch auf den vierten Brief zu.

Wir hatten einen Durchschlag von Gene Vincents Mietvertrag in dem Apartment an der Hudson Street gefunden. Außerdem den Wohnungsschlüssel in einer von Davis' Jackentaschen. Alles deutete darauf hin, dass er Jack the Ripper gewesen war und das Apartment als geheimen Ausgangspunkt für seine blutigen Unternehmungen genutzt hatte.

Mr. Jenkins hatte Wort gehalten und uns noch in der Nacht per Kurier den Schriftverkehr mit Gene Vincent geschickt. Vincents Briefe waren auf dem bewussten Ellroy-Laserdrucker entstanden. Zur Zeit wurde noch geprüft, ob die Unterschrift auf dem Mietvertrag von Davis stammte.

Auf dem Grand-Central-Postamt konnte sich niemand daran erinnern, wer Mr. Vincents Post abgeholt hatte, geschweige denn daran, wie Gene Vincent aussah.

Das Labor berichtete, dass die Blutspuren an den Plastikgegenständen, wie vermutet, von Ruth Ransom, Maureen Calloway und Lorna Mansfield stammten.

Dem vorläufigen ärztlichen Bericht entnahmen wir, dass Davis und das vierte Opfer des Rippers, eine gewisse Kelly Preston, etwa zur selben Zeit gestorben waren.

Die intensive Befragung aller Bewohner des Hauses 417 Hudson Street blieb ohne Erfolg. Niemand hatte den neuen Mieter gesehen oder gar mit ihm gesprochen. Gene Vincent blieb ein Phantom. So wie Jack the Ripper. Entweder war Vincent nicht häufig in seiner Wohnung gewesen, oder er hatte sehr darauf geachtet, dass ihn niemand sah.

Raymond Blank kam in unser Büro geschneit und schien erleichtert zu sein.

»Jetzt steht ja wohl zweifelsfrei fest, dass ich nicht der Ripper bin.«

»Sieht ganz so aus«, antwortete Phil.

»Was soll das heißen? Die Zeitungen schreiben doch, dass Davis es war. Er soll homosexuell gewesen sein. Stimmt das?«

Phil nickte. »Er hatte Männer zumindest nicht weniger gern als Frauen. Eher mehr.«

»Also ein latenter Hass auf Frauen, der bei ihm durchgebrochen ist«, überlegte Blank laut.

Man konnte fast sehen, wie es in seinem Kopf arbeitete. Offenbar schrieb er in Gedanken schon sein neues Buch über den New Yorker Ripper.

Sein verklärter Blick heftete sich wieder auf uns, als er sagte: »Sie können jetzt endlich Ihre Wachhunde zurückpfeifen, G-men. Ich bin es leid, auf Schritt und Tritt auffällig unauffällig verfolgt zu werden.«

»Wir werden sehen, was wir tun können«, antwortete Phil ausweichend.

»Ich werde das unbestimmte Gefühl nicht los, Sie verdächtigen mich weiterhin, obwohl erwiesen ist, dass Peter Davis der Ripper war. Ich hätte es ihm übrigens nicht zugetraut. Aber ich sollte aus meinen Büchern wissen, dass man einem Mörder seinen Beruf nicht ansieht.«

»Auch wenn Davis der Ripper war, muss das noch nicht heißen, dass Sie aus dem Schneider sind, Blank«, meinte Phil. »Vielleicht war Jack the Ripper nicht nur eine Person. Vielleicht haben Sie die Gelegenheit genutzt, Ihren

Mitwisser und Komplizen auszuschalten, um sich selbst vom Verdacht reinzuwaschen.«

Der Schriftsteller sah Phil für lange Sekunden an, als wäre mein Freund von allen guten Geistern verlassen. Dann brach er in ein schallendes Gelächter aus, das erst nach einer geschlagenen Minute langsam abebbte.

»Entschuldigung, Decker«, keuchte er und wischte sich Tränen aus den Augen. »Ihr Sinn für Humor ist unbezahlbar. Für einen Augenblick habe ich geglaubt, Sie meinen das ernst. Wirklich. Ich werde Sie bestimmt in mein neues Buch einbauen.«

Als Blank weg war, fragte ich: »Musstest du so deutlich werden, Phil? Falls Blank etwas mit den Ripper-Morden zu tun hat, könnte er jetzt gewarnt sein, dass wir Lunte gerochen haben, was das Ablenkungsmanöver mit Davis betrifft.«

»Erstens wissen wir nicht mit Sicherheit, dass es ein Ablenkungsmanöver ist«, verteidigte sich mein Freund. »Vielleicht war Davis doch der Ripper. Zweitens wollte ich einfach sehen, wie Blank reagiert.«

»Und wie hat er deiner Meinung nach reagiert?«

»Unerwartet.«

Es war gegen elf Uhr vormittags, als die Telefonzentrale einen Anruf zu uns durchstellte. Ich ging ran, und ein Mr. Oscar Weinert meldete sich.

»Es geht um Jack the Ripper«, sagte er. »Ich habe das Foto des Mannes eben in der Zeitung gesehen. Ich glaube, ich habe ihn gestern Abend bedient.«

»Wann und wo?«, fragte ich.

»Die genaue Uhrzeit weiß ich nicht, aber es muss so gegen zweiundzwanzig Uhr gewesen sein. Ich bin Keeper im ›Golden Flash‹, einer Bar am Times Square.«

»Wo sind Sie jetzt?«

»In meiner Wohnung, 21 East 38th Street.«

»Können Sie dort auf uns warten? Wir kommen sofort.«

Oscar Weinert war ein kleiner Mann mit Halbglatze, der allein lebte und einen ruhigen Eindruck machte. Er wirkte nicht wie jemand, der sich so eine Geschichte einfach ausdachte, nur um sich wichtig zu machen und einmal in die Zeitung oder gar ins Fernsehen zu kommen. Diesen Eindruck hatte ich schon am Telefon von ihm gehabt.

Wir zeigten ihm weitere Fotos von Davis, auf denen er seinen Gast zweifelsfrei erkannte.

Er erzählte uns, wie Davis in seine Bar gekommen sei und dort voller Unruhe gesessen habe, so als warte er auf jemanden, der sich verspätet habe. Bis dann dieser Anruf erfolgte, nach dem er eilig aufbrach.

»Sagte Davis, weshalb er ging?«, fragte ich.

»Nein, er war überhaupt eher schweigsam. Die meisten, die abends allein in die Bar kommen, suchen das Gespräch mit mir. Er nicht.«

»Nannte der Anrufer seinen Namen?«

»Nein, Sir.«

»War es ein Mann oder eine Frau, Mr. Weinert?«

Die Antwort gab uns Anlass, den ganzen Fall neu zu überdenken.

»Eine Frau«, sagte Phil zweifelnd, als wir im Jaguar saßen. »Jack the Ripper wird wohl kaum eine Frau sein.«

»Die Anruferin kann Kelly Preston gewesen sein«, sagte ich. »Davis hatte sich mit ihr im ›Golden Flash‹ verabredet, und sie konnte aus irgendeinem Grund nicht kommen. Sie rief an, um sich zu entschuldigen, und man verabredete sich in dem Apartment in der Hudson Street.«

»Schon möglich«, meinte Phil. »Aber dann wäre Davis doch der Ripper, und du hättest soeben deine eigene Theorie widerlegt.«

»Ich weiß bald nicht mehr, was ich glauben soll, Phil. Wenn Davis unschuldig ist, wer ist dann der Ripper?«

»Jemand, an den wir noch gar nicht gedacht haben«, schlug mein Freund vor. »Den wir gar nicht kennen. Jemand, der mit dem Harrington Theater und dem Broadway-Musical über Jack the Ripper gar nichts zu tun hat.«

»Das glaube ich nicht. Wie konnte dieser Jemand dann wissen, dass wir Davis verdächtigen?«

»Auch wieder wahr, Jerry.« Phil sah durch die regennassen Scheiben auf die Straße. »Wo fahren wir eigentlich hin?«

»Zu Davis' Apartment. Mir ist vorhin ein Gedanke gekommen, den ich überprüfen möchte.«

In der Empfangshalle von Davis' Wohnung gerieten wir in einen Presseauflauf. Die Medien schlachteten sein Privatleben aus und interviewten Nachbarn und den Portier. Ganz nach dem Motto: Wussten Sie nicht auch schon immer, dass Mr. Davis ein Monster war?

Ein paar Reporter erkannten uns und bestürmten uns mit Fragen. Wir ließen immer wieder ein lapidares »Kein Kommentar« vom Stapel und bahnten uns einen Weg zum Fahrstuhl.

Zwei Zeitungsschreiber, eine Fernsehjournalistin und ihr Kameramann drängten sich mit uns in die Kabine und bombardierten uns weiter mit Fragen.

»Hatten Sie Davis schon lange in Verdacht?«

»Kein Kommentar.«

»Wenn ja, warum haben Sie ihn nicht verhaftet, bevor er die vierte Frau umbrachte?«

»Kein Kommentar.«

»Hat der FBI in diesem Fall versagt?«

»Kein Kommentar.«

Vor der Tür zu Davis' Apartment hielt ein Officer Wache und grüßte uns. Er ließ uns hinein und sorgte dafür, dass die Reportermeute draußen blieb. Das letzte Wort, das ich von ihnen hörte, bevor sich die Tür hinter uns schloss, war »Pressefreiheit«.

Ich steuerte Davis' Computer an, setzte mich davor und drückte auf den Einschaltknopf.

»Was suchst du hier, Jerry?«, fragte Phil.

»Die Antwort auf die Frage, ob Davis der Ripper von Manhattan war.«

Meine Finger huschten über die Tastatur und gaben immer neue Befehle ein. Neben dem Computer stand eine verschlossene Diskettenbox. Ich fand den Schlüssel in einer Schreibtischschublade, öffnete die Box und schob eine Diskette nach der anderen ins Laufwerk. Von jeder Diskette holte ich mir das Inhaltsverzeichnis auf den Bildschirm. Als ich endlich fertig war, lehnte ich mich zurück und schaltete den Computer aus.

»Hast du die Antwort gefunden?«

»Ja, Phil.«

Ich erzählte es ihm.

Früh am nächsten Morgen stand ich im Vorzimmer zu Peter Michael Davis' Büro. Die künstlich blondierte Sekretärin war jetzt, da sie mich kannte, weniger abweisend.

»Hallo, Mr. Cotton«, flötete sie und klimperte dabei mit ihren angeklebten Wimpern. »Was kann ich für Sie tun?«

»Mir wurde gesagt, Miss Whitford sei in Mr. Davis' Büro. Ich habe ein paar Unterlagen von Davis dabei, die Miss Whitfords Geschäfte betreffen.«

Ich hielt die grüne Pappmappe mit den Unterlagen hoch.

Die Sekretärin meldete mich über die Sprechanlage an, und Joanna Whitford bat mich herein.

Ihr sorgenvoller Blick beeinträchtigte ihre Schönheit nicht im Geringsten. Sie begrüßte mich mit ihrem wundervollen Lächeln und bot mir einen Platz sowie einen Drink an. Letzteren lehnte ich ab, während ich mich vor den Schreibtisch auf einen Besucherstuhl setzte.

Die schöne Millionärin saß hinter dem Tisch auf Davis'

Platz und wühlte sich augenscheinlich durch einen Wust von Papieren.

»Es ist ganz schön schwer für mich, ohne Peter klarzukommen«, sagte sie und deutete demonstrativ auf die Akten, die sich um sie herum auftürmten. »Ich bin noch neu in dem Geschäft und habe mich sehr auf Peter verlassen.«

»Ich hoffe, ich kann Ihnen wenigstens etwas behilflich sein«, antwortete ich. »Ich bringe Ihnen die Geschäftsunterlagen, die wir in Mr. Davis' Apartment gefunden haben. Vielleicht ist etwas dabei, das Sie dringend brauchen.«

Sie nahm die Mappe entgegen, blätterte den Inhalt flüchtig durch und sagte: »Danke, Mr. Cotton, Sie sind ein Schatz.« Aus ihrem Mund klang das wie ein Heiratsantrag. »Wir müssen mal zusammen essen gehen, wenn das alles vorbei ist. Schrecklich, die Sache mit Peter, nicht? Wie man sich in einem Menschen nur so täuschen kann. Ich hätte nie im Leben geglaubt, dass er Jack the Ripper ist. Die Vorstellung, dass er durch das Ripper-Musical an meinem Theater in den Wahn verfallen ist, es dem Londoner Ripper gleichzutun, macht mich völlig fertig.«

»Oh, Sie haben sich in Mr. Davis nicht geirrt, Miss Whitford.«

Ihr überraschter Blick bohrte sich in mein Gesicht. »Wie meinen Sie das?«

»So wie ich es sagte. Davis ist nicht Jack the Ripper gewesen, sondern sein bislang letztes Opfer geworden.«

Joanna Whitford beugte sich halb über den Tisch und achtete nicht auf die Papiere, die sie dabei verschob. »Ist das wahr, Mr. Cotton? Aber das Fernsehen und die Zeitungen haben doch berichtet, Peter sei der Ripper. Sogar Ihr Chef, Mr. High, hat das in den Abendnachrichten gesagt.«

»Eine Finte, um den echten Ripper in Sicherheit zu wiegen«, erklärte ich. »Der hat nämlich alles so arrangiert, dass wir Mr. Davis für Jack the Ripper halten sollten. Er hat

Davis vorgestern Abend aus seiner Wohnung gelockt. Der Ripper ließ Davis zu dem Haus in der Hudson Street kommen und ermordete dort ihn und die Prostituierte Kelly Preston.«

»Wie sind Sie darauf gekommen?«

»Der blutige Jack ist bei allen Taten mit großer Intelligenz zu Werke gegangen. Aber die Fingerabdrücke …«

»Welche?«

»Eben, Miss Whitford, welche? Auf dem Messer, mit dem alle Morde verübt wurden, fanden wir Davis' Fingerabdrücke. Aber sonst nirgends in der Wohnung, nicht einmal auf dem Wohnungsschlüssel in seiner Jacke. Der war fein säuberlich abgewischt.«

»Vielleicht hat Peter in dieser Wohnung immer Handschuhe getragen, um keine Spuren zu hinterlassen.«

»Möglich«, gab ich zu. »Aber wenig wahrscheinlich. Wenn er dort regelmäßig verkehrte, um die Spuren seiner blutigen Taten zu beseitigen, hätte man etwas entdecken müssen. Es sei denn, er hätte stets auch alles vorsichtig abgewischt. Genau diesen Eindruck machte die Wohnung zwar, aber Davis kann nach seinem vierten Mord nicht mehr dazu gekommen sein.«

»Aber jemand anderer, der ihn dorthin lockte«, sagte die schöne Joanna und lehnte sich in ihrem Ledersessel zurück. »Allmählich kann ich Ihnen folgen, Mr. Cotton.«

»Gut. Auch der vierte Brief des Rippers war merkwürdig, da er vor der Tat geschrieben worden war, als hätte der Verfasser gewusst, dass der – angebliche – Ripper hinterher nicht mehr dazu kommen würde. Aber der Brief musste geschrieben werden, um uns davon zu überzeugen, dass wir es mit dem echten Ripper zu tun hatten. Den entscheidenden Hinweis für meine Theorie fand ich in Davis' Wagen, der auf dem Hinterhof des Hauses in der Hudson Street stand. Im Kofferraum befand sich der von uns gesuchte Drucker, auf dem sämtliche Ripper-Briefe entstanden.«

»Aber das spricht doch für Davis als Täter!«

»Im ersten Moment ja. Aber dann kam mir der richtige Gedanke. Ich war schon vorher in Davis' Wohnung gewesen und hatte gesehen, dass sein PC an einen älteren Nadeldrucker angeschlossen ist, der nicht von der Firma Ellroy stammt. Sie werden sich mit Computern so gut auskennen, um zu wissen, dass man einen Druckertreiber in ihm installieren muss, damit er die auf ihm geschriebenen Texte auf dem Drucker ausdruckt. Ich fand auf Davis' Festplatte keinen Druckertreiber für einen Ellroy-LX-3000-Laserdrucker. Und weder in seiner Wohnung noch in seinem Wagen befand sich eine Diskette mit einem solchen Druckertreiber. Er hätte den Drucker also gar nicht benutzen können. Folglich konnte er auch nicht der Verfasser der Ripper-Briefe sein.«

Miss Whitford hing an meinen Lippen und nickte. »Das klingt logisch. Aber haben Sie auch daran gedacht, dass er den Drucker an einen anderen PC angeschlossen haben könnte, zum Beispiel hier im Büro?«

»Sehr unwahrscheinlich. Er wäre von mehreren Leuten gesehen worden, wie er den schweren Drucker hin und her schleppt. Wer den Drucker in seinem Wagen verstaute, wollte den Eindruck erwecken, Davis habe den Drucker in seiner Wohnung benutzt, weil er wusste, dass ein Aufzug von der Tiefgarage bis hinauf zu seinem Apartment führt. Allerdings wusste dieser Jemand, der wahre Ripper, nicht, dass der Aufzug in letzter Zeit defekt war und nicht bis in die Tiefgarage fuhr, sondern nur bis ins Parterre. Wir haben die Portiers in Davis' Haus gefragt. Sie haben ihn öfter aus der Garage kommen und in diese gehen sehen, aber er trug kein einziges Mal den Drucker bei sich.«

»Was ist mit der Möglichkeit, dass Davis noch eine Wohnung gemietet hatte, wo ein Computer stand?«

»Noch unwahrscheinlicher, wenn er doch schon das Apartment in der Hudson Street als Geheimquartier benutzte. Dann hätte er gleich dort seine Briefe schreiben und den Drucker dort stehen lassen können. Unwahrscheinlich ist auch der hypothetische Fall, dass er noch eine Wohnung gehabt hätte, wo ein entsprechender Computer stand. Dann hätte er den Drucker dort installieren und stehen lassen können und hätte ihn nicht in seinem Wagen vor der Polizei verstecken müssen, wo die Gefahr größer war, dass wir ihn fanden. Es sei denn, wir sollten ihn dort finden.«

»Ihre Theorie scheint lückenlos zu sein, Mr. Cotton. Irgendwie freut es mich für Peter, auch wenn er nichts mehr davon hat. Aber wenigstens haben Sie sein Ansehen rein gewaschen, wer immer auch versucht hat, ihn zu beflecken.«

»Das ist die nächste Frage, die sich uns gestellt hat«, sagte ich. »Denn wenn Davis unschuldig ist, läuft Jack the Ripper noch frei herum.«

»Sie sagen das in einem Ton, als hätten Sie auch diese Frage schon beantwortet.«

Wie aufs Stichwort klopfte es kurz an der Tür, und Phil trat ein. In der Hand hielt er einen kleinen Kunststoffkoffer, wie wir ihn zum Sichern von Beweismitteln benutzen. Er grüßte Miss Whitford und setzte sich neben mich. Mit einem knappen Nicken bedeutete er mir, dass ich fortfahren könnte.

»Jack the Ripper muss gewusst haben, dass wir Davis verdächtigten und beobachteten«, fuhr ich fort. »Sonst wäre er nicht auf die Idee verfallen, uns Davis als Schlitzer zu präsentieren.«

Ich sah, wie sich die Nerven und Sehnen unter Joanna Whitfords samtiger Haut anspannten. Mit einer für sie typischen Bewegung strich sie eine ihrer langen, braunen Locken aus dem Gesicht und sagte: »Weiter, Mr. Cotton.«

Wie sie so vor mir saß, die Verkörperung von Schönheit und Reichtum und – wie viele annahmen – von Glück, fiel es mir schwer, weiterzusprechen. Als ich Phils verwunderten Blick bemerkte, gab ich mir einen Ruck.

»Ich kam sehr schnell darauf, wer von unserem Verdacht gegen Davis gewusst haben könnte. Der Kreis war nicht allzu groß. Beim Durchstöbern der Archive entdeckten wir die interessante Vergangenheit einer jungen Frau, der Erbin eines großen Vermögens. Sie war das einzige Kind ihrer Eltern, und das war ihr Unglück. Ihr Vater hatte einen Sohn haben wollen, der einmal sein Unternehmen leiten sollte. Als seine Frau eine Tochter gebar und wegen einer Komplikation bei der Geburt fortan zeugungsunfähig wurde, wandte er sich von Frau und Kind ab. Seine Frau versuchte, seine Zuneigung zurückzugewinnen, indem sie die Tochter wie einen Sohn erzog. Sie …«

Joanna fiel mir ins Wort: »Sie kleidete ihr Kind wie einen Jungen, erlaubte ihm nie, mit Zöpfen oder langen Haaren herumzulaufen, sondern schor dem Mädchen die Haare kurz. Es war ihr egal, dass ihre Tochter dafür von allen anderen Kindern gehänselt wurde. Sie rief das Kind sogar John, obwohl es Joanna hieß. Es wurde von Privatlehrern erzogen wie ein Junge, durfte sich nie wie ein Mädchen fühlen. Erst als es erwachsen war und ein Studium begann. Aber dann …«

Sie brach ab und presste die Lippen zusammen. Plötzlich wirkte Joanna Whitford gar nicht mehr schön, nur noch einsam und verzweifelt.

»Aber dann starben ihre Eltern bei einem Flugzeugunglück«, vollendete ich den von ihr begonnenen Satz. »Um das Unternehmen weiterzuführen, musste sie ihr Studium im zweiten Semester abbrechen. Ein Studium der Medizin übrigens. Je mehr sie sich aber in die Arbeit ihres Vaters vertiefte, desto mehr kam ihr Hass auf ihre Mutter zum Vorschein, die sie immer gezwungen hatte, sich selbst zu verleugnen. Als an ihrem Theater das Musical über Jack the Ripper aufgeführt wurde, gab das den letzten Anstoß. Sie begann zu morden und tötete mit jeder Frau immer wieder aufs Neue ihre Mutter. Bei ihrer Schlächterei kamen ihr die medizinischen Kenntnisse zugute.«

»Als Mann verkleidet«, sagte Phil, »so wie sie ein Leben lang herumlaufen musste.«

Er öffnete den Koffer und stellte ihn auf den Schreibtisch. Er enthielt eine englische Mütze, eine dunkle Perücke und einen falschen Schnurrbart nebst Klebstoff und Schminkutensilien.

»Das haben wir eben in Ihrem Penthouse gefunden, Miss Whitford.« Und zu mir gewandt: »Steve und Les sind noch oben.«

Er sprach von unseren Kollegen Steve Dillaggio und Les Bedell, die zusammen mit Phil und mir zum »Harrington« gekommen waren, nachdem Mr. High die Durchsuchungsgenehmigung für Miss Whitfords Privat- und Geschäftsräume erwirkt hatte.

»Miss Whitford«, sagte ich, »Sie wussten, dass wir Davis verdächtigten, nachdem wir ihn in seinem Büro allein sprechen wollten. Zumindest ahnten Sie es. Erst recht, als Sie mitbekamen, in welchen Kreisen er verkehrt. Sie waren es nämlich, die er im ›Geronimo‹ erkannte und verfolgte. Das heißt, er erkannte Sie nicht, weil Sie als Mann verkleidet waren, aber Sie kamen ihm doch irgendwie bekannt vor, und deshalb verfolgte er Sie. Und Sie beschlossen, zwei Fliegen mit einer Klappe zu schlagen. Indem Sie Davis töteten, lenkten Sie den Verdacht auf ihn und verhinderten gleichzeitig, dass er doch noch darauf kam, wen er im ›Geronimo‹ gesehen hatte. Sie haben Davis in das Apartment in der Hudson Street gelockt, das Sie unter dem Namen Gene Vincent gemietet hatten, um dort eine Unterkunft für den Notfall zu haben. Ist es so?«

»Ja«, antwortete sie kaum hörbar, griff sich an die Stirn und zog mit einem Ruck die braune Lockenpracht von ihrem Kopf. Darunter trug sie blondes Stoppelhaar, nicht einmal streichholzlang. Sie legte die Perücke in Phils Koffer. »Das gehört dazu.«

Die Tür wurde geöffnet und die blondierte Sekretärin kam mit einer Mappe herein.

»Verzeihung, Miss Whitford, ich …«

Sie stockte mitten im Satz und blieb wie versteinert stehen, als sie ihre Chefin ohne ihre Lockenpracht sah.

Ehe wir es verhindern konnten, nutzte Joanna Whitford den Überraschungseffekt, sprang von ihrem Sessel auf und stürzte sich auf die Sekretärin. Sie umklammerte die Blondine mit dem linken Arm und drückte mit der rechten Hand einen langen, schmalen Brieföffner gegen den Hals der Sekretärin, die vor Schreck die Mappe fallen ließ. Papiere flatterten heraus und landeten verstreut auf dem Teppichboden.

»Machen Sie jetzt keine Dummheiten, G-men«, drohte Joanna. »Ich wäre schneller und Judy tot!«

Sie ritzte mit der Spritze des Brieföffners den Hals der Sekretärin. Blut trat aus und befleckte Judys weiße Bluse.

Ich sah, dass Phil seine Muskeln zum Sprung anspannte. Aber ich erkannte auch, dass weder er noch ich in dieser Situation eine Chance hatten, schneller zu sein als Joanna Whitford – Jack the Ripper. Bevor wir von den Stühlen aufgesprungen waren, hätte sie der Sekretärin längst die Kehle durchgeschnitten. Deshalb gab ich Phil das Zeichen, abzuwarten.

»Gut so«, lobte Joanna, während sie sich mit Judy langsam zur Tür zurückzog. »Denken Sie nicht daran, mir zu folgen, solange ich Judy habe!«

Sie ging rückwärts mit der Sekretärin ins Vorzimmer, nahm einen Schlüssel vom Schreibtisch – den Brieföffner immer an Judys Kehle – und schloss die Tür. Wir hörten, wie der Schlüssel ins Schloss gesteckt wurde. Ein lautes Schluchzen folgte, wahrscheinlich von Judy ausgestoßen.

Phil und ich sprangen gleichzeitig auf.

»Judy, öffnen Sie die Tür!«, rief ich.

Erst erfolgte als Antwort nur ein weiteres Schluchzen, doch endlich sagte die Sekretärin mit sich überschlagender Stimme: »Ich kann nicht. Sie hat den Schlüssel mitgenommen.«

Phil und ich warfen uns gleichzeitig mit voller Wucht

gegen die Tür und hoben sie aus den Angeln. Judy kauerte am Boden und weinte. Bis auf den Ritzer am Hals schien sie unverletzt zu sein.

»Wo ist Miss Whitford hin?«, fragte ich sie.

»Ich weiß nicht.«

»Phil, ruf Steve und Les an und hol Verstärkung her. Ich versuche zu verhindern, dass Joanna aus dem Gebäude entwischt.«

»Okay«, sagte Phil und griff zum Telefon auf Judys Schreibtisch.

Der Gang, an dem Davis' Büro lag, war leer. Ich lief zum Fahrstuhl, den Smith & Wesson in der Rechten. Der Lift war auf dem Weg nach unten. War es Joanna?

Ich hetzte die Treppe neben dem Lift hinunter und beeilte mich, schneller zu sein als die Kabine. Dabei rannte ich fast eine junge Frau über den Haufen, die mich und meinen Revolver mit weit aufgerissenen Augen anstarrte.

Der ganze Fahrstuhl war verglast, auch die Kabine. Während ich die Treppe hinunterlief, erhaschte ich einen flüchtigen Blick auf den einzigen Insassen. Ich sah für einen Sekundenbruchteil von oben einen Kopf mit blondem Stoppelhaar.

Als ich die letzte Treppe nahm, hörte ich, wie der Lift im Parterre ankam und sich öffnete. Niemand kam an der Treppe vorbei. Die Liftkabine stand unten offen. Ich lief den Gang entlang, der ins Innere des Gebäudes führte, und kam dabei in die Ripper-Ausstellung, durch die uns Raymond Blank geführt hatte.

Hier gab es kein Tageslicht, nur eine schwache Beleuchtung, die die Räume in ein Halbdunkel tauchte, das die unheimliche Atmosphäre noch unterstrich.

Ich entsicherte meinen Revolver und durchquerte den ersten Raum mit gezeichneten und gemalten Darstellungen des alten London.

Eine Gestalt schob sich in mein Blickfeld. Die lebensgroße Bobby-Wachsfigur, die den Eingang zu dem der Londoner Polizei gewidmeten Ausstellungsraum bewachte. Auch dieser Raum war menschenleer.

Desgleichen der dritte Raum, der den Ripper bei seiner blutigen Arbeit und seine Opfer zeigte.

Im vierten Raum starrten mich die wächsernen Gesichter der Verdächtigen mit toten Augen an, als warteten sie darauf, endlich entlarvt zu werden. Hinten am Ausgang sah ich die Umrisse von Sherlock Holmes und Dr. Watson.

Plötzlich löste sich eine der Gestalten in der Reihe der Verdächtigen aus der Erstarrung und sprang mich an. Ich sah eine hocherhobene Hand mit einem spitzen Gegenstand auf meine Brust zustoßen.

Ich machte einen Ausweichschritt zur Seite und schoss auf die Gestalt.

Dann spürte ich einen stechenden Schmerz im rechten Oberarm, in dem der spitze Brieföffner steckte. Joanna Whitfords Gesicht tauchte vor meinem auf und verschwand wieder, als die Frau in den Raum floh, aus dem ich gekommen war.

Den Revolver in die Linke wechselnd, folgte ich ihr.

»Joanna, bleiben Sie stehen!«, schrie ich. »Es hat keinen Sinn mehr!«

Sie wollte nicht auf mich hören, geriet aber plötzlich ins Taumeln. Offenbar hatte meine Kugel ihr Ziel nicht verfehlt.

Joanna riss ein paar Wachsfiguren um und stürzte dann in den abgetrennten Raum, der Mary Jane Kellys Todeszimmer darstellte. Das Glas der Trennscheibe zersplitterte, als Joanna durch sie hindurchfiel. Dann bewegte sich die junge Frau nicht mehr.

Als ich mich über sie beugte, blickten ihre Augen glasig wie die der Wachsfiguren. Sie lag auf dem Rücken. Ein langer Glassplitter hatte sich von hinten durch ihre Brust gebohrt. Ähnlich wie der spitze Stahl, mit dem sie ihre unglücklichen Opfer getötet hatte. Daneben klaffte das Einschussloch meiner Kugel, die Joanna zu Fall gebracht hatte.

Jetzt erst dachte ich wieder an den Brieföffner in meinem Arm und zog ihn heraus. Ich verband die blutende Wunde notdürftig mit meinem Taschentuch.

Schnelle Schritte näherten sich mir durch die ersten beiden Ausstellungsräume. Der schwache Lichtschein fiel auf das besorgte Gesicht meines besten Freundes.

Phil hatte seinen Smith & Wesson gezogen und starrte mich an, wie ich halb in dem nachgebauten Raum hockte, der unerwartet ein echtes Todeszimmer geworden war.

»Alles in Ordnung, Jerry?«

»Mit mir schon.« Ich blickte auf die Tote hinunter. »Jack the Ripper ist nicht mehr.«

Phil nagte zweifelnd an seiner Unterlippe. »Du hast sie gemocht, Jerry. Nicht wahr?«

»Ich habe Joanna Whitford gemocht. Nicht Jack the Ripper.«

Das Harrington Theater fand sehr schnell einen neuen Besitzer. Als die wahre Identität des Rippers bekannt wurde, machte dies das Musical noch attraktiver. Es wird noch heute am Broadway aufgeführt. Sogar in Alaska und auf Hawaii kann man New-York-Trips buchen, deren besondere Attraktion ein Besuch der Musical-Aufführung sein soll.

Phil und ich waren nicht im Mindesten überrascht, als wir ein paar Monate später ein Päckchen mit Raymond Blanks neuem Buch erhielten, in das er eine persönliche Widmung für uns beide geschrieben hatte.

Den blutrot gehaltenen Schutzumschlag fanden wir ebenso geschmacklos wie den Titel »Der Ripper von Manhattan«.

ENDE

Jerry Cotton ist die erfolgreichste Kriminalromanserie der Welt. Die Gesamtauflage der Serie liegt bei über 850 Millionen Exemplaren und wird in über fünfzig Ländern der Erde gelesen.
BASTEI-LÜBBE präsentiert für alle Freunde des Kriminalromans drei lange vergriffene Ausgaben der Jerry-Cotton-Taschenbücher in einer Sonderausgabe.

Dieser Band enthält die Romane:

Der Sündenbock
Vails Rache
Blutiger Wahnsinn

ISBN 3-404-31954–0

BASTEI
LÜBBE

Jerry Cotton ist die erfolgreichste Kriminalromanserie der Welt. Die Gesamtauflage der Serie liegt bei über 850 Millionen Exemplaren und wird in über fünfzig Ländern der Erde gelesen.
BASTEI-LÜBBE präsentiert für alle Freunde des Kriminalromans drei lange vergriffene Ausgaben der Jerry-Cotton-Taschenbücher in einer Sonderausgabe.

Dieser Band enthält die Romane:

Die Drogenfestung
Das Teufelsexperiment
Der Tyrann von Savannah

ISBN 3-404-31955–9

BASTEI
LÜBBE

Jerry Cotton ist die erfolgreichste Kriminalromanserie der Welt. Die Gesamtauflage der Serie liegt bei über 850 Millionen Exemplaren und wird in über fünfzig Ländern der Erde gelesen.
BASTEI-LÜBBE präsentiert für alle Freunde des Kriminalromans drei lange vergriffene Ausgaben der Jerry-Cotton-Taschenbücher in einer Sonderausgabe.

Dieser Band enthält die Romane:

Zum Sterben in die Wüste
Die First Lady stirbt um acht
Nachtjagd

ISBN 3-404-31956–7

BASTEI
LÜBBE

Die Angst in ihren Augen

Nackt und blutverschmiert kniete der Mann vor dem Altar und betete zu seinem finsteren Gott.
»Wo ist das Opfer, das du mir versprochen hast?«, hallte die Stimme seines Herrn in seinem Kopf.
»Du wirst es bald bekommen, Meister. Sie weiß jetzt, dass sie nicht mehr lange zu leben hat. Von nun an wird Angst in ihren Adern kreisen. Die Furcht wird ihren Körper vergiften und für dich genießbar machen. O großer Escalinam, ich bin so froh, dir dienen zu dürfen. Ich werde alles – alles! – tun, was du von mir verlangst!«
Der Mann legte sich flach auf den Bauch, breitete die Arme aus und stimmte ein grässliches Lied an, das jeden Zuhörer bis ins Knochenmark hätte erschauern lassen.
Schließlich richtete er sich wieder auf. Grauen erregend sah er aus. Hass, Mordlust und Irrsinn brannten in seinen Augen. Er würde töten. Für Escalinam. Und für sich selbst …

ISBN 3-404-31519-7

BASTEI LÜBBE

Eisengesicht

Karen Sayles ist eine erfolgreiche Journalistin. Ihre Reportagen sind knallharte Enthüllungen. Doch bei dem Größenwahnsinnigen, der sich ›Eisengesicht‹ nennt, hat sie offenbar zu viel riskiert.
Als die Tote auf dem Highway-Parkplatz in New York gefunden wurde, übernahmen Phil und ich den Fall. Sehr bald bekamen wir zu spüren, dass wir es mit außergewöhnlich brutalen Verbrechern zu tun hatten.
Auch ein siebenjähriges Mädchen fiel den Gangstern in die Hände. Unter Einsatz meines eigenen Lebens gelang es mir, die kleine Jessica zu retten. Aber dann galt es, ihre Mutter den Klauen der schlimmsten aller Bestien zu entreißen ...

ISBN 3–404–31518–9

BASTEI LÜBBE